Peter Balsiger

SAIGON
BLUES

Roman

Münster Verlag

PETER BALSIGER

SAIGON
BLUES

Impressum

1. Auflage September 2024
© *Münster Verlag, Zürich und Peter Balsiger*

Verlag: Münster Verlag, Zürich und D-Singen
Lektorat: Pablo Klemann, Sibylle Kappel
Coverdesign und Satz: Cedric Gruber
unter Verwendung von Bildern: shutterstock, KI

Klappentext: Pablo Klemann
Druck und Einband: CPI books GmbH, Printed in Germany

ISBN: 978-3-907301-77-7
eISBN: 978-3-907301-78-4

Alle Rechte vorbehalten.
Kein Teil dieses Buchs darf ohne schriftliche Genehmigung des Verlags reproduziert werden.

Verlagsanschrift:
Münster Verlag Deutschland
Auf der Höhe 6, D-78224 Singen
Tel: +49 7731-8380, info@unterwegs.de
www.muensterverlag.ch, www.unterwegs.de

 Dieses Buch ist auch als E-Book erhältlich.

Kapitel 1

Antoine starrte angestrengt aus dem Fenster der Tupolew 134, die ihn nach Saigon bringen sollte. Dichter Dschungel so weit das Auge reichte. Undurchdringlich. Er versuchte in dem Grün, das gelegentlich unter Wolkenfetzen verschwand, jene Gegenden auszumachen, in denen er damals gewesen war. Noch immer waren Hunderte von Bombentrichtern wie schmutzig braune Narben im konturlosen Buschwerk und im Zartgrün der Reisfelder zu erkennen. Kurz glaubte er die Route 13 im berüchtigten Eisernen Dreieck nördlich von Saigon zu sehen, damals Schauplatz blutiger Schlachten. Mit einem unwillkürlichen Aufatmen liess sich Antoine ins bequeme Business-Class-Polster zurücksinken.

Sein Sitznachbar, gross gewachsen, schlank, um die sechzig, in einem elegant geschnittenen hellgrauen Anzug, hatte sich gleich nach dem Start in Bangkok in die Tageszeitung *France Soir* vertieft – die aktuelle Ausgabe vom 18. Juni 1992, wie Antoine feststellte. Der Mann war wohl direkt aus Frankreich gekommen und vermutlich Franzose. Er studierte ausführlich den Wirtschaftsteil, machte im Börsenteil mit einem goldenen Kugelschreiber gelegentlich ein paar Notizen und bestellte nun bereits zum dritten Mal bei der Stewardess ein Glas Champagner.

Unvermittelt blickte er zu Antoine hinüber, musterte ihn kurz über den Goldrand seiner Brille. „Möchten Sie auch ein Glas?", fragte er auf Englisch. „Es ist echter französischer Champagner. Dom Pérignon. Der ist jetzt leider selten geworden in Vietnam." Er lachte kurz. „Die kommunistische Elite versteht nichts von Savoir-vivre. Die neuen Herrscher tun noch immer so, als lebten sie im Dschungel und trügen Ho-Chi-Minh-Sandalen … Jean-Marc Mercier", stellte er sich vor.

Die Stewardess brachte den Champagner. Wie alle ihre Kolleginnen der Vietnam Airlines wirkte sie unglaublich jung. Pechschwarzes, schulterlanges Haar, ein rosafarbener Ao Dai. Mercier unterhielt sich kurz auf Vietnamesisch mit ihr. Offenbar machte er ihr ein Kompliment, denn sie errötete und verbarg ein Lachen hinter der vorgehaltenen Hand.

„Wie laufen denn die Geschäfte in Vietnam?", fragte Antoine.

Der Franzose machte eine wegwerfende Handbewegung. „Schlecht. Früher habe ich für Michelin Vietnam gearbeitet, inzwischen bin ich im Ölgeschäft tätig. Vor der Küste wird jetzt wieder nach Öl gebohrt. Das könnte ein äusserst lukratives Geschäft sein, aber die neue Führung ist unfähig. Die Kommunisten verteilen Führungspositionen, als wären es Medaillen. Wenn man ein Kriegsheld ist, dann heisst das ja nicht unbedingt, dass man eine Fabrik führen kann. Die neuen Bosse haben jahrelang im Dschungel gekämpft. Und jetzt müssen sie plötzlich Ministerien leiten, Unternehmen, Krankenhäuser, Schulen oder landwirtschaftliche Kommunen. Dazu kommen die alten Probleme. Korruption ist allgegenwärtig. Ausserdem entwickelt sich das Land immer mehr zu einem Polizeistaat."

Der Pilot machte eine Ansage auf Vietnamesisch. „Wir werden gleich unseren Anflug auf Saigon beginnen", erklärte Mercier. Er schaute zu Antoine hinüber und musterte ihn lange. „Sie sind nicht zum ersten Mal in Vietnam, nicht wahr? Ich vermute, dass Sie hier im Krieg waren."

Antoine nickte. „Ich war Kriegsreporter. Aber wie kommen Sie darauf?"

„Ich habe Sie vorhin beobachtet. Sie haben die ganze Zeit wie gebannt aus dem Fenster geschaut. Obwohl es ja eigentlich nichts zu sehen gibt ausser Dschungel. Und Sie wirkten angespannt. So, als ob Sie da unten irgendwelche Vietcong vermuten, die mit ihren Kalaschnikows auf Sie zielen. Die hübsche Stewardess haben Sie nicht mal wahrgenommen und das Essen kommentarlos zurückgehen lassen. Dabei waren die Shrimps wirklich hervorragend."

Mercier lächelte und vertiefte sich wieder in seine Zeitung.

Er hat recht, dachte Antoine. Er erinnerte sich an seinen ersten Flug nach Saigon in einer Boeing 727 der Thai Airways. An die betrunkenen amerikanischen Soldaten auf dem Rückflug von ihrem Fronturlaub nach einer Woche Sex, Drugs und Rock'n Roll im „Sündenbabel" Bangkok. An seinen Sitznachbarn, einen noch nicht mal zwanzigjährigen Infanteristen, der den ganzen Flug über an seinen blutenden Nägeln gekaut hatte. Der bei jedem lauten Geräusch zusammenzuckte und instinktiv hinter dem Vordersitz in Deckung zu gehen versuchte. „Ich habe jede Nacht Albträume", gestand er Antoine. „Von meiner Gruppe sind fast alle tot. Die Leichensäcke mit dem Sergeant und meinem Freund Chris habe ich persönlich in den Hubschrauber getragen. Fred ist einfach verschwunden. Wir haben ihn nie gefunden. Nicht mal Teile von ihm. Woody trat auf eine Mine. Verlor beide Beine und verblutete, bevor er evakuiert werden konnte. Nur Pedro und ich sind noch übrig." Dann schaute er Antoine mit seinen leeren, ausgebrannten Augen an. „Ich werde der Nächste sein." Er war noch ein Teenager. Aber er hatte das Gesicht eines alten Mannes.

Das laute Geräusch der Hydraulik zeigte an, dass das Fahrgestell der Tupolew ausgefahren wurde. Die Stewardess sammelte die Champagnergläser ein. Und am Horizont tauchte die Skyline von Saigon auf.

Saigon. Die Stadt, die jetzt Ho Chi Minh City hiess. Wenn er die Augen schloss, konnte er jene Bilder wieder sehen, die für immer in seiner Erinnerung eingebrannt sein würden. 1975. Als er die Stadt mit einer der letzten Maschinen verliess, während die nordvietnamesischen Panzer bereits durch die Aussenbezirke rollten. Grüne und rote Leuchtspurgeschosse am Nachthimmel. Glühende orangefarbige Blitze der detonierenden Artilleriegranaten und Raketen. In diesen letzten Stunden in Saigon, als alles im Chaos versank, hatte er sich von seiner vietnamesischen Verlobten verabschieden müssen, die er trotz aller unternommener

Anstrengungen nicht mehr hatte heiraten können. Nach dem Fall der Stadt war seine schöne junge Braut in einem Umerziehungslager im Mekong-Delta zu Tode gefoltert worden.

Die Landung war holprig – die Granattrichter im Asphalt der Landepiste waren bis jetzt offensichtlich nur notdürftig repariert worden. Antoine hatte kein einziges Flugzeug im Anflug gesehen. Als während des Krieges die Amerikaner den Flughafen betrieben, war er der drittgrösste Airport der Welt gewesen.

Die Stewardessen öffneten die Tür der Tupolew. Sofort drang die Mittagshitze in die Kabine und mit ihr der typische Geruch der Tropen, jener schwüle, süssliche Duft, der nach Verwesung riecht, nach Abgasen und verrottender Vegetation, aber auch nach exotischen Blüten, nach Jasmin und Frangipani.

Antoine liebte diesen Geruch. Er war ihm nach all den Jahren in Asien vertraut wie ein alter Freund. Und er überwältigte ihn noch immer mit seinen verführerischen und erregenden Versprechen eines anderen Lebens. Eines Lebens voller süsser Freuden und Abenteuer. „Ich bin wieder zu Hause", dachte er.

An der Gangway verabschiedete sich Mercier von Antoine: „Sie werden sehen, dass sich Saigon sehr verändert hat. Aber diesmal wird wenigstens niemand auf Sie schiessen."

Antoine lächelte. „Das denke ich auch. Ich werde an einem Schreibtisch sitzen, alte Akten und Kriegsprotokolle lesen und den Amerikanern bei der Suche nach ihren vermissten Soldaten helfen."

„Eine Art Buchhalter des Todes also?" Mercier lächelte vielsagend. „Ich wünsche Ihnen viel Erfolg!" Dann verschwand er in Richtung Ausgang.

Seltsamerweise sah es auf dem Flughafen fast genauso aus wie vor fast zwanzig Jahren. Die alten amerikanischen Hangars standen noch immer. Immerhin parkten dort jetzt MiG-Kampfflugzeuge sowjetischer Bauart statt wie früher amerikanische Phantoms und

Skyhawks. Die Busse, die die Passagiere zum Flughafengebäude fuhren, stammten noch aus Kriegszeiten. Auch das internationale Terminal sah noch genauso heruntergekommen aus wie damals. Allerdings mit dem Unterschied, dass jetzt von der Decke eine riesige rote Fahne mit dem gelben Stern in der Mitte hing, die Fahne der siegreichen nordvietnamesischen Kommunisten. Und die missmutigen Beamten der Passkontrolle trugen die grüne Uniform der Feinde von gestern.

George Larson erwartete ihn in der fast leeren Ankunftshalle.

„Melde mich zum Dienst, Captain", sagte Antoine mit leichtem Spott in der Stimme und grüsste ihn militärisch durch Handanlegen.

„Du wirst nie ein richtiger Marine, Antoine", erwiderte Larson grinsend. „Du weisst doch, dass man im Feindesland nie militärisch grüsst. Sonst erkennt der Gegner hinter dem Scharfschützengewehr, wer hier die Befehle gibt."

„Aha, und ich dachte, die Vietcong und wir seien jetzt Freunde", mokierte sich Antoine. Dann fielen sie sich in die Arme. Wie Kumpel, die sich lange nicht mehr gesehen hatten.

George Larson und Antoine hatten sich während der Schlacht um Khe Sanh kennengelernt. Sie flogen gemeinsam im Laderaum einer zweimotorigen C-123-Transportmaschine der U.S. Air Force, die Artilleriemunition geladen hatte, in den von den Nordvietnamesen belagerten Stützpunkt. Larson, damals Leutnant der Marines, sollte einen Zug übernehmen, der innerhalb weniger Tage bereits die Hälfte seines Bestands verloren hatte. Und Antoine wollte über den Schicksalskampf der sechstausend eingeschlossenen amerikanischen Soldaten berichten. Später machte Larson bei der CIA Karriere und war zuletzt Station Chief in Bangkok gewesen, bevor man ihn nach Saigon versetzt hatte.

„Ich bin froh, dass du endlich da bist", sagte Larson, als er sich mit seinem Chevrolet Caprice einen Weg durch den dichten Strom der Mopeds und Scooters auf den verstopften Strassen zu bahnen versuchte. Ziemlich hektisch zündete er sich bereits die zweite Lucky Strike an.

Komisch, dachte Antoine, *George hat doch früher nie geraucht ...*

„Du siehst gut aus, Antoine. Keine Spur mehr von mönchischer Askese." Larson lachte. „Kein Wunder nach vier Wochen Bali. Meine Frau will da auch hin. Sie ist übrigens in Bangkok geblieben. Ruf sie doch gelegentlich an, okay?"

„Hm", machte Antoine unbestimmt. „Und jetzt schiess mal los. Du scheinst mir ziemlich unter Stress zu stehen." Tatsächlich war Antoine erschrocken, als er seinen Freund in der Wartehalle erblickt hatte. George, das ehemalige „Wunderkind" der CIA, der eine schnelle Karriere in einer Branche gemacht hatte, in der schnelle Karrieren eine seltene Ausnahme darstellten, war sichtlich gealtert. Die kurz geschnittenen schwarzen Locken waren an den Schläfen ergraut, und er hatte deutlich an Gewicht zugelegt.

„Stress?", meinte Larson. „Nein, damit könnte ich umgehen. Es ist dieser ganze politische Scheiss, mit dem sie einem hier auf die Nerven fallen. Als der Typ vom State Department mir vor zwei Monaten den Job beschrieb, klang es noch ganz einfach: ‚Im Geiste der Normalisierung der gegenseitigen Beziehungen die Grundlagen für eine Wiederaufnahme der wirtschaftlichen Zusammenarbeit ausarbeiten und gleichzeitig gemeinsam mit den Vietnamesen die Suche nach den immer noch vermissten US-Soldaten koordinieren.' Für mich hörte sich das nach Verhandlungen, Konferenzen, Geschäftsessen an ... diese Richtung. Die Probleme fingen an, als wir einen Namen für diese Organisation finden mussten. Hanoi wollte da unbedingt mitreden, obwohl die USA ja alles bezahlen: die Gehälter, die Spesen, die Miete. Nach langem Hin und Her einigten wir uns auf ein sprachliches Monster: ‚Joint U.S.-Vietnam Dialogue Group on Bilateral Relations'.

„Furchtbar", pflichtete Antoine ihm bei. „Lässt sich ja nicht mal abkürzen – oder willst du Chef von etwas sein, was sich ‚JUSViDiGoBR' oder so ähnlich nennt?"

Larson musste lachen; dann tauchte urplötzlich ein Scooter-Fahrer vor der Motorhaube auf, und George riss das Steuer herum, um ihm auszuweichen.

„Die fahren hier ja noch rücksichtsloser als in Bangkok", stellte Antoine fest.

„Ja. Am schlimmsten sind die Motorräder …", knurrte Larson. „Aber weiter: Mit einem Mal wollte Hanoi auch Themen wie Wirtschaftshilfen oder die Entgiftung der durch Agent Orange verseuchten Gegenden einbeziehen. Kurz, es ging jetzt um viel Geld. Und die Vietnamesen spielten geschickt die Opferkarte. Um die Situation noch zu verkomplizieren, machen die Veteranenverbände zu Hause Druck wegen der GIs, die angeblich noch in geheimen Lagern festgehalten werden. So wie in diesem unsäglichen *Rambo*-Film. Erst als wir mit dem Abbruch der Verhandlungen drohten, bewegten sich die Vietnamesen. Denn allen ist klar, dass in naher Zukunft das Handelsembargo der Amerikaner fällt und die diplomatischen Beziehungen wieder aufgenommen werden. Und irgendwann brauchen wir Vietnam auch als geopolitischen Partner gegen China, weil …"

„Und meine Aufgabe?", warf Antoine ungeduldig ein. „Was soll ich eigentlich konkret tun?"

Larson zündete sich seine dritte Zigarette an. „Du kümmerst dich um die vermissten Soldaten. Es sind noch etwa eintausendvierhundert. Du wirst jede Menge Dossiers in deinem Büro vorfinden. Meist sogenannte ‚After Action Reports' der Einheiten, denen die Vermissten angehörten. Du hast fünf Leute, die für dich arbeiten. Ach so, ja, die Vietnamesen bestanden auf einen Verbindungsoffizier. Offiziell soll er uns bei den Sucharbeiten helfen, Ausgrabungen organisieren, diese mit den lokalen Behörden koordinieren. In Wahrheit wird er wohl vor allem den Geheimdienst informieren. Er heisst Van Dong. Er war Hauptmann bei der 304. Division. Du erinnerst dich, das war die nordvietnamesische Division, die damals gegen meine Marines in Khe Sanh eingesetzt wurde. Nimm dich vor ihm in Acht."

Der Wagen bog in die Prachtstrasse bei der Notre-Dame-Kathedrale ein. Vorbei am gotisch inspirierten Hauptpostamt, das Ende des 19. Jahrhunderts angeblich von Gustave Eiffel entworfen worden war. Für Antoine vertrautes Gebiet. Die Kathedrale hatte er oft mit seiner Verlobten Thuy besucht, die aus einer frankophilen katholischen Familie stammte. Und in dem Postamt hatte er jeweils seine Storys und Fotos abgeschickt.

„Lass uns erst im ‚Caravelle' einchecken und einen Drink nehmen", schlug Larson vor. Anschliessend stelle ich dich dem Team vor."

Kapitel 2

Larson parkte den Wagen an der Ton-Duc-Thang-Strasse im Zentrum Saigons vor einer von hohen Palmen teilweise verdeckten zweistöckigen Kolonialvilla. Sie wirkte mit ihrem tropischen Garten wie eine Oase in dem vorbeibrandenden Verkehr. Zwei gelangweilt wirkende vietnamesische Wachtposten sassen hinter einer roten Schranke am Eingang der Villa, deren weiss-gelbe Fassade bereits grossflächig abblätterte. Ihre Kalaschnikows hatten sie an die ehemals weissen Plastikstühle gehängt. Sie standen auf, als sie Larson sahen, und grüssten militärisch.

Er werde ihn erst mal als Berater vorstellen, hatte ihm Larson gesagt. Die offizielle Ernennung zum Leiter der Vermissten-Operation sei wohl noch in den administrativen Mühlen in Washington hängen geblieben.

Die etwa fünfzehn Mitarbeiter warteten bereits im Konferenzzimmer im ersten Stock. Meist waren es Vietnamesen, über die Hälfte davon junge Frauen. Wahrscheinlich alles Sekretärinnen und Dolmetscherinnen, vermutete Antoine. Sie trugen alle den Ao Dai, die traditionelle vietnamesische Tracht: Das Oberteil eine eng anliegende Seidentunika, auf beiden Seiten bis über die Hüfte hochgeschlitzt, mit langen Ärmeln und hohem Kragen. Dazu eine lose fallende Hose aus Seide. Der Ao Dai betonte perfekt die zierlichen Körper. Es war ein Kleidungsstück, das alles bedeckte, aber gleichzeitig alles enthüllte.

Larson hob in seiner kurzen Ansprache Antoines langjährige Erfahrungen in Asien als Journalist, Investor und Leiter einer grossen internationalen Hilfsorganisation im Norden Thailands und in Burma hervor. Details vermied er. „Antoine Steiner ist dschungelerfahren", beendete er seine Ausführungen. „Er kennt viele der damals umkämpften Gebiete, in denen wir die Mehrzahl unserer vermissten Soldaten suchen werden, noch aus seiner Zeit als Kriegsreporter. Und er ist Schweizer. Wir können von ihm also eine strikte Neutralität erwarten, wenn es um den ideologischen Diskurs geht. Ich kenne ihn seit vielen Jahren und ich bin froh, dass er hier ist. Er wird uns helfen, unsere gemeinsame Zukunft zu gestalten."

Die drei Ventilatoren an der Decke des Konferenzzimmers drehten sich träge und leise knarrend. Sie kamen gegen die Hitze nicht an, die durch die halb geöffneten Fenster drang. Antoine wischte sich den Schweiss von der Stirn und stellte bei einem Blick in die Runde fest, dass die Mitarbeiter nicht übermässig interessiert wirkten. Nach etwa fünfzehn Minuten endete Larsons Rede. Freundlicher Applaus, einige Mitarbeiter stellten sich bei Antoine vor, drückten ihm die Hand. Unter ihnen Anne Wilson, eine gut aussehende Brünette, die vom State Department kam und nun die Wirtschaftsabteilung leitete – Larson hatte sie als „fähig und kompetent" bezeichnet. Antoine schätzte sie auf Mitte dreissig. Van Dong hingegen, der Ex-Offizier der Nordvietnamesen, ging, ohne eine Gefühlsregung zu zeigen, mit einem knappen Nicken an Antoine vorbei zur Tür. Vor ihm hatte Larson ihn gewarnt. Er stellte sich den Mann in der Uniform eines Bo Doi vor, eines kommunistischen Kämpfers. *Er war ein Dai uy, ein Hauptmann, und gehörte einer Eliteeinheit an. Er hat mit Sicherheit viele US-Soldaten getötet*, dachte Antoine. Und er fragte sich, ob Van Dong, der mutmassliche Spitzel, der Grund war, weshalb George die Biografie seines Freundes so vage gehalten hatte – wie ein Politiker, der zu Gemeinplätzen, Worthülsen und Halbwahrheiten Zuflucht nimmt.

„Komm, ich zeige dir noch schnell dein Büro", drängte Larson. „Meine Maschine nach Hanoi geht in zwei Stunden. Termin bei den Betonköpfen im Informationsministerium." Er wirkte gehetzt, zündete sich wieder eine Zigarette an. Er hielt die filterlose Lucky Strike zwischen dem Daumen, Zeige- und Mittelfinger. Das brennende Ende schirmte er mit seiner Handfläche ab. So wie damals die Soldaten an der Front, um nachts dem Feind ihre Stellung nicht zu verraten.

Das Büro lag ebenfalls im ersten Stock und war nicht besonders gross. Es war bestückt mit gebrauchten Möbeln aus amerikanischen Armeebeständen: ein grüner Standardschreibtisch, ein grosser, offener Schrank voller Akten. Keine Bilder an den Wänden, deren geblümte Tapeten bereits abblätterten. Der Deckenventilator funktionierte nicht. Durch die halb geöffneten Fenster drangen die Hitze und der fast unerträglich laute Strassenlärm.

Antoine sah sich um. Zweifel stiegen in ihm auf. *Ist das nun mein neues Leben? Will ich wirklich hier meine nächsten Jahre verbringen? In diesem tristen Büro? Und im Dschungel die Gebeine von vermissten GIs ausgraben?* Tja ... das würde sich noch zeigen. Was er auf jeden Fall wollte, war die Mission erfüllen, derentwegen er eigentlich hergekommen war: die Mörder von Thuy, seiner Verlobten, finden. Dieser Rachegedanke war über die Jahre fast zu einer Obsession geworden, zu einer Wunde, die nicht verheilen wollte. Er fühlte sich schuldig an ihrem Tod. Und die Erinnerung an sie hatte ihn emotional lange von der Aussenwelt abgeschirmt und zu einem einsamen Wolf gemacht.

Larson riss ihn aus seinen Gedanken. „Ich hoffe, dass ich in drei oder vier Tagen zurück bin. Und du, leb dich erst mal hier ein. Entdecke die Stadt neu. Geh mal mit Anne essen. Sie spricht etwas Vietnamesisch und kennt hier alle guten Restaurants. Falls du Lust hast, kannst du dich auch schon in die Dossiers einlesen. Wenn ich zurück bin, legen wir dann die Prioritäten fest. Bis dahin ist hoffentlich auch deine Akkreditierung aus Washington da."

Nachdem George gegangen war, holte Antoine sich eines der Dossiers aus dem Schrank. Sie steckten alle in einem grau-grünen Umschlag, auf dessen Vorderseite handschriftlich die Namen der bisherigen Leser – samt Dienstgrad und Einheit – verzeichnet waren.

Antoine begann zu lesen. Ein Hubschrauber vom Typ Huey der US Army war im Oktober 1972 während eines Aufklärungsflugs in einem unwegsamen Dschungelgebiet nahe der laotischen Grenze abgeschossen worden. Die beiden Piloten und der Bordschütze wurden als „*Missing in action – presumed dead*" geführt, als „Vermisst – vermutlich tot". Die ungefähren Koordinaten der Absturzstelle waren bekannt. Aber alle Suchaktionen aus der Luft waren ergebnislos verlaufen. Antoine blätterte weiter. Ein Kartenausschnitt des Einsatzgebiets mit der ungefähren Flugroute des Hubschraubers. Die Fotos der Crew und Luftaufnahmen der vermuteten Absturzstelle. Und schliesslich der mit dem Stempel „Vertraulich" markierte sogenannte „After Action Report" des zuständigen Einheitskommandanten, der auf zehn maschinengeschriebenen Seiten Ziel und Ablauf des Einsatzes skizzierte, ergänzt um eine Aufzeichnung der Funkgespräche und die Interviewprotokolle der Suchhelikopterpiloten.

Antoine betrachtete lange die Archivfotos der beiden abgeschossenen Piloten. Junge Gesichter. Ein selbstbewusstes Lächeln, das besagte: Der Krieg ist ein grosses Abenteuer. Beide waren Leutnants. Etwa so alt wie er damals. Antoine dachte an den Blick aus dem Flugzeugfenster. *Wir werden euch nie finden. Keine Chance in diesem verdammten Dschungel.*

Er legte das Dossier in den Schrank zurück. Zog vier, fünf weitere heraus und blätterte deren Inhalt durch. Der letzte Umschlag war auffallend leicht und dünn. Als Antoine ihn öffnete und umdrehte, fielen zwei Dog Tags heraus, jene metallenen Identifikationsmarken, die jeder amerikanische Soldat bei sich trug. Der eingestanzte Name lautete Patrick C. Hamilton. Sonst war nichts in dem Kuvert, auch keine amtlichen Vermerke auf der Vorderseite. Antoine überlegte. Irgendwo war ihm dieser Name schon mal untergekommen. Aber es war sicher niemand, den er persönlich gekannt hatte. Patrick C. Hamilton … Na ja, würde ihm schon wieder einfallen. Oder er würde Larson fragen.

Zum x-ten Mal an diesem Tag zog er sein Taschentuch heraus, um sich die Stirn zu trocknen. Die schwüle Hitze, die bleiern über der Stadt lag, wurde immer unerträglicher. Er beschloss, seinen ersten Arbeitstag zu beenden und zu Fuss ins Hotel „Caravelle" zurückzukehren.

Die Stadt war ihm vertraut und fremd zugleich. Vieles erinnerte ihn an damals, als er hier lebte: das Chaos auf den Strassen, der Lärm und das Gehupe von mehreren hunderttausend Autos, Motorrädern, Mopeds und Bussen, die exotischen Gerüche, die aufdringlichen Händler, die mobilen Garküchen am Strassenrand. Aber die Energie der Stadt hatte sich verändert. In den letzten Kriegsjahren war das Leben hier wie ein Tanz auf dem Vulkan gewesen. Aufregend und sündig. Die Gier nach Leben, nach Überleben wurde noch stärker, noch frenetischer, je weiter sich die feindlichen Truppen der Stadt näherten. Jetzt aber wirkte Saigon grau und trist. Die vielen Bars an der legendären Tu-Do-Strasse, die vom „Caravelle" zum Fluss hinunterführte und jetzt Dong-Khoi-Strasse hiess, waren alle verschwunden. Und die Verlierer des Krieges wurden nun sichtbarer: ein einarmiger Veteran mit schweren Verbrennungen im Gesicht, der am Strassenrand Spielzeughubschrauber anbot, die er aus Coca-Cola-Dosen gebastelt hatte; bettelnde Kinder in verschlissenen Kleidern; die vielen Rikschafahrer, meist ehemalige Soldaten der geschlagenen südvietnamesischen Armee, die in dem neuen Vietnam keine Jobs mehr fanden.

Zu seinem Erstaunen existierte das „Brodard" an der ehemaligen Tu-Do-Strasse noch immer. Damals sein Lieblingscafé. Französisches Flair, eine Jukebox mit den neuesten französischen Songs, Treffpunkt der Literaten und Studenten. Hier hatte er Thuy gestanden, dass er sich in sie verliebt hatte und sie gefragt, ob sie seine Frau werden möchte. Diesen Moment würde er nie, niemals vergessen. Thuy hatte seine Hand genommen und gesagt: „In Vietnam dauert es lange, bis jemand sagt, dass er verliebt ist." Und dann, nach langem Zögern, während sie ihm ernst in die Augen sah, als wollte sie ihm auf den Grund seiner Seele blicken, hatte sie hinzugefügt: „Diese Art von Liebe nennen wir *yeu*. Sie dauert ein ganzes Leben. Aber vielleicht meinst du das, was wir *thuong* nennen – Verliebtheit. Wenn die sich hinterher als blosse Affäre herausstellt, ist das für euch im Westen kein Problem. Aber hier bei uns ... Gib uns noch ein wenig Zeit, Antoine, bis wir sicher sind, ob es wirklich *yeu* ist."

Eine junge Bedienung in Jeans und T-Shirt trat an den Tisch, um Antoines Bestellung aufzunehmen, und brachte ihn in die Gegenwart zurück. Er orderte einen Espresso, und erst jetzt kam er dazu, das Lokal bewusst zu betrachten. Dieses legendäre Café, das bereits kurz nach dem Zweiten Weltkrieg gegründet worden war, hatte sich auf den ersten Blick kaum verändert, die Einrichtung war noch die gleiche wie damals. Lediglich die Polsterungen der Sitze wirkten etwas verblichen. Und die Jukebox war verschwunden. Aber das Publikum war ein anderes. Der frankophile Charme war verschwunden und unter den Gästen dominierten jetzt die lärmigen Touristen aus Australien oder Japan.

Am nächsten Morgen war Antoine bereits früh in seinem Büro. Er hatte schlecht geschlafen, so viele Erinnerungen waren in ihm aufgestiegen. Bilder, die längst vergessen schienen, drängten sich mit Macht in seine wirren Träume. Immer wieder, wie in einer Endlosschleife, die Bilder von Thuy. Wie er sich kurz vor dem Fall Saigons am Flughafen von ihr verabschiedet hatte. Wie sie sich verzweifelt in den Armen lagen. Wie er ihr versprach, dass er bald zurück sei und sie dann heiraten würden.

Im Korridor stiess er auf Van Dong, den ehemaligen nordvietnamesischen Offizier. Sie nickten einander zu. Beide waren für einen Moment unschlüssig, wie sie reagieren sollten. „Haben Sie Zeit für einen Kaffee?", fragte ihn Antoine schliesslich. Er war neugierig auf diesen hochdekorierten Krieger, der jetzt seine Uniform gegen ein weisses Hemd und eine blaue, etwas abgewetzte Hose eingetauscht hatte.

Van Dong schaute ihn amüsiert an. „Ich rate Ihnen von dem Kaffee ab. Er schmeckt scheusslich. Die Amerikaner verstehen es einfach nicht, einen anständigen Kaffee zu brauen. Das konnten die Franzosen wirklich besser. Ich rate Ihnen zu einem Jasmintee. Ihre Sekretärin wird Ihnen zudem den Tee in einer richtigen Porzellantasse servieren. Und nicht in einem dieser Styroporbecher."

Sein Englisch war holprig, und gelegentlich suchte er nach den richtigen Worten. Aber seine Stimme hatte einen festen Klang. Der Mann war es offensichtlich gewohnt, Befehle zu erteilen.

Sie nahmen in Antoines spartanisch eingerichtetem Büro Platz. Antoine überlegte. Wie sollte er dieses Gespräch, auf das er sich nicht hatte vorbereiten können, beginnen? Er beschloss, zunächst mögliche Übereinstimmungen auszuloten. Konflikte mit seinem „Mitarbeiter" würden sich wohl noch früh genug ergeben.

„Sie wissen wahrscheinlich, dass ich als Reporter in Khe Sanh war", begann er. „Und ich habe mich damals oft gefragt, wie Ihre Soldaten das ausgehalten haben – die täglichen Bombenangriffe der Amerikaner, auch von den riesigen B-52, auf die nordvietnamesischen Belagerer und die Nachschubwege über den Ho-Chi-Minh-Pfad. Sie waren damals dabei, nicht wahr?"

Der Ex-Hauptmann sah ihn überrascht an. „Sie sind gut informiert. Ja, ich bin mit meiner Kompanie von Hanoi aus nach Khe Sanh marschiert. Einundsiebzig Tage lang. Weil unsere Verpflegung nicht ausreichte, mussten wir uns selbst versorgen: unterwegs erlegte Tiere mit gekochten Ameisen als Gewürz, wilde Bananen, Bambussprossen. Am Ende schlotterten uns die Uniformen um den Körper. Wir alle waren völlig erschöpft, viele konnten kaum mehr ihre Waffe tragen. Einige starben auf dem Marsch. An infizierten Wunden, die von Luftangriffen stammten. Oder an der Ruhr. Weil wir keine Medikamente mehr hatten." Van Dong machte eine Pause. So, als ob er erst wieder in die Gegenwart zurückfinden müsse. „Und um Ihre Frage zu beantworten – wir haben das alles ausgehalten, weil wir an den Sieg glaubten. Die Bombenangriffe haben unseren eisernen Willen, bis zum Ende zu kämpfen, noch gestärkt. Das unterschied uns von den Amerikanern."

Er hat recht, dachte Antoine. *Die meisten GIs hatten nur ein einziges Ziel: das Jahr in Vietnam zu überleben.*

Stille. Antoine wie Van Dong hingen ihren Gedanken nach. Plötzlich trat die junge Sekretärin ein und schenkte Tee nach. Antoine war dankbar für die kurze Abwechslung. Er räusperte sich. „Darf ich Ihnen eine persönliche Frage stellen?"

Van Dong nickte.

„Was halten Sie von dieser Suche nach den vermissten amerikanischen Soldaten?"

Van Dongs Antwort kam so prompt, als hätte er sie vorher geprobt. „Nordvietnam hat in diesem Krieg hunderttausende Soldaten verloren. Gefunden werden können sie nie – weil sie von Bomben in Stücke gerissen wurden oder im Napalm verbrannten. Dass die USA Millionen investieren, um die verfaulenden Knochen ihrer rund zweitausend vermissten Soldaten auszugraben, stösst hier auf grosse Verwunderung. Warum können die Amerikaner nicht einfach einen Schlussstrich ziehen und weiterleben? So wie wir. Der Krieg ist seit siebzehn Jahren vorbei."

Antoine lächelte verbindlich. „Sie wissen doch, dass Amerika seinen Soldaten verspricht, dass sie heimgeholt werden. Ob tot oder lebendig."

Van Dong zuckte mit den Schultern. „Ich habe gehört, dass von einzelnen Vermissten bloss ein paar Zähne gefunden wurden. Und die wurden dann in die USA geflogen und mit militärischen Ehren in einem Sarg begraben. Niemand hier kann das verstehen."

So kommen wir nicht weiter, dachte Antoine. *Ich muss wissen, ob ich von Van Dong Unterstützung zu erwarten habe oder eine Fortsetzung des Krieges.* Er achtete darauf, seine Stimme betont unaggressiv klingen zu lassen, als er wieder das Wort ergriff: „Gestatten Sie mir eine weitere persönliche Frage. Glauben Sie, dass es – trotz aller Differenzen – für die Feinde von einst einen Weg der Versöhnung gibt? Ich meine das auch im Hinblick auf die südvietnamesische Seite, die ja ebenfalls eine enorme Zahl an toten Soldaten und Zivilisten zu beklagen hat."

Van Dong dachte nach. „Das hängt davon ab, mit wem Sie reden. Wir ehemaligen Frontsoldaten verstehen sehr gut, was die Veteranen der gegnerischen Seite durchgemacht haben. Dass auch sie durch die Hölle gingen. Sie unterscheiden sich da nicht von uns – sie haben getan, was ihnen befohlen wurde. Und sie haben oft einen hohen Preis dafür bezahlt. Manchmal hatten wir sogar eine gewisse Hochachtung vor ihnen. Wir haben nach einem Gefecht meist die Leichen der toten Amerikaner nach Briefen oder Karten durchsucht, um Informationen zu bekommen. Das war ja so üblich. Die Amerikaner taten das auch. Wir haben oft Fotos von Freundinnen oder Ehefrauen gefunden. Oder von Kindern. Wir wussten dann, dass es Menschen gab, die diesen Toten liebten und ihn vermissen würden." Er schaute konzentriert auf seine Teetasse. So, als ob er seine nächsten Worte sorgfältig abwägen müsse. „Wer die Schrecken des Kampfes kennt, ist viel eher bereit, seinem Feind zu vergeben."

Kapitel 3

Der Frühstücksraum im obersten Stockwerk des Hotels „Caravelle" bot einen spektakulären Blick auf die Stadt und das Umland. Während des Krieges war die „Roof Top Bar" in der neunten Etage abends ein beliebter Treffpunkt der Journalisten gewesen. Von hier aus konnte man – bei einem Glas Champagner oder einem Whisky – die grellen Blitze der Explosionen in den Reisfeldern und Mangrovensümpfen jenseits des Saigon-Flusses beobachten, die Einschläge der Artillerie, der Raketen und der Granatwerfer. Manchmal sogar die Leuchtspurgeschosse (rot für die amerikanischen M16, grün für die AK-47 des Feindes), wenn sich die Gefechte der Stadt näherten. Aber die Bar war nicht nur das nächtliche Hauptquartier der Journalisten auf Nachrichtenjagd, hier trafen sich auch Geheimdienstleute jeder Couleur, Diplomaten, Kriegsgewinnler, Politiker und Offiziere. Antoine hatte sich oft gefragt, ob diese Voyeure des Krieges, die fachkundig das Feuerwerk am nächtlichen Horizont kommentierten, sich darüber klar waren, dass dort gerade Menschen starben.

Für Lärm und Aufsehen sorgten die Reporter, die gerade von der Front gekommen waren, aus den Reisfeldern des Mekongdeltas, dem Hochland oder den umkämpften Stützpunkten der Marines an der Grenze zu Laos und Kambodscha. Sie trugen meist noch ihre verschwitzten grünen Dschungeluniformen, die Kampfstiefel, an denen der Dreck von Khe Sanh oder My Tho klebte, und standen immer etwas abseits an der Bar, wo sie zynische Sprüche über den Krieg klopften. Sie redeten alle eine Spur zu laut. Aber vielleicht war es auch nur die Wirkung des Whiskys, der ihnen helfen sollte, die grausamen Bilder dieses Krieges zu vergessen.

Von seinem Tisch am Fenster schaute Antoine hinab auf jenes Stück Saigon, das ihm so lange Zeit temporäre Heimat gewesen war: direkt unter ihm das Ende des 19. Jahrhunderts von den Franzosen erbaute Opernhaus, dann, etwa hundertfünfzig Meter entfernt, das Hotel „Continental", auf dessen Terrasse Graham Greene 1955 seinen berühmten Roman *The Quiet American* geschrieben hatte, und schliesslich das Hotel „Rex", damals Sitz des amerikanischen Generalstabs. Erst jetzt fiel ihm die Lücke auf dem grossen Platz vor der Oper auf. Hier hatte auf einem gewaltigen Sockel das überlebensgrosse Monument zweier südvietnamesischer Soldaten gestanden. Das Denkmal war kurz nach Kriegsende von den neuen Herrschern geschleift worden.

Antoine liess sich willig von seinen Erinnerungen treiben. *Vielleicht mache ich nachher einen Spaziergang nach Ham Nghi und suche meine frühere Wohnung. Ob das Haus wohl noch steht? Und was mag aus meiner ehemaligen Köchin geworden sein?*, fragte er sich. Wenn sie noch lebte, war sie jetzt sehr alt. In jüngeren Jahren, so hatte sie immer betont, war sie Köchin bei einem französischen General gewesen. Tatsächlich waren ihre berühmten Cha giò, ihre vietnamesischen Frühlingsrollen, der Grund, warum seine Reporterkollegen so oft unangemeldet bei ihm auftauchten, wenn er in Saigon war. Selbst Thuy liebte ihre Cha giò. „Superb, die besten in ganz Saigon", sagte sie oft.

Da war sie wieder, diese quälende Erinnerung an Thuy.

Eine weibliche Stimme weckte ihn aus seiner nostalgischen Gefühlswelt: „Hallo Antoine. Ich wusste doch, dass ich Sie hier finden würde."

Anne Wilson stand vor ihm. Sie trug eine beigefarbene Seidenbluse, einen dunkelblauen Rock und Schuhe mit hohen Absätzen. Das typische Outfit einer Geschäftsfrau, ein Eindruck, der durch die elegante Aktentasche noch betont wurde.

„Ich hatte einen Termin im Hotel und dachte, ich schaue mal nach Ihnen. George Larson hatte mich gebeten, mich ein bisschen um Sie zu kümmern, während er in Hanoi ist. Übrigens: Willkommen zurück in Saigon!"

Antoine stand auf und rückte einen Stuhl für sie zurecht. „Hallo Anne, setzen Sie sich doch. Kaffee?"

Anne gab dem Kellner ein Zeichen und unterhielt sich mit ihm kurz auf Vietnamesisch. *Eine attraktive Frau*, dachte Antoine. Sie hatte die kastanienbraunen Haare zu einem Pferdeschwanz gebunden. Ihre Augen waren grün, das Gesicht leicht gebräunt und kaum geschminkt. Sie trug keinen Schmuck, keine Ringe. Lediglich die goldene Uhr, ein Schweizer Fabrikat, schien exklusiv und teuer zu sein.

Der Kellner servierte einen Kaffee und einen Orangensaft. Anne nippte an dem Glas, schüttelte den Kopf. „Vietnam produziert dieses Jahr hundertsechzigtausend Tonnen Orangen. Und dieses Hotel schafft es nicht, einen ordentlichen Orangensaft anzubieten. Dafür dieses dünne Gesöff, das wahrscheinlich aus chinesischem Import stammt."

„Und die hundertsechzigtausend Tonnen, was passiert mit denen?", fragte Antoine.

„Die werden exportiert. Vietnam muss noch immer Kriegsschulden an China und Russland bezahlen. Der Krieg und die Wiedervereinigung haben das Land ruiniert."

„Tja, das hat Van Dong mir gestern auch klargemacht."

„Ach, Sie haben schon mit ihm gesprochen? Das ging ja schnell. Welchen Eindruck hatten Sie von ihm? Was hat er gesagt?"

„Dass ihr Amerikaner keinen anständigen Kaffee brauen könnt."

Anne lachte. „Da hat er wohl nicht ganz unrecht. Und sonst?"

„Es scheint, dass er Versöhnung für möglich hält. Immerhin. Er wird mir also hoffentlich nicht allzu viele Steine in den Weg legen. Er sagte, wer die Schrecken des Kampfes kenne, sei viel eher bereit, seinem Feind zu vergeben."

„Wenn er sich da bloss nicht täuscht." Annes Stimme klang skeptisch. „Van Dong ist ein Romantiker. Er glaubt an das neue sozialistische Vietnam. An die Propaganda aus Hanoi. Ich habe gelegentlich versucht, mit ihm über wirtschaftliche Themen zu diskutieren. Gehört ja auch zu meinem Job hier. Aber es ist sinnlos. Er kennt nur Slogans und kann auf politische oder wirtschaftliche Argumente nicht eingehen, ohne sich vorher in der Parteizentrale zu erkundigen, wie die offizielle Linie in diesem Moment gerade ist." Sie gab dem Kellner ein Zeichen. „Möchten Sie auch noch einen Kaffee?"

Antoine nickte.

„Der einheimische Kaffee ist übrigens sehr gut. Er wird im Hochland angebaut. Beste klimatische Bedingungen", fuhr Anne fort, als müsste sie einen potenziellen Investor überzeugen. „Die Bohnen werden sogar noch von Hand gepflückt. Die Weltbank finanziert massiv den Anbau. Und wir helfen mit unseren Beratern. Vietnam ist auf dem besten Weg, einer der grössten Kaffeeproduzenten der Welt zu werden." Ein bisschen Stolz klang in ihrer Stimme mit.

„Das hört sich an, als wären Sie persönlich involviert", meinte Antoine amüsiert.

„Noch nicht. Aber warten Sie mal ab, wenn nächstes Jahr das amerikanische Handelsembargo gegen Vietnam aufgehoben wird." Anne kam jetzt richtig in Fahrt, ihre grünen Augen blitzten. „Van Dong wird sich noch wundern! Grosse amerikanische Unternehmen warten nur darauf, hier massiv mit Investitionen und Finanzhilfen einzusteigen. Gleichzeitig boomt das Reisebusiness. Die Amerikaner kehren zurück. Diesmal als Touristen. Und wenn dann die ersten McDonald's in Saigon eröffnen, die Jugend in den neu eröffneten Boutiquen Sneakers von Nike kauft und mit Kreditkarten der Citibank bezahlt, dann …"

„… dann hat Amerika den Krieg doch noch gewonnen?"

Anne sah ihn verdutzt an. Dachte nach. „Stimmt, so kann man es auch sehen", räumte sie mit einem Lächeln ein. „Aber ich muss

Sie jetzt allein lassen", fügte sie nach einem raschen Blick auf die Uhr hinzu. „Wie ist es – haben Sie Lust, heute Abend mit mir essen zu gehen?"

Für Antoine klang das kaum wie eine Frage. Eher wie ein Befehl.

„Sehr gern", antwortete er. Und er war überrascht, wie schnell er zugesagt hatte. Eigentlich hatte er ja andere Pläne, wollte unten am Saigon-Fluss im „Floating Restaurant" gegrillte Black-Tiger-Garnelen essen und sich vorher im Spa des Hotels noch eine Massage gönnen.

Anne strahlte. „Gut. Typisch Vietnamesisch. Nichts Vornehmes. Jeans und Polo wären okay. Ich hole Sie um sieben im Hotel ab."

Antoine sah ihr nach, wie sie mit schnellen Schritten zum Ausgang stöckelte und sich noch kurz mit dem Kellner unterhielt, der sie lächelnd zur Tür geleitete.

Für sie ist Vietnam ein wirtschaftliches Problem. Kredite für den Wiederaufbau organisieren. Marktwirtschaftliche Reformen anstossen. Businesspläne machen, dachte Antoine. *Sie liebt dieses Land nicht. Nicht so, wie ich es liebe.*

Beinahe bedauerte er jetzt seine Zusage, mit ihr essen zu gehen.

Als Antoine, wohlig entspannt nach zahllosen Runden im Hotelpool und einer ausführlichen Massage, die klimatisierte Eingangshalle des „Caravelle" verliess, wurde er von der Hitze und der Luftfeuchtigkeit fast erschlagen. Schon nach kurzer Zeit klebte sein T-Shirt am Körper. Er blieb ein paar Minuten vor der gläsernen Eingangstür stehen und überlegte, was er als Nächstes tun sollte. Ins Büro? Rechtzeitig fiel ihm ein, dass heute Samstag war. Oder ein Nostalgiespaziergang Richtung Ham Nghi, wo sich damals seine Wohnung befand? Er war unentschlossen. Dann meldete sich sein Magen.

Ich gehe erst mal ins „Brodard", dachte er und bog in die Dong-Khoi-Strasse ein. „Strasse der Volkserhebung" hatten die kommunistischen Sieger aus dem Norden die ehemalige sündige Meile getauft, in deren Bars und Bordellen sich Hunderttausende vom Krieg traumatisierter GIs für ein paar Stunden in den Armen von mandeläugigen Girls dem Vergessen hingegeben hatten.

Antoine bestellte einen Espresso und ein Banh Mi, ein Baguette mit allerlei typisch asiatischen Zutaten, das einst als gelungene kulinarische Kombination der französischen und vietnamesischen Küche gefeiert worden war und längst Kultstatus erlangt hatte.

„*Ngon mieng*", guten Appetit, wünschte der Keller, als er ihm das Baguette servierte. Er war vielleicht achtzehn, trug Jeans und ein schwarzes T-Shirt mit der ausgestreckten roten Zunge, dem berühmten Rolling-Stones-Aufdruck. *Das ist die neue Generation*, dachte Antoine. *Den Krieg kennt sie nur aus den Erzählungen ihrer Eltern oder aus den Geschichtsbüchern. Und mit marxistischer Ideologie hat die nichts am Hut. Diese jungen Leute wollen ganz schnell viel Geld machen, Spass haben – was im Krieg geschah, interessiert sie nicht. Vielleicht haben sie ja recht. Das Leben geht weiter.*

Gedankenverloren biss er in sein Banh Mi. Warum konnte nicht auch er einfach einen Schlussstrich ziehen? Thuy war in einem der berüchtigten Umerziehungslager im Mekongdelta gefangen gehalten worden. Und sie hatte nicht zu den Überlebenden gehört, als das Lager nach vielen Jahren aufgelöst wurde. Das wusste er aus verlässlicher Quelle. *Sie starb, nur weil sie den Mut hatte, mich zu lieben*, dachte er gequält. *Aber selbst wenn ich ihren Mörder finden könnte, was hätte ich davon? Irgendein Lageraufseher, der einen Exekutionsbefehl ausführte – in den Augen der Kommunisten noch immer eine legale Handlung, eine Bestrafung würde nicht erfolgen. Was also dann? Ihn eigenhändig umbringen?* Jetzt, da er sein Vorhaben zum ersten Mal wirklich durchdachte, erkannte Antoine, wie unsinnig es war. Mit schmerzhafter Deutlichkeit wurde ihm bewusst, dass er willig eine Illusion gehätschelt hatte. Nämlich, dass diese Rache ihn erlösen würde von seiner Unfähigkeit, eine neue Bindung einzugehen. Dieses Feuer am Glühen zu halten war einfach, solange er viele tausend Kilometer entfernt gelebt hatte. Jetzt aber war er zurück in Vietnam …

Spontan entschloss er sich, das Haus von Thuys Eltern aufzusuchen. Es lag in einem ruhigen Quartier direkt hinter dem Hauptpostamt. Antoine hoffte, dass sie dort noch wohnten. Dann könnte er ihnen persönlich sagen, wie tief er es bereute, Thuy nicht rechtzeitig in die sichere Schweiz gebracht zu haben. Und vielleicht würde ein Gespräch über Thuy ihm helfen, endlich zu akzeptieren, dass sie nicht mehr da war. Vielleicht würde dann endlich auch sein Leben weitergehen.

Thuys Eltern … Er erinnerte sich so deutlich an seinen Antrittsbesuch bei ihnen, als läge er nur ein paar Wochen zurück. Madame Pham, Thuys Mutter, hatte ihn auf der Terrasse der Villa erwartet, gekleidet in einen einfachen schwarzen Ao Dai. Sie war noch immer eine Schönheit, und er sah sofort, wie sehr Thuy ihr glich. Ihr Mann und Thuy würden gleich da sein, entschuldigte sie sich und bat ihn ins Wohnzimmer. Es roch nach Räucherstäbchen.

Madame Pham führte ihn zu einer kleinen Sitzecke unter dem Porträt des Präsidenten Nguyen Van Thieu. Während Pierre, der Diener, ihnen Jasmintee servierte, suchte Antoine, der ziemlich aufgeregt war, fieberhaft nach einem Kompliment für die Hausherrin, das sie als höflich, aber nicht als aufdringlich empfinden würde.

„Möchten Sie unseren Familienaltar sehen?", fragte sie schliesslich, bevor die Stille allzu peinlich wurde.

„Gern", sagte er dankbar.

Die Wand hinter dem blumengeschmückten Altar war mit Fotos bedeckt. Grösstenteils verblichene Schwarz-Weiss-Aufnahmen, die Personen in traditionellen vietnamesischen Gewändern oder in Uniformen zeigten. Thuys Mutter begann in perfektem Französisch, die Bilder der Vorfahren zu erklären. Meist waren es Ärzte oder Beamte der Kolonialverwaltung. Antoine fielen die Farbfotos von zwei jungen Männern in Offiziersuniform auf. Gerecktes Kinn, stolzer Blick. Offensichtlich Angehörige der Regierungstruppen. „Meine Brüder", erklärte sie. „Beide sind tot." Ein etwas schüchtern wirkender Junge lächelte von einem alten Schulfoto. Sie deutete auf das Bild, zögerte einen Moment. „Mein ältester Bruder. *Ke phan boi*", setzte sie hinzu, das vietnamesische Wort für „Verräter". Er sei nach Nordvietnam gegangen. Sei dort in der Armee.

Antoine sah, dass ihre Augen voller Tränen standen. Er war tief betroffen. Das Schicksal dieser Frau stand stellvertretend für die Tragik ihrer vom Krieg gezeichneten Generation. Zwei Brüder auf Seiten der Regierungsarmee gefallen, ein anderer Bruder kämpfte in der Armee des Feindes. Jedes Gespräch, sogar jede Geste, konnte an einer Wunde rühren …

Thuys Mutter nahm ein Bündel mit Räucherstäbchen in die Hand und gab Antoine die Hälfte davon ab. Sie standen beide schweigend vor dem Familienaltar, hielten die brennenden Räucherstäbchen direkt unter das Kinn. Eine tausend Jahre alte buddhistische Zeremonie, um mit den Ahnen zu kommunizieren.

Trotz des schweren Dufts der Räucherstäbchen nahm Antoine plötzlich das Parfum von Thuy wahr. Er drehte sich um. Sie stand vor ihm. Strahlte ihn an. Sie trug einen gelben Ao Dai aus Seide, ihre langen, pechschwarzen Haare hatte sie aus dem Gesicht zurückgekämmt, jetzt fielen sie wie Kaskaden frei nach unten. Antoine wurde einmal mehr klar: Das war die Frau, die er liebte und mit der er sein Leben teilen wollte.

Dennoch fragte er sich nun, ob diese Präsentation der Familiengeschichte nicht eine subtile Warnung für ihn gewesen war. Thuys Eltern hatten sich erst nach langem Zögern bereit erklärt, Antoine kennenzulernen, denn nach ihrem Willen sollte ihre Tochter einen jungen Arzt aus einer befreundeten Familie heiraten. Und nicht einen Kriegsreporter aus dem Westen, dessen Lebenserwartung überschaubar war und für den Vietnam bloss eine kurze Episode in seinem Leben darstellen würde. Ein Foto von ihm in dieser von Tradition geprägten Ahnengalerie … war das überhaupt vorstellbar? *Trotzdem,* dachte er, *ich werde um Thuy* kämpfen. Eines Tages werden ihre Eltern einer Heirat zustimmen.

„Hat es Ihnen geschmeckt?" Der junge Kellner war an den Tisch getreten, um abzuräumen, und Antoine bemerkte überrascht, dass sein Teller leer war. Ganz in Gedanken hatte er sein Baguette verzehrt. Ohne sagen zu können, ob das wirklich stimmte, murmelte er „Danke, sehr gut" und zahlte.

Auf dem Platz vor der Oper warteten rund ein Dutzend Rikschafahrer auf Kunden. Die meisten hatten es sich in dem korbartigen Gefährt bequem gemacht, schliefen oder suchten unter dem Verdeck Schutz vor der grellen Sonne. Ein ausgemergelter Mann in dreckigen Shorts und Gummisandalen pedalte erwartungsvoll auf ihn zu und rief mit heiserer Stimme: „Hey, GI! Me Trung Si. First Airborne Regiment."

Ein ehemaliger Sergeant in einer Fallschirmjägereinheit der geschlagenen Armee des Südens, der ihn wohl für einen amerikanischen Veteranen hielt. Antoine winkte ihn heran. Der Mann tat ihm leid.

Jetzt begann das rituelle Feilschen um den Fahrpreis. Die neue Währung im wiedervereinten Vietnam hiess Dong, sie ersetzte die noch aus der französischen Kolonialzeit stammenden Piaster. Antoine hatte sich noch nicht an die neue Währung mit ihren vielen Nullen gewöhnt und drückte dem Ex-Sergeant einen Fünfdollarschein in die Hand.

„*Cam ơn*", strahlte der, danke. Er sah aus, als wäre er Antoine am liebsten um den Hals gefallen – die fünf Dollar waren mehr als sein üblicher Tagesverdienst.

Das Cyclo, wie die Rikschas in Vietnam heissen, bog in gemächlichem Tempo in die Hai-Ba-Trung-Strasse ein, vorbei an einem Verkaufsstand am Strassenrand, in dem wunderschöne Schnittblumen in unansehnlichen Plastikkübeln angeboten wurden. Antoine gab dem Rikschafahrer ein Zeichen, anzuhalten. Er erinnerte sich, dass er damals vor seinem ersten Besuch in Thuys Elternhaus hier Blumen gekauft hatte. Er hatte die ältere Verkäuferin um Rat gebeten, welche Blumen denn angemessen seien für Thuy und ihre Mutter. Sie hatte ihm Rosen empfohlen. Blassrosa für die Freundin, denn diese Farbe symbolisiere in Vietnam Reinheit, da sie vom Weiss abstamme, aber auch Leidenschaft. Und ein zartes Apricot, Sinnbild der Sanftheit und Zurückhaltung, für die Mutter. Also kaufte Antoine nun abermals zehn prachtvolle, langstielige, apricotfarbene Rosen.

Kurz darauf stand er wieder vor dem schmiedeeisernen Tor, von dem eine blumengesäumte Treppe zur Eingangstür führte. Alles war noch unverändert. Er zögerte einen Augenblick. Drückte dann die Klingel. Sah eine Silhouette am Fenster. Sah Gardinen, die sich bewegten.

Er wartet lange. Schliesslich, nach mehrmaligem Klingeln, öffnete sich die Tür. Ein alter Mann trat heraus. Er ging am Stock. Weisses Haar, gebeugter Gang. Antoine erkannte ihn trotzdem wieder – es war Pierre, der Diener. Also wohnte die Familie noch immer hier. Ein jähes Gefühl der Hoffnung erfüllte ihn.

„Pierre, c'est moi, Antoine", rief er voller Erwartung. *„Est-ce que tu me reconnais?"*

Aber der Diener reagierte kühl und abweisend. „Ich soll Ihnen ausrichten, dass Sie sich hier nie mehr blicken lassen dürfen", sagte er auf Französisch. Er stieg die paar Stufen, die er sich von der Eingangstür hinabgemüht hatte, wieder hinauf, wandte sich noch einmal um und setzte hinzu: „Nach all dem Leid, das Sie dieser Familie angetan haben."

Kapitel 4

Die Nacht war, wie überall in den Tropen, ganz plötzlich über Saigon hereingebrochen. Es gab keine Dämmerung, der Tag erlosch mit einem Schlag, und ein Meer von Lichtern flammte draussen auf. Antoine sass in der Eingangshalle des „Caravelle", legte die ein paar Tage alte Ausgabe der *New York Herald Tribune* beiseite und schaute durch die breite, gläserne Fensterfront hinaus auf das Lichterspektakel.

Es war kurz vor sieben Uhr, Anne würde gleich da sein. Antoine trat vor die Tür. Die schwüle Hitze traf ihn wie ein Schlag.

Er sah Anne, wie sie auf einem Motorrad in die Strasse vor dem Hotel einbog und die Halteverbotszone vor dem Eingang ansteuerte. Sie winkte ihm zu und forderte ihn dann mit einer eindeutigen Handbewegung auf, auf dem Hintersitz Platz zu nehmen.

Sie bemerkte offenbar seinen überraschten Gesichtsausdruck und sein Zögern. „Das ist meine russische Minsk", sagte sie laut, um das Dröhnen des Motors zu übertönen. „Man nennt sie hier die Kalaschnikow unter den Motorrädern. Eine Legende. Ist nicht kaputt zu kriegen. Los, steigen Sie auf!"

Anne fuhr los, reihte sich problemlos ein in das Chaos auf den Strassen, in dieses Heer von Autos, Mopeds und Motorrädern, die sich in einer permanenten Vorwärtsbewegung befanden. Wie riesige Fischschwärme, die sich als Gruppe völlig synchron bewegen.

In Cholon, dem Chinesenviertel Saigons, hielt Anne in einer engen Strasse an und parkte das Motorrad vor einem kleinen, unscheinbaren Restaurant. „Na, wie gefiel Ihnen die Fahrt auf meiner Minsk?", fragte sie.

„Ich bin beeindruckt", antwortete Antoine. In Wahrheit war er froh, dass sie heil am Ziel angekommen waren. Er hatte sich während der Fahrt mehrfach an Anne geklammert, als er eine Kollision für unvermeidbar hielt. Etwa als sie eine rote Ampel überfuhren und beinahe mit einem Fussgänger zusammenstiessen. Aber Antoine wusste, dass rote Ampeln in Vietnam grundsätzlich ignoriert oder höchstens als Vorschlag empfunden wurden, vielleicht etwas langsamer zu fahren.

Das bescheidene Familienrestaurant bestand aus nur wenigen hölzernen Tischen im Hof, unter der ausladenden Krone eines riesigen Flamboyant-Baums, dessen rote Blüten tropisches Flair verströmten. Offenbar war Anne hier ein regelmässiger Gast, denn sie wurde von der Wirtsfamilie herzlich begrüsst.

„Das Restaurant ist ein Geheimtipp unter den Expats", sagte Anne. „Hier wird ausschliesslich Fisch serviert, die Brüder der Chefin sind nämlich Fischer in Vung Tau. Und wir kriegen hier nur das Allerbeste." Sie schaute Antoine fragend an: „Ist Fisch okay für Sie? Und dazu Tiger Beer?"

Antoine nickte.

„Ich werde mehrere unterschiedliche Fischportionen bestellen. So können Sie alles probieren und dann essen, was Ihnen schmeckt." Während Anne auf Vietnamesisch die Bestellung aufgab, sah sich Antoine um. Alle Tische waren besetzt. Die Gäste, nur schwer erkennbar im fahlen Licht der Glühbirnen und farbigen Papierlaternen, die im Flamboyant-Baum hingen, waren hauptsächlich Amerikaner und Franzosen. Sogar ein russisches Paar.

Ein halbwüchsiger Junge, den Anne als Sohn der Besitzerin vorstellte, brachte die zwei Flaschen Tiger Beer.

„Lassen Sie uns anstossen", sagte sie und lächelte aufmunternd. Sie war offensichtlich verdammt gut drauf. „Auf eine gute Zusammenarbeit."

„Ich weiss allerdings nicht, ob es da grosse Berührungspunkte geben wird. Ich kümmere mich um irgendwo im Dschungel vermodernde Knochen, und Sie führen in Vietnam den Kapitalismus wieder ein. Wenn Sie nicht gerade in diesem Wahnsinn genannt Strassenverkehr Ihr tägliches Kamikaze-Training absolvieren."

Anne lächelte. „War es so schlimm?"

Antoine hob die Flasche und stiess mit Anne an. „Ach nein, ich habe hier im Krieg ein paar Situationen erlebt, die fast so schlimm waren. Aber ich biete Ihnen einen Deal an: Das nächste Mal fahre *ich*, dafür dürfen *Sie* sich dann an mich klammern. Ich habe zu Hause nämlich auch so ein Monster rumstehen. Eine 350er Royal Enfield. Feuerrot. Und noch mit Kickstarter. Der Verkehr in Indien ist mindestens so selbstmörderisch wie hier."

„Ach … Sie sind in Indien zu Hause?"

Antoine zögerte. „Gute Frage. Ich bin ein bisschen überall zu Hause. In Zürich, Goa, Vietnam, Burma, Thailand. Sogar in Las Vegas. Zu Hause … das ist für mich eigentlich eher ein Gefühl als ein Ort. ‚Home is wherever I lay my hat'. Wer sang das doch gleich? Ich glaube, Paul Young."

Anne lächelte. „O ja, ich erinnere mich an den Song. Ich war damals noch in der Highschool. Bei diesem Schmusesong habe ich auf einer Party sogar zum ersten Mal einen Jungen geküsst."

Den ersten Kuss vergisst man nie, dachte Antoine. Er erinnerte sich an das etwas frühreife Bauernmädchen, das ihn auf dem Schulweg geküsst hatte. *Was wohl aus ihr geworden ist …*

Anne betrachtete ihn im flackernden Licht der Kerze auf dem Tisch. „Im Büro gibt es Gerüchte über Sie. Klar, alle wissen, dass Sie hier im Krieg waren. Angeblich aber auch in Burma. Als Anführer eines kriegerischen Stammes. Und dass Sie in einem buddhistischen Kloster lebten und durch Börsenspekulationen reich geworden seien."

Antoine war schockiert. Woher wusste sie das alles? Gerüchte im Büro? Wohl kaum. Wer hätte sie in die Welt setzen können? Er zwang sich zu einem Lächeln. „Ach was", meinte er wegwerfend, „in Burma habe ich doch bloss Hilfslieferungen organisiert für die Bergstämme. Und im Kloster war ich nur kurze Zeit. Eine Art Wellnessurlaub für die Seele."

„Sie seien ins Kloster geflüchtet, weil Ihre Freundin von einem chinesischen Warlord ermordet wurde. Besagt zumindest das Gerücht."

Antoine nippte an seiner Bierflasche. Nahm dann einen kräftigen Schluck. Sie ging ihm auf die Nerven mit ihrer Fragerei! Das war kein Gespräch mehr, es war ein Verhör. Um Gelassenheit bemüht, erwiderte er: „Das klingt doch alles zu sehr nach Hollywood, finden Sie nicht? Ich bin kein James Bond und bestimmt auch kein Rambo. Ich weiss nicht, wer solche Dinge rumerzählt. Larson wahrscheinlich."

Anne schüttelte den Kopf. „O nein, das würde er nie tun. Er kann Geheimnisse für sich behalten. Dafür war er zu lange bei der CIA. Aber ich lebe nun auch schon längere Zeit in Asien und habe inzwischen mein eigenes Netzwerk. Zwangsläufig auch Kontakte zu dieser amerikanischen Organisation mit den drei Buchstaben. Aber Sie wollen offensichtlich nicht darüber reden. Ich werde das natürlich respektieren." Nach einer kurzen Pause sagte sie: „Schade eigentlich. Sie scheinen nämlich eine sehr interessante Vita zu haben."

Ich muss dringend mit George reden, dachte Antoine. Er war ziemlich sauer. *In diesem Land scheint ja nichts geheim zu bleiben. Und wenn das alles bekannt wird, ist mit Sicherheit auch meine Akkreditierung in Gefahr. Dann kann ich gleich die Koffer packen.*

Die Chefin servierte das Essen. Auch ihr Mann, der Koch, kam persönlich an den Tisch, begrüsste Anne und Antoine mit Handschlag und erklärte die einzelnen Portionen: Hummer und gesalzene Krabben, Garnelen aus dem Saigon-Fluss, gebackener Butterfisch, Hai und gedämpfter Schlammfisch. Dazu Reis und Gemüse.

Sie assen schweigend, genossen die verführerischen Aromen, gönnten sich als Dessert flambierte Bananen mit Vanilleeis. Das Essen war wirklich ein seltener Genuss gewesen.

Antoine schob den Teller beiseite und lehnte sich entspannt zurück. Offensichtlich hatte Anne seinen unausgesprochenen Wunsch respektiert, private Themen nicht mehr anzusprechen. So berichtete sie von ihren bisherigen Erfahrungen in Vietnam. Sie wirkte eher skeptisch. Dass eine vom Krieg derart ruinierte Wirtschaft nicht ohne Weiteres wieder in Gang kommen könne, sei ja klar. Aber mindestens ebenso sehr wie durch den Mangel an Ersatzteilen werde der Wiederaufbau durch Korruption und Unfähigkeit verhindert.

Antoine erzählte ihr von dem smarten Franzosen, den er auf dem Flug nach Saigon getroffen hatte. „Er sagte, dass die neuen Herrscher so tun, als ob sie noch immer im Dschungel lebten und Ho-Chi-Minh-Sandalen trügen."

Anne lachte. „Apropos Sandalen. Gerade gestern erzählte mir jemand, dass die Armee ein Lager fabrikneuer Lkw-Reifen aus amerikanischen Restbeständen zu Ho-Chi-Minh-Sandalen für ihre Soldaten zerschnipselt hat – während gleichzeitig die dringend benötigten Lkw liegen blieben, weil neue Reifen fehlten. Ich könnte Ihnen problemlos hundert weitere Beispiele nennen." Sie schüttelte den Kopf, trank den Rest der Flasche in einem Zug leer. „Manchmal frage ich mich, was ich hier tue."

„Warum haben Sie sich Asien denn ausgesucht?", fragte Antoine.

„Warum denn nicht? Das macht sich gut in meinem beruflichen Lebenslauf und gilt in meinem Job als ein Karriere-Booster. Ausserdem gefällt es mir hier."

Antoine wunderte sich. *Hier? In diesem tristen Vietnam der Kommunisten?* „Was genau gefällt Ihnen denn?"

Anne antwortete nicht gleich. Als ob sie überlege, wie viel sie Antoine über sich anvertrauen könne. „Ich weiss nicht, ob Sie das verstehen werden. Zu Hause war ich niemand. Bloss ein weiteres hübsches Gesicht mit einem MBA-Abschluss an einer Elite-Universität. Davon gibt es Tausende in Washington, und für eine junge Frau ist es zudem noch ein höchst kompetitives Umfeld. In jeder Beziehung ... Sie wissen, was ich meine. Hier aber bin ich etwas Besonderes. Die Vietnamesen finden mich exotisch, und für die Expats aus dem Westen – und das sind ja hauptsächlich Männer – bin ich interessant. Ausserdem ist es aufregend, in einem kommunistisch regierten Land die Marktwirtschaft einzuführen."

„Ja, das verstehe ich sehr gut. Und danke, dass Sie so ehrlich sind."

„Tja, ich mache aus meinem Vorleben eben kein Geheimnis. Nicht so wie Sie ..."

„Na dann erzählen Sie mir doch mehr von sich", warf Antoine rasch ein, bevor sie auf die Idee kommen konnte, ihr Verhör wieder aufzunehmen.

„Also wenn Sie es noch etwas genauer wissen wollen ... ich bin in New York aufgewachsen. Mein Vater ist Banker, meine Mutter Galeristin. Wir hatten ein Strandhaus in den Hamptons und verbrachten dort meist die Sommer. Im Szenelokal ‚Sloppy Tuna' in Montauk habe ich mal um drei Uhr morgens Robert De Niro kennengelernt. Cooler Typ. Der hat dort eine Villa direkt am Strand. Wir sassen an der Bar und waren wohl beide ziemlich betrunken."

Sie lachte, schloss die Augen. Hing vermutlich ihren Erinnerungen nach.

„Ich habe dann Harvard mit einem MBA abgeschlossen, Schwerpunkt Südostasien. Nebenbei habe ich all das gemacht, womit man abends an der Bar bei einem Date Eindruck schinden kann. Ich lernte bei einem Auslandssemester Französisch an der Pariser Sorbonne und perfektionierte dort meinen französischen Akzent. Ich besuchte in den Ferien einen Kochkurs bei Paul Bocuse im ‚L'Auberge du Pont de Collonges' und weiss jetzt alles über die Nouvelle Cuisine. Ich arbeitete für einen schwulen Kunsthändler in San Francisco, bin als Crewmitglied in einem transatlantischen Yachtrennen mitgesegelt und habe in Washington für einen jungen Politiker, der für den Kongress kandidierte, die Reden geschrieben."

Sie machte eine Pause. Bestellte noch zwei Flaschen Tiger Beer.

„Eigentlich hatte ich schon die Zusage des State Department in der Tasche. Aber ich wusste, was mich in Washington erwarten würde. Nämlich ein Hamsterrad. Golden bemalt zwar und üppig ausgestattet, aber nichtsdestotrotz ein Hamsterrad. Und ich sah mich bereits, nach einem jahrzehntelangen Karriere-Infight, als Botschafterin in Burkina Faso oder in der Äusseren Mongolei. Dann entdeckte ich am Schwarzen Brett der Uni einen Aushang: Das Harvard-in-Asia-Programm bot jungen Absolventen die Möglichkeit, ein Jahr in Asien zu arbeiten. Darunter hing ein Angebot der neu eröffneten US-Botschaft in Vientiane für einen Beraterjob bei der Nationalen Tourismusbehörde der Demokratischen Volksrepublik Laos. Unterkunft und Verpflegung gratis. Ich dachte, warum nicht noch mal etwas Verrücktes tun, bevor ich ins Hamsterrad steige. Etwas Wildes. Noch mal den verführerischen Hauch von Freiheit und Abenteuer einatmen. Und so landete ich in Vientiane. Und das State Department war einverstanden, noch ein Jahr auf mich zu warten."

Antoine hatte sich ihren Monolog mit zunehmender Skepsis angehört. *Man gibt nicht einfach beste Aussichten auf eine brillante Karriere auf,* dachte er, *um in einem Drittweltland wie Laos eine völlig unbedeutende Behörde zu beraten. Da muss etwas anderes dahinterstecken.* Zwar interessierte ihn Annes Privatleben nicht sonderlich, aber er wollte sich die Gelegenheit nicht entgehen lassen, sich für das Verhör von vorhin zu revanchieren: „Anne, jetzt mal ehrlich, das ist doch nur die halbe Wahrheit. Hinter Ihrem radikalen Entschluss verbirgt sich doch eine gescheiterte Beziehung. Stimmt's?"

Anne seufzte. Dann musste sie lachen. „Bingo, Sie haben mich durchschaut. Anscheinend habe ich zu viel Tiger Beer getrunken,

normalerweise kommt meine Story ziemlich überzeugend rüber."
Sie zögerte einen Moment, strich sich die Haare aus dem Gesicht.
„Okay, ich erzähle es Ihnen. Vielleicht sind Sie dann auch etwas offener zu mir."

Die Geschichte war eigentlich banal. Der junge Politiker, für den sie Reden geschrieben hatte, war ihr langjähriger Lebenspartner. Sie waren seit ihrer Collegezeit zusammen, hatten gross Verlobung gefeiert und planten die Hochzeit. Da erklärte er ihr eines Tages aus heiterem Himmel, er habe sich für eine andere Frau entschieden, packte seine Sachen und verschwand auf Nimmerwiedersehen aus der gemeinsamen Wohnung.

„Ich war am Boden zerstört. Dieser Dreckskerl hatte mir das Herz gebrochen! Ich wollte nur noch weg. Irgendwohin, wo mich keiner kennt und wo ich keine mitleidigen Blicke ertragen muss. Also habe ich den Job in Vientiane angenommen. Ich hätte nie mehr zu ihm zurückkehren können, selbst wenn er mich auf Knien angefleht hätte. Was übrigens nicht der Fall war."

Sie schwiegen einen Moment. Die meisten Gäste hatten das Restaurant bereits verlassen. Nur die Russen am Nebentisch unterhielten sich noch lautstark.

„Ich blieb ein Jahr in Laos, dann schickte mich das State Department nach Vietnam", nahm Anne den Faden wieder auf. „Nun wissen Sie alles über mich." Sie warf ihm einen forschenden Blick zu. „Und Sie, Antoine? Warum sind Sie wirklich nach Vietnam zurückgekehrt? Sagen Sie jetzt nicht, um alte Knochen auszugraben. Das nehme ich Ihnen nicht ab. Wissen Sie, ich habe einige Amerikaner Ihres Alters kennengelernt, die hier arbeiten oder die hierher zurückgekehrt sind. Sie alle wollen irgendetwas finden. Oder vielleicht irgendetwas vergessen. Oder Abbitte leisten für etwas, was sie im Krieg getan hatten. Was ist es bei Ihnen?"

Da war sie wieder, Annes Verhörstimme. „Das erzähle ich Ihnen ein anderes Mal", vertröstete er sie vage. Wenn er sich etwas ausgedacht hatte, was ihre Neugier befriedigen würde. „Es ist schon spät. Lassen Sie uns zurückfahren."

Vor dem Hotel verabschiedeten sie sich mit einer kurzen Umarmung. Mit dem Versprechen, sich bald wieder zu einem Abendessen zu treffen.

Das Fenster in Antoines Zimmer ging direkt auf den Platz vor der Oper und das gegenüberliegende Hotel „Continental". Auf diesem Platz war damals Weltgeschichte geschrieben worden, als die Panzer der Armee Nordvietnams hier Stellung bezogen hatten. *Damals,* dachte Antoine. *Ich hänge noch heute im Damals fest. Anne hat richtig geraten: Auch ich bin einer jener Männer, die zurückgekehrt sind, um hier etwas zu finden. Und zu beenden.*

Er zog die Vorhänge zu und legte sich auf sein Bett. Dachte im Dunkeln über den zurückliegenden Abend nach. *Keine uninteressante Frau, diese Anne. Sie hat mir ihr Leben erzählt, mit all diesen glamourösen Details, als würde sie mir ein Filmdrehbuch anbieten.* Er liess das Gespräch nochmals vor seinem inneren Auge ablaufen … ihr Lächeln, ihre engagierte Art, ihre Blicke. *Oder wollte sie sich um eine Rolle in meinem Leben bewerben? Ich habe den Eindruck, dass auch sie auf der Suche ist. Nach etwas, was ihr Leben wieder in Brand setzt.*

Kapitel 5

Der Lärm weckte ihn. Der Sound von Saigon. Die aufheulenden Motoren. Das schrille Gehupe. Antoine sah auf die Uhr. Kurz vor halb sechs. Gleich würde die Sonne aufgehen. Früher hatte er diese frühen Stunden geliebt, wenn Saigon noch schlief und die kühlen Brisen die Bäume entlang der Boulevards streichelten und die grossen 155-mm-Geschütze in den Stellungen vor der Stadt noch stumm waren.

Er war gegen Mitternacht in einen tiefen und traumlosen Schlaf gefallen. Und da er vergessen hatte, die Jalousien herunterzulassen, schimmerte jetzt bereits das erste Licht des Tages durch die Vorhänge. Da er nun einmal wach war, beschloss er aufzustehen. Nachdem er verschwenderisch viel Zeit im Bad vertrödelt hatte, war es dennoch erst kurz nach sechs, als er als erster Gast die Cafeteria des Hotels betrat. Der Raum war dunkel und verströmte den öden Charme jener sozialistischen Einrichtungen, die Antoine zur Genüge aus dem Ostblock kannte. Er stand einen Moment lang still, musste sich erst an das schwache Licht des Raums gewöhnen. Der junge Kellner verbeugte sich leicht, lächelte freundlich und führte Antoine an den grossen Töpfen mit tropischen Pflanzen vorbei zu einem Tisch am Fenster.

Sonntag. Er hatte Sonntage immer gehasst. Der Tag lag vor ihm wie ein alles umwabernder Nebel unter einem grauen, gleichgültigen Himmel. Was sollte er heute tun? Er hatte nichts geplant, und mit einem Schlag wurde ihm bewusst, dass er sich diese Frage in Zukunft wohl öfter würde stellen müssen. *Ich kenne hier niemanden. George Larson? Der ist noch in Hanoi. Und wir würden sowieso nur über alte Zeiten reden.* Für einen Augenblick erwog er, Anne anzurufen. Aber als er an ihre bohrenden Fragen dachte, verging ihm die Lust auf ein Wiedersehen.

Ich habe bereits den Saigon-Blues, dachte er, während er angewidert den dünnen Filterkaffee, den ihm der Kellner serviert hatte, beiseiteschob. Er überlegte einen Moment, ob er einen Orangensaft aus chinesischen Exportbeständen bestellen sollte, um seinen Beitrag zur Tilgung der Kriegsschulden zu leisten. Aber der Kellner würde den Scherz wohl nicht verstehen.

Was habe ich denn erwartet? Das ist das neue Vietnam. Das kommunistische Vietnam. Aber ich hänge noch immer diesen romantischen Erinnerungen nach und suche das aufregende Vietnam meiner Jugend. Er hatte sich am Morgen beim Rasieren lange im Spiegel betrachtet. Er war älter geworden. Reifer vielleicht. Aber er hatte noch immer Mühe, die Geister der Vergangenheit loszuwerden. Damals war alles in Vietnam auf magische Weise zu einer perfekten Welt verschmolzen: der exotische Ort, der Krieg, seine Arbeit als Reporter, die Frau, die er liebte. Und er war erfüllt vom Idealismus der Jugend gewesen, von dem Gefühl, dass alles noch möglich sei.

Plötzlich fiel ihm ein, dass er am Sonntagmorgen manchmal mit Thuy, deren Familie katholisch war, zum Gottesdienst in die Notre-Dame-Kathedrale gegangen war. Und meist hatten sie dort ihre Eltern getroffen. Ob sie wohl auch heute noch dorthin gingen? Er schaute auf seine Uhr. Notre Dame lag zehn Gehminuten vom Hotel entfernt. Das könnte er noch schaffen. Vielleicht würde sich eine Möglichkeit ergeben, Thuys Eltern anzusprechen.

Als er sich der Kathedrale näherte, hörte er bereits Orgelmusik. Er betrat den hohen Innenraum, nahm auf einer der Holzbänke in der Nähe des Ausgangs Platz und blickte sich um. Um die hundert Gläubige hatten sich versammelt, sie wirkten etwas verloren in der Basilika, die eigentlich Platz für über tausend Menschen bot.

Der Priester und die Messdiener waren Vietnamesen. Ebenso die Mehrzahl der Gläubigen. Von der Predigt – sie wurde auf Vietnamesisch gehalten – verstand er nichts. Die Messe dauerte rund eine Stunde. Als die Orgel wieder zu spielen begann, ging er schnell hinaus, wartete auf der kleinen Grünfläche vor dem Eingang und musterte die Gläubigen, die ins Freie strömten. Fast nur alte Menschen. Aber Thuys Eltern waren nicht dabei.

Als er wieder im Hotel ankam, fand er unter der Zimmertür ein Kuvert mit zwei Messages der Rezeption. Ein George Larson habe angerufen, er werde am Montag zurück sein. Ausserdem eine Anne Wilson, die um Rückruf bitte. Antoine legte sich aufs Bett und zappte durch die TV-Programme. Nein, er würde Anne nicht anrufen.

Am Montag war er bereits früh in seinem Büro. Erstaunt stellte er fest, dass seine Sekretärin ihm Blumen auf den Schreibtisch gestellt hatte. Und sie servierte ihm gleich einen Jasmintee in einer Porzellantasse mit vietnamesischen Symbolen.

Er hatte den Sonntag damit verbracht, ein Konzept für die Suche nach den vermissten amerikanischen Soldaten zu entwickeln, das er Larson vorlegen wollte. Es war ein mehrstufiger Plan, beginnend mit einer groben geografischen Erfassung der vermuteten Fundstellen und der Bildung regionaler Suchzentren, mit Kriterien für die Grösse, Ausstattung und Finanzierung der Suchtrupps, des Einbezugs der dörflichen Volkskomitees bis hin zur Identifizierung der Leichenteile im zentralen Labor der US-Streitkräfte auf Hawaii.

Er hielt es für sinnvoll, vorab die Meinung von Van Dong einzuholen. Denn wenn es um die praktische Umsetzung des Plans ging, war er auf seine Mitarbeit angewiesen.

Van Dongs Büro war deutlich grösser als jenes von Antoine. Es roch nach abgestandenem Zigarettenrauch. Von der Decke hing bewegungslos der Propeller eines Ventilators. Das Büro war schmucklos. Lediglich ein grosses Ho-Chi-Minh-Porträt hing an der Wand. Auf dem Schreibtisch, neben einer kleinen vietnamesischen Fahne, stand ein gerahmtes Foto, das Van Dong in Uniform zeigte. Daneben eine Schwarz-Weiss-Aufnahme einer lächelnden jungen Frau, die ein kleines Kind in den Armen hielt.

Antoine zeigte auf das Foto. „Ihre Frau?"

Van Dong antwortete nicht sofort. „Ja, das ist Bian. Mit unserer Tochter."

„Lebt Ihre Familie noch in Hanoi? Oder ist sie auch nach Ho Chi Minh Stadt gezogen?"

„Meine Frau und meine Tochter sind tot. Sie starben bei einem amerikanischen Bombenangriff."

Für einen Moment wusste Antoine nicht, wie er reagieren sollte. Er rang nach Worten. Aber ausser Plattitüden fiel ihm nichts ein. *Ich könnte ihm von Thuy und ihrem Tod in einem Umerziehungslager erzählen. Die Mörder, das waren Leute, die seine Uniform trugen. Aber es bringt nichts, das Leid gegeneinander aufzurechnen.*

„Der Krieg ist vorbei", sagte Van Dong schliesslich. Er wirkte beherrscht, sein Gesicht zeigte keinerlei Regung. „Setzen Sie sich. Erzählen Sie mir, was Sie geplant haben."

Antoine hatte Mühe, sich zu konzentrieren. Ständig wanderten seine Blicke zu dem Foto der jungen Frau und ihrem Kind. Er ordnete die Skizzen und Diagramme, die er im Hotel gezeichnet und mit Anmerkungen ergänzt hatte, und legte sie auf dem grossen schwarzen Lacktisch beim Fenster aus.

Van Dong hörte sich seine Ausführungen schweigend an. Ab und zu machte er sich Notizen. „Vieles, was Sie geplant haben, ist sinnvoll", sagte er, nachdem Antoine geendet hatte. „Vor allem die Einrichtung dieser regionalen Suchzentren." Er trat ans Fenster und schaute hinaus auf den Himmel über der Stadt, der sich zunehmend verfinsterte. „Es wird heute regnen", sagte er leise, als ob er ein Selbstgespräch führe. Dann kehrte er an seinen Schreibtisch zurück und blätterte in dem kleinen schwarzen Buch mit seinen Notizen.

„Wie gesagt, viele gute Ansätze. Aber Ihr Zeitplan ist zu optimistisch. Wir sind hier nicht in den USA, Antoine. Ihr Amerikaner könnt nicht einfach mit einer Schaufel in einem Dorf auftauchen und gleich mit dem Graben beginnen. Sie dürfen nicht vergessen, dass hier alles Politik ist. Vor allem wenn es um das heikle Thema der vermissten GIs geht. Jedes Ihrer Vorhaben muss von Hanoi genehmigt werden. Erst dann können Sie sich mit den Volkskomitees in den Dörfern abstimmen. Und das kann einige Zeit in Anspruch nehmen. Sogar viel Zeit. Denn in Hanoi wird dieses Thema sehr eingehend diskutiert. Das kann Ihnen George Larson bestätigen. Er macht ja gerade seine ersten Erfahrungen im Umgang mit unserer Regierung."

Er findet meinen Plan nicht praktikabel, dachte Antoine beim Hinausgehen. *Und er zeigt mir ganz deutlich, wer jetzt hier das Sagen hat. Nämlich die Kader in Hanoi. Und die Apparatschiks aus dem Norden, die jetzt alle einflussreichen Positionen besetzen. Die Mitbestimmung der Volkskomitees? Lächerlich. Denen geht es doch nicht um die Ideologie. Die werden doch bloss um unsere Dollars feilschen. Wie viel jeder Dorfbewohner kriegt, wenn er eine Schaufel in die Hand nimmt.*

Auf dem Weg zu seinem Büro klopfte Antoine bei Anne an. Er wollte sich noch dafür entschuldigen, dass er sie gestern nicht zurückgerufen hatte. Aber eigentlich hoffte er auch, in ihr einen verständnisvollen Gesprächspartner zu finden, der seine Enttäuschung nach dem Gespräch mit Van Dong verstehen würde.

„Miss Wilson ist in Hue", sagte ihre Sekretärin. „Sie ist erst übermorgen zurück."

Antoine verbrachte den Tag mit dem Studium von Vermisstenakten. Eine deprimierende Beschäftigung. Er begann ohne grossen Enthusiasmus, die einzelnen Fälle einem der regionalen Suchzentren zuzuordnen. Aber er hörte bald auf. *Es ist sinnlos, solange wir nicht das Einverständnis von Hanoi haben. Ich muss erst mit George reden.*

Er traf ihn im Restaurant des „Caravelle". Zwar war Larson, direkt vom Flughafen kommend, schon am frühen Abend eingetroffen, hatte sich aber nach kurzer Begrüssung gleich in sein Büro zurückgezogen. Er müsse erst noch einige Telexe an Washington absetzen. So hatten sie sich für halb neun in Antoines Hotel verabredet. Und nun war es bereits Viertel vor neun, wie Antoine nach einem Blick auf die Uhr feststellte. Er hatte gerade beschlossen, einen Aperitif zu ordern, als Larson in der Tür des Restaurants erschien und sich suchend umblickte. Antoine, von einer fast mannshohen Topfpflanze verdeckt, winkte ihm zu.

George sieht schlecht aus, dachte Antoine. Er machte sich Sorgen um seinen Freund. Als er ihn damals in Khe Sanh kennenlernte, glich er jenen heroischen Typen auf den Rekrutierungspostern des Marine Corps. Todesmutig und unbesiegbar. „Tiger" nannte man diese jungen Leutnants bei den Marines.

„Du wirkst ein bisschen mitgenommen", begrüsste er seinen Freund. „War es sehr anstrengend in Hanoi?"

Larson liess sich auf den Stuhl ihm gegenüber fallen. „Ziemlich. Es war erst mein zweites Zusammentreffen mit Hauptstadtbonzen, und beim letzten Mal dachte ich, sie lassen mich auflaufen, weil ich neu bin. Aber anscheinend agieren die immer so." Der Kellner brachte die Speisekarte, Larson schob sie achtlos beiseite. „Ich nehme einen Hamburger mit Pommes. Dazu ein Bier. Haben Sie Ba Muoi Ba?" Ba Muoi Ba war das Bier, das damals Millionen von GIs in Südvietnam getrunken hatten und das zu Beginn des 20. Jahrhunderts in Saigon nach einem deutschen Rezept ursprünglich für die französischen Fremdenlegionäre gebraut worden war.

Antoine bestellte Filet Mignon und ein Glas Beaujolais.

„Du denkst, du hast einen massgeblichen Mann vor dir", fuhr Larson fort, „aber du kriegst keine Entscheidung. Und du weisst nie, ob du nur hingehalten wirst, weil sie harte Dollars von dir erwarten, oder ob du doch bloss einen dieser ganz Linientreuen vor dir hast, die erst irgendwelche weiteren Ausschüsse oder Räte oder sonst wen befragen müssen." Er nahm einen tiefen Zug aus dem Bierglas, das inzwischen vor ihm stand. "Endlose Verhandlungen, die zu keinem Ergebnis führen … das macht dich einfach fertig."

Antoine nickte. "Van Dong hat mich heute Morgen auf so etwas vorbereitet. Jede unserer Aktionen zum Auffinden von Vermissten müsse von Hanoi ‚genehmigt' werden."

"Ah, du hast schon mit ihm gesprochen, umso besser. Dann weih mich doch auch mal in deine Planungen ein."

Antoine skizzierte in groben Umrissen seine Strategie für die Suche nach den Vermissten. Legte das Strategiedossier auf den Tisch, das seine Sekretärin für ihn abgetippt hatte. Larson überblätterte einige Seiten, schaute sich dafür die grosse Karte mit den eingezeichneten Suchzentren genau an. Die Liste der Empfehlungen am Schluss des Dossiers las er mehrfach durch.

"Sehr gut, Antoine", sagte er schliesslich. "Und was Van Dong anbelangt: Seine Zeit geht allmählich zu Ende. Alte Krieger wie er werden nicht mehr gebraucht. Jetzt stehen ganz andere Schlachten an."

"Meinst du, er wird bald abberufen?"

"Sicherlich nicht morgen oder übermorgen. Aber in Hanoi gewinnen die smarten Jungs von den Hochschulen jetzt immer mehr Einfluss. Und die träumen von Marktwirtschaft. Von börsennotierten Unternehmen. Sie wollen Vietnam zu einem zweiten Südkorea oder Singapur machen."

"Na dann, auf die Marktwirtschaft!", sagte Antoine schmunzelnd und hob sein Glas.

Larson trank sein Bier aus. "Ah, Ba Muoi Ba! Ich habe es vermisst in Bangkok. Schmeckt doch besser als dieses thailändische Singha, nicht wahr?"

Das Essen wurde aufgetragen, und sie widmeten sich dem Filet Mignon und dem Burger. Larson erzählte, dass seine Frau sich neuerdings fürs Kochen begeistere. Sie habe in Bangkok einige Kurse absolviert und bringe nun wahre Köstlichkeiten auf den Tisch, wenn sie ihn an den Wochenenden besuchte.

„Warum zieht Barbara nicht zu dir?", wollte Antoine wissen.

„Sie hasst die Kommunisten. Sieht sich hier von Spionen umzingelt. Und ausserdem", fügte er mit düsterer Miene hinzu, „läuft es im Moment nicht so gut zwischen uns."

Antoine, der Barbara als stets angespannte, überkritische und oft unzufrieden wirkende Frau kennengelernt hatte, war im Grunde froh, dass er nicht Gefahr lief, ihr in Saigon zu begegnen. Aber George tat ihm leid. „Kriegt ihr das wieder hin?"

„Ich hoffe. Wenn wir mal so richtig ausspannen können, auf Bali. Apropos, rufst du sie an?"

Antoine nickte und wechselte das Thema. „Da ist noch etwas, was ich mit dir besprechen möchte. Ich habe mich vorgestern Abend mit Anne getroffen" – Larson zog fragend die Augenbrauen hoch –, „und sie sagte, im Office gebe es Gerüchte über mich: dass ich in Burma gewesen und wegen eines chinesischen Warlords in einem buddhistischen Kloster untergetaucht sei. Selbst über meine Börsengeschäfte wusste sie Bescheid."

Er hatte erwartet, dass George überrascht, vielleicht sogar alarmiert wäre, doch der zuckte bloss die Schultern. „Du musst dich daran gewöhnen, dass der Geheimdienst das Einzige ist, was in diesem Land wirklich funktioniert. Tong Cuc 2 heisst diese heimische CIA, die direkt der Kommunistischen Partei unterstellt ist. Die haben mit Sicherheit eine komplette Akte über dich, inklusive deiner Zeit als Buschkrieger in Burma. Ich gehe davon aus, dass rund die Hälfte meiner Mitarbeiter hier nebenbei als Informanten für den Geheimdienst arbeitet. Diese Leute wurden zumindest teilweise über dich in Kenntnis gesetzt. Und du weisst ja, wie gern die Vietnamesen tratschen. Anne spricht sehr gut Vietnamesisch. Es ist wohl unvermeidlich, dass sie auf diesem Weg einiges über dich erfahren hat. Entspann dich. Was glaubst du, wie dick das Dossier ist, das sie über mich haben? Ich möchte gar nicht wissen, was im Büro so alles über mich erzählt wird." Larson bestellte noch ein Bier. „Konzentrier dich auf die Suche nach den Vermissten. Van Dong wird dir keine grosse Hilfe sein, da sind wir uns einig. Was du brauchst, ist ein Mann, dem du vertrauen kannst. Einen Einheimischen. Aber einen, der auf unserer Seite war. Der auch die Suchmannschaften organisieren und kommandieren kann. Ich habe da jemanden an der Hand." Er verstummte, weil zwei Vietnamesen, die Geschäftsleute, aber ebenso gut Spitzel sein konnten, dicht an ihrem Tisch vorbeigingen. Dann fuhr er fort: „Wie du ja weisst, war ich während der Kämpfe um Khe Sanh Verbindungsoffizier der Marines zu dem südvietnamesischen Ranger-Bataillon, das einen Teil der westlichen Verteidigungslinie hielt. Captain Kim Son war einer der Kompaniechefs. Die Ranger wurden fast jede Nacht von den Nordvietnamesen angegriffen. Aber sie hielten die Front. Und als die nordvietnamesischen Sapper, die berüchtigten Kommandos, einmal die erste Bunkerlinie erobert hatten, führte Kim Son eigenhändig einen Gegenangriff an und wurde dabei schwer verletzt. Oberst Lownds, der Kommandant der Marines in Khe Sanh, hat ihm dafür einen Orden umgehängt. Ich traf Kim Son später zufällig in Da Nang wieder. Er hatte irgendeinen Job im Divisionsstab, war inzwischen zum Oberstleutnant befördert worden. Vor ein paar Tagen erhielt ich über eine vertrauliche Quelle eine Nachricht von Kim Son. Anscheinend war er zehn Jahre in einem Umerziehungslager und schlägt sich jetzt mit Gelegenheitsjobs durch. Fährt eine Rikscha im 5. Bezirk. Ich glaube, er ist genau der Mann, den du brauchst."

„Klingt gut", bestätigte Antoine. „Fast zu gut. Gibt's einen Haken?"

Larson lachte. „Also ehrlich gesagt, ich weiss es nicht. Finde es selber raus, okay?" Er sah auf die Uhr. „Verdammt, ich muss los. Telefonieren", erklärte er. „In Washington sind sie jetzt aufgewacht. Das ist das Unangenehme an Asien, dieser enorme Zeitunterschied." Er bedeutete der Bedienung, dass er zahlen wolle.

„Und wie lerne ich den Mann kennen?"

„Ich werde ihm ausrichten lassen, dass er dich morgen besuchen soll", sagte Larson, während er Antoines Dossier in seiner Aktentasche verstaute. „Passt dir das?"

„Okay. Bin schon gespannt auf deinen Wunderknaben."

Kapitel 6

„Die Wachen am Tor haben eben angerufen", sagte ihm seine Sekretärin. „Jemand möchte Sie sehen. Er heisse Kim Son. Mehr wollte er nicht sagen. Kennen Sie den Mann?"

Antoine nickte. Er trat ans Fenster und blickte hinaus zu dem grossen, schmiedeeisernen Portal am Ende der Einfahrt. Er sah einen älteren Mann in Jeans, schwarzem T-Shirt und Sandalen, eher gross gewachsen für einen Vietnamesen. Er unterhielt sich kurz mit einer der Wachen und wurde dann von der Sekretärin abgeholt.

Das ist also Kim Son, dachte Antoine, *der Ranger aus Khe Sanh.*

„Tee?", fragte er, nachdem sein Besuch vor dem Schreibtisch Platz genommen hatte.

„Gern", antwortete Kim Son. Dann zögerte er einen Moment. „Und haben Sie vielleicht auch eine Zigarette für mich? Eine amerikanische? Die habe ich in den letzten Jahren wirklich sehr vermisst." Sein Englisch war fast perfekt, seine Stimme fest und deutlich.

„Hier, nehmen Sie die." Antoine wies auf die Schachtel, die auf seinem Schreibtisch lag. Es waren Larsons Lucky Strikes, die er gestern im Restaurant liegengelassen hatte. Kim Son griff freudig zu und zündete sich eine an.

Antoine war beeindruckt von seinem Gegenüber. Kim Son strahlte etwas aus. Stärke vielleicht. Und Präsenz. Seine Augen waren wach, gerade so, als ob er noch immer den Dschungel nach einem feindlichen Hinterhalt absuchen müsste. Sein Gesicht war gezeichnet von Falten und Narben, offenbar Folgen der Folter während seiner langen Haft. Aber er sass aufrecht da. Den Kopf hoch erhoben, den Blick konzentriert.

Sie haben ihn nicht zu brechen vermocht im Lager, dachte Antoine. Er spürte ein jähes Gefühl von Genugtuung und Solidarität mit dem Mann.

Sie kamen als Erstes auf den Krieg zu sprechen. Verglichen ihre Erinnerungen an Khe Sanh, redeten über Menschen, die sie beide gekannt, Menschen, die damals eine Rolle in ihrem Leben gespielt hatten. Kim Sons Schilderungen waren klar und präzise, ohne Ausflüchte wie auch ohne jede Weitschweifigkeit. Man konnte sich ohne Weiteres vorstellen, dass er heute eine Führungsposition in Vietnams Regierung innehaben würde, wenn der Krieg anders geendet hätte.

Schliesslich schnitt Antoine das Thema an, dessentwegen Kim Son hergekommen war. Er beschrieb dem Ex-Oberstleutnant, wie er die Suche nach den vermissten amerikanischen Soldaten angehen wollte, und erklärte ihm, dass er einen Mann brauche, der die Arbeiten vor Ort koordinieren könne. Ob er interessiert sei?

Kim Son nickte. „Sie können auf mich zählen."

Die Stimmung wurde locker. Sie tranken Jasmintee, Kim Son rauchte Lucky Strikes, und nach einer Weile wagte Antoine jene Frage zu stellen, die ihn seit gestern Abend am meisten beschäftigt hatte: „Larson sagte mir, dass Sie in einem Umerziehungslager waren. Wie schaffte man es, dort zu überleben?"

Kim Son nahm einen letzten Zug aus seiner Zigarette und beugte sich dann vor, um sie im Aschenbecher auf dem Schreibtisch auszudrücken. Er lehnte sich zurück und faltete die Hände im Schoss. Erst jetzt sah Antoine, dass die Fingernägel an seiner rechten Hand fehlten. Typische Spuren der Folter.

Sein Gesicht hatte plötzlich einen bitteren Zug. „Sind Sie wirklich interessiert an diesen Geschichten? Sie sind ziemlich brutal."

Antoine nickte nur. Er konnte ja nicht sagen, dass er im Grunde nicht so sehr an Kim Sons Erlebnissen interessiert war, sondern wissen wollte, was Thuy im Lager hatte erleiden müssen – weil er, Antoine, sich schuldig fühlte.

„Sie müssen wissen, dass für alle ehemaligen Offiziere und höheren Beamten eigentlich bloss ein Lageraufenthalt von fünfzehn Tagen geplant war. Wir reisten deshalb nur mit leichtem Gepäck an", fuhr Kim Son fort. „Das war die erste grosse Lüge des Regimes. In Wahrheit blieben viele Gefangene zehn Jahre oder sogar länger. Tagsüber arbeiteten wir auf den Feldern und bauten Gemüse an. Wir rodeten den Dschungel, gruben Brunnen und Latrinen. Von morgens bis abends. Sechs Tage die Woche. Und am Sonntag sollten wir uns freiwillig zur sogenannten Sozialistischen Arbeit melden. Jeden Abend mussten wir unter Aufsicht eines Kaders in kleinen Gruppen zusammensitzen, um Selbstkritik und Kritik an den Kameraden zu üben, und uns Vorträge über die Tugenden einer neuen sozialistischen Gesellschaft anhören."

„Hatten Sie denn etwas zu gestehen?"

„Ich sagte, was sie hören wollten. Es war der einzige Weg, um zu überleben. Also habe ich gestanden, ein Marionettensoldat und Handlanger dieses verbrecherischen Regimes gewesen zu sein. Ein imperialistischer Lakai. Ein Verräter. Ich sei voller Dankbarkeit, dass die Revolution Grosszügigkeit gezeigt habe, indem sie uns Gefangenen diese Möglichkeit zur Besserung durch Arbeit bot. Und in meinen schriftlichen Geständnissen standen Dinge wie: ‚Es lebe die Partei und der Staat. Folgen wir dem glorreichen Beispiel von Ho Chi Minh. Lasst uns eine schöne und perfekte Gesellschaft aufbauen."

Antoine schüttelte den Kopf. Insgeheim fragte er sich, was Thuy in diesen „Selbstkritik"-Runden wohl gestanden hatte. Dass sie die Freundin eines Klassenfeinds aus dem kapitalistischen Westen gewesen sei? Eine Spionin gar? Dass sie deshalb den Tod verdiene?

„Einige unserer Kameraden wurden gefoltert, erschossen oder wegen ‚antirevolutionärem Verhalten' in Einzelhaft gesperrt", fuhr Kim Son fort. „Aber die unter Folter erpressten Geständnisse waren nichts als Lügen. Um uns einzuschüchtern, haben uns die Kader auch jede Menge Schauermärchen erzählt. So behaupteten sie zum Beispiel, dass ein ganzes Regiment der 1. Division damals vernichtet und der Regimentskommandeur, Oberst Ngo

Van Chung, gefangen genommen worden sei. Da stand plötzlich einer der Häftlinge auf und schrie: ‚Das ist eine Lüge!' Es war Oberst Chung. Er hatte bis zum Ende gekämpft und war nie verhaftet worden. Natürlich brachen alle in Gelächter aus. Die kommunistischen Kader wurden wütend und steckten den Ex-Oberst einen Monat lang in einen Stahlcontainer. Der Container stand die ganze Zeit in der glühenden Sonne. Wenige Tage nachdem sie ihn wieder herausgelassen hatten, starb er."

„Sind im Lager viele gestorben?"

„Ja. Hunger und Durst quälten uns ständig. Jeden Tag gab es bloss ein Mittagessen. Es bestand meist aus zwei in Salzwasser getauchten Maniokwurzelscheiben und einer kleinen Kanne mit Wasser, sowohl zum Trinken wie auch für die persönliche Hygiene. Der Durst hat uns verrückt gemacht. Manchmal wollten wir unseren eigenen Urin trinken. Aber er war so rot, als würde unser Blut austreten. Wir hatten überhaupt keine Selbstachtung mehr und haben heimlich jede Art von Gras gesammelt, um die Ernährung aufzubessern. Und wir assen Schlangen, Frösche, Heuschrecken, Grillen oder Eidechsen. Einige Häftlinge assen sogar Würmer und Kakerlaken."

Antoine konnte nicht mehr zuhören. Ihm wurde richtig übel bei dem Gedanken, dass Thuy vor ihrem Tod dasselbe unwürdige Dahinvegetieren hatte erleiden müssen. Selbstvorwürfe drängten sich wieder mit aller Macht in sein Bewusstsein und überrollten ihn; mit einem Mal hatte er seine Gefühle nicht mehr unter Kontrolle und bemühte sich verzweifelt, aber vergeblich um eine rationale Einschätzung von Kim Sons Erzählung.

Kim Son hatte Antoines plötzliches Unbehagen offenbar gespürt. Er blickte ihn fragend an: „Möchten Sie noch mehr hören? Oder wird es Ihnen zu viel?"

Antoine bat ihn, fortzufahren. Er hatte sich entschlossen, sich der Wahrheit zu stellen. Ein Rückzieher wäre feige gewesen.

„Also weiter. Wir waren natürlich alle krank. Hatten Krätze am ganzen Körper und Darmerkrankungen wie Ruhr. Viele hatten auch Malaria. Zwar gab es in der Sanitätsstation des Lagers einen erfahrenen Arzt, ebenfalls ein Häftling, doch er konnte uns nicht helfen, weil keine Medikamente da waren. Wir waren alle zu körperlichen und emotionalen Wracks geworden. Wir durften jeden Monat nur einen Brief schreiben und einen empfangen. Die Familien konnten uns zwar besuchen, allerdings höchstens drei- oder viermal im Jahr. Das hing vom Wohlverhalten des Häftlings ab. Meine Frau musste Hunderte von Kilometern mit dem Bus anreisen." Er hielt einen Moment inne, hatte sichtlich mit seinen Gefühlen zu kämpfen. „Das Wiedersehen war immer herzzerreissend. Die Frauen und Kinder mussten beim Anblick ihrer Ehemänner und Väter weinen. Und diese Schweine in der Lagerleitung nutzten die Besuchsbewilligungen, um Druck auf uns auszuüben. Oder man musste die Wärter bestechen. Meine Frau wäre fast an Syphilis gestorben, einer der Lageraufseher hatte sie angesteckt. Sie hatte ihr Bestechungsgeld mit der einzigen Ressource bezahlt, die ihr noch geblieben war."

Das ist ja unerträglich, dachte Antoine. Was ist aus seiner Frau geworden? Ob sie wirklich zehn Jahre auf ihn gewartet hat? Aber er hatte Hemmungen, ihn zu fragen.

„Auch unseren Familien ging es nicht gut", fuhr Kim Son fort. „Sie hungerten ebenfalls, denn im ganzen Land herrschte Reisknappheit. Meine Frau musste abwechselnd Brot und *bo bo*-Körner essen, die eigentlich als Tierfutter verwendet werden. Kennen Sie *bo bo*?"

„Nein, nie gehört", musste Antoine zugeben.

„Eine Getreideart, auch Hiobsträne genannt. Sie hat sehr harte Schalen, die erst einmal entfernt werden müssen, bevor man das Innere zu Mehl vermahlen und essen kann."

„Klingt mühsam."

„Ist es auch. Und schmeckt zudem nicht sehr angenehm." Kim Son lächelte. „Ganz im Gegensatz zu diesem Jasmintee. Darf ich noch einen haben? Ich habe seit vielen Jahren keinen so köstlichen Tee getrunken. Er stammt aus dem Hochland, nicht wahr? Ich erkenne ihn am Aroma. Meine Familie hatte nämlich Teeplantagen in Tam Duong."

Antoine stand auf und bat seine Sekretärin, ihnen noch eine Kanne zuzubereiten.

„Wo lag eigentlich das Lager, in dem Sie waren?", fragte er, als er an seinen Schreibtisch zurückgekehrt war.

„In einem abgelegenen Tal im Mekongdelta, das Death Valley genannt wurde. Zwölf Baracken aus Holz mit Metalldächern. Von Bambus- und Stacheldrahtzäunen umgeben. Hohe Wachtürme mit Maschinengewehren und Wachen rund um die Uhr. Gar nicht weit von hier, in der Nähe von Cu Chi."

Cu Chi? Das war doch der Ort, wo sich auch Thuys Lager befand! Antoines Herz begann schneller zu schlagen. Er musste erst tief Luft holen, bevor er etwas sagen konnte. „Waren auch Frauen in diesem Lager?"

„Nein, wir waren ausschliesslich Männer. Aber in zwei Kilometern Entfernung gab es ein Frauenlager. Warum?"

„Meine Verlobte war in diesem Lager."

Kim Son sah ihn überrascht an. „Ihre Verlobte?"

„Ja. Thuy Pham. Sie war Studentin in Saigon. Sie war nicht unter den Überlebenden, als das Lager schliesslich aufgelöst wurde. Das weiss ich aus sicherer Quelle."

Kim Son überlegte. „War ihr Vater Chefarzt des Universitätskrankenhauses im 5. Bezirk und ihre Mutter bei der Banque d'Indochine?"

Antoine fühlte sich, als hätte in unmittelbarer Nähe eine Bombe eingeschlagen. Er schien den Boden unter den Füssen zu verlieren. „Ja", hörte er sich sagen. „Kannten Sie Thuy?"

„Unsere Familien kannten sich. Mein Vater war ja auch Arzt. Hat im selben Krankenhaus gearbeitet. Dass Thuy einen Freund aus Europa hatte, wusste ich. Das waren also Sie … Ich bin Thuy einmal zufällig in der Nähe des Lagers begegnet. Sie war auf dem Weg zum Fluss, um essbare Kräuter zu suchen. Wir wechselten nur ein paar Worte, denn Kontakte unter den Häftlingen der verschiedenen Lager waren verboten."

„Und … wie sah sie aus?"

„Was glauben Sie wohl. Wir alle trugen Hemden, auf denen auf der Vorder- und Rückseite in grossen Buchstaben ‚Cai Tao' aufgedruckt war. ‚Cai Tao' bedeutet ‚Umerziehung'. Thuy war abgemagert, die Haare kurz geschoren, die Gefängnisuniform hing an ihr runter. Aber sie wirkte euphorisch. ‚Bald komme ich frei', flüsterte sie mir zu. Mehr konnte sie nicht sagen, es waren ja überall Aufseher. Aber später traf ich eine andere Lagerinsassin. Von ihr erfuhr ich, dass Thuy entlassen und von einem hohen Offizier in einem grossen Auto abgeholt worden sei."

„Entlassen?" Antoine war fassungslos. Konnte das möglich sein? „Wann?"

„Das war 1975. Kurz nach Kriegsende." Kim Son musterte ihn forschend. „Sind Sie wegen ihr nach Vietnam zurückgekehrt?"

Antoine nickte nur. Er war unfähig, ihm zu antworten. Ihm war, als ob ihm der Boden unter den Füssen weggezogen würde. Als ob er für ein paar Sekunden noch schwerelos im leeren Raum schweben würde, bevor die Erkenntnis in sein Bewusstsein drang, dass jetzt nichts mehr so sein würde, wie es einmal war.

„Dann haben Sie sicher versucht, wieder Kontakt mit ihr aufzunehmen."

„Ich … dachte, sie sei tot."

Kapitel 7

„Thuy lebt! Oder sie hat zumindest das Todeslager überlebt!" Diese Gewissheit stürzte Antoine in ein jähes Wechselbad der Gefühle, in ein Chaos der Stimmungen, ein Schwanken zwischen Euphorie und Verzweiflung. Auch Wut und Verbitterung waren dabei. So viele Jahre hatte er mit seiner Schuld und Reue gelebt, mit dem Schmerz des Erinnerns. Geblieben war eine bleierne Einsamkeit, eine Wunde, die ihn lange von der Welt abgeschirmt hatte.

Und jetzt war plötzlich wieder alles anders. *Man ist nie auf den Augenblick vorbereitet, der das ganze Leben verändert*, dachte er.

Nach dem Treffen mit Kim Son hatte er die nächstgelegene Bar angesteuert, zwei Whisky getrunken, war dann rastlos und wie ferngesteuert auf der Dong Khoi bis hinunter zum Saigon-Fluss marschiert, hatte sich im Nieselregen auf eine Parkbank am Wasser gesetzt und versucht, die Flut seiner Gedanken zu ordnen.

Immer wieder hatte er Kim Son gefragt, ob er wirklich sicher sei, dass es Thuy war, die er zufällig im Lager getroffen hatte. Hatte immer wieder nachgebohrt, was genau sie gesagt hatte. Was es bedeute, dass sie von einem hohen Offizier abgeholt worden war. Und stand nun vor jener Frage, die alles andere überlagerte: Warum hat sie sich all die Jahre nicht gemeldet? Er fand keine Antwort darauf. Eines aber wusste er: Er wollte Gewissheit. Und dazu musste er Thuy finden.

Am Abend traf er sich abermals mit Kim Son. Er wollte ihm seine Dankbarkeit zeigen, seine überbordende Freude mit ihm teilen und hatte ihn zum Essen eingeladen. Er hatte vorgehabt, ihn gross auszuführen, ins „Continental" oder ins „Caravelle" oder ins „Majestic" unten am Fluss. Doch Kim Son hatte mit einem entschuldigenden Lächeln unter Verweis auf seine wenig repräsentable Garderobe abgelehnt. Stattdessen schlug er die Garküche am Hafen vor, wo sich die Rikschafahrer trafen und man eine wirklich gute Pho-Bo-Suppe geniessen könne. Also waren sie in seiner Rikscha dorthin gefahren, vorbei an den Gebäuden des ehemaligen amerikanischen Marinestützpunkts am Saigon-Fluss. Die waren bereits baufällig, und einige waren dem Erdboden gleichgemacht worden, um Platz für neue Hotels zu schaffen.

In dem kleinen Park bei der Garküche sah Antoine etwa ein Dutzend Cyclo-Fahrer, die sich unterhielten oder eine Suppe löffelten, während sie gleichzeitig das Hafengelände nach möglichen Kunden absuchten. „*Trung ta, Trung ta*", riefen sie, als sie Kim Son entdeckten. „Oberstleutnant", das war sein letzter Dienstgrad in der Armee Südvietnams gewesen. Die Fahrer umringten ihn, redeten auf Vietnamesisch auf ihn ein. Offenbar, so vermutete Antoine, um ihn über den neuesten Saigon-Klatsch zu informieren.

Während Kim Son in der Garküche zwei Nudelsuppen holte, setzte sich Antoine auf einen wackligen, weissen Plastikstuhl und betrachtete die Gesichter der Fahrer. Schmale, traurige Gesichter, abgebrochene oder fehlende Zähne, zerrissene T-Shirts, speckige Baseballkappen. Wohl alles ehemalige Soldaten, die im neuen Vietnam keine Zukunft mehr hatten. Strandgut eines verlorenen Krieges. Aber noch immer respektierten sie die militärischen Hierarchien, und es war offensichtlich, dass sie den *Trung ta* als ihren Chef betrachteten.

Kim Son kehrte mit zwei dampfenden Suppen zurück.

„Ich kenne jedes einzelne Schicksal dieser Fahrer", sagte er. „Es sind gute Leute. Wir halten zusammen, unterstützen uns gegenseitig, wehren uns, wenn es sein muss. Und wir haben ein grosses Netzwerk an Informanten. Wir sind fast ein bisschen wie die Mafia."

Die Pho Bo schmeckte tatsächlich hervorragend.

„Besser als im ‚Caravelle'", meinte Antoine anerkennend zu Kim Son.

„So, ich hole uns jetzt noch zwei Flaschen Bier. Und dann müssen Sie mir die Geschichte mit Thuy erzählen."

Antoine zögerte. Nur wenige Menschen kannten diese Story. Er hatte sie bisher immer mit einem tragischen Ende erzählt: mit dem Tod seiner Geliebten und seinem Plan, den Mörder zu finden und Rache zu üben. Jetzt aber war alles anders. Das Ende der Story war unklar. Und sogar ein Happy End schien nun plötzlich denkbar.

„Unsere Geschichte beginnt in einem Flüchtlingslager in Saigon", begann Antoine. Er hatte Thuy kennengelernt, als er eine Reportage über ein fünfzehnjähriges Mädchen machte, dessen Eltern während der Kämpfe um Saigon umgekommen waren und das sich nun ganz allein um seine sechs jüngeren Geschwister kümmern musste. Das Mädchen lebte in einer Einrichtung, die von katholischen Priestern geleitet wurde. Thuy arbeitete dort als freiwillige Helferin und übersetzte für Antoine die Aussagen des Mädchens ins Französische. Sie verliebten sich, und irgendwann bat er Thuy, seine Frau zu werden. Aber das Kriegsende stand bevor, und er musste sich entscheiden, ob er es in Saigon abwarten sollte – für ihn als Journalisten natürlich eine wichtige Story, weil es das Ende dieser heroischen Epoche und den historischen Sieg des kommunistischen Nordens bedeutete –, oder ob er mit Thuy rechtzeitig nach Europa fliehen sollte. „Als ich dann Klarheit hatte, war es zu spät, da näherten sich schon die Panzer der Nordvietnamesen der Stadt, und alles versank im Chaos. Eine Ausreise war für Thuy jetzt nicht mehr möglich. Ich verliess Saigon in einer der letzten Maschinen und versprach ihr, bald zurück zu sein, um sie dann zu heiraten. Aber es gab lange Zeit keine Visa mehr für Westjournalisten, und irgendwann erfuhr ich, dass Thuy, wie viele andere ‚regimetreue' Studenten auch, in ein Umerziehungslager im Mekongdelta eingeliefert worden war. Und dass sie die unsäglichen Strapazen der Camps nicht überlebt habe. Den Rest kennen Sie ja."

„Sie haben Glück, dass Ihre Geschichte gut endet, Antoine. Millionen von Vietnamesen hatten dieses Glück nicht", sagte Kim Son. „Und all die Jahre haben Sie die Erinnerung an Thuy lebendig gehalten? Sind sogar ihretwegen nach Saigon zurückgekehrt? Erstaunlich. Ja, diese Macht der Erinnerung. Ich kenne sie. Sie hielt auch mich am Leben, damals im Lager. Sie war Teil von mir selbst geworden, nährte meine Hoffnung, dass ich meine Frau wiedersehen würde. Aber die Hoffnung ist ein trügerisches Gefühl. Irgendwann merkte ich, dass ich zu lange an etwas festgehalten hatte, was schon lange nicht mehr da war. Jemand hat mal gesagt, dass nicht der Tod der grösste Verlust im Leben sei. Der grösste Verlust sei das, was in uns stirbt, während wir noch leben." Er wurde nachdenklich, schwieg lange. „Irgendwann konnte meine Frau nicht mehr kämpfen. ‚Ich bin am Ende meiner Reise angekommen. Ich habe keine Hoffnung mehr', schrieb sie mir noch. Erst Monate später erfuhr ich, dass sie Suizid begangen hatte."

Noch in der gleichen Nacht fuhr Antoine zur Villa von Thuys Eltern und warf einen Brief mit einem kurzen Text in den Briefkasten: „Thuy, ich weiss, dass Du lebst. Bitte melde Dich. Ich bin im ‚Caravelle'. Antoine."
Die Nacht brachte keine Klarheit. Nur Träume. Wirre Träume. Immer wieder schreckte Antoine hoch, liess fast ungläubig diesen Schicksalstag noch einmal Revue passieren. Wie in einer Endlosschleife.
Er stand früh auf, liess das Frühstück aus und ging zu Fuss in Richtung seines Büros. Der Himmel war noch dunkel, die Strassen glänzten nass nach dem nächtlichen Regen. Er liess sich treiben, hielt vor dem Hotel „Rex", wo übernächtigte Touristen bereits aus Flughafentaxis stiegen, kurz inne, starrte in den Himmel und wartete auf die Morgendämmerung, die einen neuen Tag ankündigen

würde. Ein Tag ohne dieses Gefühl von Schuld, ohne diese alte Last, die nun langsam von ihm abfiel.

Antoine ging an der Ton-Duc-Thang-Strasse an den beiden schläfrig wirkenden Wachtposten vorbei zum noch menschenleeren Empfangsbüro und stieg dann die knarrenden Parkettstufen der breiten Treppe hinauf bis in die zweite Etage. George Larson war schon in seinem Büro. Antoine klopfte an, öffnete die Tür einen Spalt weit. Larson telefonierte, offenbar mit Washington, aber er winkte Antoine herein und wies auf das Sofa unter der grossen amerikanischen Flagge, der einzige Schmuck in dem tristen Zimmer mit seinen kahlen Wänden.

„Guten Morgen, Antoine, gut, dass du schon da bist. Organisier dir doch einen Tee. Wir können gleich reden."

Als Antoine zurückkehrte, hatte Larson sein Telefonat beendet. Er informierte ihn, dass Washington sein Strategiepapier über die Suche nach den vermissten amerikanischen Soldaten grundsätzlich positiv beurteile. Dies sei zumindest die erste, allerdings noch inoffizielle Einschätzung im State Department. Man wolle dort jetzt schnell Resultate sehen. Die möglichen Einwände Hanois scheine man nicht ernst zu nehmen. Das sei nämlich alles mit Dollars lösbar. Theoretisch könne Antoine also bereits loslegen.

Antoine nahm das alles zur Kenntnis, als ob es ihn eigentlich nicht beträfe. Er war in seinen Gedanken ganz woanders. Er zögerte einen Moment, ob er die Geschichte mit Thuy erzählen sollte, denn vorerst hatte er ja keine Gewissheit, dass sie noch am Leben war. Aber George war sein Freund. Er schuldete ihm diese Offenheit.

„Ich freue mich für dich", sagte Larson, nachdem ihn Antoine über das Gespräch mit Kim Son informiert hatte. „Ich weiss ja, wie sehr diese Sache mit Thuy dich belastet hat. Wie sehr du dich schuldig gefühlt hast." Nach diesen Worten wollte er offensichtlich zur Tagesordnung übergehen, suchte nach irgendwelchen Unterlagen in dem Stapel auf seinem Schreibtisch.

„Für mich ist die Sache nicht zu Ende, George. Ich werde Thuy suchen, bis ich sie finde. Vielleicht ist ja ein Neuanfang mit ihr möglich."

Larson dachte nach. „Ich gebe dir einen Rat als Freund: Lass es gut sein. Du hast sie seit fast zwanzig Jahren nicht mehr gesehen. Bewahre dir die Erinnerung an Thuy, wie sie war. Und erspare dir eine furchtbare Enttäuschung."

Antoine schüttelte den Kopf. „Das ist mir egal. Ich muss sie wiedersehen!"

„Du willst sie suchen? Wie stellst du dir das denn vor?", erwiderte Larson scharf. „Sie kann doch sonst wo sein in diesem Land mit seinen vielen Millionen Einwohnern. Vielleicht ist sie ja inzwischen gestorben, an den Folgen des Lageraufenthalts. Sonst hätte sie sich doch irgendwann bei dir gemeldet. Sie kannte ja deine Adresse in Zürich. Mein Gott, Antoine, wach endlich auf! Manchmal muss man Menschen gehen lassen, um selbst wieder leben zu können. Das hatte ich dir übrigens schon mal gesagt. Damals in Bangkok, nachdem deine Freundin Claire auf Ko Samui ermordet worden war. Erinnerst du dich?"

Antoine wurde durch ein Klopfen an der Tür an einer patzigen Antwort gehindert. Antoines Sekretärin betrat vorsichtig den Raum, entschuldigte sich für die Störung, stellte ein Serviertablett mit einer hauchdünnen Porzellantasse auf den Couchtisch und schenkte Tee ein.

Larson wartete, bis sie den Raum wieder verlassen hatte.

„Du bist ein sentimentaler Narr, mein Freund", fuhr er fort. „Du musst dich jetzt entscheiden, was du hier in Vietnam eigentlich willst. Wo deine Prioritäten liegen. Deine verschollene Freundin suchen? Nein. Dein Job ist es verdammt noch mal, hier vermisste Soldaten zu finden. Dafür brauche ich dich."

Antoine hatte die Botschaft verstanden. Er zog sich in sein Büro zurück und beugte sich wieder über die Vermissten-Dossiers. Wie hatte ihn der smarte Franzose bei ihrer Ankunft am Flughafen genannt? Einen Buchhalter des Todes ...

Antoine lag auf seinem Hotelbett und las ein Buch, das Anne ihm geschenkt hatte: *La 317ème Section*, ein Roman über den Französischen Indochinakrieg. Über den Überlebenskampf einer kleinen Einheit französischer Soldaten und ihrer einheimischen Hilfstruppen im Dschungel Vietnams nach dem Fall von Dien Bien Phu. Es erinnerte ihn an seine Zeit in Burma, als er gegen die Banden eines mächtigen chinesischen Warlords und Opiumhändlers eine militärische Allianz der Shan-Stämme organisiert hatte.

Bestimmt hat sie mir deswegen das Buch geschenkt, mutmasste er. *Wahrscheinlich hofft sie, dass ich ihr dann endlich was über mein Leben in Burma erzähle.* Sie hatte ihn am Nachmittag in seinem Büro aufgesucht, ihm das Buch und eine grosse Tüte mit vietnamesischem Hochlandkaffee in die Hand gedrückt und ihn nebenbei sanft gemassregelt, weil er sie am Sonntag nicht zurückgerufen hatte. „Sie hatten doch bloss Angst, dass ich Sie wieder zu einer Kamikaze-Fahrt auf meiner rasenden Kalaschnikow zwinge."

Es war schon gegen zehn Uhr nachts, als das Telefon in seinem Hotelzimmer summte. Die Rezeptionistin entschuldigte sich für die späte Störung. „Mister Steiner, Sie haben Besuch. Eine Dame möchte Sie sprechen. Sie wartet draussen in einem schwarzen Mercedes vor dem Eingang. Sie sagt, es sei sehr wichtig."

Antoine fühlte sich überrumpelt. Er hatte niemanden erwartet. Schon gar nicht eine Dame. Und schon gar nicht um diese Zeit. Anne? Aber warum kam sie in einem Auto? Und wieso wartete sie im Wagen statt am Empfang? Er dachte kurz nach, während er sich wieder ankleidete. Nein, Anne konnte es nicht sein. Auch nicht irgendein Mädchen aus dem Office. Hatte sein Freund George ihm vielleicht eine einheimische Beauty geschickt, die ihn über seinen Herzschmerz hinwegtrösten sollte? Auch diese Version verwarf er schnell.

Ratlos trat er durch die breite Glastür am Hoteleingang und schaute sich um. Der Mercedes war nicht zu übersehen, er war etwas weiter entfernt unter einer Strassenlaterne im Halteverbot geparkt. Ein teures S-Klasse-Modell mit einem Kennzeichen, das Antoine nicht identifizieren konnte: Weisse Zahlen auf rotem Grund. Nicht die üblichen schwarzen Zahlen auf weissem Grund.

Der Mercedes gab ihm ein Zeichen mit der Lichthupe. Am Steuer sass eine Vietnamesin.

Thuy? Antoines Herz begann zu rasen.

Sie winkte ihm zu, als Antoine sich dem Wagen näherte. Eine elegante, geschmackvoll gekleidete Frau um die vierzig. Aber es war nicht Thuy.

„Sie sind Antoine, nicht wahr?", sagte sie in perfektem Französisch durch das offene Wagenfenster. „Ich bin Thao. Eine Freundin von Thuy. Verzeihen Sie die späte Störung und auch die ungewöhnliche Art der Kontaktaufnahme. Setzen Sie sich doch bitte kurz zu mir ins Auto. Ich habe eine Botschaft für Sie. Von Thuy."

Antoine zögerte. Nahm etwas widerwillig auf dem Beifahrersitz Platz. In dem Wagen roch es nach einem teuren Parfum. Auf dem Rücksitz lag noch eine grosse Einkaufstasche mit dem Logo einer Saigoner Boutique. Er traute der Sache nicht. Sollte er womöglich entführt werden? Hatte der chinesische Opiumhändler, dem er im Goldenen Dreieck Burmas das Handwerk gelegt hatte, ihn endlich aufgespürt und wollte nun seine Rache exekutieren? Seine Nerven waren angespannt. Er suchte das Dunkel nach verdächtigen Zeichen ab, umklammerte vorsichtshalber mit der rechten Hand den Türöffner.

Thao schien seine Nervosität zu bemerken. Sie wandte sich ihm zu, lächelte. „Keine Angst, Antoine. Es dauert nicht lange." Sie kramte in ihrer Handtasche, fand ein zusammengefaltetes Stück Papier und reichte es ihm herüber. „Thuy weiss von Ihrem Besuch bei ihren Eltern und von der Mitteilung, die Sie dort hinterlassen haben. Sie möchte Sie treffen. Würde Ihnen morgen passen? 17 Uhr? Treffpunkt in meiner Wohnung? Die Adresse finden Sie auf dem Papier. Ben Chuong Duong 45. Klingeln Sie dreimal bei Saigon Trading Corp., ich werde Ihnen öffnen und Sie im Foyer abholen. Aber Thuy bittet Sie, vorsichtig zu sein. Nehmen Sie keine Limousine des Hotels. Auch kein Taxi. Vielleicht eine Rikscha. Oder kommen Sie zu Fuss. Meine Wohnung liegt im 1. Bezirk. Nicht allzu weit von hier." Sie startete den Motor. „Bitte stellen Sie mir jetzt keine Fragen. Thuy wird Ihnen alles erklären."

Antoine öffnete die Beifahrertür und stieg aus.

„Bis morgen also", sagte Thao. Sie lächelte noch immer.

Kapitel 8

Kim Son fuhr ihn mit seiner Rikscha durch den dichten Nachmittagsverkehr zur Ben-Chuong-Duong-Strasse. Die Nummer 45 war ein modernes Bürogebäude. „Saigon Trading Corporation" stand in breiten Lettern unter den Fenstern des ersten Stockwerks. Im Erdgeschoss warb die Fluglinie Aeroflot für Reiseziele in der Sowjetunion. Daneben befand sich der Ausstellungsraum einer japanischen Autofirma.

„Dies ist übrigens mein letzter Einsatz als Cyclofahrer", hatte Kim Son ihm gesagt, als er Antoine im „Caravelle" abgeholt hatte. „Morgen fange ich bei Ihnen an. Ich habe das mit George Larson bereits vereinbart. Vielen Dank für Ihre Unterstützung."

Antoine suchte auf den zahlreichen Klingeln an der Eingangstür nach der Saigon Trading Corp. und drückte dreimal auf den Knopf. Er fand diese Vorsichtsmassnahme eigenartig. *Wie in einem Spionagefilm,* dachte er kopfschüttelnd.

Thao holt ihn in der grosszügigen Eingangshalle mit ihrer modernistischen Chrom-und-Glas-Architektur ab und fuhr mit ihm in die siebte Etage. Im grellen Licht der Liftbeleuchtung konnte er sie zum ersten Mal genauer betrachten. Sie war gross und schlank, fast so gross wie er, hatte eine helle Haut und lange, schwarze Haare, die sie offen trug, ihr Gang war aufrecht und hatte gleichzeitig eine selbstsichere Lässigkeit, so als wäre sie es gewohnt, sich in Szene zu setzen. Eigentlich sah sie aus wie ein Model.

Im obersten Stockwerk betraten sie durch eine Nebentür, die mit einem Code geöffnet werden musste, eine elegante Penthouse-Wohnung. Sie strahlte dezenten Reichtum aus. Designerstücke aus Frankreich, kombiniert mit traditionellen vietnamesischen Möbeln aus Bambus und Rattan. Fünf grosse Aquarelle mit vietnamesischen Tierkreiszeichen an der Wand. Eine mächtige Buddhafigur aus lackiertem und vergoldetem Holz dominierte die Mitte des Raums. In einer Ecke, über einem antiken, dunkelbraunen Schreibtisch mit geschwungenen Beinen, ein französisches Filmplakat aus den Sechzigerjahren. Der junge Alain Delon im Film *Le Samourai*.

Es roch nach Räucherkerzen und nach Blumen.

Antoine sah sich erstaunt um. *Eine typische Frauenwohnung,* dachte er. *Bourgeoise Dekadenz. Und das ausgerechnet im revolutionären Vietnam.*

„Möchten Sie Tee oder Champagner?", fragte Thao. Das Telefon auf einem Beistelltischchen, einer hübschen chinesischen Lackarbeit, klingelte. Ein kurzes Gespräch auf Vietnamesisch.

„Das war Thuy. Sie hat vom Autotelefon aus angerufen und wird gleich da sein."

Thao bat Antoine, auf einem der Sessel Platz zu nehmen, und setzte sich aufs Sofa. „Sie sind sehr nervös, nicht wahr?" Wieder dieses entwaffnende Lächeln.

„Erstaunt Sie das? Von diesem Moment habe ich fast zwanzig Jahre lang geträumt", antwortete Antoine.

„Ich weiss, Thuy hat mir alles erzählt."

Die Spannung im Raum wurde fast unerträglich.

„Sie ist genauso nervös wie Sie, Antoine", versuchte Thao ihn zu trösten. „Seien Sie nachsichtig mit ihr. Sie hat kein einfaches Leben. Aber das alles werden Sie gleich von ihr selbst erfahren."

Thuy stand plötzlich in der Tür. Blieb einen Moment stehen. Suchte Antoine mit ihren Blicken. Lächelte etwas unsicher.

Thuy hat sich verändert, dachte Antoine. *Sie wirkt zerbrechlich. Ihr Gesicht hat einen harten, melancholischen Zug.*

„Antoine …", sagte sie leise. Aber dann versagte ihr die Stimme.

Sie gingen aufeinander zu. Erst langsam und vorsichtig. Schliesslich immer schneller. Dann fielen sie sich in die Arme.

Antoine sog den vertrauten Geruch ihrer Haut und ihres Haars ein, das sie noch immer schulterlang trug. Vertraut war ihm auch die Art, wie sie ihr Gesicht zwischen seiner Schulter und seinem Hals vergrub. Er spürte ihren Atem auf seinen tränennassen Augen. Sie hielten sich lange fest. Antoine war versucht, sie zu küssen. Aber sie löste sich sanft von ihm. Setzte sich auf die Couch.

„Komm, Antoine. Hier, neben mich."

Er gehorchte wie in Trance. Sie streichelte sein Gesicht, schaute ihn lange an. Wehmut lag in ihrem Blick.

Thao, die sich diskret zurückgezogen hatte, brachte drei Gläser mit Champagner.

Endlich schien Thuy Worte zu finden. „Siebzehn Jahre sind eine lange Zeit, nicht wahr? Ich habe dich vermisst, Antoine." Ihre Stimme war brüchig. „Woher weisst du eigentlich, dass ich lebe?"

„Kim Son. Er hat dich gesehen. Im Lager. Er hat es mir erst vorgestern erzählt."

„Ich habe gehört, dass du jetzt für die Amerikaner arbeitest."

„Ich bin nur wegen dir zurückgekehrt, Thuy. Ich war sicher, dass du in dem Lager umgekommen bist. Ich wollte deine Mörder suchen."

Sie schüttelte den Kopf. Fuhr sich mit der Hand durchs Haar. Eine Geste, die er so gut von ihr kannte.

Sie griff nach dem Champagnerglas. „Lass uns auf unser Wiedersehen trinken. Dass du nicht meine Mörder suchen musst. Dass wir leben."

„Kim Son sagte, ein hoher Offizier hätte dich im Lager abgeholt."

„Ja, das war mein Onkel. Erinnerst du dich an ihn? Das kleine Foto von ihm über dem Familienaltar? Der schüchterne Junge in der Schuluniform?"

„Der ‚Verräter'?"

Thuy nickte. „Er stieg in der Armee des Nordens zum General auf. Meine Mutter hatte all die Jahre heimlich Kontakt mit ihm gehalten. Sie korrespondierten über die Adresse einer ihrer Freundinnen in Paris. Niemand wusste davon. Nach dem Sieg des Nordens wurde mein Onkel nach Saigon versetzt. Er war ein Kriegsheld, seine Panzer hatten Saigon erobert. Die Familie traf sich nach Kriegsende wieder und versöhnte sich. Und mein Onkel machte seinen Einfluss geltend, sodass ich aus dem Lager entlassen wurde."

Thao schenkte Champagner nach. „Auf den Onkel!", sagte sie, um die Stille zu überbrücken. Jeder spürte, dass jetzt die grossen Fragen kommen würden.

„Und wie lebst du heute?", fragte Antoine schliesslich.

„Ich bin verheiratet", sagte Thuy. Sie legte eine Pause ein. „Mit einem Geschäftsmann. Er war Oberst im Stab meines Onkels. Er war Witwer, seine Frau und seine Kinder sind bei einem Bombenangriff umgekommen. Er ist sehr reich geworden. Besitzt auch mehrere Immobilien, unter anderem dieses Gebäude hier. Und ich ... ich lebe in einem goldenen Käfig." Wieder eine Pause. „Und du? Gibt es eine Frau in deinem Leben?"

„Du warst immer meine grosse Liebe, Thuy."

Claires Bild drängte sich in sein Bewusstsein. Claire am Strand von Ko Samui. Claire nackt in seinen Armen. „Erst vor einem Jahr gab es eine andere Frau. Aber sie ist tot. Sie wurde ermordet."

Thuy streichelte sein Gesicht, nahm dann seine Hand. „Das tut mir leid, Antoine."

Sie redete kurz mit ihrer Freundin auf Vietnamesisch, und plötzlich liefen ihr Tränen über die Wangen. Thao setzte sich neben sie und nahm sie in die Arme.

„Ich muss dir noch was sagen, Antoine", sagte Thuy schliesslich. „Es wird ein Schock für dich sein. Ich habe eine Tochter. Sie heisst Huong. Sie ist noch im Gymnasium. Will später Medizin studieren." Sie verstummte.

Antoine wollte antworten, sie beruhigen und ihr sagen, dass ihn diese Tatsache keineswegs schockiere, da flüsterte sie: „Du bist Huongs Vater, Antoine."

Sie schaute ihn an. Wie um die Wirkung ihrer Worte zu überprüfen.

Antoine war wie erstarrt. Langsam sickerte in sein Bewusstsein, was Thuy eben gesagt hatte. Sein Leben schien aus den Angeln gehoben.

„Ich war schwanger, als du abgeflogen bist", fuhr sie fort. „Aber sicher war ich noch nicht. Mein Onkel arrangierte die Ehe mit dem Obersten. Offiziell ist mein Mann der Vater von Huong. Viele sagen sogar, sie sehe ihm ähnlich. Sie sieht auch nicht wie ein Mischlingskind aus, obwohl sie europäische Gene hat. Deine Schweizer Gene. Und die französischen ihrer Grossmutter. Nur wenige wissen, wer wirklich der Vater ist. Meine Freundin hier. Und meine Familie."

Thuy griff nach dem Champagnerglas. Sie wirkte erleichtert. Eine Last schien von ihr abgefallen zu sein.

„Mein Mann spielt das Spiel mit. Mein Onkel hat ihm viel Geld bezahlt und ihm damit nach seinem Abschied aus der Armee eine Karriere als Geschäftsmann ermöglicht." Eine zynische Bitterkeit zeigte sich auf ihrem Gesicht. „Huong ist ihm egal. Ich wahrscheinlich auch. Er war vor allem an dem Geld interessiert. Mit Geld ist alles möglich. Auch im neuen Vietnam." Sie fasste in ihre Handtasche und zog ein Foto heraus. „Hier ist ein Bild von Huong. Du darfst es behalten."

Antoine, noch immer unter Schock, griff nach dem Foto. Ein hübsches junges Mädchen. Dreiviertellange Jeans, weisse Bluse, modische Sneaker. Die Haare zu einem kinnlangen Bob geschnitten. Ein fröhliches Lachen.

„Warum hast du dich all die Jahre nicht gemeldet?" Das war die Frage, die er sich seit dem Gespräch mit Kim Son immer und immer wieder gestellt hatte.

Thuy schien die Frage erwartet zu haben. „Weil ich dachte, dass du mit der Ungewissheit leben kannst. Dass du mich irgendwann loslassen und vergessen würdest. Ich wollte dir deine Freiheit zurückgeben, Antoine. Was hätte ich dir denn schreiben sollen? Dass ich in einem Todeslager war? Dass ich zwar freikam, aber einen mächtigen Mann heiraten musste, der mich nicht liebt? Dass ich ein uneheliches Kind habe, dessen Vater ich geheim halten muss? Du wärst doch verrückt geworden vor Angst und Trauer."

„*Yeu*", dachte Antoine. *Die Liebe, die ewig dauert.*

Thuy trat ans Fenster und blickte hinaus auf den Himmel über Saigon. Im Licht des sterbenden Tags sah er deutlich die Form ihres Körpers durch das dünne Kleid. Und er begehrte sie so stark, dass er sich kaum zu sprechen traute.

„Ich musste mit dieser Schuld leben, dass ich dich nicht rechtzeitig geheiratet und mit nach Europa genommen hatte. Ich dachte, du wärst tot und dass ich es bin, der die eigentliche Schuld an deinem Tod trägt."

Thuy drehte sich um. Sah ihn lange an. „Du hast immer wieder von Heirat gesprochen. Ich wollte dir diese Illusion damals nicht nehmen. Aber ich hätte Vietnam und meine Eltern nie verlassen können. Und sie hätten einer Heirat mit dir niemals zugestimmt. Vergiss nicht, hier, in Saigon, steht mein Familienaltar. Ich wusste, dass ich nur eine beschränkte Zeit mir dir haben würde. Aber diese Zeit wollte ich geniessen. Du warst so ein interessanter Mann. So zärtlich. Und du hast mich wirklich geliebt." Ein Lächeln umspielte ihr Gesicht. „Ich war ja damals kaum über zwanzig. Voller romantischer Träume. Du warst mein Alain Delon."

Sie zeigte kurz auf das Filmplakat über dem Schreibtisch. Und Antoine fragte sich plötzlich, ob diese Wohnung wirklich Thao gehörte. Oder ob es nicht das Refugium von Thuy war.

„Ich folgte einfach meinem Herzen. Mir war damals natürlich nicht klar, dass ich dafür einen Preis würde bezahlen müssen. Heute bin ich eine andere Frau, Antoine. Nicht mehr die Thuy deiner sentimentalen Erinnerungen. Ich bin entzaubert von der Wirklichkeit."

Sie brach ab. Sah ihm in die Augen. Lange. Und er wünschte sich so sehr, dass nicht wahr wäre, was sie gesagt hatte …

„Was wird jetzt aus uns?", fragte er leise.

„Aus uns?" Sie lächelte versonnen. „Für uns gibt es kein Morgen, *chéri*. Wir dürfen uns nicht mehr sehen. Ich weiss, das ist hart für dich. Aber du bringst uns sonst in Gefahr. Huong und mich. Aber auch dich. Du hast ja keine Ahnung, mein Mann ist sehr eifersüchtig. Sehr hartherzig. Und er kann auch sehr brutal sein. Niemand darf wissen, dass ich dich hier heimlich treffe."

Eine bedeutungsschwere Stille legte sich über den Raum. Alles war gesagt. Abschied lag bereits über allem. Und die Ahnung, dass hier etwas zu Ende ging, was nie wiederkehren würde.

Antoine griff wieder nach dem Foto von Huong, betrachtete es lange und schob es dann vorsichtig in seine Jackentasche. „Ich will meine Tochter sehen, Thuy", sagte er. Seine Stimme hatte jetzt einen fordernden Ton. „Es ist grausam, dass ich mein Kind nicht sehen darf."

„Grausam? Was glaubst du, was ich gefühlt habe, als wir uns damals am Flughafen verabschiedet haben und ich wusste, dass ich wahrscheinlich schwanger war von dir?"

„Thuy … Ich …" Was konnte er darauf sagen?

Sie lächelte. „Ach Antoine … ich konnte noch nie mit ansehen, wenn du dich quälst. Also gut. Du darfst Huong sehen. Nur sehen, aus der Ferne. Und nur dieses einzige Mal. Versprichst du mir das?"

Antoine nickte, sein Mund war plötzlich trocken geworden.

„Morgen begleite ich Huong ins Gymnasium. Warte draussen vor dem grossen Tor."

Sie stand auf und wandte sich zur Tür. Antoine folgte ihr benommen. Erst an der Haustür fiel ihm ein, nach Adresse und

Uhrzeit zu fragen. Thuy verabschiedete ihn mit vor der Brust zusammengelegten Händen und einem Lächeln.

Antoine stand schon sehr früh vor dem Lycée Marie Curie im 3. Bezirk. Ein imposantes Gebäude aus der französischen Kolonialzeit. Die erste Unterrichtsstunde war wohl gerade zu Ende gegangen, und ein Meer von jungen Schülerinnen in weissen Ao Dais wogte an ihm vorbei durch das schmiedeeiserne Eingangstor.

Zur verabredeten Zeit sah er, wie Thuy ihre Tochter über den gepflasterten Innenhof zum Eingang der Schule begleitete. Huong hatte ihre Schulbücher mit einem Riemen zusammengebunden. Sie blieb stehen, diskutierte lachend mit ihrer Mutter und verabschiedete sich dann von ihr mit einer kurzen Umarmung.

Thuy hatte Antoine wohl am Eingangstor gesehen. Sie kam mit festem Schritt auf ihn zu. Antoine hätte sie am liebsten in die Arme genommen, er hatte Mühe, sich zu beherrschen. Thuy spürte sein Verlangen und wich zurück. „Du darfst mich hier in der Öffentlichkeit nicht berühren. Das ist viel zu gefährlich." Sie sagte es freundlich, aber bestimmt, mit einer sanften Stimme, die kaum mehr als ein Flüstern war. Auch sie wusste, dass ihnen jetzt der Abschied für immer bevorstand.

Sie begleitete Antoine noch ein paar Schritte bis zu dem Taxi, das ihn zum Lycée gefahren hatte und in der Nähe geparkt war. Plötzlich konnte er sich nicht mehr beherrschen. Er drehte sich zu ihr und umarmte sie, ohne sich um ihr Verbot zu kümmern. Überraschenderweise hielt sie ihn fest, und tief in ihr hörte Antoine ein Stöhnen. Sie wollte ihn wegstossen, aber Antoine zog sie noch fester an sich, weil er nicht wollte, dass sie ihn weinen sah.

„Ich werde nie aufhören dich zu lieben, Thuy."

Sie fuhr sich mit dem Ärmel ihrer Bluse über die Augen, um ihre Tränen wegzuwischen. Schliesslich lächelte sie. Ein bittersüsses Lächeln. *„Yeu"*, sagte sie. „Nicht wahr, Antoine? *Yeu …*"

Dann löste sie sich aus der Umarmung.

„Wirst du Huong eines Tages von mir erzählen?", fragte Antoine. „Ja, eines Tages. Versprochen." Dann verschwand sie in der Menge der Fussgänger. Ohne sich noch einmal umzudrehen.

Kapitel 9

Antoine ging zu Fuss zum „Brodard". Er brauchte die Zeit, um das Geschehene zu verarbeiten. Zwang sich, es erst einmal beiseitezuschieben, als er vor dem Lokal anlangte, wo er sich mit Kim Son zum Frühstück verabredet hatte. Es war Kim Sons erster Arbeitstag, und Antoine wollte mit ihm vorher noch einige Themen durchgehen.

Statt seines Rikschafahrer-Räuberzivils erschien Kim Son in khakifarbenen Chinos, dunkelblauem Polohemd und mit festen Schuhen anstelle der Sandalen. *Er wirkt völlig verändert,* stellte Antoine verwundert fest. *Und beim Friseur war er wohl auch.*

Kim Son bestellte Croissants und einen Espresso. Einmal mehr war Antoine beeindruckt von der Präsenz und natürlichen Autorität des Ex-Oberstleutnants. *Fast ist man versucht, Haltung anzunehmen, wenn er sein Frühstück ordert,* dachte Antoine. Er konnte sich sein Gegenüber gut vorstellen, wie er im Befehlsstand seines Ranger-Bataillons den Kampf um Xuan Loc, die letzte grosse Schlacht des Vietnamkriegs im April 1975, orchestrierte.

Antoine informierte Kim, dass er im Büro vermutlich auch mit dem von der neuen Regierung ernannten Verbindungsmann zusammenarbeiten müsse. Er heisse Van Dong. Ein ehemaliger Offizier einer nordvietnamesischen Eliteeinheit, die, wie auch er mit seinen Rangers, in Khe Sanh im Einsatz war. Ob er da ein Problem sehe?

Ich möchte nicht, dass sie im Büro noch mal die Schlacht um Khe Sanh ausfechten, dachte Antoine.

Kim Son antwortete nicht sogleich.

„Mir ist bewusst, dass Sie nach dem Krieg grosse Opfer bringen mussten und mit Sicherheit berechtigte Ressentiments gegenüber dem kommunistischen Regime haben", brach Antoine das Schweigen. „Vielleicht hilft es Ihnen, wenn ich Ihnen sage, dass auch Van Dong einen hohen Preis bezahlt hat. Seine Frau und sein Kind wurden bei einem amerikanischen Bombenangriff getötet."

„Ich werde wahrscheinlich nach der Arbeit nicht mit Van Dong ein Bier trinken gehen", meinte Kim Son schliesslich. „Aber wir werden miteinander leben müssen. Genauso wie dieses Land mit den Wunden des Krieges leben muss. Der Krieg ist bekanntlich vorbei. Auch wenn er in den Köpfen vieler Vietnamesen immer noch weitergeht."

„Gut. Ich denke, dass Van Dong das ähnlich sieht. Er sagte mir übrigens, dass jemand, der die Schrecken des Kampfes kenne, viel eher bereit sei, seinem Feind zu vergeben."

Kim Son nickte nur.

Sie sprachen noch eine Weile über Antoines Pläne für die Suche nach den vermissten Amerikanern, über seine Idee, regionale Suchzentren zu bilden und mit den örtlichen Volkskomitees zusammenzuarbeiten. Dann machten sie sich zu Fuss auf den Weg zur Ton-Duc-Thang-Strasse. Unterwegs grüsste Kim Son einen Rikschafahrer, der sie gerade überholte und der offenbar zu seiner „Cyclo-Mafia" gehörte.

„Ich habe mich gestern unten am Hafen von meinen Rikscha-Kumpels verabschiedet und ein paar Kasten Bier finanziert … mit dem Vorschuss, den mir George Larson freundlicherweise gewährt hat", sagte Kim Son. „Bei dieser Gelegenheit habe ich rumgefragt, ob jemand diese Saigon Trading Corporation kenne. Ich hatte mir den Namen der Firma gemerkt, als ich Sie gestern hingefahren habe. Ich hoffe, das ist in Ihrem Sinne."

Antoine hatte sich auch schon gefragt, welche Geschäfte dieses Unternehmen wohl betreibe. „Und? Was sagen die Kumpel?"

„Die Antwort wird Sie wahrscheinlich überraschen. Saigon Trading ist eine Holdingfirma mit mehreren selbstständigen Subunternehmen. Offiziell ist die Firma hauptsächlich im Öl- und

Gasbusiness tätig. Ausserdem im Transport- und Finanzsektor. Sie haben sogar eine eigene Bank. Das eigentliche Geschäft, so vermutet man, sei aber der Handel mit Opium. Meine Freunde könnten weiterrecherchieren, falls Sie das möchten."

Opium!

Das Wort löste bei Antoine plötzlich eine Flut von Erinnerungsfetzen aus. Bilder aus Baan Saw, dem Shan-Dorf mitten im Opiumanbaugebiet des Goldenen Dreiecks. Das Dorf, das ihn zum Chindit, zum militärischen Anführer, ernannt hatte und das er vor der Zerstörung gerettet hatte. Das Dorf, das Opium anbaute, um überleben zu können.

Kim Son räusperte sich etwas demonstrativ. Er wartete offensichtlich auf eine Antwort.

„Gute Idee", sagte Antoine, in Gedanken noch in Baan Saw. Dann schoss ihm plötzlich eine Erinnerung durch den Kopf: Thuy hatte gesagt, das Gebäude, in dem Thaos Wohnung lag, gehöre ihrem Mann. Aber auch die Saigon Trading Company residierte dort – konnte es also sein, dass Thuys Mann in diese Firma involviert war? „Ja, bitte, Kim Son, recherchieren Sie unbedingt weiter", sagte er. „Finden Sie ausserdem alles über Thuys Ehemann heraus, was Sie in Erfahrung bringen können: Name, Privatadresse, Vita und so weiter. Selbstverständlich müssen diese Nachforschungen äusserst diskret erfolgen."

Kim Son nickte nur, und Antoines Gedanken wanderten wieder nach Ban Saaw zurück, während sie weitergingen. *Wie es wohl meinen Freunden dort geht?*, fragte er sich etwas wehmütig. Und für einen Moment sehnte er sich zurück nach diesem einfachen und kargen Leben im Dschungel Burmas.

Larson, dessen Bürotür offen stand, sah die beiden im Flur, und bat sie herein. Er werde um 15 Uhr die Mitarbeiter über Kim Sons Beratertätigkeit informieren, teilte er ihnen mit. Auf Van Dong angesprochen, winkte er ab. Er sehe da keine Probleme. Aussöhnung sei jetzt die Losung der Partei. Habe man ihm auch in Hanoi bestätigt. Ohne Aussöhnung keine Dollars. Das sei mit Sicherheit auch schon zu unserem Bo Doi durchgedrungen.

„Ich möchte dich noch kurz sprechen, George", sagte Antoine, nachdem Kim Son das Zimmer verlassen hatte. Er berichtete ihm ausführlich von seinem Treffen mit Thuy und von ihrer Weigerung, ihn weiterhin zu sehen.

„Erstaunlich, dass du sie tatsächlich gefunden hast. Das hätte ich nie gedacht. Das Ergebnis ist bitter für dich, mein Freund. Aber ich habe dir ja gesagt, du sollst sie endlich vergessen. Und dir die Erinnerung an Thuy bewahren, wie sie damals war. Jetzt kannst du dich wenigstens voll auf deinen Job hier konzentrieren. Nachdem dieses Thuy-Drama beendet ist."

George hat nichts verstanden, dachte Antoine. *Er glaubt anscheinend, dass ich mich in meiner Einbildung zum Helden einer tragischen Liebesgeschichte stilisiert habe. Und jetzt einen heilsamen Schock erlitt, als ich mit der Wirklichkeit konfrontiert wurde.* Er war wütend und enttäuscht.

Aber bevor er etwas sagen konnte, legte Larson nach: „Also, wie weit bist du mit den Vermisstenakten? Hast du einen konkreten Plan, mit wem du anfangen willst?"

Antoine fiel plötzlich etwas ein. „Hör mal, kennst du den Namen Patrick C. Hamilton? Sagt der dir irgendwas?"

Larson fuhr wie elektrisiert von seinem Stuhl auf. „Hamilton? Patrick C. Hamilton? Bist du sicher? Hast du eine Akte über ihn gefunden?"

Antoine berichtete von den beiden Dog Tags, auf die er neulich bei der Durchsicht der Dossiers gestoßen war. Er holte sie aus seinem Büro. Larson stand auf dem Korridor, als er zurückkehrte, und schob ihn zum kleinen Konferenzraum, der direkt neben seinem Zimmer lag.

„Hier sind wir ungestört", erklärte er, nachdem er die Tür geschlossen hatte. „Der Raum ist abhörsicher."

Antoine blickte sich um. Er entdeckte Tapeten mit eingewebten Metallgittern, die wohl eine elektromagnetische Abschirmung garantieren sollten. Etwa wie ein Faraday'scher Käfig. *Wozu diese Geheimnistuerei?*, wunderte er sich. *Das ist ja wie in einem James-Bond-Film. Man könnte fast meinen, dass Vietnam jetzt heimlich die Atombombe baut.*

Als hätte er seine Gedanken gelesen, erklärte Larson, dass ein Team aus Washington zwar alle Räume auf Wanzen überprüft habe, aber man wisse ja nie. Der Geheimdienst der Vietnamesen arbeite sehr effektiv. Er wies auf das Telefon, das auf dem grossen Konferenztisch stand. „Das einzige hier, das nicht abgehört werden kann."

Er griff sich das Dossier, das Antoine auf den Tisch gelegt hatte. Nahm die Dog Tags aus der Klarsichthülle. Antoine beobachtete ihn, wie er die beiden „Hundemarken" studierte: zwei rechteckige Plättchen aus rostfreiem Stahl, die alle US-Soldaten an einer langen Kette um den Hals trugen. Darin eingestanzt waren Name und Vorname, Sozialversicherungsnummer, Blutgruppe und Religion.

Schliesslich blickte Larson auf. „Meines Wissens gibt es keinen anderen Vietnamkriegssoldaten dieses Namens." Seine Augen leuchteten. „Mensch, Antoine, das ist ein Knaller! Wenn wir Hamiltons Verbleib aufklären können, haben wir beim State Department einen dicken Stein im Brett!"

Antoine war irritiert. „Okay, wenn du meinst. Und wer ist nun dieser illustre Hamilton?"

„Das weisst du nicht?", fragte Larson so verblüfft, als hätte Antoine sich erkundigt, wer Ronald Reagan sei. „Hamilton war doch eine Legende in Vietnam! Ich kenne ihn zwar nicht persönlich, aber selbst bei uns Marines wusste jeder von ihm. Jeder! Im Grunde hielten wir diese Special-Forces-Typen der Army ja für völlig überbewertete Selbstdarsteller mit John-Wayne-Komplex. Und Hamilton war einer der Green-Berets-Offiziere. Hochdekoriert. ‚Medal of Honor', mehr geht nicht. Jede Menge spektakuläre Kommandoaktionen. Sogar in Nordvietnam. Eigentlich hätte der Mann diesen Krieg eigenhändig gewinnen müssen und …"

„Moment mal, ich beginne mich zu erinnern", unterbrach ihn Antoine. „Galt er nicht als vermisst? Irgendwo im Hochland? Das *Time Magazine* hat damals – ich glaube, das war 1973 – eine Titelgeschichte über ihn gebracht."

„Genau. Man hat ihn nie gefunden. Aber es gab auch immer wieder das Gerücht, dass er nicht tot sei, sondern im Dschungel an der Grenze zu Laos lebe. Opiumgebiet übrigens. Du weisst ja: schwer zugänglich."

„*Time* spekulierte damals sogar, dass er der Anführer des Hmong-Stammes sei, der mit Unterstützung der Amerikaner für einen unabhängigen Staat kämpfe. Ist das der Grund, warum Washington hocherfreut wäre, wenn wir rauskriegen, was aus ihm geworden ist?"

„Ja. Auch. Aber du musst wissen, dass Hamiltons Weste keineswegs strahlend weiss war, sondern ihm auch Brutalität und eigenmächtige Aktionen nachgesagt wurden. Washington ist mit Sicherheit extrem scharf darauf, dass Hamilton gefunden wird – entweder um ihn als Helden zu feiern oder um ihn vor Gericht zu stellen. Oder zumindest seine sterblichen Überreste in die Heimat zu überführen, falls er inzwischen tot ist. Wir müssen ihn finden, Antoine, unbedingt! Sogar wenn wir nur seine vermoderten Knochen ausbuddeln, ist das ein fantastischer Erfolg für uns!"

„Hm." Antoine überlegte. „Wir haben nur seine Dog Tags. Und die beweisen gar nichts. Weder dass Hamilton lebt, noch dass er tot ist. Wie sind die Hundemarken überhaupt hierher gelangt?"

Larson musste zugeben, dass er es nicht wusste. Normalerweise stammten die Dossiers von offiziellen US-Stellen, die sie hierher an die neu gegründete zentrale Sammelstelle übersandt hatten. „Aber …" Er runzelte die Stirn. „Augenblick mal … Vor einiger Zeit, kurz vor deiner Ankunft, kam meine Sekretärin mit zwei Dog Tags an und fragte, was sie damit machen solle. Ich hatte gerade Washington an der Strippe und sagte ihr nur, sie solle sie in dein Büro bringen."

„Und da hat sie die Marken, ordentlich, wie sie ist, in einen Aktendeckel gesteckt. Aber woher kamen sie? Irgendjemand muss sie abgegeben haben, sonst wären sie ja mit einem offiziellen Schreiben übersandt worden."

Larson stand auf. „Wir fragen sie."

Die Sekretärin konnte ihnen allerdings nicht weiterhelfen. Einer der Wächter am Eingang habe die Dog Tags heraufgebracht. Larson und Antoine gingen nach unten. Sie hatten Glück, der Wächter hatte auch am heutigen Tag Dienst. Und er erinnerte sich: Es sei ein Mann gewesen, dem Dialekt nach vermutlich aus dem Norden, und er habe noch eine ganze Weile vor dem Eingang herumgelungert, als ob er auf etwas warte. Der Wächter habe ihn schliesslich vertrieben.

„Mist", fluchte Larson, als sie wieder im Konferenzraum waren. „Was machen wir jetzt?"

Antoine dachte nach. „Wir müssen jemand finden, der uns was sagen kann zu Hamilton. Warum ist er desertiert, gerade er, ein Kriegsheld? Was ist da passiert?"

„Tja, wie gesagt", murmelte Larson niedergeschlagen, „ich hatte persönlich nichts mit ihm zu tun. Und ich kenne auch …"

„Mallory!", rief Antoine, dem plötzlich eine Idee gekommen war. „Ich rufe Mallory an. Okay? Er war ein Special-Forces-Captain, und wie du weisst, hat er sich in Bangkok ein riesiges Netzwerk aufgebaut. Wenn einer jemanden auftreiben kann, der mit Hamilton zu tun hatte, dann er."

Larson nickte, offensichtlich erleichtert.

Mallory meldete sich noch am selben Tag, bat aber lediglich um einen Rückruf. Antoine verstand, legte den Hörer auf und ging hinüber zum kleinen Konferenzraum, wo das abhörsichere Telefon stand.

„Hallo Antoine, schön, wieder von dir zu hören. Und weisst du was, ich hatte ein Riesenglück! Ich habe einen ehemaligen Sergeant der Green Berets gefunden, der bei der ‚Operation Tailwind' dabei war. Das war nämlich der letzte Einsatz unter Hamiltons Kommando, bevor er verschwand. Der Mann wohnt in Bangkok und wäre bereit, dir die Geschichte zu erzählen. Er hat aber erst am Montag Zeit. Und er ist knapp bei Kasse. Will fünftausend Dollar. Cash natürlich. In kleinen Scheinen. Und er will auf keinen Fall nach Saigon kommen. Es gibt dort wohl eine Menge Leute, die mit ihm noch eine Rechnung offen haben. ‚Operation Phoenix', du erinnerst dich. Hast du übrigens schon Sehnsucht nach dem Dschungel?"

Antoine musste lachen. „Du würdest die Frage nicht stellen, wenn du mich hier sehen könntest. Ich bin ein Bürotiger mit Anzug und Krawatte ... Aber zurück zum Dschungel: Dieser Ex-Sergeant, hat der überhaupt irgendwelche Beweise, dass er bei ‚Tailwind' dabei war? Wir wissen doch alle, dass diese Heldengeschichten von Kriegsveteranen umso bombastischer werden, je länger der Krieg vorbei ..."

„Jaja, schon klar", unterbrach ihn Mallory, „da ist meist viel Luft zwischen dem, was gewesen ist, und dem, was erzählt wird. Aber ich habe mich informiert. Der Mann weiss, von was er redet, das kannst du mir glauben."

„Gut, dann spreche ich mit Larson."

„Tu das. Ich nehme an, dass du selber nach Bangkok kommst. Du kannst bei mir wohnen, wenn du willst. Okay?"

„Okay!"

Er freute sich tatsächlich auf das Wiedersehen mit Mallory, stellte Antoine fest, als er den Konferenzraum verliess, um Larson in Kenntnis zu setzen. Der war begeistert und stellte einen Scheck über fünftausend Dollar aus, den Antoine in Bangkok einlösen konnte.

Kapitel 10

Antoine war bereits um vier Uhr aufgestanden, um den quälenden nächtlichen Träumen zu entfliehen, die sich immer nur um Thuy drehten. Die Cafeteria des Hotels öffnete erst um sechs Uhr, er entschloss sich deshalb, zu Fuss in der Dunkelheit zum Ham Nghi Boulevard zu marschieren. Er wollte seine Gedanken ordnen. Und gleichzeitig hatte er das Bedürfnis, den Ort, wo er damals mit Thuy glücklich war, nochmals zu sehen.

Die Stadt erwachte gerade. Die Strassen waren noch fast leer. Aber die ersten Geschäfte öffneten bereits, und auf den Trottoirs bauten Frauen Gemüsestände und Garküchen auf.

Sein ehemaliges Apartment befand sich in einem grauen, vierstöckigen Wohngebäude in der Nähe des zentralen Marktes. Antoine schaute lange hinauf auf die Fensterfront im zweiten Stock. Hier hatte Thuy oft gestanden und ihm zugewinkt, wenn sie bei ihm übernachtet hatte und er am frühen Morgen mit dem Bus der U.S. Army zum militärischen Teil des Flughafens losgefahren war.

Stets waren es zärtliche Abschiede gewesen. Vor allem wenn er die grüne Dschungeluniform angezogen hatte. Wenn sie also wusste, dass er als Reporter wieder an die Front ging. „Komm bald zurück. Und pass auf dich auf, ich will dich nicht verlieren. Ich kann mir nicht vorstellen, ohne dich zu sein." Worte einer verliebten Frau, die ihn jedes Mal tief berührten.

Und jetzt, da er voller Nostalgie auf die Fensterfront im zweiten Stock starrte, sehnte er sich wieder zurück nach diesen Momenten des Glücks. Sehnte sich nach Thuys dunkler, kühler Samthaut, die sich so anders anfühlte als die Haut der Frauen, die er bisher geliebt hatte. Jetzt, nachdem er sie endlich wiedergefunden hatte, wollte er nicht glauben, dass dies alles nur noch das Gewicht einer fernen Erinnerung haben sollte.

Warum kämpft sie nicht mit mir um diese Liebe? Warum hat sie sich arrangiert mit diesem Leben? Mit dieser Lüge?
Dass ihre Familie einer Heirat nie zugestimmt hätte, war ein Schock für ihn gewesen. *Habe ich all die Jahre an eine Illusion geglaubt?*, fragte er sich jetzt. *Und stehe ich nun vor den Trümmern dieser Illusion?*
Er wehrte sich gegen den schalen Geschmack der Hoffnungslosigkeit. *Nein, ich gebe nicht auf. So darf das nicht enden ...*

Nach einem qualvoll ereignislosen Wochenende, das Antoine damit verbrachte, sich von seiner Melancholie nicht überwältigen zu lassen, machte er sich auf den Weg zum Flughafen. Er landete mit der Spätmaschine der Thai Airways auf dem Bangkok Airport. Mallory erwartete ihn am Ausgang. Er war in der Menge der eher klein gewachsenen Thais nicht zu übersehen. Ein Hüne, breite Schultern und kurz geschnittene blonde Haare, braun gebrannt, ein grünes Army-T-Shirt spannte sich um muskulöse Oberarme, und er hatte den Händedruck eines Preisboxers. Er war noch ganz der Green-Beret-Captain, der er mal gewesen war.

Es war ein emotionaler Moment für Antoine. Er hatte Mallory, der ihm in Burma geholfen hatte, sein Shan-Dorf im Goldenen Dreieck gegen die Banden der Opiumhändler zu verteidigen, seit über einem Jahr nicht mehr gesehen. Sie umarmten sich.

„Wir nehmen ein Taxi. Ich wohne ganz in der Nähe", sagte Mallory. „Die Miete ist billig, weil die Wohnung in der Anflugschneise liegt. Je nach Windrichtung habe ich das Gefühl, dass die Maschinen direkt durch das Wohnzimmer düsen. Aber ich bin sowieso nur selten zu Hause."

Kaum hatten sie im Fond eines altersschwachen Toyota Platz genommen, kam Antoine zur Sache: „Wie hast du diesen Sergeant Miller so schnell gefunden?"

„Ach weisst du, wir ehemaligen Special-Forces-Typen haben ein Netzwerk, das wir die ‚Brotherhood' nennen. Wir helfen einander. Etwa wenn es um Jobs geht, um Informationen, um die neuesten Gerüchte. Oder wenn jemand gerade mal wieder im Knast gelandet ist. Vier Anrufe haben mir genügt, um Miller zu finden."

„Und wann kann ich ihn treffen?"

Mallory grinste. „Du bist ja ganz schön in Fahrt! Morgen früh um zehn in der Lobby des ‚Sawasdee Inn'. Liegt gleich um die Ecke der Patpong Road. Und du sollst allein hingehen."

Das Taxi hielt an.

„Hier wohne ich." Mallory zeigte auf ein schmuckloses Hochhaus, wohl aus den Sechzigerjahren, mit der grossen, pulsierenden Leuchtreklame einer japanischen Elektronikfirma auf dem Dach. „Der Aufzug funktioniert nicht, wir müssen leider zu Fuss in den siebten Stock."

Antoine dachte kurz ans „Oriental", wo man ihm seine kleine Reisetasche längst aus der Hand genommen hätte. Doch er bedauerte es nicht, Mallorys Angebot akzeptiert zu haben – im Hotel wäre er von allzu vielen Geistern der Vergangenheit bedrängt worden.

Mallory bewohnte eine Dachgeschosswohnung mit zwei Zimmern und Küche. Kein Namensschild an der Tür. Dafür ein magisches Auge in Gold und Grün, um böse Geister abzuwehren. „Habe ich von einem Einsatz am Golf mitgebracht. Scheint zu funktionieren. Keine bösen Geister hier. Abgesehen von gelegentlichen Damenbesuchen."

Die Wohnung war kaum möbliert, aber penibel aufgeräumt. *Typisch für Ex-Militärs*, dachte Antoine. *Und typisch für Menschen, die nicht wirklich wohnen wollen, sondern immer irgendwie auf der Durchreise sind.* In den offenen Regalen stapelten sich khakifarbige Uniformhosen, schwarze und grüne T-Shirts, schwere

Dschungelstiefel, Rucksäcke. Auch ein Fernglas und eine M45, die Standardpistole der U.S. Army, entdeckte Antoine. In einer Ecke ein Futon, daneben ein Stapel Bücher. Kein Fernseher, keine Bilder oder Fotos an der Wand.

„Du schläfst im Nebenzimmer, den Futon habe ich neu bezogen. Ich weiss, das ist nicht das ‚Oriental'." Mallory grinste. „Aber es ist immerhin besser als deine Hütte in Baan Saw. Zumindest habe ich hier fliessendes Wasser und ein richtiges Klo."

Antoine setzte sich auf einen der Plastikklappstühle im Wohnzimmer. „Ich kann dir nur eine Cola anbieten, mehr habe ich nicht", meinte Mallory.

Antoine erinnerte sich. Mallory trank keinen Alkohol. Ihm hatte der selbst gebrannte Schnaps der Dorfbewohner, die Attraktion von Baan Saw, nie die Kehle versengt.

„Du weisst ja, ich lege Wert auf einen klaren Kopf. Und morgen habe ich wieder einen Bodyguard-Job – ein Bankmanager, der Morddrohungen erhalten hat. Wir brauchen übrigens keinen Wecker. Die Fünfuhrmaschine der Thai Airways aus Sidney wird uns wecken. Sie landet meist pünktlich."

„Also los, erzähl mir was von diesem Miller", sagte Antoine.

„Okay. Miller hatte einen guten Ruf. Zumindest anfänglich. Er hatte ein eigenes Team. War ein ‚One Zero'. Und das will was heissen bei den Special Forces."

Der Begriff setzte in Antoine eine Gedankenkette in Gang, sein Gehirn spuckte ganz von selbst Worte aus, wie er sie x-mal in seinen Reportagen aus dem Vietnamkrieg verwendet hatte: One Zero, Bezeichnung für den Chef eines Teams von Söldnern, das *over the fence*, also ausserhalb der Grenzen Südvietnams, operierte, in Laos, Kambodscha oder sogar Nordvietnam. Bei der Auswahl dieser Chefs zählten allein dessen Erfahrung und Führungsqualitäten, traditionelle militärische Grade spielten keine Rolle. Meist waren es erfahrene Sergeants der Green Berets, der Rangers oder

Recon Marines. Ihre Stellvertreter wurden „One One" genannt und mussten sich dem One Zero unterordnen, sogar wenn sie einen höheren militärischen Rang hatten als er.

„Du erinnerst dich bestimmt, dass ein One Zero normalerweise ein Team von Montagnards befehligte", fuhr Mallory fort, „meist Bru, Karen, chinesische Nung oder Hmong. Die Hmong waren besonders brutale Krieger. Das wird dir Miller morgen mit Sicherheit alles erklären."

„Warum ist Miller nicht bei den Special Forces geblieben? Irgendetwas ist da anscheinend passiert ..."

„Miller galt als harter Kerl. Und er hasste die Kommunisten. Offenbar gab es bei ihm Fälle von unnötiger Grausamkeit bei der Behandlung von Gefangenen. Seine Vorgesetzten sahen lange weg. Schliesslich fand man eine Lösung. Die CIA rekrutierte damals erfahrene Green Berets für das Phoenix-Programm – du weisst schon, diese geheimen Killerkommandos, die die Kader des Vietcong aufspürten, folterten, gefangen nahmen oder umbrachten. Noch vor Kriegsende nahm Miller seinen Abschied von der Army und blieb in Südostasien. Wie damals viele seiner Kumpel."

„Nicht nur die", sagte Antoine, „auch viele meiner Journalistenkollegen in Vietnam zogen damals nach Bangkok. Sind nicht mehr losgekommen von diesem verführerischen Mix aus Exotik, Abenteuerlust, Romantik und Erotik."

Mallory holte noch eine Flasche Cola aus dem Eisschrank. „Ich glaube, dass es bei Miller weniger der Zauber des Orients war. Er sah eine Chance, hier schnell reich zu werden. Etwa im Antiquitätengeschäft. Damals wurden doch all die Klöster in Burma geplündert. Und all die wertvollen alten Buddhastatuen wurden dann in Bangkok verkauft oder nach Amerika verschifft. Einige Vietnamveteranen sind hier tatsächlich reich geworden. Bloss Miller nicht. Entweder hat er keine Begabung zum Händler, oder irgendwas ist schiefgelaufen. Jedenfalls geriet er in eine

Abwärtsspirale. Alkohol, Drogen, Frauen, Schulden. Das Übliche halt."

„Und was macht er heute?", wollte Antoine wissen.

„Er arbeitet wieder. Als Security Guard, sagt er. Wahrscheinlich ist er Rausschmeisser in irgendeinem dieser drittklassigen Bordelle in der Nähe der Patpong Road. Aber ich habe mich etwas umgehört bei der ‚Brotherhood'. Dass Miller bei ‚Tailwind' dabei war, steht zumindest ausser Zweifel. Ist aber immer noch alles streng geheim. Du musst mir dann morgen alles erzählen."

Kapitel 11

Das „Sawasdee Inn" war ein heruntergekommenes Hotel der untersten Kategorie in einer schmutzigen Nebenstrasse der Patpong Road, einer von neonbeleuchteten Bars und zwielichtigen Clubs gesäumten Strasse im Zentrum Bangkoks. Antoine hatte den Verdacht, dass das schäbige Hotel vor allem auf die kurzfristigen erotischen Bedürfnisse der Patpong-Touristen spezialisiert war.

Die Lobby war fast leer. Ein paar übernächtigte Backpacker, die offenbar gerade vom Flughafen gekommen waren, hatten es sich in den Fauteuils bequem gemacht. Und eine junge Thai im superkurzen Mini stritt sich mit einem etwas übergewichtigen Amerikaner.

Antoine blickte sich um. Zwei tätowierte glatzköpfige Thailänder, das Gesicht hinter verspiegelten Sonnenbrillen versteckt, sassen schweigend in einer Ecke und starrten gelangweilt in ihr Bier. Aber ein Mann, der halb verdeckt von zwei Töpfen mit Bambuspflanzen an einem der Tische am Fenster sass, gab ihm ein Zeichen. Das musste Miller sein.

Antoine stellte sich vor, setzte sich und musterte Miller erwartungsvoll. Er mochte um die fünfzig sein, vielleicht auch älter. Breiter, bulliger Oberkörper. Sein kurzärmliges, ehemals weisses Hemd, das über dem Bauchansatz spannte, hatte offenbar schon bessere Zeiten gesehen. Der Kopf war glatt rasiert. Sein ziemlich faltiges Gesicht hatte einen müden Ausdruck. Wulstige Tränensäcke wölbten sich unter den hohlen Augen. Und er roch bereits stark nach Alkohol.

„Ich weiss, was du von mir willst. Mallory hat mich gebrieft. Also sparen wir uns den Small Talk", sagte er. Seine Stimme hatte ein heiseres, unangenehmes Timbre. Aus einer Einkaufstüte zog er ein Bündel Schwarz-Weiss-Fotos, die er Antoine rüberreichte.

Auf Millers rechtem Oberarm war jetzt ein verblichenes Tattoo sichtbar: ein senkrechtes Schwert, gekreuzt von drei Blitzen – das Tattoo der Green Berets. „Hier sind ein paar Aufnahmen von mir und meinem Team in Nam. Das war 1973. Etwa um die Zeit von ‚Tailwind'. Damit du siehst, dass ich dir keinen fucking Bullshit erzähle."

Auf den Fotos waren Montagnards auf Patrouille im Dschungel zu sehen, beim Überqueren eines Flusses, beim Morgenappell im Camp, eine wilde Truppe in den unterschiedlichsten Uniformstücken und behängt mit den unterschiedlichsten Waffen. Die anderen Fotos zeigten Miller am Funkgerät, lachend mit gefangenen oder getöteten Vietcong, zusammen mit anderen Green Berets in einem Strandrestaurant, offenbar am China Beach in Da Nang, und bei einer Ordensverleihung mit einem amerikanischen General. „Das hier ist übrigens Hamilton" – Miller zeigte auf einen Amerikaner, umgeben von einheimischen Kriegern, der sich über eine Karte beugte. Im Hintergrund war, wenn auch undeutlich, Miller zu erkennen.

Antoine betrachtete aufmerksam die bereits etwas verblichenen und stellenweise zerknickten Fotos. „Das sind Montagnards vom Stamm der Hmong", sagte er und sah Miller fragend an.

„Ja, unter allen Stämmen waren sie die Furchtlosesten und Aggressivsten. Absolut crazy. Im Dschungel aufgewachsen. Sie jagten die Vietcong genauso, wie sie wilde Tiere jagten. Und sie hatten einen sechsten Sinn für Gefahren. Das waren geborene Jäger, ganz nach meinem Geschmack. Ich hatte nur Respekt und Bewunderung für sie."

„Ich habe mich immer gefragt, wie die Green Berets diese Krieger rekrutiert und ausgebildet haben. Das waren doch eigentlich Primitive."

„Die Dörfer in der Nähe unserer Basis im Hochland haben uns die Kandidaten zu einem Probetraining geschickt. Nur ihre besten

Leute, die Ehre des Dorfes stand ja auf dem Spiel. Du hättest diese Typen sehen sollen. Die meisten trugen nur einen Lendenschurz. Sonst nichts. Einige sahen aus wie Kinder. Andere, die schon älter waren und offenbar bereits für die Franzosen gekämpft hatten, trugen stolz irgendwelche Orden an ihren Uniformjacken. Aber alle hatten sie diesen Blick … diesen gnadenlosen Jägerblick."

Miller winkte die Bedienung herbei. „Ich brauche dringend noch einen Brandy. Habe eine Nachtschicht als Security Guard hinter mir." Dann schaute er Antoine an: „Hast du das Geld mitgebracht?"

Antoine nickte. Vor dem Treffen war er bei der Siam Bank gewesen und hatte Larsons Scheck eingelöst. „Fünftausend Dollar. Wie abgemacht. Aber erst will ich die Geschichte der ‚Operation Tailwind' hören." Er zog den Umschlag aus der Innentasche seines Sakkos und liess Miller einen Blick auf das Geldbündel werfen. Dann steckte er ihn wieder weg.

Miller trank den Brandy in einem Zug leer. „Gut. Fangen wir an. Ich beginne in Da Nang. Am 17. Februar. Hamilton, der wie ich ein One Zero war, kam gerade mit seinem Team von einem Einsatz in Laos zurück. Eine Sabotage-Mission. Sie sollten eine der Versorgungspipelines auf dem Ho-Chi-Minh-Pfad in die Luft sprengen. Es war damals üblich, dass die Kameraden, die gerade im Camp waren, am Hubschrauberlandeplatz die heimkehrenden Teams empfingen. Meist kümmerten wir uns um die Verwundeten, sorgten für einen schnellen Rücktransport in die Klinik. Wir waren halt eine verschworene Truppe. Eine Bruderschaft.

Die zwei Hubschrauber des Teams sahen schlimm aus. Jede Menge Einschusslöcher. Es war eine *hot extraction*, wie wir das nannten. Hamilton und seine Hmong waren im Feuer der Nordvietnamesen evakuiert worden.

Der erste Hubschrauber war in Stücke geschossen. Wahrscheinlich von einem Maschinengewehr. Die Windschutzscheibe und die

Tür auf der rechten Seite fehlten. Waren einfach weg. Der Pilot hing tot in seinem Sitz. Der Co-Pilot lebte noch. Ein Wunder, dass er den Hubschrauber noch bis zum Landeplatz fliegen konnte. Aus der Kabine und den Triebwerken quoll nämlich bereits Rauch. Wir schleppen die Leichen und die anderen drei Teammitglieder aus dem Flugzeug. Zwei Hmong und Hamiltons One One, ein Sergeant aus Texas. Alle waren verwundet. Wie durch ein Wunder blieb der Bordschütze auf der linken Seite unversehrt. Aber der andere Bordschütze war tot. Das Innere des Hubschraubers sah furchtbar aus. Überall Blut. An den Wänden und der Deckenverkleidung klebten noch Knochenstücke und Eingeweide des toten Bordschützen.

Hamiltons One One hatte mehrere Bauchschüsse. Er blutete sehr stark und war bereits ohnmächtig. Aber Hamilton, der im zweiten Hubschrauber sass, war unverletzt. Normalerweise geht der One Zero nach der Landung gleich zum Nachrichtenoffizier für die Nachbesprechung, für den After Action Report. Das Team hat dann in der Regel mindestens zwei Tage lang frei. Man duscht ausgiebig. Rasiert sich. Lässt sich an der Bar volllaufen. Kriegt ein warmes Essen nach über einer Woche Notrationen. Geht ins Bordell." Miller lachte. „Allerdings nicht zwangsläufig in dieser Reihenfolge. Diesmal wartete ein Jeep am Rande des Rollfelds auf Hamilton. Der Fahrer fuhr ihn direkt zum Bunker unseres Obersten, ins Tactical Operations Center. Der Master Sergeant, der über das Vorzimmer des Kommandanten herrschte und ein Freund von mir war, hat mir alles, was dann folgte, gleich brühwarm erzählt. Also, zwei Typen von der CIA warteten dort bereits auf Hamilton. Arrogante Schreibtischkrieger. Sie waren erst kurz vorher aus Saigon in einem Jet eingeflogen worden und taten unheimlich wichtig. Hamilton muss wohl ziemlich übel ausgesehen haben. Seine Uniform war blutig. Ausserdem stank er und hatte einen stoppeligen Bart. Wie wir alle, wenn wir nach einem wochenlangen Einsatz zurückkamen."

Der Streit am Nebentisch zwischen der Thai-Dame im Minirock und dem Amerikaner schien zu eskalieren. Es ging wohl um die Bezahlung für ihre Liebesdienste.

Antoine riss seinen Blick von der blutjungen und grell geschminkten Thailänderin los und wandte sich wieder Miller zu. „Was wollten die CIA-Leute von ihm?"

„Es ging um einen dringenden und offenbar sehr wichtigen Geheimauftrag für ihn und sein Team. Ein amerikanischer Hubschrauber, ein Huey, sei über dem Dschungel abgestürzt. Etwa zwanzig Kilometer westlich des Special-Forces-Camps Lang Vei. Du warst doch in Khe Sanh, hat mir Mallory gesagt. Dann musst du die Gegend ja kennen."

„Natürlich. Ich war sogar bei der Rückeroberung von Lang Vei durch die 1. Kavalleriedivision dabei. Eine ganz üble Gegend. Teil des Ho-Chi-Minh-Pfads. Dichter Dschungel, Sprengfallen, getarnte Bunker, verminte Pisten, Heckenschützen …"

Miller nickte. „Laut CIA-Informationen hatte die Besatzung des Huey offenbar überlebt und war gefangen genommen worden."

Antoine wurde misstrauisch. „Woher wusste denn die CIA, dass es Überlebende gab?"

„Zwei Cobra-Kampfhubschrauber hatten dem Huey Begleitschutz gegeben. Sie gerieten ebenfalls unter Beschuss und mussten abdrehen. Die Nordvietnamesen hatten offenbar ihre neuen sowjetischen 37-Millimeter-Flakgeschütze eingesetzt. Die Piloten berichteten, dass der abgeschossene Hubschrauber beschädigt am Fuss einer kleinen Erhöhung lag. Sie hatten noch gesehen, wie nordvietnamesische Soldaten den Hubschrauber umzingelten und die Besatzung hinauszerrten."

„Aber warum diese ganze Aufregung? Es kam in dieser späten Phase des Krieges doch täglich vor, dass Hubschrauber abgeschossen wurden. Die CIA hat das eigentlich nie interessiert."

„Stimmt. Aber jetzt kommt der Hammer: An Bord war ein wichtiger CIA-Boss aus Saigon, der über sämtliche Operationen in Südvietnam Bescheid wusste. Die CIA-Zentrale in Langley wollte alles unternehmen, um ihn zu befreien, bevor er unter Folter irgendwelche Geheimnisse verraten würde."

„Und wieso kamen sie auf Hamilton? Die Amerikaner hatten doch andere Teams auf Stand-by. Genau für solche Fälle."

„Ja, aber es war eine *mission impossible*. Und Hamilton war der Superstar bei den Special Forces. Er war der Beste. Ihm traute man das zu. Und er war sofort verfügbar. Andere Teams hätte man erst alarmieren und briefen müssen. Aber es gab noch andere Gründe. Zum einen war …"

„Moment", fiel Antoine ihm ins Wort. „Normalerweise haben die Nordvietnamesen solche Gefangenen doch gleich hingerichtet. Wieso ging die CIA davon aus, dass sie noch am Leben waren?"

„Es gab mehrere Luftaufnahmen von Aufklärungsflugzeugen. Sie zeigten, dass die Besatzung in einem improvisierten Dschungelgefängnis festgehalten wurde. In einem von den Nordvietnamesen kontrollierten Dorf in der Nähe der Absturzstelle. Ein Hmong-Dorf. Dort waren sie noch am Morgen von den Aufklärungsflugzeugen gesichtet worden."

Antoine bestellte einen weiteren Kaffee.

„Und für mich noch 'nen Brandy", rief Miller der lustlos wirkenden Bedienung zu, die sich in einer Ecke hinter ein buntes Star-Magazin zurückgezogen hatte. Die Lobby hatte sich inzwischen geleert. Das streitende Paar hatte sich offensichtlich auf den Preis geeinigt, und die Backpacker waren auf ihre Zimmer verschwunden. Lediglich die beiden glatzköpfigen Thais in der Ecke der Lobby sassen noch immer hinter ihrem Bier. Antoine hatte den Verdacht, dass sie zu Miller gehörten. Als Schlägerduo. Für den Fall, dass Antoine nicht bezahlen würde.

„Wie hat Hamilton auf den Einsatzbefehl reagiert?"

„Er weigerte sich erst. Sein Team sei völlig erschöpft, sein Stellvertreter verwundet. Die Erfolgschancen einer solchen Operation seien sowieso gering. Eine Kamikaze-Aktion nannte er es. Und ein CIA-Boss hätte dort oben sowieso nichts zu suchen. Ihm war ja klar, dass die Chancen, lebend von dem Einsatz zurückzukommen, ziemlich überschaubar waren."

„Da hatte er nicht ganz unrecht", meinte Antoine. „Man würde denken, dass ein CIA-Chef eigentlich in ein klimatisiertes Büro in Saigon gehört."

„Die Alternative, so die beiden CIA-Typen, sei es, das ganze Gebiet gleich mit B-52 zu bombardieren. Der Tod des Gefangenen wäre dann wohl garantiert. Und das Problem des möglichen Geheimnisverrats unter Folter damit auch gelöst."

„Und Hamiltons Antwort?"

„Vielleicht interessiere ihn der Name des Gefangenen, sagte einer der beiden CIA-Offiziere. Er schob ihm einen Zettel rüber, auf dem er den Namen hingekritzelt hatte. William B. Hamilton – Patricks Vater. Er hatte jetzt wohl keine Wahl mehr."

„Das ist ja unglaublich", sagte Antoine kopfschüttelnd. „Sein Vater? Ein hoher CIA-Chef?"

„Mich hat das auch überrascht. Wir alle in den Teams wussten, dass sein Vater beim Geheimdienst war. Er hat damit auch gelegentlich geprahlt. Vor allem wenn er betrunken war. Aber mehr wussten wir nicht. "

„Und dann? Wie kamen Sie zu dem Team?"

„Ich war damals zufällig in Da Nang und halt sofort verfügbar. Hamilton wollte mich als Verstärkung für das Team haben. Er kannte mich ja, ich war mal One One bei einem seiner Einsätze gewesen. Die Rettungsaktion – sie wurde offiziell als ‚Operation Tailwind' geführt – sollte unverzüglich starten. Der Zeitfaktor war natürlich kritisch. Eine normale Planung der Operation war nicht mehr möglich. Üblicherweise brauchten wir zwei bis drei

Tage, um einen solchen Einsatz vorzubereiten. Wir studierten das Kartenmaterial, bestimmten die primären und sekundären Lande- und Extraktionszonen, informierten uns über die Wetterverhältnisse und wurden zu den bekannten Feindstellungen im Operationsgebiet gebrieft. Das alles fiel jetzt weg. Wir mussten also improvisieren.

Nun brach natürlich das Chaos los. Es war bereits später Nachmittag. Und um 18 Uhr wurde es normalerweise dunkel. Die Zeit reichte nicht mehr aus für einen Einsatz von Hubschraubern. Das Team sollte deshalb im Schutz der Dunkelheit an Fallschirmen in der Nähe dieses Dorfes abgesetzt werden, wo die Besatzung zuletzt gesehen worden war. Aber das Wetter hatte sich inzwischen verschlechtert. Es regnete. Und starke Winde trieben tiefhängende Gewitterwolken über das Einsatzgebiet. Ich schlug vor, die Operation auf den nächsten Tag zu verschieben. Ich bin kein Feigling, ich liebe normalerweise riskante Einsätze. Aber ich bin auch kein Selbstmörder. Und ‚Tailwind' sah ganz nach einem Selbstmordkommando aus. Es gab Diskussionen im Team. Aber Hamilton wollte das Risiko unbedingt eingehen. Klar, für seinen Vater stieg natürlich die Gefahr mit jeder Stunde.

Wir wurden mit einem einmotorigen Pilatus Porter der CIA-Airline Air America abgesetzt", fuhr Miller fort. „Ein Absprung bei Nacht bei diesem miesen Wetter, das war der Horror. Blitze, Donner, Böen ... die Maschine wurde brutal durchgeschüttelt. Mehrere unserer Hmong mussten sich übergeben. Die Kabine sah übel aus. Alles vollgekotzt. Der Pilot empfahl uns dringend, die Aktion abzubrechen. Aber davon wollte Hamilton nichts wissen. Er drohte dem Piloten sogar mit dem Kriegsgericht. Wegen Befehlsverweigerung. Gleich nach dem Absprung wurden wir von den Starkwinden weit auseinandergetrieben. Erst gegen Mitternacht konnten wir uns sammeln. Es war schwierig, sich in der Dunkelheit zu orientieren. Die Karten waren nicht zuverlässig.

Ohne die Hmong, die die Gegend ja kannten, hätten wir wohl keine Chance gehabt. Um nicht entdeckt zu werden, mieden wir die offensichtlich oft benutzten und von den Nordvietnamesen überwachten Pisten und rückten durch das Dschungeldickicht vor. Du weisst ja, wie mühsam das ist. Oft mussten wir uns mit Macheten einen Weg durch diese grüne Mauer hauen. Die Nordvietnamesen hatten natürlich damit gerechnet, dass die Amerikaner Suchtrupps ausschicken würden. Wie immer, wenn ein Hubschrauber oder ein Flugzeug abgeschossen worden war. Sie erwarteten uns also. Wir konnten die Hinterhalte zwar umgehen, unsere Hmong hatten sie rechtzeitig geortet, aber irgendwann wurde der Widerstand der Nordvietnamesen immer stärker. Mehrfach kam es zum Nahkampf.

Wir igelten uns schliesslich auf einem kahlen Hügel ein, der genügend Schussfeld bot. Er war offenbar bereits früher von amerikanischen Truppen als Kampfstellung verwendet worden, überall lagen verrostete M-16- und M-79-Patronenhülsen rum. Die Nordvietnamesen griffen jetzt in Wellen an. Immer wieder. Mein Gott, die hatten sogar die Bajonette aufgesetzt. Wie im Ersten Weltkrieg. Aber die Angriffe brachen meist wenige Meter vor unseren Stellungen zusammen. Trotzdem schrien die Nordvietnamesen immer wieder, dass wir uns ergeben sollten."

Antoine nickte. Auch er hatte dieses gellende „*Chieu hoi!*" mehrmals zu hören bekommen.

„Uns ging langsam die Munition aus. Wir nahmen deshalb den getöteten Nordvietnamesen die Kalaschnikows und die Munitionsgürtel ab. Und die vielen Leichen stapelten wir aufeinander und benutzten sie als Deckung direkt vor unseren Stellungen. Der Gefechtslärm nahm nach etwa einer Stunde plötzlich ab. Die Nordvietnamesen zogen sich zurück und warteten wohl auf Verstärkung. Der Rauch, der Geruch von Kordit und der Gestank des Todes, der über unsere Stellung waberte, waren schier unerträglich. Einer unserer Hmong war schon tot. Wir mussten die Leiche liegen lassen. Der Moment schien günstig, um abzuhauen. Ich redete auf Hamilton ein, dass wir diese Gefechtspause nutzen sollten, um den Einsatz abzubrechen. Wir hätten uns zurückziehen und einen sicheren Landeplatz für die Hubschrauber finden können. In der Hoffnung, dass wir am nächsten Tag bei einer Wetterbesserung rausgeholt würden. Aber Hamilton wollte nicht aufgeben. Er bekam einen seiner legendären Jähzornanfälle und drohte, mich zu erschiessen. Er hat mir tatsächlich seine entsicherte Pistole an die Schläfe gehalten. Mir war klar, dass er nicht zögern würde, mich abzuknallen."

Miller wurde plötzlich unruhig. Schweissperlen tropften von seiner Stirn. Er versuchte sie mit dem Handrücken wegzuwischen.

„Geht es Ihnen nicht gut?", fragte Antoine. Miller schien förmlich in sich zusammenzusacken.

„Vielleicht sollte ich etwas zu essen bestellen. Irgendwas Kleines. Ich habe seit gestern früh nichts mehr gegessen."

„Natürlich. Bestellen Sie einfach."

Miller stemmte sich aus seinem Rattanstuhl hoch, ging zu der Bedienung hinter dem Tresen, die etwas unwillig von ihrem Star-Magazin aufblickte. Miller redete auf Thailändisch mit ihr.

„Sorry, Antoine", sagte er, nachdem er sich wieder gesetzt hatte. „Die alten Bilder holen mich ein. Das ist das erste Mal, seit ich die Army verlassen habe, dass ich über diese Dinge rede. Über die Kämpfe dort oben in Laos. Kämpfe, die offiziell gar nicht stattfanden. Wir alle in den Special Forces mussten ja eine Erklärung unterschreiben, dass wir zwanzig Jahre lang nicht über diese Einsätze reden werden. Aber ich brauche das Geld. Und die Army hat mich ziemlich mies behandelt. Warum sollte ich also Rücksicht nehmen."

Die Bedienung servierte Miller ein Sandwich. Vier dünne Salamischeiben auf einem angebrannten Toast und ein riesiges Salatblatt, das welk über den Rand des kleinen Tellers hing. Dazu ein grosses Singha-Bier.

Miller würgte das Sandwich runter, fuhr dann fort. Aber die Worte kamen jetzt stockend. So, als ob er die Bilder, die in ihm hochstiegen, erst bändigen müsste.

„Dieses Gefecht, das ich vorhin beschrieben habe, war besonders brutal. Ich bin ja ziemlich abgebrüht. Ich sei ein Killer, heisst es. Aber Dutzende von blutigen Leichen aufzuschichten, denen oft noch die Eingeweide raushingen … das war schon hart. Und um die Leichen aufzusammeln, da wo sie gefallen waren, mussten wir erst durch Blutlachen waten. Ein Nordvietnamese, dem ich den Munitionsgürtel abnahm, schien noch zu leben. Überall Blut auf seiner Uniform. Aber keins auf seinem Gesicht."

Miller starrte Antoine eine gefühlte Ewigkeit schweigend an. Auch Antoine blieb still. Ihm war klar, dass Miller etwas loswerden wollte, was sich lange in ihm aufgestaut hatte.

„Er sah so jung aus. Wie ein Kind", sagte Miller schliesslich. „Seine Augen öffneten sich, und er sah mich an … er blickte direkt in mich hinein. Sein Gesichtsausdruck zeigte weder Wut noch Hass. Er starrte mir nur in die Augen, als er langsam verblutete. Es ist, als hätte er mich immer und immer wieder gefragt: ‚Warum?'"

Antoine hörte gebannt zu. Er empfand plötzlich Mitgefühl für Miller. Er hatte in Bangkok Männer wie ihn kennengelernt. Veteranen eines verlorenen Krieges, gezeichnet von Alkohol, vom Rauschgift, vom Fieber. Meist endeten sie in den schmierigen Bars an der Patpong Road. In der ewig gleichen Gesellschaft der ewig gleichen Veteranen, die sich die ewig gleichen Geschichten aus dem Krieg erzählten. Er hatte Fragen, wollte Miller aber nicht unterbrechen.

„Wir fanden schliesslich das Hmong-Dorf. Das ‚Gefängnis' war eine einfache Bambushütte. Die paar wenigen nordvietnamesischen Wachen wurden von unseren Hmong problemlos überwältigt. Hamiltons Vater brach weinend zusammen, als sein Sohn ihn in die Arme nahm. Er hatte nicht mehr mit seiner Rettung gerechnet. Er war offensichtlich gefoltert worden, war aber transportfähig. Die beiden Hubschrauberpiloten dagegen waren hingerichtet worden. Ihre Leichen lagen noch in der Hütte. Unser Team bestand jetzt nur noch aus fünf Mann – und Patricks verletztem Vater. Wir zogen uns sofort in den Dschungel zurück. Wollten möglichst schnell weg von dem Dorf. Unsere Hmong übernahmen jetzt die Führung. Wir nutzten die Trails der Jäger und Fallensteller. Marschierten die ganze Nacht durch. Als der Morgen dämmerte, forderte Hamilton per Funk die sofortige Evakuierung an. Wir waren alle euphorisch. Die Rettung war so nahe. Aber das Wetter hatte sich weiter verschlechtert. Dichter Nebel lag über dem Gebiet. Keine Chance, dass ein Hubschrauber hätte landen können. Also marschierten wir weiter.

Das ganze Team war völlig erschöpft. Die Kälte, die Nässe, der Hunger, dazu die Nächte ohne Schlaf. Hamiltons Vater konnte nicht mehr gehen. Wir transportierten ihn auf einer improvisierten Trage. Du kennst das ja wahrscheinlich – zwei dicke Bambusstämme, über denen wir einen Poncho festzurrten. Wir hörten jetzt auch die Suchtrupps der Nordvietnamesen. Hörten das Bellen ihrer Suchhunde. Am Abend stiessen wir auf ein Hmong-Dorf. Die Bewohner versteckten uns vor den Nordvietnamesen. Gaben uns zu essen. Als ich am nächsten Morgen erwachte, waren Hamilton, sein Vater und die Hmong unseres Teams verschwunden. Aber sie hatten mir eines der beiden Funkgeräte zurückgelassen."

Für einen Moment erwachte wieder das Misstrauen in Antoine. Eine unglaubliche Story – konnte das wahr sein, oder wollte Miller hier bloss eine erfundene Heldengeschichte erzählen in der Hoffnung, einen Bonus herauszuschlagen? „Haben Sie eine Erklärung für das, was da passiert ist? Warum man Sie in dem Dorf zurückgelassen hat?", fragte er.

„Nein, das Ganze ist mir auch heute noch ein Rätsel." Millers Stimme hatte einen gekränkten Ton angenommen. „Die Dorfbewohner schwiegen eisern. Angeblich sprach niemand Englisch. Gleichzeitig versuchte ich ständig, Hamilton auf unserer Frequenz zu erreichen. Er hatte ja noch ein funktionierendes Funkgerät. Vergeblich. Am Nachmittag besserte sich das Wetter. Ich hatte Funkkontakt mit unserem Bataillon, ein Hubschrauber holte mich raus. Wir suchten aus der Luft das Gelände nach Hamilton und den Hmong ab. Ohne Erfolg." Er verstummte, leerte sein Glas und blickte Antoine erwartungsvoll an.

Antoine schüttelte den Kopf. „Moment noch. Was passierte nach Ihrer Rückkehr? Ich nehme an, das wurde für Sie ein ziemliches Spiessrutenlaufen."

Miller fixierte den Tresen und stellte fest, dass die Bedienung verschwunden war. Er seufzte. „Also gut. Ja, erst verhörten mich unsere Nachrichtenoffiziere. Dann die CIA. Ich wurde sogar nach Saigon geflogen und musste vor irgendwelchen hohen Offizieren aussagen. Auch die Militärjustiz hat mich stundenlang verhört. Wie einen Verbrecher. Niemand hat mir geglaubt, man hat mich sogar verdächtigt, mit Hamilton unter einer Decke zu stecken. Oder ihn umgebracht zu haben. Man verbot mir, über diese Operation zu reden. Vor allem mit der Presse. Und man drohte mir furchtbare Strafen an. Die Special Forces wollten mich dann nicht mehr zurück. Trotz meiner vielen Auszeichnungen. Ich hatte jetzt richtig die Schnauze voll, machte noch ein paar Monate bei der ‚Operation Phoenix' mit, nahm dann meinen Abschied und zog nach Bangkok."

Antoine betrachtete das zerfurchte Gesicht des Ex-Soldaten, den verbittert-resignierten Ausdruck in seinen Augen. „Der Abschied von der Armee ist Ihnen bestimmt nicht leichtgefallen."

„Ich vermisse die Armee! Und sogar den Krieg! Ich weiss nicht, wie es dir ergangen ist. Aber wenn dir eines Tages klar wird, dass du den Geruch von Schiesspulver vermisst, die Abschüsse der Artillerie, den Anblick von Napalm-Angriffen oder den Adrenalinrausch im Gefecht … dann hast du dich für immer verändert. Aber vor allem fehlen mir meine Kameraden. Sie waren meine Familie. In Vietnam, bei den Special Forces, waren wir alle Brüder. Sie waren bereit, mich zu beschützen, ihr Leben für mich zu opfern. Genauso wie ich bereit war, mit der grössten Selbstverständlichkeit dieses Vertrauen zu erwidern. Wo findest du denn so was zu Hause in Amerika?"

Er wurde durch die Bedienung unterbrochen, die von irgendwoher angeschlurft kam und ein frisches Bier vor Miller hinstellte. Offenbar kannte sie seine Gewohnheiten. Er trank das Glas in einem Zug halb leer.

„Die Armee hatte mir mehrere Orden umgehängt. Einen Silver Star, zwei Verwundetenabzeichen und einen Bronze Star. Das bedeutete etwas, solange ich noch Uniform trug. Das gab mir eine gewisse Wichtigkeit, ein Image. Denn jeder Soldat weiss, dass man solche Orden nur dann erhält, wenn man durch die Hölle gegangen ist. Wenn man mit seinem eigenen Blut dafür bezahlt hat. Ich hatte die Hoffnung, dass diese Orden vielleicht eines Tages einem zivilen Arbeitgeber etwas bedeuten würden. Oder einer zukünftigen Frau und meinen Kindern. Aber ich hatte mich getäuscht. Das interessierte in Amerika niemanden. Im Gegenteil. Man fragte mich sogar, wie viele Menschen ich dafür umbringen musste."

„Ist das der Grund, warum Sie nicht nach Amerika zurückgekehrt sind?"

Miller zündete sich eine Zigarette an, bevor er antwortete. „Ja. Was sollte ich dort? Wer gegen den Krieg demonstrierte und seinen Einberufungsbefehl verbrannte – das waren doch plötzlich die neuen Helden. Und wir, die wir unser Leben für dieses Land riskiert haben, wir waren die Verbrecher. Diese beschissenen langhaarigen Hippies, diese Feiglinge, die uns ‚Babykiller' nannten und dann nach Kanada abgehauen sind, um nicht eingezogen zu werden ... Die hätten Vietnam ja nicht mal auf der Landkarte gefunden."

Miller war jetzt sichtlich erregt. Er drückte seine halb gerauchte Zigarette mit einer nervösen Geste im Aschenbecher aus und trank den Rest des Biers in einem Zug leer.

„Eine Frage habe ich noch", sagte Antoine. „Hast du mal irgendwas darüber gehört, dass Hamilton noch lebt und im Grenzgebiet zu Laos mit Opium handelt?"

„Ja, dieses Gerücht gibt es schon lange. Schon möglich. Er hatte mir mal gesagt – wir erholten uns gerade am China Beach in Da Nang von einem Einsatz und waren alle sturzbesoffen –, also er sagte, dass dieser Krieg nicht mehr zu gewinnen sei. Dass die amerikanische Regierung uns verraten hätte. Und er regte sich furchtbar darüber auf, wie Politiker und Generäle in Südvietnam mit dem Opiumhandel reich wurden und sich bereits Villen an der Côte d'Azur kauften, weil sie rechtzeitig vor dem Ende des Krieges abhauen wollten." Miller griff nach Zigarettenschachtel und Feuerzeug und verstaute beides in der Brusttasche seines schmuddeligen Hemds.

Aber Antoine hatte noch eine allerletzte Frage: „Gibt es irgendeinen Hinweis – und mag er dir noch so unbedeutend erscheinen –, warum Hamilton desertiert ist? Was ist geschehen in dem Hmong-Dorf, was ihn bewog, seine ganze Karriere und seinen Ruf als Kriegsheld aufs Spiel zu setzen?"

Miller zögerte, schien lange nachzudenken. „Gut, da gibt es etwas, was mir auffiel. Ich habe es noch niemandem erzählt. Aber erst will ich meine Kohle sehen, Mann. Und zwar jetzt gleich."

Antoine übergab ihm den Umschlag der Bank, Miller entnahm ihm das Bündel mit den Dollarnoten und zählte sie unter der schmuddeligen Tischdecke. Dann nickte er verstohlen den beiden glatzköpfigen Tätowierten zu, die aufstanden und wortlos das Lokal verliessen.

„Hamilton und sein Vater … als sie sich wiedersahen, da oben im Dschungel … wie sie sich in die Arme fielen, das war wirklich sehr emotional … und irgendwie entschädigte uns das für die Opfer, die wir gebracht hatten. Während die Hmong und ich uns bereitmachten, das Dorf zu verlassen, zogen sich Hamilton und sein Vater zu einem Vieraugengespräch zurück. Es schien wichtig zu sein. Nach diesem Gespräch war Hamilton wie verwandelt. In sich gekehrt. Voller Wut. Er redete kaum mehr mit uns. Der Vater muss ihm etwas gesagt haben, was ihn total erschütterte."

„Hast du eine Ahnung, worüber die beiden geredet haben?"

„Wie gesagt, sie zogen sich zurück. Keiner von uns durfte dabei sein."

„Aber möglicherweise hast du doch etwas mitgekriegt, rein zufällig?"

Miller schaute Antoine an. Schüttelte schliesslich resigniert den Kopf. „Eigentlich sollte ich jetzt nochmals ein paar Mille von dir verlangen."

Antoine zuckte die Achseln. „*No way.* Mehr habe ich nicht."

„Na gut, du scheinst ein netter Kerl zu sein, kriegst es umsonst. Also, es ging um die ‚Operation Phoenix'. Um einen aus dem Ruder gelaufenen Einsatz von Hamilton. Dafür sollte er angeblich vor ein Kriegsgericht gestellt werden. Das war es, was sein Vater ihm sagte. Aber mehr weiss ich wirklich nicht."

Er stand auf. Auch Antoine erhob sich, verzichtete allerdings auf ein Händeschütteln.

„Okay, bis dann", sagte Miller, schon auf dem Weg zur Tür.

„Wie hiess denn das Hmong-Dorf, das euch versteckt hat?", rief Antoine ihm nach.

Über die Schulter gewandt erwiderte Miller: „Ban La Hap."

Kapitel 12

Antoine fuhr vom Flughafen direkt ins Büro. Es war schon früher Abend, die Wachen an der Zufahrt zu der alten Villa hatten ihre Posten verlassen, und auch der Empfangsraum, wo normalerweise zwei Sekretärinnen Dienst taten, war bereits verwaist. Aber George Larson erwartete ihn im kleinen Konferenzzimmer. Eine der Sekretärinnen hatte einen Teller mit Banh Mi, den vietnamesischen Baguettes, auf den Tisch gestellt. Ausserdem ein paar Flaschen wahrscheinlich bereits lauwarmes Tiger Beer.

„Schiess los", sagte Larson, sichtlich angespannt, nach kurzer Begrüssung. „Hast du etwas erfahren, was wir verwerten können?"

Antoine schilderte das Gespräch mit Miller in allen Einzelheiten.

„Okay. Unsere Anhaltspunkte sind also zuallererst das Dorf Ban La Hap, wo Hamilton zuletzt gesehen wurde – jedenfalls von Miller. Und die ‚Operation Tailwind', bei der Hamilton seinen eigenen Vater, den CIA-Mann, befreit und von ihm erfahren hat, dass er vors Kriegsgericht gestellt werden sollte."

„Was vermutlich der Grund für seine Desertion war", ergänzte Antoine.

Larson stand auf und ging zu der grossen Vietnam-Karte der U.S. Army, die an der Wand hing. Studierte sie. Nach einer Weile trat Antoine neben ihn. Schliesslich entdeckten sie das Dorf tief im Dschungel.

„Mitten im Opiumanbaugebiet", konstatierte Antoine. „An der Grenze zwischen Vietnam und Laos. Du weisst, was das heisst: vietnamesische und laotische Militäreinheiten, zudem Hmong und andere kriegerische Bergstämme. Ausserdem: keine Strassen, höchstens Pisten durch den Dschungel, die zu den Eingeborenendörfern führen. Die zudem teilweise von der vietnamesischen Armee überwacht werden, wie anzunehmen ist. Das bedeutet

Checkpoints, Grenzkontrollen, Sperrgebiete. Da kann man nicht einfach reinmarschieren."

Larson dachte nach. „Wir brauchen mehr Informationen. Sag Kim Son Bescheid, er soll alles zusammentragen, was er kriegen kann."

Ein heftiger Sturm rüttelte an dem Plakat mit der aktuellen Speisekarte, das neben dem Eingang des „Brodard" aufgestellt war. Antoine hatte die Bürgersteige dicht vor den Häuserfassaden gemieden. Mehrfach hatte der Monsun bereits Dachziegel auf die Strasse gefegt und geparkte Autos beschädigt.

Antoine betrat das Lokal, das kaum besetzt war, nickte dem Kellner zu, der wieder sein Rolling-Stones-Shirt trug, und suchte Kim Son.

„Scheussliches Wetter", sagte Antoine zu ihm, als er ihn endlich in einer dunklen Ecke entdeckte und seine dünne Regenjacke in die Garderobe hängte.

„Beklagen Sie sich nicht", sagte Kim Son. Er faltete ein altes Exemplar der französischen Tageszeitung *Le Monde* zusammen und steckte es in eine Plastiktüte, die ihm als Handtasche diente. „Stellen Sie sich doch mal vor, Sie würden bereits seit Stunden in einem Schützenloch stehen, das sich langsam mit Regenwasser füllt. Sie kennen das Gefühl, oder?"

Kim Son hatte bereits Croissants und Kaffee geordert. Offenbar sass er schon länger hier. Der Kellner trat an den Tisch und sah Antoine fragend an: „Banh Mi? Mit Espresso? Wie immer?"

Antoine nickte nur, blickte jetzt voller Erwartung auf Kim Son.

„Hier sind die Informationen, die Sie gewünscht haben." Er griff in seine Plastiktüte und holte ein Blatt Papier heraus. Es war eng mit vietnamesischen Schriftzeichen beschrieben, wie Antoine erkennen konnte, und Kim Son trug ihm mit nüchterner Stimme die Fakten vor.

„Thuys Ehemann heisst Nguyen Van Hung. Er war Oberst im Stab von General Khans 6. Infanteriedivision und dort zuständig für die Transportdienste und damit auch für den Nachschub über den Ho-Chi-Minh-Pfad. Im Sommer 1975 quittierte er den Dienst. Offenbar plante er eine Karriere als Unternehmer, schliesslich waren Kenntnisse der Warentransportwege, wie er sie im Militärdienst gewonnenen hatte, im neuen Vietnam sehr gefragt. Das nötige Geld, um eine eigene Firma aufzubauen, fehlte ihm jedoch. Damals kam sein Chef, Generalleutnant Khan, den Hung in seine Pläne eingeweiht hatte, mit einem Vorschlag auf ihn zu. Was ich Ihnen jetzt mitzuteilen habe, Antoine, klingt ziemlich zynisch. Ich hoffe, Sie können damit umgehen", sagte Kim Son besorgt.

Mit versteinerter Miene hörte Antoine sich an, was er eigentlich schon wusste: Dass Thuy sich mehr oder weniger verkauft hatte an Hung, der im Gegenzug nicht nur viel Geld erhielt, sondern vor allem die Zusage des Generals, Thuys Onkel, die Armee werde ihn bei der Beschaffung der begehrten Lastwagen aus zurückgelassenen US-Beständen unterstützen.

„Es war eine rein geschäftliche Transaktion", fasste Kim Son zusammen. „Sie gab allerdings Thuy die Möglichkeit, ihr Gesicht zu wahren und ihre Ehre zu retten. Ein uneheliches Kind in diesen besseren Kreisen … das ist in Vietnam noch immer ein Makel. Ob Hung weiss, wer der Vater des Kindes ist, konnte ich allerdings nicht herausfinden."

Antoine nickte gedankenverloren. „Danke." Obwohl er die Geschichte kannte, tat es weh, dies alles nochmals mit all den nüchternen Fakten anhören zu müssen. Er gab sich einen Ruck. „Und wie ist Hung dann im Opiumgeschäft gelandet?"

„Mit dem Geld des Generals gründete er mehrere Firmen. Handelte erst mit Kriegsgerät. Beteiligte sich dann am Wiederaufbau der teilweise zerstörten Hafenanlagen in Da Nang und Cam Ranh Bay. Er machte schnell Gewinne. Aber er wollte an das ganz grosse

Geld ran. Die Opiummafia ist wohl damals an ihn herangetreten. Es gab ja bereits während des Krieges ein gut funktionierendes Vertriebssystem für das laotische Opium. Es wurde meist von der CIA-Airline Air America und Maschinen der südvietnamesischen Luftwaffe nach Saigon geflogen und von dort aus weitertransportiert. Hauptsächlich nach Bangkok oder Hongkong. Nach 1975 brach diese Luftbrücke zusammen. Da sprang Hung mit seiner Lastwagenflotte ein. Er organisierte den Vertrieb neu und tat sich wohl auch mit einem chinesischen Partner zusammen, der von Thailand aus operierte. Die neue Regierung schaute weg oder drückte ein Auge zu. Sie kassierte natürlich mit. Man brauchte schliesslich das Geld zur Ankurbelung der Wirtschaft und zur Bezahlung der Kriegsschulden."

Antoine schüttelte den Kopf. „Hung erfüllte also sozusagen nur seine patriotische Pflicht."

Es war bereits gegen neun Uhr. Das „Brodard" füllte sich gerade mit jungen Touristen, offenbar eine französische Reisegruppe auf Südostasientour, die die Adresse des Cafés wahrscheinlich im Lonely-Planet-Guide gefunden hatte. Die Männer flirteten offen mit der jungen Vietnamesin im Minirock, die inzwischen den Rolling-Stones-Kellner abgelöst hatte.

„Was Sie mir da alles erzählen, ist wirklich beeindruckend. Und ich vertraue Ihnen", sagte Antoine. „Aber erlauben Sie mir trotzdem die Frage: Woher haben Sie diese Informationen?"

„Ich verstehe Ihre Skepsis. Aber wenn man, wie ich, zehn Jahre in einem Lager sitzt, zusammen mit über hundert anderen Offizieren, die ja Teil des Machtapparats waren, dann erfährt man ganz zwangsläufig viele Dinge, die ich eigentlich vorher nicht für möglich hielt. Sei es im persönlichen Gespräch, sei es in diesen endlosen Selbstkritik-Sitzungen. Viele haben damals Geständnisse abgelegt, in der Hoffnung, dass sie vorzeitig entlassen würden."

„Gut, das betraf die Zeit vor dem Kriegsende. Aber Sie sind ja auch bestens informiert über das, was nachher geschah. Zum Beispiel, wie Thuys Ehemann zu einem Player im Opiumgeschäft wurde."

Der Hintergrundlärm im „Brodard", normalerweise eher eine Oase der Ruhe, erreichte langsam die Schmerzgrenze. Die Franzosen waren wirklich sehr laut. Kim Son holte eine Schachtel Marlboro aus seiner Plastiktüte, zündete die Zigarette mit einem Zippo-Feuerzeug an, nahm einen tiefen Zug und lehnte sich entspannt lächelnd zurück.

„Warum lächeln Sie?"

„Ist es nicht wunderbar, wieder Französisch zu hören? Erinnert mich an meine Jugend. Früher stand hier noch eine Jukebox mit den neuesten französischen Hits. Johnny Hallyday. Silvie Vartan. Françoise Hardy …"

„Ja, ich erinnere mich sehr gut. Ich habe damals selbst ein kleines Vermögen in die Jukebox investiert."

Beide schwiegen einen Moment. Hingen ihren Erinnerungen nach.

„Viele dieser Mithäftlinge aus dem Lager sind wie ich inzwischen entlassen worden", fuhr Kim Son nach einer Weile fort. „Einige haben sich mit dem neuen Regime arrangiert. Aber wir sind in Kontakt geblieben. Treffen uns oft und tauschen vertrauliche Informationen aus. Wir wissen, dass wir irgendwann, und vielleicht schon bald, wieder gebraucht werden. Das Land ruiniert sich gerade selbst, weil die Führung unfähig ist und die Staatswirtschaft vor dem Bankrott steht. Fragen Sie Anne, sie denkt genauso wie ich. Sie scherzen gelegentlich über meine ‚Cyclo-Mafia', Antoine. Aber das sind ja nicht nur irgendwelche einfachen Ex-Soldaten, die jetzt keinen Job mehr finden. Darunter gibt es auch Leute, die früher und wahrscheinlich auch noch heute enge Kontakte zum … na ja, zum organisierten Verbrechen hatten oder haben."

Antoine war beeindruckt. „Aha, ich sehe, es gibt also im kommunistischen Vietnam eine Art Schattenregime, einen zwielichtigen Geheimorden …"

Kim Son lachte. „Geheimorden? Ja, das gefällt mir. Im Übrigen wird Sie das alles leider was kosten. Ein paar Kasten Bier für meine Rikscha-Jungs unten am Hafen werden da nicht reichen. Gelegentlich musste ich ein Informationshonorar bezahlen. So nennt man doch heute die Bestechungsgelder, oder?" Er schob Antoine einen Zettel mit einer Aufstellung über den Tisch. Nur einzelne Beträge, keine Namen. „Total zwölfhundert Dollar. Für Sie wahrscheinlich keine grosse Summe. Für die Leute hier aber ein kleines Vermögen."

Kim Son wurde plötzlich ernst. Er wirkte besorgt. „Ich weiss nicht, welche Absichten und Pläne Sie bezüglich Thuys und ihres Ehemanns haben. Aber ich möchte Sie warnen. Der Ex-Oberst gilt als brutal und rachsüchtig. Seine Villa an der Duong Vo Van Tan wird streng bewacht. Auch die Familie wird überwacht. Ebenso das Haus seiner Mätresse, einer Schauspielerin, in Cholon. Hung ist wohl öfter oben im Grenzgebiet zu Laos und wird stets von einer bewaffneten Eskorte begleitet. Er hat viele Feinde. Angeblich wurde bereits ein Attentat auf ihn verübt. Seine Feinde könnten sich auch rächen, indem sie seine Familie attackieren."

Antoine begriff mit einem Mal, in welche Gefahr er Thuy und Huong gebracht hatte. Wenn Hungs Spitzel Thuy ständig überwachten, dann war es durchaus möglich, dass sie ihn vor dem Gebäude der Saigon Trading Corporation oder am nächsten Tag bei dem Treffen mit Thuy am Eingang zum Lycée beobachtet hatten. Ihm wurde mulmig bei dem Gedanken.

Kim Son nahm einen letzten Zug von seiner Zigarette und drückte sie aus. „Keiner bereichert sich in diesem Land so gierig wie Hung. Ich glaube, dass er für das Regime langsam zu einer

Belastung wird. Vor allem wenn die Beziehungen zwischen Amerika und Vietnam tatsächlich normalisiert werden sollen."

„Sie meinen … das Regime will ihn loswerden?"

Kim Son zuckte die Achseln und sah auf die Uhr. „Gut möglich. Aber entschuldigen Sie mich jetzt bitte, ich habe eine Verabredung mit meinen Leuten."

„Ach übrigens", sagte Antoine, als Kim Son schon stand, „Larson bittet Sie, sämtliche Informationen, die Sie auftreiben können, über ein Dorf oben im Norden zusammenzutragen. Der Name des Dorfs ist Ban La Hap. Und es eilt."

Kim Son verabschiedete sich mit einem militärischen Gruss. Antoine blieb sitzen. Nippte an seinem inzwischen lauwarmen Kaffee. Thuy … Ihr Mann lebte in einer gnadenlosen Welt der Drogenmafia, in der Morde und Entführungen zur Normalität gehörten. Wusste sie das? War ihr klar, dass sie oder Huong jeden Tag Opfer eines Racheattentats werden konnte?

Er musste etwas tun. Er musste Thuy wiedersehen. Und er hatte einen Plan.

Bereits am frühen Nachmittag war Kim Son bereit, seine Rechercheergebnisse vorzutragen. Larson hatte für 14 Uhr eine Zusammenkunft im Konferenzraum einberufen und eröffnete das Meeting ohne grosse Einleitung. Kim Son trat vor die Karte an der Wand und legte seinen Finger auf einen Punkt ziemlich weit oben. "Das ist Ban La Hap. Wo genau die Grenze zu Laos verläuft, ist unklar. Das ist für die Hmong auch unwichtig. Dort oben respektiert sowieso niemand irgendwelche Grenzen. Weder die Hmong noch die vietnamesische Armee, die westlichen Söldner oder die thailändischen Opiumhändler mit ihren Privatarmeen, die dort operieren. Schon gar nicht die Chinesen, die ebenfalls mitmischen. Es gibt in diesem Dschungel auch keine Form von Grenzkontrollen." Er wies auf eine gestrichelte Linie auf der Karte, die den Vermerk „Ungefährer Grenzverlauf" trug. „Ban La Hap liegt in einer Gegend, die als Zentrum der von der CIA ausgerüsteten Widerstandsbewegung der Hmong gilt. Es ist Drogenanbaugebiet, Opium allererster Qualität übrigens, die Hmong betreiben hier noch immer die traditionelle Brandrodung. Zugang nur über Pfade, die hauptsächlich von den Jägern und wahrscheinlich auch den Maultierkolonnen der Opiumschmuggler benutzt werden. Auch ein paar wenige grössere Pisten führen durch das Gebiet. Sie gehörten damals zum Ho-Chi-Minh-Pfad."

Kim Son schwieg und sah Larson fragend an. Der gab ihm ein Zeichen, mit seinem Briefing weiterzumachen.

„Alle Versuche der vietnamesischen und wahrscheinlich auch der laotischen Armee, nach dem Kriegsende den Hmong-Stützpunkt zu erobern, schlugen fehl. Ban La Hap ist ein Höhlenkomplex, der als Rückzugsort und Versteck dient. Jeder heranrückende Feind kann von den auf einer Hügelkuppe liegenden Dörfern schon früh erkannt und notfalls rechtzeitig mit den gut getarnten Minenwerfern und den Scharfschützen beschossen werden."

„Und Hanoi lässt sich das bieten?", wollte Antoine wissen.

Kim Son warf einen sehnsüchtigen Blick auf seine Marlboro-Schachtel auf dem Tisch. Doch als ehemaliger Militär wusste er, was sich gehörte. „Es wird vermutet, dass die kommunistische Regierung kein grosses Interesse hat, die Hmong-Stellungen zu stürmen. Obwohl die vietnamesische Armee nach wie vor eigene Stützpunkte in dem Gebiet hat, sie operiert dort ja schon seit den Fünfzigerjahren. Tatsächlich haben sie dort sogar ihre besten Einheiten stationiert. Aber die Verluste wären wahrscheinlich hoch, und es wäre ein peinliches Eingeständnis für Hanoi, dass siebzehn Jahre nach Kriegsende im Land noch immer ein Guerillakrieg herrscht. Zweitens liegt der Verdacht nahe, dass auch heute wieder eine einflussreiche Clique in Vietnam von diesem Opiumgeschäft profitiert. Teile des Offizierskorps zum Beispiel, die den Schwarzmarkt nach Kriegsende einfach von ihren ‚Kollegen' aus der geschlagenen südvietnamesischen Armee übernommen haben."

Kim Son blickte Antoine fragend an, der mit einem angedeuteten Kopfschütteln signalisierte, dass er das Thema nicht vertiefen solle. Thuys Ehemann und dessen mögliche Verwicklung in den Opiumhandel zu erwähnen, kam vorerst nicht in Frage. Larson würde das alles nur als „Thuy-Romantik" abtun.

„Das war's?", fragte Larson.

Kim Son zögerte. „Gestatten Sie mir noch einen Hinweis, Sir?"

„Sicher."

„Wie ich bereits erklärt habe, werden die Pisten nach Ban La Hap von der vietnamesischen Armee überwacht. Das bedeutet Checkpoints, Grenzkontrollen, Sperrgebiete. Da ist kein Durchkommen. Ich kenne natürlich Ihre Absichten nicht … aber falls es darum geht, dass jemand unerkannt nach Ban La Hap gelangen soll, hat er bessere Chancen, wenn er es von der laotischen Seite aus versucht. Die Grenzkontrollen dort sind ein Witz. Und die laotische Armee wagt sich nicht in diese Montagnard-Gebiete. Zu gefährlich. Zu viele böse Geister. Ms. Wilson war doch ein Jahr in Laos. Sie spricht die Sprache. Möglicherweise kennt sie ja das Gebiet. Vielleicht sollten Sie sie einbeziehen."

Larson nickte. „Gute Idee. Vielen Dank. Nehmen Sie bitte wieder Platz."

Kim Son eilte dankbar zu seinen Marlboros und zündete sich eine an.

„Ich bin beeindruckt, Sie haben uns umfassende Informationen geliefert", sagte Larson. „Nun möchte ich Sie bitten, Ihre Quellen zu Patrick C. Hamilton zu befragen. Er war bei den Special Forces und gilt seit 1973 als verschollen. Sein letzter Einsatz trug den Namen ‚Operation Tailwind'."

In die entstehende Pause hinein sagte Kim Son: „Ist Hamilton der Ex-Captain, der in Ban La Hap lebt … oder gelebt hat?"

Larson fuhr hoch. „Kennen Sie ihn?"

„Das nicht. Aber kürzlich war bei unseren Leuten, der ‚Cyclo-Gang'" – er zwinkerte Antoine zu – „von diesem Hamilton die Rede. Warum, fällt mir im Moment nicht ein. Jedenfalls ist offenbar gesichert, dass er in Ban La Hap lebte. Dafür gibt es Zeugenaussagen. Ungewiss ist, ob er immer noch am Leben ist. Aber die Wahrscheinlichkeit ist hoch. Einige meiner Leute haben Kontakte zu den Hmong und hätten es zweifellos erfahren, wenn Hamilton gestorben wäre."

Kim Son lächelte befriedigt, als er die erstaunten Mienen von Antoine und Larson sah, trank in aller Ruhe sein Bier aus und steckte sich eine weitere Zigarette an. „Nach allem, was ich gehört habe, kursieren die wildesten Geschichten über Hamilton. Soll ich Ihnen eine erzählen?"

Die beiden anderen nickten.

„Der Wahrheitsgehalt liegt, meinen Leuten zufolge, allerdings ungefähr bei null." Und Kim Son erzählte die Geschichte.

Die CIA hatte in einem Tresor in der amerikanischen Botschaft in Saigon angeblich einen Goldschatz gelagert, mit dem viele ihrer illegalen Aktionen finanziert wurden. Gold war damals, vor allem wenn es um Bestechung ging, als Währung noch immer gesuchter als Dollarnoten, die sich bei solchen Transaktionen im kriminellen Milieu oft als Falschgeld herausstellten. 1975, als die Armee der Kommunisten schon in die Vororte Saigons vorgerückt war und die US-Botschaft in aller Eile evakuiert werden musste, vergruben CIA-Offiziere einen Teil dieses Goldschatzes, der nicht rechtzeitig ausser Landes geschafft werden konnte, auf dem grossen Gelände der Botschaft. Es handelte sich um Goldbarren und Münzen im Wert von mehreren Millionen Dollar. Zwischen fünf und zwanzig Millionen, so die Gerüchte.

Der genaue Ort wurde auf einer Skizze eingezeichnet, von der es angeblich nur ein Exemplar gab und die später dann auf mysteriöse Weise verschwand. Offenbar wurde sie mehrfach kopiert, oder das Original wurde, einem anderen Gerücht zufolge, unter mehreren Interessenten versteigert. Darunter die üblichen Verdächtigen, also chinesische Triaden, japanische Yakuza, amerikanische Mafia. Kopien sollen in Bangkok und Hongkong aufgetaucht sein, und eine dieser Kopien landete anscheinend bei den Chinesen, die im Goldenen Dreieck den Opiumhandel beherrschten. Sie beauftragten Hamilton, mit dem sie damals gute Kontakte unterhielten, mit seinen Hmong einen Beutezug durchzuführen, das Gold auszugraben und in ein sicheres Versteck im Grenzgebiet zu Laos zu transportieren. Ob Hamilton alles Gold oder nur einen Teil behielt, ist nicht bekannt. Jedenfalls hatte er sich damit angeblich 1975 als wichtiger Player im Opiumhandel etabliert. „Aber wie gesagt, das ist alles nur erfunden. Wahrscheinlich, um Hamiltons Ruhm als tollkühner Held zu unterstreichen", endete Kim Son.

„Eine herrliche Story", amüsierte sich Antoine. „Hollywoodreif."

Larson ging nicht darauf ein. Nach einem Blick auf seine Uhr sagte er, er werde jetzt Washington informieren, und beraumte das nächste Treffen für den folgenden Tag, zehn Uhr, an.

Antoine ging in sein Büro zurück. Warf einen lustlosen Blick auf den Stapel Dossiers auf seinem Schreibtisch. Was hatte er damit zu tun? Im Grunde ging ihn das doch alles gar nichts an. Diese vermissten GIs – arme Teufel –, diese Dog Tags, Larsons Eifer. Klar, George hatte Bangkok verbockt, da wollte er in seinem neuen Job gleich mit Erfolgen punkten. Aber dass er von seinem Freund denselben Feuereifer verlangte …

Er überlegte gerade, ob er gegen alle Abmachungen zum Lycée fahren solle, in der Hoffnung, seine Tochter doch noch einmal zu sehen, als es an der Tür klopfte. Anne trat ein, lächelte strahlend und lud ihn ohne Umschweife für heute Abend zum Essen ein. In ihrer Wohnung. „Falls Sie Lust haben – ich probiere ein neues Rezept für eine Bun Cha aus. Das sind kleine gegrillte Frikadellen in einer Sauce aus Nuoc Mam, Limette und grüner Papaya. Lecker. Na?"

„Eine kulinarische Härteübung also diesmal. Ich werde mich mannhaft auch dieser Mutprobe stellen", verkündete er augenzwinkernd. „Ich bringe den Wein mit."

Kapitel 13

Die Wohnung von Anne lag an der Dong Khoi 118, auf halbem Weg zwischen dem „Caravelle" und dem Saigon River. Die ersten spärlichen Lichter der Strassenbeleuchtung gingen gerade an und spiegelten sich im regennassen Pflaster der einstigen sündigen Meile Saigons. Die Strasse war Antoine vertraut. Das „Brodard" lag hier. Und auch das Büro der amerikanischen Nachrichtenagentur UPI, die seine Storys damals per Telex in die Redaktion in Zürich übermittelt hatte.

Das Haus mit der Nummer 118 kam Antoine irgendwie bekannt vor. Er hielt einen Moment vor dem breiten, schmiedeeisernen Tor am Eingang inne und versuchte sich zu erinnern. Die graue Fassade des Kleiderladens, der im Erdgeschoss sozialistisch anmutende Damenmode anbot, war offensichtlich kürzlich getüncht worden. Hinter dem bereits abblätternden Grau kam eine rosarote Bemalung zum Vorschein und ein verwitterter Schriftzug, der auf eine Bar hinwies.

Natürlich, hier befand sich doch die ‚Paradise Bar', erinnerte sich Antoine. Damals ein beliebter Treffpunkt der Journalisten, Schauplatz wilder Partys, die besten Bands und die hübschesten Bargirls in ganz Saigon. Und alle waren sie auf der Suche nach dem Rausch und dem schnellen Glück. Der Besitzer, ein Korse, musste angeblich ständig Schmiergelder bezahlen, damit die Polizei bei den Drogen-, Alkohol- und Sex-Exzessen in dem Nachtclub ein Auge zudrückte.

Antoine stieg die Holztreppe hinauf ins zweite Stockwerk und klingelte an der Tür, an der Annes Namensschild klebte. Anne begrüsste ihn mit einem Kuss auf beide Wangen. Sie trug eine Kochschürze, die sie offenbar während ihres Frankreichaufenthalts im Souvenirshop des Sternekochs Paul Bocuse gekauft hatte. Die schwarze Schürze schmückte ein Porträt des Meisters nebst dem Aufdruck „Bon appétit".

Antoine übergab ihr die zwei Flaschen Chablis, die er im Hotel gekauft hatte. Anne schaute neugierig auf das Etikett. „Oh, ein echter französischer Chablis! Einer meiner Lieblingsweine. Und ausserdem noch ein Grand Cru von der Domaine Billaud-Simon! Wo hast du den bloss aufgetrieben?" Antoine hatte den Food & Beverage Manager im „Caravelle" erst überreden müssen, ihm – entgegen den Vorschriften des Hotels – zwei Flaschen zu verkaufen. Der Manager war Schweizer, er stammte wie Antoine aus Zürich, und das hatte schliesslich den Ausschlag gegeben. Der Mann betrachtete es wohl als seine patriotische Pflicht, seinem Landsmann zu helfen. Umso mehr, weil Antoine, wie er versichert hatte, den Wein als Gastgeschenk für ein erstes Date mit einer bezaubernden Brünetten brauche.

„Schenk uns doch schon mal ein Glas ein", bat ihn Anne. „Ich bin noch in der Küche beschäftigt. Die Sauce ist wirklich sehr aufwendig. Vielleicht magst du mir ja später ein bisschen helfen. Aber erst wollen wir anstossen."

Antoine entkorkte eine Flasche Chablis, die der Manager in eine Kühlmanschette gepackt hatte, schenkte ein und schaute sich, während Anne noch in der Küche hantierte, in der Wohnung um. An der hohen Decke drehte sich langsam ein Ventilator. In der Mitte des Wohnzimmers ein eleganter Tisch aus Rosenholz, wahrscheinlich ein Import aus China, in der Ecke beim Fenster eine kleine Bar mit drei hohen Hockern, mehrere tropische Sträucher in verzierten Töpfen, eine teure Stereoanlage und an der Wand, auf einem langen Ebenholzbrett, eine Sammlung von Opiumpfeifen. Daneben rund zwei Dutzend Bücher in einem Gestell aus Rattan, meist zerlesene Paperbacks, aber auch dickere Wälzer französischer und amerikanischer Autoren. Bernard Falls *Street Without Joy* fiel ihm auf, ein Klassiker über den französischen Indochinakrieg. Oder die Mao-Bibel, das kleine rote Buch des Grossen Vorsitzenden über den Guerillakrieg.

Bilder fehlten in dem Zimmer. *Eigentlich unüblich*, dachte Antoine. *Amerikaner pflegen zumindest Fotos der Eltern oder ihrer Freunde an die Wand zu hängen. Oder vorzeigbare Diplome von Schulen oder Universitäten.* Lediglich ein paar kleine Schwarz-Weiss-Fotos, mit Klammern an einer langen Schnur befestigt, hingen an dem Büchergestell. Offensichtlich Erinnerungen an Laos. Eine lachende Anne vor einem buddhistischen Tempel. Anne in der traditionellen Kleidung eines Bergstammes. Aber auch zwei Fotos, die sie in Begleitung eines attraktiven Mannes zeigten.

Sie stiessen an. Der Wein schmeckte hervorragend.

„Wusstest du eigentlich, dass sich im Erdgeschoss damals ein berüchtigter Nachtclub befand?", fragte Antoine.

„Ja, die ‚Paradise Bar'. Und wusstest du, dass diese Wohnung damals ein Bordell war? Nach dem Krieg hatte ein Franzose sie gemietet und renoviert. Ich habe sie von ihm übernommen, als er vor einem Jahr nach Singapur versetzt wurde. Die Möbel stammen grösstenteils noch von ihm. Nur die Opiumpfeifen habe ich aus Laos mitgebracht."

Anne verschwand wieder in der Küche. „Wir werden das Fleisch jetzt zwanzig Minuten marinieren, bevor wir es braten. Hilfst du mir inzwischen mit der Dip-Sauce? Meine Sekretärin hat mir das Rezept gegeben. Es stammt von ihrer Mutter, damals eine Grande Dame der Saigoner Gastronomieszene, die an der Nguyen-Du-Strasse im 1. Distrikt ein Restaurant besass. Angeblich hätte Staatspräsident Thieu bei ihr mal Bun Cha gegessen."

Anne bugsierte Antoine mit sanftem Druck in die Küche. „Hier sind Knoblauchzehen, Chilischoten, Thai-Basilikum, Minze und Koriandergrün. Kannst du das alles bitte klein hacken und mit der Fischsauce hier in der kleinen Schüssel vermischen? Ich gebe dir dafür meine Bocuse-Schürze und kümmere mich inzwischen um das Fleisch."

Wann habe ich eigentlich das letzte Mal in einer Küche irgendwelche Kräuter gehackt?, fragte sich Antoine. Belustigt nahm er zur Kenntnis, dass es eigentlich Spass machte, mit Anne so entspannt zu kochen. *Wir wären ein gutes Team.*

Die Bun Cha waren so lecker, dass selbst ein vietnamesischer Spitzenkoch es wohl nicht besser hinbekommen hätte. „Paul Bocuse wäre stolz auf dich", sagte Antoine anerkennend. Er hatte bereits die zweite Flasche Chablis geöffnet, und Anne legte gerade eine CD mit südamerikanischer Musik auf.

„*Mais non*", sagte sie und imitierte den Meisterkoch mit ihrem französischen Akzent. „*Paul aime seulement la Nouvelle Cuisine.* Jeder Teller wie ein Bild gestaltet und winzige Essensreste in der Mitte dekorativ angeordnet. *Voilà.*"

Sie setzte sich wieder. Plötzlich wirkte sie ernst und hochkonzentriert. Der spielerische Zug auf ihrem Gesicht, das helle Lachen, als sie von Bocuse erzählte, waren verschwunden. „Ich möchte dich etwas fragen. Larson hat mal erwähnt, dass du jahrelang im Dschungel gelebt hättest. Das sei unter anderem der Grund, warum er dich für den Job ausgewählt habe. Er glaubt, dass du wahrscheinlich hin und wieder zu ehemaligen Kriegsschauplätzen reisen musst, und die befinden sich ja zu einem Gutteil im Dschungel. Er sagte, du warst Anführer eines Shan-Stamms in Burma und hast Krieg gegen einen chinesischen Warlord geführt. ‚Chindit' hätten sie dich genannt. Was bedeutet das?"

Antoine unterdrückte einen Seufzer und bedachte Larson mit einem stummen Fluch. Er hatte nicht die geringste Lust, sich über seine Zeit in Baan Saw zu unterhalten. Aber Anne würde nicht lockerlassen, soweit kannte er sie schon, Beharrlichkeit war offenbar Teil ihres Charakters. Und vielleicht wäre es auch nur ein Gebot der Fairness, sie – zumindest in groben Zügen – von der Chindit-Episode in seinem Leben zu unterrichten.

„Na gut. Die Kurzversion. Ich muss mit Joachim beginnen. Wir kannten uns aus Zürich. Er war mein bester Freund. Eigentlich Rechtsanwalt. Aber er arbeitete später in Chiang Rai, im Norden Thailands, für eine amerikanische Hilfsorganisation, die die Bergdörfer im nahen Burma mit Lebensmitteln versorgte. Das bedeutete tagelange Maultierkonvois durch den Dschungel. Während einem dieser Einsätze verschwand er plötzlich. Man hielt ihn für tot. Seine Tochter bat mich dann, ihn zu suchen. Sie glaubte nicht an seinen Tod. Eigentlich hatte ich mich damals schon nach Goa am Indischen Ozean zurückgezogen. Ich hatte an der Börse ordentlich Geld gemacht und richtete mich auf ein entspanntes Aussteigerleben ein."

Antoine wollte Chablis nachschenken, doch auch die zweite Flasche war bereits leer. Er sah Anne fragend an. „Ich habe noch eine Flasche kalifornischen Weisswein im Kühlschrank", sagte sie. „Aus dem Duty Free am Flughafen in Bangkok. Irgendein Chardonnay aus dem Napa Valley. Mehr kann ich dir leider nicht bieten."

Sie ging in die Küche, entkorkte den Wein und schenkte nach. „Wir werden morgen wahrscheinlich einen Kater haben. Ich werde Larson sagen, du hättest mich erst schöntrinken müssen." Sie lachte. Ihr fröhliches Lachen wirkte ansteckend, der Wein hatte die Stimmung beflügelt, und Antoine begann sich allmählich zu entspannen.

„Los. Erzähl weiter." Anne blickte ihn erwartungsvoll an.

„Ich fand Joachim schliesslich im Shan-Dorf Baan Saw. Mitten im Goldenen Dreieck. Ein Dorf, das Opium anbaut. Joachim hatte seine humanitäre Mission aufgegeben. Dringender als Reis und Mehl brauche Baan Saw Waffen, sagte er mir. Er war zum Krieger geworden, wollte seinem Dorf im Kampf gegen die Drogenhändlerbanden beistehen, die es immer wieder überfielen. Kurz nach meiner Ankunft in Baan Saw wurde Joachim bei einem Gefecht mit Xu, dem chinesischen Warlord, getötet. Irgendwie kam es, dass ich Joachims Nachfolge als Chef des Dorfes antrat. Zusammen mit anderen Shan-Dörfern habe ich eine Verteidigungsallianz gegen die marodierenden Banden organisiert. Larson, den ich seit Vietnam kenne, hat mich unterstützt. Als CIA-Chef in Bangkok versorgte er meine Allianz mit Waffen, Munition und militärischen Beratern."

„Und was ist mit dem ‚Chindit'?", wollte Anne wissen.

Antoine versuchte es beiläufig klingen zu lassen, als er antwortete: „Das ist ein Titel, den die Shan mir gegeben haben. So wurden in der Vergangenheit ihre militärischen Anführer genannt."

Anne wirkte beeindruckt. Nach einigem Schweigen sagte sie: „Und wer kaufte euer Opium? Larson, oder?"

„Genau. Die CIA finanzierte damit den Kampf gegen die Kommunisten in Burma."

„Und dann? Was ist schiefgelaufen? Ohne Grund wurde Larson ja wohl kaum nach Saigon versetzt."

„Xu, der chinesische Warlord, legte die Lager des als Hilfsorganisation getarnten CIA-Stützpunkts in Chiang Rai in Schutt und Asche, ermordete einen hohen amerikanischen Offizier und griff mehrere Dörfer der Shan-Allianz in Burma an. Larson war in Bangkok nicht mehr zu halten, weil das Versagen der CIA ihm persönlich angelastet wurde. Auch ich musste vorerst untertauchen. In einem buddhistischen Kloster in Burma."

„Und dieser Chinese kam ungeschoren davon?"

„Nicht ganz." Antoine dachte an den Moment zurück, als George ihm von Claires Tod berichtet hatte. An seine ohnmächtige Wut auf den „Schlächter", der Claire durch einen Sprengstoffanschlag ermordet hatte. „Ich habe ihn mit Hilfe befreundeter Söldner gefangen genommen und ihm das Gesicht bis zur Unkenntlichkeit verstümmelt", sagte er nüchtern. „Er wird nie mehr wie ein Mensch aussehen. Aber eigentlich bereue ich heute, dass ich ihn damals nicht getötet habe."

Eine eisige Stille legte sich plötzlich über die gelöste Stimmung im Raum. Antoine wurde bewusst, dass er sich mit diesem Eingeständnis seiner Grausamkeit Annes Sympathien womöglich für immer verscherzt hatte. Aber irgendwie war es ihm egal.

Er schaute demonstrativ auf seine Uhr. „Es ist wohl Zeit zu gehen", sagte er und erhob sich. Er bedankte sich für den Abend, lobte noch mal das Essen, sagte, dass es ihm Spass gemacht hatte, mit ihr zu kochen. Aber die Komplimente waren kraftlos und schienen bei Anne nicht anzukommen.

Sie begleitete ihn zur Tür. Der Abschied war kurz. „Wir sehen uns ja morgen im Büro", sagte sie mit einem gezwungen wirkenden Lächeln. Dann schloss sie schnell die Tür.

Kapitel 14

Antoine und Anne sassen im Konferenzraum auf den braunen, etwas abgewetzten Ledersesseln, die angeblich noch aus den Beständen der US-Botschaft stammten, und warteten auf Larson. Er werde sich zehn Minuten verspäten, hatte seine Sekretärin ihnen ausgerichtet. Anne schien das nicht zu stören, sie war offenbar glänzender Laune. „Ich hab gerade eine Probefahrt gemacht", begann sie mit leuchtenden Augen. „Auf einer russischen Ural."
Antoine zwang sich zu einem Lächeln. Die zwei Aspirin-Tabletten, die er zum Frühstück eingenommen hatte, führten einen aussichtslosen Kampf gegen seine Kopfschmerzen. Warum bloss hatte er gestern Nacht in der Hotelbar auch noch vier Calvados in sich reingeschüttet? Und was hatte Anne eigentlich hier zu suchen?
Er hörte sie etwas von „feuerrot", „750-ccm-Zweizylindermotor" und „traumhafte Beschleunigung" sagen, bevor sie verstummte. Sie beugte sich über den Tisch und sah ihn an. „Es gibt auch eine Version mit Beiwagen", sagte sie mit einem übertriebenen Augenaufschlag. „Ich suche noch ein Opfer für eine weitere Probefahrt ..."
Die Antwort blieb Antoine erspart. George Larson trat ein – mit zwanzig Minuten Verspätung. Sein Anzug war feucht, offensichtlich war er auf dem Weg vom Parkplatz zum Büro in den Monsunregen geraten. Seine Sekretärin stellte drei Teller und eine grosse Tüte mit einem Aufdruck der französischen Bäckerei „Givral" an der Dong-Khoi-Strasse auf den Konferenztisch. „Sorry für die Verspätung. Ich hatte noch in der Stadt zu tun", sagte er. „Aber ich habe uns Croissants und Kuchen mitgebracht."
Er griff gleich nach einem Stück Mandelkuchen, für den „Givral" berühmt war. „Kim Son lässt sich entschuldigen, er ist noch mit Recherchen beschäftigt", sagte er, mit vollem Mund kauend. „Und Anne habe ich als unsere Laos-Expertin dazugebeten."

Larson informierte sie knapp über die Causa Hamilton. Er wirkte zögerlich, irgendwie unkonzentriert, suchte offensichtlich nach Worten. Er holte sich gleich noch ein zweites Stück Mandelkuchen. So, als ob er damit etwas Zeit gewinnen könnte.

George sieht müde aus, dachte Antoine. *Dreitagebart. Augenringe. Angeblich hat er ein Army-Feldbett, das er sich ab und zu ins Büro stellen lässt. Dann verbringe er dort die Nacht, weil Washington keine Rücksicht auf Zeitunterschiede nehme. Behauptet zumindest seine Sekretärin.*

„Ich habe letzte Nacht noch mit Washington telefoniert. Wir haben grünes Licht für die Operation Hamilton. Auch die Laos-Option, wie Kim Son vorgeschlagen hat, findet Washington sehr überzeugend. Die sind ganz heiss drauf."

Antoine und Anne sahen sich ungläubig an, während Larson weiterhin an seinem Mandelkuchen kaute. „Habe ich richtig gehört, George? Warum haben *wir* grünes Licht?", fragte Antoine schliesslich.

„Also, Washington stellte sich auf den Standpunkt, dass wir unverdächtig sind", antwortete Larson „Wir haben die Dog Tags, und Hamilton wird immer noch als *Missing in action* geführt. Damit haben wir ein klares Mandat, ihn oder seine Überreste zu suchen. Dafür sind wir bekanntlich hier. Unsere wahre Aufgabe ist es jedoch – vorausgesetzt, er lebt noch –, verdeckt mit Hamilton Kontakt aufzunehmen und herauszufinden, ob wir ihn aus dem Dschungel locken können. Anschliessend übernimmt Washington."

„Aha, um dann was mit ihm zu machen?", hakte Antoine nach.

„Das wissen sie noch nicht so genau. Entweder ihn als Kriegshelden feiern oder ihn aburteilen und lebenslang hinter Gitter bringen."

„Warum suchen sie ihn nicht gleich selber, George? Hamilton finden – das ist eine Geheimdienstoperation! Wir sind doch bloss Dilettanten, eine kleine Truppe, die nach alten Knochen sucht. Wir haben gar nicht die Mittel für einen solchen Einsatz."

„Was würdest du denn vorschlagen?", fragte Larson.

„Washington soll ein kleines Special-Forces-Team von Thailand aus losschicken. Fünf Mann. Erfahrene Dschungelkämpfer, die mit Hubschraubern oder nachts an Fallschirmen in der Nähe dieses Dorfs abgesetzt werden. Passende Landezonen gibt es zur Genüge. Die Special Forces kennen die Gegend doch wie ihre Westentasche. Die haben dort oben schon während des Krieges operiert, ohne sich um Grenzen zu kümmern. Das Team könnte problemlos mit Hamilton Kontakt aufnehmen und zudem von der Unterstützung der U.S. Army profitieren, die ja im nahen Thailand grosse Basen unterhält. Die holen das Team wieder raus, mit oder ohne Hamilton, wenn es brenzlig werden sollte. Für uns ist das alles doch eine viel zu grosse Nummer!"

Larson stützte den Kopf auf seine Hände. Starrte ins Leere. „Das sieht Washington anders. Man will, dass wir das hier *low key* machen. Also quasi unter dem Radar fliegen. Offiziell weiss Washington nichts davon."

Antoine war entsetzt. Aber irgendwie hatte er geahnt, dass die Sache auf ihn zulaufen würde.

„Das Problem ist, dass Washington unseren Einsatz als einzige Option sieht", fuhr Larson nach einer Weile fort. Er klang resigniert. „Man lehnt zudem jeden Einsatz der Army ab, auch einen verdeckten Einsatz einheimischer Söldner. Hanoi würde darin eine Provokation sehen, falls die Operation bekannt würde. Was unsere gegenwärtigen Bemühungen zur Normalisierung der Beziehungen in Gefahr brächte. Washington will, dass sie ihre Hände in Unschuld waschen können, auch dem laotischen Regime gegenüber, wenn unsere Operation misslingt."

„Und wer aus unserer Totengräber-Truppe soll denn nun Hamilton dort oben im Dschungel suchen?", fragte Antoine kopfschüttelnd.

„Washington meint, dass nur du dafür in Frage kommst. Du seist geradezu ideal für den Job. Ein Schweizer, ein neutraler, freier

Berater, quasi ein Tourist, der als ehemaliger Kriegsreporter aus sentimentalen Gründen nach Vietnam und Laos zurückgekehrt ist. Wie so viele Veteranen im Moment. Aber vor allem: Du bist der Chindit. Im Dschungel, da bist du zu Hause."

Antoine sagte, vielleicht etwas schärfer als beabsichtigt: „Na toll, das ist ja an Zynismus nicht zu überbieten. Typisch Washington. George, sei doch ehrlich. Wir kennen das doch noch aus dem Krieg. Wenn die Sache schiefläuft, wenn ich gefasst werden sollte, von wem auch immer, kann Amerika behaupten, dass man mich nicht kennt. Ein Schweizer Tourist in Laos? Wieso sollten wir den kennen? Rufen Sie doch die Schweizer Botschaft an. *Deniability* hiess das damals."

Er stand auf und ging zur Tür. „George, ich brauche dringend einen Kaffee. Du auch? Anne?"

„Ich komme mit." Sie folgte ihm.

„Darf ich fragen, warum Hamilton für Washington so wichtig ist?", fragte Anne, nachdem sie wieder Platz genommen hatten.

„Tja, das hat mehrere Gründe", antwortete Larson bedächtig. „Erstens: Sollte tatsächlich ein ehemaliger Angehöriger der U.S. Army im Dschungel als Warlord der Hmong einen Guerillakrieg führen, erschwert das die Normalisierung der amerikanisch-vietnamesischen Beziehungen. Zweitens: Es gibt anscheinend etliche zweifelhafte Vorkommnisse im Zusammenhang mit Einsätzen, die Hamilton im Krieg leitete. Washington will hier endlich Aufklärung. Und drittens versprechen sich State Department wie auch CIA von Hamilton Informationen über den Drogenhandel dort oben. Wer sind die grossen Player? Wer sind die Mittelsmänner? Ausserdem Absatzmärkte, Transportwege, Tarnfirmen. Namen, Adressen, das ganze Organigramm. Das Justizministerium und vor allem die DEA, unsere Drogenbekämpfungsbehörde, sind ganz heiss auf diese Informationen."

„Und ich soll Hamilton überreden, mich freundlicherweise nach Saigon zu begleiten?", fragte Antoine sarkastisch. „Das ist doch lächerlich. Laut Aussage von Miller hat Hamilton gewusst, dass ihn ein Kriegsgerichtsverfahren erwartet, und ist deshalb desertiert. Er hat absolut keinen Grund, sein Hmong-Dorf zu verlassen, ganz im Gegenteil. Falls er überhaupt noch lebt und falls ich dieses gottverdammte Nest überhaupt je finde, wird er mich einfach abknallen. Das war's dann mit Antoine Steiner."

Larson lehnte sich in seinem Sessel zurück. Verschränkte die Hände hinter dem Kopf. Er blickte lange an die Zimmerdecke, verfolgte mit den Augen den träge sich drehenden Propeller des Ventilators.

„Antoine, du bist mein Freund", sagte er schliesslich. „Ich würde dich nie auf eine Selbstmordmission schicken. Ich bin ja nicht blöd, ich sehe sehr wohl ein, dass dieser Einsatz riskant ist. Zu riskant. Und es gibt ja nicht mal einen überzeugenden Plan für eine solche Mission. Ich würde an deiner Stelle auch ablehnen."

Anne seufzte erleichtert auf. Antoine studierte das zerquälte Gesicht seines Freundes und wusste, dass dies noch nicht das Ende war.

Wieder eine lange Pause. Die Spannung im Raum stieg. Anne sah Larson gebannt an. Und Antoine ahnte, dass jetzt etwas Wichtiges kommen würde. Etwas Entscheidendes.

„Aber ich will ehrlich mit euch sein. Ich stecke in einer Zwickmühle. Washington ist unzufrieden mit mir und hat mir klargemacht, dass ich gefeuert werde, wenn wir das hier nicht hinkriegen. Oder es zumindest ernsthaft versuchen. Nach dem Fiasko von Bangkok wäre dies wohl das Ende meiner Karriere. Aber damit kann ich leben. Vielleicht wäre es sogar gut für meine Ehe. Aber mach dir keine Sorgen, Antoine. Ich werde meinem Rausschmiss zuvorkommen und noch heute meine Kündigung einreichen.

Dann ist diese Operation Laos nicht mehr unser Problem. Soll sich doch Washington drum kümmern."

Eine ungeheure Wut packte Antoine. Er hatte Mühe, die Fassung zu bewahren. „George, ich brauche eine Pause. Sorry. Können wir uns in einer halben Stunde wieder treffen?" Ohne eine Antwort abzuwarten, stand er auf und stürmte aus dem Konferenzraum.

Wohin? Er wusste es nicht. Hastete grusslos an den erstaunten Wachen vorbei auf die Ton Duc Thang. Liess sich vom Strom der Fussgänger treiben. Irgendwohin.

Der Regen setzte wieder ein. Antoine eilte unbeirrt weiter. Eine alte Frau, die Zähne rot vom Betelkauen, die am Strassenrand einen improvisierten Verkaufsstand für Regenschirme aufgebaut hatte, streckte ihm einen Plastikschirm entgegen. „You buy, GI. Very cheap. America numba one."

Antoine hastete wortlos an ihr vorüber.

Alte Bilder stiegen in ihm auf. Bilder ihrer Freundschaft. George hatte ihm zweimal das Leben gerettet. Damals in Burma, als er als CIA-Chef Antoines Dschungeldorf mit Waffen versorgt und damit vor der Vernichtung bewahrt hatte. Und in Thailand, als er Antoine vor den Schergen des chinesischen Warlords in einem Kloster versteckte.

Und jetzt Ban La Hap. Dass er mich von diesem Auftrag entbindet, das ist sein letzter Freundschaftsbeweis, dachte Antoine. *George opfert seine Karriere für mich.*

Allmählich reifte ein Entschluss in ihm. Die Empörung über das erpresserische Verhalten Washingtons machte kühler, rationaler Überlegung Platz.

Nach einer halben Stunde war er wieder im Sitzungszimmer. Anne und George blickten ihn erwartungsvoll an.

„Ich mache das mit Ban La Hap", sagte er. „Fragt mich bitte nicht nach den Gründen."

Larson sah ihn zutiefst überrascht an. „Danke, Antoine. Dann ..."

Anne fiel ihm ins Wort: „Es überrascht mich nicht, dass du mitmachst, Antoine. Eine Frage der Ehre, nicht wahr?"

Antoine warf ihr einen entgeisterten Blick zu. „Du lieber Himmel ... Ich glaube, ich muss dir mal was über den Guerillakrieg erzählen, Anne. Das Gebiet, wo dieses ominöse Hamilton-Dorf liegt, war schon immer umkämpft. Warum? Erstens weil es dort mehrere Pisten des Ho-Chi-Minh-Pfads gibt, über die der Nachschub für die nordvietnamesischen Truppen im Süden und für den Vietcong verlief. Und zweitens weil dort oben erstklassiges Opium angebaut wird, das überall Begehrlichkeiten weckt. Die CIA finanzierte damit übrigens in Laos den Krieg gegen die nordvietnamesischen Truppen und die einheimischen kommunistischen Guerillas ..."

„... die Pathet Lao, stimmt's?", warf Anne ein.

Antoine nickte. „Und jetzt wohl auch den Unabhängigkeitskampf von Hamiltons Hmong-Stamm."

„Die CIA finanziert auch heute noch den Kampf der Hmong?" Annes Frage war an Larson, den früheren CIA-Chef in Bangkok, gerichtet.

„Ach was", wiegelte Larson ab, „mit dem Erlös aus dem Drogenhandel können die Hmong ihre Waffen längst selbst finanzieren. Es geht hier doch nicht um grosskalibrige Geschütze. Die Hmong, das ist immer noch eine Guerilla-Armee, die nur im Dschungel kämpft. Und Kalaschnikows, die dafür ideal sind, kann man heute ungefähr an jeder Strassenecke kaufen. Nach dem Kriegsende kamen sie massenhaft auf den Markt. Genauso wie das amerikanischen M16-Sturmgewehr, das ja damals millionenfach für Südostasien produziert wurde."

„Verstehe, danke." Anne lächelte Antoine an. „Was muss ich sonst noch über den Guerillakrieg wissen?"

„Hast du eine Vorstellung, wie die Kommandoeinheiten der U.S. Army dort oben operierten?"

„Wie sollte ich?", fragte Anne belustigt.

„Zunächst mal geht es nicht zu wie im Film. Kein Hubschrauber entlässt eine Truppe von blauäugigen blonden GIs in gebügelten amerikanischen Uniformen in den Dschungel, womöglich mit Orden behangen und mit Namensschildern über der Brusttasche. Die Army setzt dort ihre eigenen Guerillaeinheiten ein. Stammeskrieger, die sie ausgebildet hat und die zur Täuschung meist die Uniform des Feindes tragen und mit Kalaschnikows bewaffnet sind."

„Und die operieren völlig auf sich allein gestellt?"

„Nicht immer. Aber auch wenn ein Amerikaner sie anführt, ein Green Beret oder ein Ranger, trägt er keine amerikanische Dschungeluniform, keine ‚Hundemarke', keine M16, keine Fotos oder Briefe im Rucksack, der wie die Uniform aus Vietcong-Beständen stammt. Absolut nichts, was auf seine Zugehörigkeit zur U.S. Army hinweist. Nicht mal die Zahnpastamarke, das Insektenspray oder die Notverpflegung. Die Special Forces trugen damals bei diesen Einsätzen sogar vietnamesische Stiefel, weil die typischen Sohlen der Kampfstiefel ‚made in USA' verräterische Spuren auf dem weichen Boden der Pisten hinterliessen. Sie rauchten vietnamesische Zigaretten und hatten ihre Ernährung auf Reis und Fischsauce umgestellt, weil die Körperausdünstungen nach exzessivem Fleischgenuss dem Feind die Präsenz der Amerikaner signalisierten. So hat der Guerilakrieg damals dort oben funktioniert", schloss Antoine. „Und das wird heute nicht anders sein. Was ich mit alldem sagen will: Ein Tourist hat dort nichts zu suchen."

„Okay. Also ich kenne mich ja ein bisschen aus in Laos, und ich weiss, dass es in der Gegend, wo Hamiltons Dorf liegt, auf laotischer Seite einige Hmong-Orte gibt, die sich dem Tourismus geöffnet haben. Ich selbst habe in meiner Zeit in Laos mehrmals Ausflüge in die Stammesgebiete der Hmong gemacht. Deshalb möchte ich euch einen Vorschlag unterbreiten."

Larson zog fragend die Augenbrauen hoch.

„Klar fällt ein einzelner weisser Mann in Laos auf, ich verstehe Antoines Bedenken vollkommen", legte Anne los. „Was Antoine deshalb braucht, ist eine Tarnung. Eine Story, die sich glaubwürdig anhört. Und hier meine Idee: Wir könnten uns als Liebespaar tarnen. Wir machen Honeymoon. Wir erkunden den Dschungel, weil wir an Flora und Fauna interessiert sind. Und an der Kultur der Montagnards. Wir sind nämlich auch Hobbyethnologen."

Sie zog eine Klarsichthülle mit Fotos aus ihrer schicken Aktentasche. „Ich habe heute früh nach Ihrem Anruf, George, in meinen Erinnerungskisten gekramt und ein paar Aufnahmen mitgebracht. Mein Vorschlag hat durchaus handfeste Hintergründe", erklärte sie, als sie rund ein Dutzend Bilder auf dem Konferenztisch ausbreitete.

Die Fotos zeigten die Bergdörfer der Hmong, die kleinen Souvenirstände, Anne beim Kauf einer Opiumpfeife und im traditionellen Kleid der Hmong-Frauen, umgeben von nackten Kindern und Schweinen und in Begleitung eines gut aussehenden Mannes – ein Foto, das Antoine bereits am Vorabend in Annes Wohnung bemerkt hatte.

„Wie ihr seht, haben sich die Hmong längst an Touristen gewöhnt", sagte Anne. „Man kann dort sogar Opiumsessions buchen. Echt preisgünstig übrigens."

Antoine hatte Anne beobachtet, während sie ihren Vorschlag erklärte. Sie hat sich irgendwie verändert, fand er. Die Art, wie sie ihre Argumente mit knappen, energischen Handbewegungen zu verstärken suchte. Wie sie sich das dichte, kastanienbraune Haar, das ihr fast immer über die grünen Augen fiel, fast etwas theatralisch aus dem Gesicht strich. Ihre Stimme hatte plötzlich diesen spielerisch-fröhlichen Ton verloren, an den er sich bereits gewöhnt hatte, und wirkte nun viel kühler und selbstbewusster. Selbst ihr Lippenstift war anders. Ein aggressives dunkles Rot, das ihre Lippen noch voller wirken liess. Und ihre Nägel trugen dieselbe Farbe.

Sie ist wieder in Harvard, dachte Antoine. *Sie steht vor dem Expertengremium. Sie verteidigt ihre These, sie will die Professoren überzeugen. Und sie setzt ganz nebenbei auch ihren Charme ein. Dort oben in der Wildnis sollte sie allerdings nicht so rumlaufen …*

Abermals betrachtete er das Foto mit Anne im Hmong-Kleid. Darauf war sie weder geschminkt noch sonst wie gestylt, das Haar trug sie zu einem Zopf geflochten, der ihr über die linke Schulter hing. Unauffällig. Irgendeine Touristin eben, die an irgendeinem Stand eines der vielfarbig gemusterten Hmong-Kleider als Souvenir erworben hatte.

Es könnte klappen, dachte er. *Als „naturinteressiertes Paar" schaffen wir es hoffentlich etwas weiter in den Dschungel hinein als sonstige Touristen – vielleicht können wir wirklich ein paar Anhaltspunkte über die Situation dort oben auskundschaften. Dann allerdings … war er auf sich allein gestellt. Das Hamilton-Dorf lag weitab der Touristenpfade und war von den Hmong wahrscheinlich längst zu einer Festung ausgebaut worden. Anne hatte dort oben nichts zu suchen.*

„Operation Honeymoon … klingt gut", kam es von Larson. „Was denkst du, Antoine?"

Antoine gab sich einen Ruck. „Ich bin dabei. Unter einer Bedingung: Ich will einen Führer. Jemand, der sich dort oben wirklich gut auskennt. Und ich will, dass du für Sicherheit sorgst, George. Verschaff mir alle Auffangnetze, die du kriegen kannst."

„Klar", sagte Larson, mit einem Mal sehr geschäftig, „versteht sich von selbst. Ich kümmere mich sofort drum." Er stand auf.

Antoine hielt ihn am Ärmel fest. „Noch was: Ich will wissen, was ich Hamilton konkret anbieten kann, wenn ich ihn da rauslotsen soll. Er wird mit Sicherheit nicht einfach so mitkommen, sondern Forderungen stellen."

„Diese Frage kann ich dir sofort beantworten. Bei unserem nächtlichen Telefonat hat Washington mir versichert, dass Hamilton begnadigt wird, wenn er in Sachen Opiumhandel vollumfänglich auspackt. Er erhält dann eine neue Identität und kann sich für den Rest seines Lebens in Florida am Strand sonnen." Larson ging zur Tür. „‚Operation Honeymoon', du meine Güte", murmelte er, „das gefällt mir. Fangt schon mal mit der Planung an."

Anne warf Antoine einen Blick zu, in dem ungerührte Professionalität lag, aber auch ein Glitzern, das er nicht zu deuten vermochte.

Er brachte nur ein schiefes Lächeln zustande.

Als Antoine von seinem schnellen Mittagessen im Stehen an einem Stand auf der Hai-Ba-Trung-Strasse zurückkehrte, erwartete ihn Anne in seinem Büro. „Ich habe dir was mitgebracht", sagte sie und legte demonstrativ eine Schachtel Aspirin auf seinen Schreibtisch. „Deine Sekretärin sagte mir, du hättest Kopfschmerzen. War es der Chablis von gestern?"

„Nein. Ich bin nachher noch an der Bar des ‚Caravelle' versackt."

„Du hättest mich ruhig mitnehmen können. Wir hätten dann gleich mal testen können, wer von uns beiden trinkfester ist."

Antoine nahm eine Tablette aus der Schachtel und trank einen Schluck Tee. „Wir werden das in Laos nachholen. Wir werden dort ja ganz viel Zeit miteinander verbringen müssen."

Anne schaute ihn mit einem spöttischen Grinsen an. „Ich werde den Eindruck nicht los, dass dieser Liebesurlaub bei dir eher Angstgefühle auslöst. Aber mach dir keine Sorgen, wir werden, wenn du darauf bestehst, in getrennten Betten schlafen. Und Themen wie Familienplanung oder wer zu Hause den Müll rausträgt, werde ich nicht anschneiden. Versprochen."

„Ich war … na ja, etwas überrascht, dass du diesen Honeymoon-Vorschlag überhaupt gemacht hast. Gestern Abend hatte ich das Gefühl, dass mein Foltergeständnis dich total geschockt hat. Und jetzt willst du mit so einem brutalen Typen in der Öffentlichkeit Händchen halten und ihn mit verliebten Augen anhimmeln? Eigentlich müsstest *du* ja Angst haben."

„Ja, ich war tatsächlich ziemlich geschockt von deiner Geschichte. Mir wurde bewusst, dass ich eigentlich fast nichts über dich weiss." Sie strich sich wieder die Haare aus dem Gesicht und sah Antoine mit ernsthaftem Blick an. „Aber das wenige, was ich weiss, reicht aus, um dich zu beneiden. Du hast mehrfach radikale Entscheidungen getroffen, weil das andere Leben, das du in dir gespürt hast, endlich gelebt werden wollte. Mir geht es doch auch so, Antoine. Verhandlungen über die Ausfuhrlizenzen für Kalisalz oder über die Verpackungsvorschriften von Mangos für den Exportmarkt füllen diese Leere in mir nicht aus. Irgendwo da draussen lauert das Leben. Etwas Erregendes. Etwas Überwältigendes. Etwas, was mich verführt. Auch deshalb habe ich mich für dieses Abenteuer Laos entschieden. Verstehst du das?"

Antoine verstand sie sehr wohl. „Ein brasilianischer Philosoph hat gesagt, dass jeder Mensch zwei Leben hat. Das zweite beginnt, wenn er erkennt, dass er nur *ein* Leben hat."

Kapitel 15

Die nächsten zwei Tage vergingen mit der Detailplanung der „Operation Honeymoon". Anne kümmerte sich um administrative Angelegenheiten wie Flug- und Hotelbuchungen, um die Liste der Sehenswürdigkeiten, die sie in Laos besichtigen wollten, und um die Beschaffung von Kartenmaterial. Zudem vertiefte sie ihre ethnologischen Kenntnisse über die Hmong. Und Antoine erwarb im „American Shop" beim Ham-Nghi-Markt, in dem zurückgelassene Ausrüstungsgegenstände der U.S. Army verkauft wurden, Dinge wie Rucksäcke, Hängematten, Regenponchos, Feldstecher und sogar zwei PRC-25-Funkgeräte samt Ersatzbatterien. Kim Son übernahm es, Anne in den Gebrauch der Funkgeräte einzuweihen. Und George Larson war in Verbindung mit der amerikanischen Botschaft in Vientiane und mit der US-Luftwaffenbasis im thailändischen Nakhon Phanom, um einen geheimen Notfallplan zu entwickeln – für den Fall, dass Antoine aus dem Dschungel evakuiert werden musste.

Ab und zu nahm Antoine verstohlen das Foto von Huong, das ihm Thuy geschenkt hatte, aus der Brieftasche und betrachtete es mit einem Anflug von Stolz. Er konnte es noch immer nicht glauben, dass er eine Tochter hatte. Erstaunt stellte er fest, dass er plötzlich väterliche Gefühle entwickelte. Dass er sich fragte, ob sie wohl einen Freund hatte, wo sie später studieren sollte und wo sie zusammen ihre Urlaube verbringen könnten. *Wie wird sie mich wohl nennen? Vater? Auf Französisch oder Vietnamesisch? Wie heisst eigentlich Vater auf Vietnamesisch? Ach ja, cha. Oder bo.*

Antoine hatte Kim Son erklärt, dass er Thuy unbedingt noch einmal treffen müsse, um sie zu warnen. Dafür brauche er seine Unterstützung. Er bat ihn, mit Hilfe seiner Rikschafahrer die tägliche Routine von Thuys Freundin Thao zu überwachen. Gab es irgendeinen regelmässig wiederkehrenden Termin, zu dem Thao ihre Wohnung im Gebäude der Saigon Trading Corporation verliess, sodass Antoine sie ansprechen und bitten könnte, ein dringendes Treffen mit Thuy zu arrangieren?

„Das wird aber nicht billig", scherzte Kim Son. „Meine Cyclo-Kumpel haben inzwischen bemerkt, dass ich einen potenten Geldgeber habe und jetzt als Herr verkleidet bei ihnen am Hafen erscheine. Ich bin nicht mehr der alte Trung tá. Der mit den Sandalen und den verblichenen Shorts. Aber sie freuen sich für mich. Nicht zuletzt weil ich regelmässig einen oder zwei Kasten Bier mitbringe."

Ein paar Tage später informierte ihn Kim Son, dass Thao jede Woche zweimal das Spa im Hotel „Majestic" besuche. Immer am Dienstag und am Freitag. Sie sei meist etwas zu früh und warte unten in der Lobby auf die Masseurin, die sie dort abhole. Heute Abend um 18.30 Uhr sei der nächste Termin.

Antoine sass bereits um sechs Uhr in der lärmigen Lobby und schaute konzentriert auf die vielen Gäste, die mit ihren schweren Koffern durch die gläserne Drehtür zur Rezeption strömten. Offenbar war gerade eine Touristengruppe mit dem Jumbo der Japan Airlines angekommen.

Er stand eilig auf, als er Thao in der Menge der japanischen Touristen entdeckte. Ihr obligates Lächeln gefror förmlich, als sie Antoine sah.

„Es tut mir leid, dass ich Sie auf diese Weise überfallen muss", sagte er. „Aber es ist wichtig. Sehr wichtig. Ich möchte Sie bitten, mir noch ein weiteres Zusammentreffen mit Thuy zu ermöglichen."

Thao schaute ihn lange an. Schien um Fassung zu ringen. „Thuy möchte Sie nicht mehr sehen", sagte sie schliesslich.

„Aber es ist ungeheuer wichtig für Thuy. Bitte glauben Sie mir."

Eine ältere Dame in einem weissen Kittel näherte sich mit schnellen Trippelschritten. Offenbar die Masseurin. Sie hielt inne, als sie Thao im Gespräch mit Antoine sah, und blickte sie fragend an.

„Ich muss jetzt los, Antoine." Sie wollte gehen.

„Bitte!", rief Antoine mit einer Eindringlichkeit, die ihn selbst überraschte.

„Also gut. Ich werde … mit ihr reden. Wenn sie einverstanden ist, hinterlasse ich eine Nachricht im ‚Caravelle'."

Sie folgte der Masseurin Richtung Aufzug, drehte sich aber noch einmal kurz um und sagte: „Ich wünsche Ihnen alles Gute."

Die nächsten Tage vergingen ohne eine Nachricht von Thao. Mehrmals am Tag rief Antoine die Rezeption im „Caravelle" an und erkundigte sich, ob jemand versucht habe, ihn zu erreichen oder eine Nachricht hinterlassen habe. *„Xin loi"*, sagten die Damen immer. *„Very sorry, Sir, no message."*

Antoine hatte bereits seine Sachen gepackt. Am nächsten Mittag sollten er und Anne nach Vientiane fliegen. Er sass gerade beim Frühstück, als die Dame von der Rezeption aus dem Aufzug trat, den Raum mit ihren Blicken absuchte und Antoine zuwinkte. In der Hand hielt sie ein Kuvert. „Endlich, die Nachricht für Sie", sagte sie mit einem erleichterten Lächeln. „Ich hoffe, es ist eine gute."

Antoine riss hastig das Kuvert auf. Fand lediglich ein Blatt mit einer handschriftlichen Notiz.

„Heute Abend. 18 Uhr. Gleiche Adresse. Dreimal klingeln."

Thao holte ihn wieder am Eingang des Saigon-Trading-Corp-Gebäudes an der Ben-Chuong-Duong-Strasse ab. Antoine bedankte sich bei ihr, dass sie das Treffen arrangiert hatte.

„Bedanken Sie sich nicht bei mir, Antoine. Ich hatte Thuy davon abgeraten. Es ging ihr nach eurem letzten Treffen vor dem Lycée nicht gut. Aber offenbar hatte sie auch den Wunsch, Sie nochmals zu sehen."

Thuy wartete bereits in der Wohnung. Sie trug einen einfachen, weissen Ao Dai. Kein Schmuck. Kein Make-up. Ihr Gesicht wirkte ernst. Und in ihren Augen lag ein trauriger Ausdruck.

Sie nahm Antoine in die Arme. Hielt ihn lange fest. „Antoine, Antoine …", flüsterte sie immer wieder. „Wir dürfen uns nicht mehr sehen. Es ist zu gefährlich."

Antoine spürte ihre Angst. „Ja, du bist in Gefahr. Deswegen bin ich auch hier", sagte er.

Er hatte lange über seinen Vorschlag nachgedacht und die Worte sorgsam abgewogen, er wollte ihn selbstbewusst vortragen und versuchen, Thuy gleich zu überzeugen. Aber jetzt war er doch wieder unsicher, suchte nach Worten, wollte dieses Gefühl von körperlicher Nähe gar nicht erst verlieren, den Moment möglichst lange hinauszögern, wenn Thuy sich wieder von ihm lösen würde.

„Ich weiss jetzt einiges über deinen Mann. Und dass er dich wie eine Gefangene hält", begann er, nachdem Thuy sich gesetzt hatte. „Ich mache dir einen Vorschlag. Ich möchte, dass du mit Huong und mir ins Ausland fliehst. Nach Zürich. In der Schweiz sind wir in Sicherheit und werden dort heiraten. Ich bin zwar nicht so reich wie dein Mann, aber ich habe genügend finanzielle Mittel, um uns ein gutes Leben zu ermöglichen."

Er sah sie forschend an. Versuchte fast verzweifelt, auf ihrem Gesicht eine Reaktion auf seinen Vorschlag zu lesen. Irgendeinen Hinweis. Sein weiteres Leben – und auch ihr Leben – hing schliesslich davon ab.

„Setz dich doch neben mich auf die Couch", sagte sie nach einer Weile. „Ich muss dir ein paar Dinge erklären." Sie nahm seine Hand. „Du hast dich nicht verändert, *mon amour*. Immer noch ein unverbesserlicher Romantiker. Mit grossen Träumen. Grossen Gesten. Zürich? Du hast mir damals viel über Zürich erzählt. Wir wollten später dort leben, erinnerst du dich? In der Altstadt. In einer Wohnung hoch über den Dächern. Mit Blick auf den See und die Berge."

„Ja, ich erinnere mich sehr gut. Zürich – die Idee gefiel dir."

„Aber mein Mann würde uns bis ans Ende der Welt verfolgen. Er ist rachsüchtig und grausam. Wir wären auch in Zürich nicht vor ihm sicher."

Antoine begann zu ahnen, dass er Thuy nicht überzeugt hatte. Er spielte seine letzte Trumpfkarte aus: „Weisst du eigentlich, womit dein Mann sein Geld verdient? Dass er mit Opium handelt? Dass er zur Drogenmafia gehört?" Er hatte gehofft, dass Thuy aus allen Wolken fallen, seinem Fluchtplan umgehend zustimmen würde. Doch sie sah ihn nur abwartend an. „Thuy, ihr seid in Gefahr, du und Huong! Ihr könnt jederzeit zum Ziel eines Attentats seiner Feinde werden!"

„Ich weiss fast alles über ihn", erwiderte Thuy nach einer quälend langen Pause. „Er macht gar keinen Hehl daraus. Ist sogar stolz darauf. Ich weiss auch, dass er eine Geliebte hat. Das hast du inzwischen ja wohl ebenfalls herausgefunden. Alle wissen es. Er tritt sogar bei öffentlichen Anlässen mit ihr auf. Trotzdem, ich kann nicht mit dir kommen."

„Warum nicht? Gib uns doch eine Chance!" Antoines Stimme klang jetzt fast flehentlich.

„Du bist mein Karma, Antoine. Thao ist Buddhistin. Sie hat mir das erklärt. Alles, was wir als Gutes empfangen oder als Schlechtes erleiden müssen, hat eine Ursache in der Vergangenheit. In einem früheren Leben, an das wir uns nicht erinnern können. Und was wir jetzt tun, beeinflusst unser späteres Leben."

Antoine stand vor den Trümmern seiner Illusionen. Aber er wollte nicht aufgeben. Noch nicht. Er hatte so lange auf Thuy gewartet. Er würde auch noch länger warten.

„Ich muss dir noch was sagen. Ich breche morgen zu einem Einsatz auf, der gefährlich ist. Vielleicht komme ich nicht zurück."

Sie war wie erstarrt. Blieb lange Zeit stumm. Dann sagte sie leise: „Ein gefährlicher Einsatz? Das ist für mich wie ein Déjà-vu. Du hast mich damals so oft verlassen. Ich bin jedes Mal fast gestorben vor Angst, wenn ich in deiner Wohnung an der Ham Nghi am Fenster stand und dir nachgeschaut habe. Du in deiner Uniform. Ich sehe noch, wie du dich umgedreht hast. Du hast mir zugelächelt. Einen Kuss angedeutet. Aber du warst schon wieder in deiner anderen Welt. In der Kriegerwelt. Du mit deinen heroischen Fantasien. Was ist denn aufregend daran, zu beschreiben, wie andere sterben? Meine Mutter hat ihre beiden Brüder verloren. Sie hat mir oft erzählt, wie es ist, wenn man Menschen, die man liebt, im Krieg verliert."

Sie nahm wieder seine Hand, drückte den Handrücken gegen ihre tränennassen Wangen. „Du hast damals keine Verantwortung übernommen für unsere Beziehung. Du hast zwar von Heirat geschwärmt, von der romantischen Altstadtwohnung in Zürich. Und damals wäre ich in meiner Verliebtheit auch wirklich bereit gewesen, für diese Liebe zu kämpfen. Ich wäre mit dir überallhin gegangen. Nach Bangkok. In die Schweiz. Du hättest mich gegen den Willen meiner Eltern heiraten können. Ich weiss, ich habe dir gesagt, dass ich meine Eltern und Vietnam nie verlassen hätte. Das ist nicht wahr. Aber du hättest diesen Job aufgeben müssen. Wer will schon einen Kriegsreporter zum Mann, der jeden Tag getötet werden kann. Du warst ja freiwillig hier, nicht als Soldat. Und du hast das Ende dieses Krieges kommen sehen. Wir hätten rechtzeitig fliehen oder heiraten können, als das noch möglich war. Aber du wolltest bis zum Ende bleiben. Weil du nämlich diese tolle Story nicht verpassen wolltest. Die Story … sie war dir wichtiger als ich."

Antoine hörte schweigend zu. Steckte ihre Worte ein wie ein Boxer, der vom Gegner in der Ringecke blockiert wird und verzweifelt auf den Gong hofft, der ihn über die Runden rettet. Natürlich hatte Thuy recht. Mit dieser Schuld hatte er fast zwanzig Jahre gelebt.

„Wir hätten damals eine Chance gehabt. Heute haben wir sie nicht mehr." Es klang wie ein finales Urteil. „Manchmal, im Lager, als ich schon unser Kind spürte, habe ich dich gehasst. Ich wusste nicht, ob das Kind überhaupt überleben würde. Alle haben gehungert, waren krank und ohne Hoffnung. Und ich habe dich für mein Schicksal verantwortlich gemacht. Aber ich kann dich nicht hassen, Antoine. Du bleibst die einzige Liebe in meinem Leben. Und wenn ich Huong sehe, muss ich an dich denken. Morgen ziehst du also wieder in den Krieg. Aber diesmal wird niemand am Fenster stehen, der fast stirbt vor Angst um dich."

Eine dunkle Wehmut umfing ihn. Und an allem haftete der schale Geschmack der Hoffnungslosigkeit.

„Es ist besser, du gehst jetzt, Antoine."

Kein Abschiedskuss. Keine letzte Umarmung.

Thao begleitete ihn zum Aufzug. „Bitte kommen Sie nie mehr hierher zurück, Antoine. Lassen Sie Thuy endlich in Ruhe."

Kapitel 16

Sieben Uhr früh. Das letzte Briefing vor dem Abflug nach Vientiane. George hatte wieder Croissants und Mandelkuchen aus dem „Givral" mitgebracht. Die Stimmung war angespannt. Wie meist vor dem Beginn einer Operation. Nur Anne wirkte euphorisch, machte sogar Witze über ihren bevorstehenden „Liebesurlaub". Nannte Antoine lachend ihren Bräutigam. Antoine dagegen war wortkarg. Er stand immer noch unter dem Eindruck des Gesprächs mit Thuy vom Vorabend. Er ahnte, dass dies das Ende war, dass er Thuy nie mehr wiedersehen würde, und er sah auch seine eigene Schuld. Am liebsten wäre er jetzt einfach weggeflogen. Irgendwohin.

Larson informierte Antoine und Anne über den neuesten Stand der Dinge. In Vientiane werde sie ein gewisser Mark White kontaktieren. Ein Mann, den Washington ihm vermittelt habe. Dieser sei für die Koordinierung der Operation in Laos zuständig.

Sie gingen nochmals in allen Einzelheiten die Notfallplanung durch. „Antoine, du kriegst jetzt einen Localizer. Hier ist er. Klein und handlich. Die Batterie sollte für mindestens eine Woche reichen. Wenn du diesen roten Knopf hier drückst, löst du den Alarm aus. Das Gerät übermittelt auch automatisch deine Koordinaten. Wir wissen also genau, wo du steckst. Anne, die wahrscheinlich im Dorf Sepon auf deine Rückkehr aus Ban La Hap warten wird, hat ein Gerät, das deinen Localizer lesen kann. Mark White wird den Führer organisieren und auch eine Unterkunft in der Nähe der Piste nach Ban La Hap, voraussichtlich in Sepon. Das Dorf liegt an einer wichtigen Durchgangsstrasse nach Vietnam. Den Notruf empfängt gleichzeitig ein Aufklärungsflugzeug der U.S. Air Force – eine tägliche Routinemission der Amerikaner über diesem strategisch wichtigen Gebiet. Nun zu Ihnen, Anne. Ihr PRC-25-Funkgerät mit Spezialantenne hat Kim Son Ihnen ja bereits erklärt. Haben Sie die wichtigen Frequenzen alle auswendig gelernt?"

Anne nickte.

„Gut. Falls Sie in Sepon oder wo auch immer einen Notruf von Antoine empfangen oder falls er nach drei Tagen nicht zurück sein sollte, informieren Sie per Funk unsere Botschaft in Vientiane. Sie wird die Rettungsaktion koordinieren."

Antoine, der bisher schweigend zugehört hatte, unterbrach Larson: „Und wie soll die konkret ablaufen? George, kann ich mich hundertprozentig darauf verlassen, dass ich da rausgeholt werde?"

„Keine Sorge. Ich habe den Botschafter persönlich gebrieft, ich kenne ihn noch aus meiner Zeit in Bangkok. Und auch das State Department hat nach langem Hin und Her jetzt endlich offiziell die Unterstützung Washingtons bestätigt. Die U.S. Army ist ebenfalls informiert. Ein Special-Forces-Team sowie drei Hubschrauber sind auf Stand-by auf dem nahen amerikanischen Luftwaffenstützpunkt Udon Thani in Thailand. Das Team wurde über das Einsatzgebiet und die Mission – sie trägt übrigens den Codenamen ‚Bright Light' – informiert und kann sofort losfliegen. Das endgültige Go für den Einsatz des Teams kommt allerdings aus Washington."

Um die Mittagszeit begleiteten George Larson und Kim Son die beiden „Honeymooner" zum Flughafen. Der Flug nach Vientiane hatte die übliche Verspätung. Die vier setzten sich in die nahezu leere Cafeteria des Terminals. Anne hatte Hunger, aber fast alle Gerichte auf der Speisekarte waren nicht verfügbar.

„Lang lebe die kommunistische Planwirtschaft", stellte Anne mit einem Seufzer fest und bestellte beim Kellner eine Pho-Bo-Suppe. „Eine Pho-Bo-Suppe gibt es in Vietnam überall und zu jeder Zeit", dozierte sie. „Sie gehört schliesslich zum Kulturerbe des Landes."

Aber der Kellner winkte ab und sagte mit stoischem Gesichtsausdruck: *„Sorry, no Pho Bo today",* worauf Anne auf Vietnamesisch zu einem erregten Vortrag anhob, der selbst Kim Son zum Lachen brachte. Sie stand demonstrativ auf, forderte die anderen mit einer Geste zum Gehen auf und stürmte wutentbrannt davon. Sie versuchten es in dem Restaurant im Ankunftsbereich. Aber es hatte geschlossen.

Am Gate nahm Larson Antoine kurz zur Seite. Er wirkte plötzlich nervös, versuchte aber, dies zu verbergen. Mehrmals versprach er seinem Freund, dass er auf jeden Fall rausgeholt werde, sollte irgendetwas schiefgehen. „Du weisst ja, das Marine Corps lässt keinen zurück."

„… ob tot oder lebendig", erwiderte Antoine trocken.

Während des Flugs in der Tupolew erzählte Anne von ihren Erlebnissen in Laos. Sie beschrieb die Rückständigkeit des Landes und der Hauptstadt Vientiane. Die Stadt am Mekong döse vor sich hin, abgeschlossen vom Rest der Welt. Mitten im Zentrum liefen noch Hühner über unbefestigte Strassen, ein akzeptables Restaurant zu finden sei ein kleines Abenteuer. Aber die Stadt biete eine faszinierende exotische Kulisse. Verwitterte Paläste aus der Franzosenzeit entlang der wenigen Strassen, verblichene Pastellfassaden, uralte Frangipani-Bäume mit zart süss duftenden Blüten in Rosa oder Vanilletönen. Alles sei durchwoben von einer gewissen Melancholie, durchtränkt von feuchter Hitze, die das Leben verlangsame.

„Meine Wohnung lag gegenüber einem buddhistischen Tempel. Ich wurde am Morgen vom Singsang der Mönche und dem rhythmischen Beat ihrer Trommeln geweckt", schwärmte sie. „Wenn ich mir vorstelle, dass zur selben Zeit meine Kommilitonen aus Harvard in Anzug und Krawatte zu ihren Vorstellungsgesprächen in der Welt der Investmentbanker und Unternehmensberater unterwegs waren … Ich bewegte mich in die genau entgegengesetzte

Richtung. Ich wollte nur weg von dieser Welt der Top-Ten-Ranglisten und der Quartalsergebnisse."

Als sie sich nach eineinhalb Stunden ihrem Reiseziel näherten, sagte Anne nach einem Blick aus dem Fenster lachend: „Vielleicht haben wir Glück und es überquert gerade kein Bauer mit Wasserbüffeln die Landepiste. Sonst müssten wir nämlich durchstarten und den Landeanflug wieder von vorn beginnen."

Sie landeten ohne Zwischenfall. Der Flughafen in Vientiane bestand aus einem einzigen kleinen Gebäude, das sie im Nu durchquert hatten. Ein altersschwaches Renault-Taxi brachte sie ins Hotel „Royale", wo Anne eine Suite mit zwei Zimmern gebucht hatte. Das Hotel, ein Kolonialbau aus der Franzosenzeit, hatte schon mal bessere Zeiten gekannt, aber die Suite – sie hatte ein gemeinsames Entree mit je einem getrennten Zugang zu den beiden Zimmern und getrennte Badezimmer – besass Charme und war stilvoll möbliert. Die sympathische junge Rezeptionistin zählte in einem leicht holprigen Französisch auf, welche Prominenten bereits in dieser Suite übernachtet hätten. Antoine gab sich beeindruckt und nickte anerkennend, obwohl ihm keiner der Namen etwas sagte.

Am Nachmittag besuchten sie das Vat Si Muang, ein buddhistisches Kloster in einem Park im Zentrum von Vientiane. Anne kannte es und hatte Antoine zu einer Fürbitte-Zeremonie überredet. Ein kahl geschorener Mönch in einer safranfarbenen Robe sass im Vorraum des Klosters wie ein in Bronze gegossener Buddha. Er erwartete sie bereits. Anne hatte ihm den Grund ihres Besuchs erklärt. Antoine und Anne knieten vor ihm nieder, die Hände zum Wai gefaltet, während der Mönch die Segnung mit einem beschwörenden Gemurmel erteilte. Dann streifte er ihnen rote Bändchen über das Handgelenk, sie sollten ihnen Glück bringen auf ihrer gefährlichen Reise.

Als sie das Kloster verliessen, sagte Anne lächelnd: „Übrigens, gemäss der Legende wurden hier beim Bau des Klosters im 16. Jahrhundert schwangere Frauen den Göttern geopfert …"

„Es war vielleicht doch ein weiser Entscheid, kein Doppelzimmer zu buchen", gab Antoine zurück. Er hatte Annes Anspielung sehr wohl verstanden.

„Wir werden ja sehen", sagte sie lachend und nahm seine Hand. Die Sonne stand schon tief am Himmel, drüben über Thailand, wo der Mekong hinter den Sandbergen dahinströmte. Anne schlug vor, in einer der Garküchen unten am Mekong zu essen, wo man auf Teppichen und Matten Platz nahm. Es roch nach Fischsauce, nach Chili und tranig nach getrocknetem Tintenfisch.

Anne und Antoine setzten sich vor einer Garküche auf eine Bastmatte. Aus einem Transistorradio klang laotische Popmusik. Junge Laoten spielten Boule. Halb Vientiane traf sich hier offenbar zum Sundowner am Mekong.

Anne gab der Köchin ein Zeichen, sprach sie dann auf Lao an. Die Frau nickte, brachte kurze Zeit später einen kleinen Holzofen und einen fast wie zu Pergament gewalzten Tintenfisch. Sie fächelte die Holzkohle, bis sie glühte, legte dann den Tintenfisch auf den Eisenrost. Anne orderte dazu reichlich Beerlao, das lokale, aus Reis gebraute Bier. Nach dem Tintenfisch bestellten sie das Nationalgericht Laap, einen lauwarmen, pikanten Fleischsalat mit Minze.

Antoine genoss die Stimmung, die fremden Gerüche, die üppigen Farben, das wohlschmeckende Essen, die entspannte Lässigkeit der Menschen. Und Anne war eine angenehme und charmante Begleiterin.

Es war schon spät, als sie zu Fuss zu ihrem Hotel zurückkehrten. Antoine erkundigte sich an der Rezeption, ob ein gewisser Mark White angerufen habe. Die junge Dame blätterte in einem Stapel von losen Blättern. „Sorry, kein Anruf für Sie", bedauerte sie.

Antoine ging gleich in sein Zimmer, öffnete dann die Verbindungstür. Anne schaute ihn erwartungsvoll an. Aber er wünschte ihr lediglich eine gute Nacht.

Er hatte die Verbindungstür offen gelassen. Etwas später kam Anne, bereits im Schlafanzug, zu ihm hinüber und setzte sich auf die Bettkante.

„Hey, wenn du nicht zu mir rüberkommen willst, dann komme ich halt zu dir. Vergiss nicht, wir sind Honeymooner."

Sie roch nach Chanel No. 5. Ihr kurzer Schlafanzug war aus einem dünnen, rosafarbenen Stoff und schmiegte sich eng um ihren üppigen Busen. So, dass die dunklen Brustwarzen deutlich sichtbar wurden. Er sah, wie weich und milchig weiss ihre Haut war, an einigen Stellen von der Sonne gebräunt.

Sie schaute ihn an, und er spürte ihre Hände auf seinem Körper. „Möchtest du mit mir schlafen?"

Für kurze Zeit erwachte in ihm dieses Gefühl wieder, das so lange betäubt war, diese Sehnsucht, von einer Frau begehrt zu werden.

„Nein", sagte er nach kurzem Zögern. „Ich bin nicht in der Stimmung dazu. Sorry, Anne, es ist komplizierter, als es klingt."

„Ist es, weil du mich nicht magst?" Sie blickte ihn an, als wäre er ein Rätsel, das es zu lösen galt.

„O nein, ich mag dich. Und ehrlich gesagt, ich würde gern mit dir schlafen. Aber es wäre nicht stimmig. Und morgen würden wir uns beide schlecht fühlen."

Sie beobachtete ihn lange, als würde sie darauf warten, dass er zu ihr herüberrutschte und sie wenigstens küsste. „Was ist eigentlich los mit dir, Antoine?"

Antoine ahnte, dass Anne enttäuscht war und sich zurückgewiesen fühlte. Es war der Moment, ihr die Wahrheit zu gestehen. Die ganze Wahrheit.

Alles brach jetzt aus ihm heraus. Er erzählte ihr seine Liebesgeschichte mit Thuy. Von ihrem ersten Treffen während des Krieges bis zu ihrem endgültigen Abschied am vorigen Abend in Saigon. Er liess nichts aus, schonte sich nicht dabei. Und er erzählte Anne von diesem Gefühl der Wehmut, das ihn nicht mehr losliess. Auch jetzt nicht.

Anne hörte ihm schweigend zu, stellte keine Fragen. Sie schien seinen Schmerz zu verstehen, drückte gelegentlich mitfühlend seine Hand. Aber sie ahnte auch, dass sie ihre geheime Hoffnung auf ein neues Leben mit Antoine wohl begraben musste.

Am nächsten Tag – Mark White hatte sich noch immer nicht gemeldet – stand wieder Sightseeing auf dem Programm. Sie besuchten mehrere Tempel und als besonderes Highlight den Triumphbogen von Patuxai an der Lane Xang Avenue, gebaut nach dem Vorbild des Arc de Triomphe in Paris. „Zum Bau hat man damals Beton verwendet, den die Amerikaner eigentlich für den Bau eines Flughafens gespendet hatten", erklärte Anne. „Der König und seine Regierung entschieden sich jedoch gegen den Flughafen und für den Bau des Denkmals. Das brachte dem Triumphbogen den Spitznamen ‚vertikale Landebahn' ein."

Antoine musste lachen. „Eigentlich typisch für Südostasien …"

Anne war den ganzen Tag über auf Abstand gegangen, in einem Ton freundlicher Höflichkeit, und schliesslich eröffnete sie ihm, dass sie sich zum Abendessen mit einem Freund aus der schwedischen Botschaft verabredet habe. Antoine kam sofort der gut aussehende Mann auf ihren Laos-Fotos in den Sinn.

Sie kehrte sehr spät ins Hotel zurück. Ging direkt auf ihr Zimmer. Antoine, der noch wach lag, verspürte einen leichten Anflug von Eifersucht.

Kapitel 17

Sechs Uhr morgens. Antoine trat ans Fenster seines Hotelzimmers und zog die Gardinen zurück. Vientiane war noch nicht erwacht. Aber die Morgenröte färbte bereits den staubigen Himmel. Er öffnete das Fenster, lehnte sich hinaus in die Morgenfrische und beobachtete neugierig rund ein Dutzend buddhistische Mönche, die auf der Strasse vor dem Hotel mit ihren Almosenschalen unterwegs waren. *Die sind alle um vier Uhr aufgestanden und haben bereits die Morgenmeditation hinter sich,* dachte er und musste lächeln. Noch vor ein paar Monaten war er selbst ein Bhikku gewesen. Ein Bettelmönch. Damals, als er sich in einem Kloster in Burma verstecken musste, um der Rache des chinesischen Warlords und Opiumdealers Xu zu entgehen.

Nicht dass er sich zurückgesehnt hätte in diese strenge klösterliche Welt. Aber nach all den Dramen der letzten Wochen, nach dieser Achterbahnfahrt der Emotionen, erinnerte er sich manchmal mit einem Anflug von Wehmut an dieses einfache Leben ohne Erwartungen und Bedürfnisse.

Er hatte schlecht geschlafen. Das Bettlaken war durchgeschwitzt, die dünne Decke mit dem goldfarbigen Elefantenmuster lag zerknautscht am Boden. Er gähnte mehrmals und widerstand der Versuchung, sich nochmals kurz hinzulegen.

Im Bad betrachtete er sich im Spiegel. Er würde sich nicht rasieren. Warum auch, heute ging es ja in den „Dschungel". Er hatte zunehmend Zweifel, ob diese überhastet geplante und mit so vielen Fragezeichen behaftete „Operation Honeymoon" überhaupt Aussicht auf Erfolg hatte. Zudem quälte ihn noch immer die endgültige Trennung von Thuy. Er fühlte sich fast wie ein Drogensüchtiger auf Entzug. Immer wieder dieses niederziehende Gefühl: *Ich möchte eigentlich nur noch wegfliegen. Irgendwohin.*

Anne sass bereits beim Frühstück. Sie begrüsste Antoine mit einem beiläufigen „Hi, Darling", als wäre sie gerade erst aus dem gemeinsamen Bett aufgestanden. Sie gab sich dann aber distanziert, blätterte in einer thailändischen Modezeitschrift, die sie wohl an der Rezeption gefunden hatte. Die buddhistischen Armbänder rutschten ihr dabei dauernd über ihre rechte Hand. Mit der Linken strich sie sich lässig die kastanienbraunen Haare zurück.

Anne trug knappe Shorts, die ihre langen Beine zur Geltung brachten. Ihre tief ausgeschnittene weisse Bluse liess ihren makellosen Busen und ihren flachen Bauch erahnen. Und sie hatte sich zum ersten Mal seit Saigon geschminkt. Sie sah fast unverzeihlich attraktiv aus.

Das ist ihre subtile Art der Rache, dachte Antoine. *Sie will mir zeigen, auf was ich alles verzichtet habe.*

Die Stimmung zwischen ihnen hatte sich verändert. Die Leichtigkeit und Unbefangenheit waren weg. Weg waren Annes helles Lachen, ihre koketten Blicke, die verlangend geöffneten Lippen, diese flirrende Flirtatmosphäre, die Antoine durchaus als angenehm empfunden hatte. Jetzt stocherte er lustlos in seinem Rührei und widerstand der Versuchung, Anne zu fragen, wie denn ihr Date mit dem schönen Schweden verlaufen sei. Aber gelegentlich musterte er verstohlen ihr Gesicht, um zu überprüfen, ob die letzte Nacht irgendwelche Spuren hinterlassen hatte. Besonders euphorisch wirkte sie jedenfalls nicht. Im Gegenteil. Auch sie machte keinen Versuch, die ungewohnte und fast schon peinliche Stille zwischen ihnen zu unterbrechen. *Ich Idiot habe es tatsächlich geschafft, innerhalb von wenigen Tagen zwei Frauen zu verlieren,* dachte er. *Erst Thuy. Und jetzt auch noch Anne.*

Kurz darauf rief George Larson aus Saigon an. „Na, geniesst du deinen Honeymoon?", begann er munter und redete gleich weiter, ohne Antoine Zeit zu einer Antwort zu lassen: „Pass auf, Folgendes: Mark White kann nicht nach Vientiane kommen – die Details sind jetzt unwichtig –, stattdessen werdet ihr nach Savannakhet fliegen. Das liegt ja gewissermassen auf eurem Weg. Ihr müsst gleich die nächste Maschine nehmen, White hat für euch bereits zwei Plätze gebucht. Er erwartet euch um zwölf Uhr im Restaurant ‚Savan Lao Dean'. Alles Weitere dann mündlich von ihm."

„Savan Lao Dean", wiederholte Antoine, „okay. Und wie finde ich diesen Mark White?"

Larson lachte. „Keine Angst, er wird euch finden."

Der Flug von Lao Airlines war pünktlich: Nach einer Stunde und zehn Minuten landete die russische Antonow AN-24 auf dem kleinen, fast im Zentrum der Stadt gelegenen Flugplatz von Savannakhet. Anne und Antoine hatten sich während des Flugs bemüht, wieder normale Gespräche zu führen.

Ein dreirädriges Tuk-Tuk, eine Art motorisierte Rikscha, brachte sie zum Restaurant. Ein zweites Tuk-Tuk transportierte ihr Gepäck. Das Restaurant war ein brauner, hölzerner Bau im einheimischen Baustil, malerisch direkt am Ufer des Mekong gelegen, der träge und schlammig-braun an ihnen vorbeizog. Nackte Kinder planschten ausgelassen in den Fluten. Frauen bestellten in Ufernähe ihre kleinen Felder. Und aus einem nahen Kloster waren monotone Trommelschläge zu hören. In dem Lokal waren um diese frühe Zeit nur wenige Gäste. An einem weiss gedeckten Tisch draussen im Garten, unter einem riesigen Banyanbaum, sass ein älterer Herr, der ihnen zuwinkte. Cremefarbenes Leinensakko, weisses Button-down-Hemd, den gelben Panamahut tief in die Stirn gezogen. Er wirkte wie aus der Zeit gefallen. „Aha, das ist offenbar der geheimnisvolle Mister White", flüsterte Antoine. „Kolonialer Chic. Er könnte problemlos im Film *Casablanca* als Statist auftreten."

Der Mann erhob sich etwas unsicher, stützte sich dabei auf einen Stock mit einem Elfenbeinknauf. „Mark White", stellte er sich vor. „Bitte nehmen Sie Platz. Sie werden vermutlich Hunger haben. Lao Airlines ist bekanntlich nicht gerade berühmt für ihre Bordverpflegung." Er setzte sich wieder und legte den Strohhut auf den Sessel neben sich. „Früher, als die Fluglinie noch Royal Air Lao hiess und antiquierte DC-3 flog, die ihnen die Franzosen überlassen hatten, servierten die bildhübschen Stewardessen immer französischen Champagner. Heute sehen die Hostessen aus wie Einsatzkräfte der Staatssicherheit. Und sie servieren höchstens ein kleines Glas Cola."

White schob die Speisekarte, die ihm die Bedienung gebracht hatte, achtlos beiseite. „Ich empfehle Ihnen als Vorspeise einen Tam Mak Hoong, einen grünen Papaya-Salat. Und als Hauptspeise in Bananenblättern gedünstete Flussbarbe. Den Rest können Sie getrost vergessen."

„Ich denke, wir folgen Ihren Empfehlungen", sagte Anne und blickte Antoine fragend an. Er nickte nur.

„Ich arbeite seit fast zehn Jahren in Laos für die USAID", legte White ungefragt los, „die amerikanische Agentur für internationale Entwicklung. Habe in Vietnam meinen linken Fuss gelassen. Eine Mine. Seither gehe ich am Stock. Aber nun zu unserem Thema." Er sah sich um, um sich zu vergewissern, dass die anderen Gäste dem Gespräch nicht folgen konnten. „Ich habe für Sie in Sepon ein Zimmer in einem Guesthouse reserviert. Es hat ein funktionierendes Telefon. Hier ist meine Telefonnummer in Savannakhet. Ich bin übrigens auch per Funk zu erreichen. Vielleicht machen Sie einen Kontrollanruf, wenn Sie in Sepon angekommen sind."

„Wie sind Sie eigentlich ausgerechnet in Savannakhet gelandet, Mr. White?", fragte Antoine. „Ist ja nicht gerade der Nabel der Welt hier." Er konnte seine heimliche Abneigung gegen den Mann nicht verbergen.

White lächelte breit und entblösste dabei eine Reihe von Zähnen, die so perfekt waren, dass sie unmöglich echt sein konnten.

„Ach wissen Sie, irgendeinen Grund gibt es immer. Die Exotik, die Liebe, das Abenteuer …" Er scheuchte eine lästige Fliege weg und schaute dabei interessiert auf Anne. Offenbar gefiel ihm, was er sah.

„Wie kommen wir nach Sepon?", fragte Anne rasch, die Whites Blicke sehr wohl registriert hatte. „Nehmen wir einen Bus?"

„Besser nicht", riet White. „Busse halten sich nicht an die offiziellen Abfahrtszeiten. Sie fahren los, wenn sie voll sind, und halten an jeder Ecke an, um Passagiere mitzunehmen oder abzusetzen. Nehmen Sie ein Taxi. Bis Sepon sind es hundertsiebzig Kilometer. Das schaffen Sie heute noch."

„George Larson teilte uns mit, dass Sie einen Führer organisieren werden", sagte Antoine.

„So ist es. In den ersten vier Tagen werden Sie zunächst Sightseeing betreiben. Zur Tarnung. Das ist wichtig, denn in Sepon wimmelt es von vietnamesischen Spitzeln und Informanten. Am fünften Tag wird sich der Führer bei Ihnen melden. Er ist ein Hmong. Heisst Kham. Ein Krieger. Kennt sich in der Dschungelregion um Ban La Hap aus. Er hat dort viele Jahre gegen die Kommunisten gekämpft."

Das Essen wurde serviert. Der Papaya-Salat und der gedünstete Fisch schmeckten tatsächlich hervorragend.

White lehnte sich nach dem Essen sichtlich zufrieden in seinen Rattansessel zurück, kramte in seinem Sakko und bot Antoine eine Zigarre an. „Mein einziges Laster. Eine kubanische Cohiba Robusto. Gilt als Geheimtipp. Verführerisches Aroma." Er musterte Antoine, der dankend abgelehnt hatte, aber mit Interesse verfolgte, wie White das Anzünden der Cohiba zelebrierte.

„Larson hat erwähnt, dass Sie den Dschungel kennen, Mr. Steiner. Vergessen Sie alles. Wo Sie hingehen, ist der Dschungel noch so unberührt wie vor ein paar Jahrhunderten. Undurchdringlich. Total prähistorisch." Er blies genüsslich den Zigarrenrauch in die

Luft. „Es würde mich nicht wundern, wenn Sie dort noch Dinosaurier rumlaufen sehen." Er sah auf die Uhr. „Aber Sie müssen jetzt los, wenn Sie noch rechtzeitig in Sepon ankommen wollen. Das Restaurant wird Ihnen ein Taxi organisieren."

„Eine letzte Frage noch", sagte Antoine, bereits im Stehen. „Wissen Sie, ob der Mann, den wir suchen, sich tatsächlich dort oben aufhält?"

White lächelte nur. Zuckte mit den Schultern. „*Sie* sind der Mann, der uns die Antwort liefern wird. Ich wünsche Ihnen viel Glück. Sie werden es brauchen."

„Ein komischer Typ, dieser White" sagte Antoine zu Anne, als sie vor dem Restaurant auf das Taxi warteten. „Der Name ist offensichtlich falsch. Und dann dieses lächerliche koloniale Gehabe. USAID ist wohl nur eine Tarnung. Ich wette, der Typ ist von der CIA."

„Meinst du, wir können ihm trotzdem vertrauen?"

„Wir haben wohl keine andere Wahl. Aber ich war lange genug in Asien, um zu wissen, dass Vertrauen wie eine Ware auf dem Markt ist. Verhandelbar und mit einem Verfallsdatum. Die CIA wird im Ernstfall gnadenlos ihre eigenen Interessen verfolgen, die sich nicht immer mit den Interessen Amerikas decken. Und ich habe den Verdacht, dass ich hier zum Spielball der CIA gemacht werde. Hamilton weiss zu viel, das hat Miller mir gesagt. Zu viele Details über CIA-Operationen während des Krieges. Natürlich hat die CIA da ein gewaltiges Interesse dran, dass ich ihn aufspüre. Bloss was passiert dann mit ihm? Und mit mir, falls ich ihn wirklich in Ban La Hap antreffe?"

Anne sah ihn beunruhigt an. „Willst du mit George reden?"

„Vielleicht. Lass uns erst mal sehen, was uns in Sepon erwartet. Und ausserdem" – er warf Anne einen fragenden Blick zu – „fand ich es ziemlich peinlich, wie dieser White dich ständig angestarrt hat."

„Na ja, im Gegensatz zu dir fand er mich wahrscheinlich attraktiv."

Die Fahrt in dem klapprigen Toyota führte erst dem Mekong entlang Richtung Süden. Nach etwa einer Stunde bogen sie ostwärts ab auf die Route Nr. 9, die zu Beginn des 20. Jahrhunderts gebaute französische Kolonialstrasse, Schauplatz vieler Kämpfe und Bombardierungen während des Vietnamkriegs. Die Landschaft war monoton. Kleinere Dörfer säumten die Strasse. Am Horizont wurde das Annamitische Hochland sichtbar, eine dünn besiedelte Gebirgsregion an der Grenze zu Vietnam, Siedlungsgebiet der Hmong und anderer ethnischer Minderheiten.

Anne hatte, etwas demonstrativ, wie Antoine fand, gleich neben dem Fahrer Platz genommen und unterhielt sich während der Fahrt angeregt mit ihm auf Lao. Antoine hörte mehrfach den Namen Hamilton. Er versuchte zu schlafen und blätterte ab und zu in einem zerlesenen Thriller, den er im Hotel gefunden hatte.

An einem Imbissstand am Strassenrand hielten sie an und teilten sich eine lauwarme Flasche Coca-Cola. Anne erzählte Antoine, dass sie sich mit dem Fahrer über die Hmong unterhalten habe. Der sei übrigens ein ehemaliger Geschichtsprofessor an der Universität in Vientiane. Er sei von den Kommunisten nach dem Machtwechsel vom Hof gejagt worden, wie er es ausdrückte.

„Ihr habt über Hamilton geredet. Gibt es was Neues?", wollte Antoine wissen.

Anne zog die Augenbrauen hoch. „Hast du gelauscht?

„Was? Ich hatte ja keine andere Wahl. Aber verstanden habe ich sowieso nichts. Was hat er denn gesagt?"

„Das erzähle ich dir gleich. Erst noch das, was er mir über die Hmong berichtet hat. Er sagt, in ihrem Stammesgebiet seien die Spuren des Krieges heute noch sichtbar. Bombenkrater. Zerstörte Dörfer. Viele Blindgänger und Minen würden noch rumliegen.

Während des Vietnamkriegs hätten die Amerikaner dort über zwei Millionen Tonnen Bomben abgeworfen. Weil dort der Ho-Chi-Minh-Pfad verlief, über den der grösste Teil des Nachschubs der Nordvietnamesen in den Süden geschleust wurde."

Das war nun alles andere als neu für Antoine. Aber er wollte Annes Redefluss nicht unterbrechen. War froh, dass das Eis gebrochen war.

Laut der Vorlesung des kenntnisreichen Professors, berichtete Anne weiter, kannten die Hmong die Berge und den Dschungel in- und auswendig, und in ihrer Gegend bewegte sich nichts, ohne dass sie davon wussten. Für sie hatte der Krieg nie aufgehört. Jetzt kämpften sie für einen unabhängigen Staat, genannt Hmong Chao Fa. Chao Fa hiess „Herr des Himmels". Und sie träumten von einem mystischen Retter, der ihnen diesen Wunsch nach einem eigenen Staat erfüllen würde.

Antoine hatte aufmerksam zugehört. „Interessant. Und was sagt nun dein Professor zu Hamilton?", fragte er.

„Fehlanzeige. Er versicherte mir, er habe den Namen Hamilton noch nie gehört. Aber das Gerücht, dass ein mächtiger weisser Krieger mit magischen Kräften die Hmong anführe, kursiere schon seit Langem. Solche Geschichten liebt man in Laos. Meist natürlich purer Aberglaube. Aber keinem Lao aus dem Tiefland würde es in den Sinn kommen, die Hmong-Gebiete zu besuchen, sagt der Professor. Zu gross sei die Angst vor bösen Geistern, die dort ihr Unwesen treiben. Besonders Phi Krasue. Das ist ein gefährlicher Geist, der sich als schöne Frau tarnt. Er schwebt durch die Luft, hat keinen Unterkörper, sondern nur lange Gedärme, die an seinem Kopf und den langen Haaren hängen. Phi Krasue ernährt sich von Leichen und greift schlafende Dorfbewohner an. Echt gruselig." Anne grinste.

Sie setzten ihre Fahrt fort. Langsam veränderte sich die Gegend. Der Wagen holperte auf engen und mit Schlaglöchern durchsetzten Strassen um steil aufragende Karstfelsen, und der Dschungel legte sich wie ein grüner Teppich über das Land. Sie waren jetzt im Stammesgebiet der Hmong.

Allmählich wurde es dunkel. Die ersten Petroleumlampen in den Garküchen am Strassenrand flammten auf. „Sepon", sagte der Professor schliesslich und zeigte auf eine Ansammlung von Häusern am Horizont.

Sie hielten vor dem „Vieng Xay Guesthouse", einem zweistöckigen, hellbraun gestrichenen Gebäude mit einer grossen überdachten Veranda aus Teakholz. Es sei eine einfache Pension, sehr leger, hatte Mister White gesagt, eine Unterkunft vorwiegend für Backpacker. Genau die richtige Tarnung für ein vorgeblich an Natur und Ethnologie interessiertes Paar.

Spuren des Krieges auch hier: Die Frauengestalt an dem Brunnen aus Beton und Marmor neben dem Eingang, die früher einmal Wasser versprizt hatte, war jetzt kopflos und von Einschusslöchern übersät. Ein gebogenes Kupferrohr ragte ein paar Zentimeter aus der Schulter der Statue.

Der Professor drückte ihnen beim Abschied die Hand. „Hüten Sie sich vor Phi Krasue", ermahnte er sie noch, bevor er wegfuhr. „Ich hoffe, Sie haben gute Schutzgeister."

Kapitel 18

In den nächsten drei Tagen besichtigten Anne und Antoine die Sehenswürdigkeiten in der Umgebung von Sepon. Sie machten Ausflüge in die Dörfer Ban Dong und Ban Na, wo sie spektakuläre Wasserfälle und riesige Höhlen besuchten, in die sich die Bevölkerung während des Krieges geflüchtet hatte. Als besonderes touristisches Highlight galten die Wracks von Panzern und abgeschossenen Kampfflugzeugen. Die Einheimischen zeigten ihnen stolz, wie sie Kriegsschrott wie Bomben oder Wrackteile als Baumaterial verwendet hatten, um ihre im Krieg zerstörten Häuser wieder aufzubauen. Die Tragfläche eines abgeschossenen US-Jets diente sogar als Tafel in einer Schule. Viele Einheimische hatten trotz aller Warnungen versucht, den Schrott als Altmetall zu verkaufen – eine grosse Fliegerbombe besass oft den Wert eines Jahreseinkommens. Um als Touristin glaubwürdig zu erscheinen, erstand Anne ein paar Souvenirs: Anhänger und Armbänder, die aus eingeschmolzenen Wrackteilen hergestellt worden waren.

Am vierten Tag stand ein Ausflug in ein Hmong-Dorf auf dem Programm. Die Guesthouse-Chefin hatte ihnen die Tour nach Mouang Taoy empfohlen, einem Dorf hoch oben im bergigen Dschungel, schwer erreichbar und bislang vom Tourismus fast gänzlich unberührt. Es sei in einem Tag zu schaffen, wenn sie noch vor Sonnenaufgang aufbrächen. Sie müssten mit vier Stunden Aufstieg bis zum Dorf rechnen, sagte die Wirtin. Und sie sollten dem Dorfvorsteher doch ein Gastgeschenk mitbringen. Am besten etwas Alkoholisches, fügte sie augenzwinkernd hinzu.

Um fünf Uhr am nächsten Morgen brachen sie auf, in Begleitung ihres Führers, der sich in der Dunkelheit so schnell vorwärtsbewegte, dass sie Mühe hatten, ihm zu folgen. Jai, ein magerer Teenager in Jeans und Turnschuhen, war der Sohn ihrer Wirtin. Er besorge häufig Botengänge für das Dorf, hatte sie ihnen erklärt, und wisse, wo man auf dem Weg nach Mouang Taoy auf Blindgänger, vor allem die gefürchteten Streubomben der Amerikaner, achten müsse.

Die Piste war steil und eng. Erst kaum mehr als ein Feldweg, später nur noch ein sandiger oder schlammiger Pfad. Gelegentlich überquerten sie Bäche auf kleinen Bretterbrücken, kamen an verlassenen, zerbombten Dörfern vorbei. Oft kaum mehr erkennbar, weil die Dschungelvegetation sich die Ruinen bereits zurückgeholt hatte.

Die Pisten erinnerten Antoine an Vietnam. An die Patrouillen mit den Special Forces im Hochland. Ihm war, als ob Geister mit ihm auf diesen Trails marschieren würden, seine Kameraden von damals, schmutzig und unrasiert, beladen mit schweren Rucksäcken und Waffen, erschöpft und wie im Halbschlaf sich vorwärts bewegend. *Diese Geister werden mich wohl ewig begleiten*, dachte er. *Und sie werden immer die jungen Gesichter von damals haben.*

Anne, die auf dem schmalen Pfad vor ihm ging, schien seine Gedanken zu erraten. „Wie in Vietnam, oder? Diese Patrouillen hinter den feindlichen Linien, von denen du berichtet hast …"

Antoine holte eine Flasche Mineralwasser aus seinem Rucksack und reichte sie Anne nach vorn. „Wir müssen viel trinken. Das ist überlebenswichtig im Dschungel. Glaub mir."

Sie setzte gehorsam die Flasche an den Mund und gab sie nach zwei kleinen Schlucken zurück. „Also jetzt erzähl mal, wie war das damals?"

Er seufzte. „Na gut. Wenn du es unbedingt hören willst … Es waren kleine Teams. Ihre Aufgabe war meist, feindliche Stellungen auszukundschaften. Oder sie hatten Sabotageaufträge, mussten irgendwas in die Luft jagen. Das Wichtigste: Sie mussten während des ganzen Einsatzes unsichtbar bleiben. Alle hatten das Gesicht mit Tarnfarben geschminkt, einige sogar ihre Haare schwarz gefärbt, denn helles Haar fällt im Dschungel besonders auf. Man unterhielt sich im Flüsterton oder verständigte sich mit Handzeichen. Eine solche Patrouille der Special Forces bewegt sich ganz langsam vorwärts. Alle fünf bis zehn Meter hält sie an. Die Soldaten haben gelernt, sich wie ein jagender Tiger zu bewegen, sie lauschen dann auf die Geräusche des Dschungels. Wenn die plötzlich verstummen, ist es ein Hinweis, dass der Feind in der Nähe ist. Man kriegt ein Gefühl für den Dschungel, wenn man in einem solch langsamen Rhythmus unterwegs ist. Und man lernt, die Pisten zu lesen. Weggeworfene Essensreste oder Zigaretten waren zum Beispiel ein Hinweis, dass der Feind sich in der Nähe eines eigenen Camps befand. Sonst hätten sie das Essen nicht weggeworfen. Und die Tiefe der Fussabdrücke zeigte, ob sie schweres Gepäck und Waffen trugen."

Anne schritt gleichmässig vor ihm aus. Ob sie seinen Ausführungen tatsächlich aufmerksam lauschte oder ob sie mit ihrer Aufforderung zum Erzählen bloss die Rückkehr zur Normalität hatte signalisieren wollen, wusste Antoine nicht. Aber er redete erst mal weiter: „Die Formation der Patrouille war genau vorgegeben und in der Dschungelausbildung hundertmal eingeübt. Der ‚Point Man' überwachte die hundertachtzig Grad vor ihm, der zweite Mann beobachtete die rechte Seite des Pfads, der dritte schützte die linke Flanke, dann kam der Mann mit dem Funkgerät, meist der Patrouillenführer, und der fünfte Mann deckte das Ende des Teams und verwischte wenn nötig alle Spuren."

Unvermittelt blieb Anne stehen und drehte sich zu ihm um. „Ich werde den Eindruck nicht los, dass du diesen Krieg eigentlich geliebt hast."

„Geliebt?", fragte Antoine verblüfft. „Nein ... geliebt ist nicht der richtige Ausdruck." Er dachte einen Moment nach. „Ich weiss nicht, ob du das verstehst. Aber alles in diesem Krieg war immer *jetzt*. Es gab kein Später. Kein Morgen. Dieses totale Aufgehen im

Moment kann süchtig machen. Es kann auf Dauer jede Normalität banal erscheinen lassen."

Schweigend ging Anne weiter. Antoine folgte ihr. „Und das fandet ihr toll?", sagte sie nach einer Weile. „Dass ihr in jedem Augenblick damit rechnen musstet, im nächsten tot zu sein? Wie habt ihr das bloss ausgehalten?" Ihr Ton klang nach Ungläubigkeit, gepaart mit Verständnislosigkeit.

Er zuckte die Achseln. „Weisst du, ich habe einmal einem Sergeant der Marines zugehört. Zu einer Handvoll übernächtigter Soldaten, die gerade aus den USA angekommen waren, sagte er sinngemäss: Macht euch keine Sorgen, ob ihr getötet oder verwundet werden könntet. Stellt euch einfach vor, dass ihr schon tot seid. Diese Scheisse hier ist ein Albtraum, aus dem man nicht aufwachen kann. Also akzeptiert das einfach. Eines Tages werdet ihr erkennen, dass ihr mit diesem Mist klarkommt. Dann werdet ihr das Jahr hier überleben."

Jai, der bisher stumm vorausmarschiert war, wies plötzlich nach vorn. Hinter dem dichten Blättergewirr erspähten sie einen hölzernen Palisadenzaun. Das Dorf.

Antoine konnte bereits die Kochfeuer riechen. Mouang Taoy – das waren kleine Bambushütten, die auf beiden Seiten der Piste hockten, meist im Dschungel versteckt. Ringsum riesige Bombenkrater, Zeugen der Angriffe von amerikanischen B-52, die aus lautloser Höhe von zehn Kilometern ihre tödliche Last abgeworfen hatten, den „leisen Tod". Vor den Hütten angebundene Wasserbüffel. Hässliche kleine Hunde, die bellten und die Eindringlinge beschnupperten. Kein Strom. Kein fliessendes Wasser. Überall lag Müll herum. Kinder drängten sich um Antoine und Anne, plapperten aufgeregt. Berührten Annes blasse Haut. Als ob sie noch nie einen Weissen gesehen hätten. Als Anne mit ihnen auf Lao redete, brachen sie in anerkennendes Gelächter aus.

Im Zentrum des Dorfes stand ein grösseres Haus aus Stein. Es hatte ein Wellblechdach anstelle der üblichen Bretter und Palmenzweige. Hier wohnte der Dorfvorsteher.

Der Chef war knorrig und uralt, mit ledriger Haut und schwarzem, schulterlangem Haar. Er trug nur einen Lendenschurz. Wenn er lächelte, sah man seine schiefen, tabakfleckigen Zähne. Kleine Stücke aus Elfenbein – womöglich Teile von Elefantenstosszähnen – durchbohrten seine Ohrläppchen. Eine Kette mit seltsamen kleinen Objekten, die aussahen wie getrocknete Fledermausköpfe, hing um seinen Hals, und etwa ein Dutzend Messingarmbänder klirrten um seine Handgelenke.

Er lud Anne und Antoine zum Tee ein. Sie setzten sich an den hölzernen Tisch in dem kaum möblierten Wohnraum. Im Halbdunkel sah Antoine Matratzen, die sich an den Wänden stapelten, und Kleider, die an gespannten Schnüren hingen – offensichtlich war dies auch der Schlafplatz des Dorfvorstehers.

Jai hatte sich inzwischen draussen unter eine Palme gelegt und machte einen Mittagsschlaf.

Antoine überreichte dem Dorfvorsteher die Geschenke, die er in Sepon besorgt hatte: Schokolade, Biskuits, eine Flasche Whisky. Der Chef bedankte sich würdevoll, griff zur Whiskyflasche und goss eine grosszügige Portion in seine Teetasse. Während er sprach, paffte er gleichzeitig an einer selbst gedrehten Zigarette. Der Rauch roch unverkennbar nach Haschisch.

Antoine bat Anne zu erklären, dass sie von weit her gekommen seien, aus Europa und Amerika, und dass sie sich für die Geschichte der Hmong interessierten. Er und seine Ehefrau hätten viel über die mutigen Hmong-Krieger gelesen.

Der Dorfvorsteher überlegte erst lange. Kratzte dann ungeniert an seinem Lendenschurz. Goss sich einen zweiten Whisky ein, rülpste ein paarmal und zog dann wieder genüsslich an seiner Haschischzigarette.

Niemand sagte ein Wort.

Anne warf Antoine einen verunsicherten Blick zu. Er zuckte nur mit den Schultern.

Nach einer Weile stand der Chef auf, etwas schwankend, wühlte lange in einem hölzernen Schrank im hinteren Teil des Wohnraums und drückte Antoine schliesslich ein vergilbtes Schwarz-Weiss-Foto in die Hand. Es zeigte einen General in laotischer Uniform am Eingang eines Sandsackbunkers. Neben ihm ein junger Soldat mit einem M1-Karabiner. „Ich", sagte der Chef mit einem stolzen Gesichtsausdruck und deutete auf den jungen Mann. „Das bin ich. In Long Cheng."

Anne sah Antoine fragend an.

„Long Chen war die geheime Basis der CIA im abgelegenen Bergland im Norden von Laos", erklärte er leise. „Von dort aus koordinierten sie den Einsatz der Hmong-Guerillaarmee, um in Laos keine amerikanischen Bodentruppen einsetzen zu müssen."

Der Alte trat den Stummel seiner Zigarette auf dem Boden aus und goss sich wieder Whisky in die Tasse, die längst keinen Tee mehr enthielt.

Antoine entschied, dass nun der Zeitpunkt gekommen sei, das Thema anzuschneiden, dessentwegen er den mühsamen Aufstieg zum Dorf auf sich genommen hatte. „Frag ihn, ob er etwas über Ban La Hap weiss", sagte er zu Anne.

Sie übersetzte, und der Chef wirkte plötzlich sehr erregt: „Ban La Hap ist gefährlich! Überall Vietcong!" Er machte dabei eine Bewegung mit seinen Händen, um ein Gewehr und die zuckende Bewegung des Fingers am Abzug darzustellen.

Antoine setzte ein beschwichtigendes Lächeln auf. „Sag ihm, dass wir uns aus rein ethnologischen Gründen für Ban La Hap interessieren."

Der Chef entspannte sich sichtlich. „Ach ja, Ban La Hap … Jeder Hmong kennt Ban La Hap. Auch wenn er nie dort war. Wir

Hmong kennen Ban La Hap mit unserem Herzen. Viele Geschichten erzählen wir uns an den Lagerfeuern über Ban La Hap." Er lachte plötzlich. Ein ersticktes und trockenes Lachen, worauf er direkt aus der Whiskeyflasche trank und sie dann Antoine hinüberreichte.

„Die Vietnamesen hassen uns, müssen Sie wissen", fuhr er fort. „Sie überfallen uns ständig, auch unser Dorf haben sie mehrmals angegriffen. Mein Vorgänger wurde von ihnen hingerichtet. Sie haben uns das Opium und den Reis gestohlen. Sie haben unsere Frauen vergewaltigt und die jungen Männer für Sklavenarbeit missbraucht. Aber Ban La Hap konnten sie nie erobern!" Er lächelte zufrieden, inzwischen offensichtlich stark angetrunken.

Antoine sah ein, dass er aus dem Alten nichts weiter herausbekommen würde. Wahrscheinlich war er selbst nie in Ban La Hap gewesen. Er bat Anne, ein paar höfliche Abschiedsworte zu formulieren, dann traten die beiden aus der Hütte auf den Dorfplatz. Dort wurden sie bereits von Jai erwartet, der inzwischen von seinem Mittagsschlaf unter der Palme erwacht war und demonstrativ auf seine Uhr zeigte.

Sie machten sich auf den Rückmarsch, um noch vor Sonnenuntergang in Sepon anzukommen. Jai schlug ein schnelles Tempo an – innerhalb weniger Minuten waren sie bereits schweissgebadet.

„Was denkst du über diesen komischen Wilden im Lendenschurz?", fragte Anne.

Antoine lachte. „Eine skurrile Figur, aber ... er hat mich richtig neugierig gemacht auf Ban La Hap. Ein geheimer Ort in den Bergen. Ein Sehnsuchtsort. Fast mythisch. Ich bin wirklich gespannt!"

Plötzlich wurde ihm klar, dass er morgen aufbrechen sollte. Allein, ohne Anne, mit der er sich in den letzten Tagen gut vertragen hatte. Das Händchenhalten war ihm nicht schwergefallen, wenn sie zusammen Sepon und die Umgegend durchstreiften. Mit ihrer Liebespaar-Vorstellung konnten sie wohl zufrieden sein. Nur abends in dem kleinen Pensionszimmer waren sie auf Distanz gegangen, hatten achtsam alle Gesten oder Worte vermieden, die missverstanden werden konnten.

Wir haben beide die Kunst des Vermeidens perfektioniert, dachte er. *Ich tue so, als würde ich einschlafen, bevor sie überhaupt ins Bett steigt. Und ich schliesse die Tür ab, wenn ich unter die Dusche gehe. Ob sie wohl genauso viel vortäuscht wie ich?*

An der Rezeption im Guesthouse lag eine Nachricht für Antoine. Sie stammte von Mark White. „Morgen fünf Uhr. Treffpunkt vor dem buddhistischen Tempel. Viel Glück."

Sie hatten in dem vietnamesischen Restaurant gegenüber dem Guesthouse eine Pho Bo gegessen. Antoine schlug vor, in der „Lucky Bar" nebenan noch einen Drink zu nehmen. Ein etwas heruntergekommener Schuppen, aus dem laute Musik drang. Sie stellten sich an die Theke.

„Hallo. Ich heisse Tom. Was kann ich euch bringen?", fragt der Barkeeper. Sein Englisch war schwer zu verstehen.

„Zwei Drinks von irgendetwas, was uns helfen würde, die letzte Stunde unseres Lebens zu vergessen", sagte Antoine. Der Barkeeper lachte über den abgedroschenen Witz. Aber weder Anne noch Antoine lachte mit.

„Ich habe genau das Richtige für Sie", sagte Tom schliesslich und ging zum anderen Ende der Bar, wo er mit mehreren Flaschen hantierte. Er stellte die beiden Gläser vor ihnen auf die Theke. „Das ist ein ‚Sepon Special'. Eine Kreation von mir. Ich verrate euch nicht, was da alles drin ist. Aber ich garantiere euch, das Zeug haut richtig rein."

Anne und Antoine sassen gute zehn Sekunden stumm da und warteten darauf, dass der andere einen Toast ausspracht. Antoine brach das Schweigen: „Sorry. Ich habe absolut nichts, worauf ich anstossen könnte."

Das war wohl ziemlich daneben, dachte er, als er Annes enttäuschtes Gesicht sah.

„Also noch mal. Lass uns auf uns trinken. Ich werde dich vermissen, Anne. Die Tage mit dir waren sehr schön. Und ich möchte dich wiedersehen."

Das hätte ich ihr vielleicht nicht sagen sollen, ging es ihm durch den Kopf. Aber er bereute es nicht.

Es war schon nach Mitternacht, als sie über die knarrende Holztreppe in ihr Zimmer stiegen. Sie hatten sich noch zwei weitere „Sepon Special" gegönnt. Aber die hochprozentigen Drinks hatten auch nicht geholfen, die triste Stimmung voller düsterer Ahnungen aufzuhellen.

Antoine konnte nicht einschlafen. *Es wäre schön, an diesem letzten Abend noch mal eine Frau in den Armen zu halten,* dachte er. Für einen Moment drängte sich die Erinnerung an Thuy in ihm hoch. *Aber es ist schwer, jemanden festzuhalten, der einem schon lange entglitten ist,* stellte er resignierend fest. Ihm wurde nun bewusst, dass ihr Bild in seiner Erinnerung längst der Leidenschaft entkleidet war, nicht aber der Schönheit und einer leisen Melancholie. Und Anne? Er spürte plötzlich die Intensität seines Verlangens nach ihr. Sie war so nahe bei ihm. Er nahm ihren Geruch wahr. Ihren Atem. Ihr Gesicht lag hell im Mondlicht, das durch die Gardinen drang.

Ist es wirklich wieder da, dieses ungewisse Gefühl, das man Verliebtheit nennt? Wahrscheinlich bin ich bloss betrunken. Und vielleicht ist es auch nur das lichterlohe Begehren nach einer Liebesnacht, für die man wahrscheinlich büssen wird, sagte er sich. *Wer weiss das schon? Und eigentlich ist die Ungewissheit des Gefühls das einzig Gewisse.*

Aber eines war ihm klar: Er wollte in diesen letzten Stunden in Sepon keine neue Lovestory beginnen. Nicht mit dieser niederdrückenden Aussicht, vielleicht nie mehr aus dem Dschungel zurückzukehren. Er wollte nicht etwas beginnen, was höchstwahrscheinlich bald nur noch Episode sein würde. Nur noch das Gewicht der Erinnerung hätte.

Vielleicht haben wir später noch eine zweite Chance, dachte er. Irgendwann schlief er ein.

Kapitel 19

Es wurde eine kurze Nacht. Antoine war bereits um vier Uhr aufgestanden. Anne schlief noch.

Er hatte möglichst leise im Dunkeln die khakifarbene Outdoor-Hose und die Armeestiefel angezogen, die er in Saigon im „American Market" gekauft hatte, und seine drei Feldflaschen mit Wasser abgefüllt.

Sein Schädel brummte. Offenbar eine Folge der drei „Sepon Special", die er am Vorabend getrunken hatte.

Anne war inzwischen aufgewacht. Sie rieb sich die Augen, knipste die Nachttischlampe an, schaute kurz auf ihre Uhr, stand dann wortlos auf und setzte sich neben Antoine auf die Bettkante. Sie wirkte angespannt.

„Ich habe kaum geschlafen. Mir ist erst jetzt klar geworden, wie gefährlich dieser Einsatz wirklich ist", sagte sie.

Sie nahm seine Hand. „Schau mich an, Antoine. Ich frage mich ernsthaft, ob wir die Mission nicht abbrechen sollten."

„Zu spät", sagte Antoine. „Ich ziehe das jetzt durch." Er hatte keine Lust, jetzt noch eine Grundsatzdiskussion über die Sinnhaftigkeit der „Operation Honeymoon" zu führen. „Hier ist noch die Mobilfunknummer von Mallory in Bangkok. Nur zur Sicherheit. Ihm kannst du absolut vertrauen." Er reichte ihr den Zettel, auf dem er die Nummer notiert hatte. „Ruf Mallory sofort an, wenn du Hilfe brauchst. Versprichst du mir das?"

Anne nickte.

Er stand auf, griff nach seinem Rucksack.

„Warte", sagte Anne.

Sie nahm ihn in ihre Arme und hielt ihn lange fest. „Komm bitte zurück, Antoine", flüsterte sie. Sie zögerte einen Moment, als wollte sie ihm noch etwas sagen. Aber Antoine stand bereits in der Tür, getrieben von seiner eigenen Unruhe.

Draussen, vor dem Eingang des Guesthouse, drehte er sich nochmals um. Anne, in der Dunkelheit nur schemenhaft zu erkennen, stand am offenen Fenster und winkte ihm zu.

Er winkte zurück. *Vielleicht sehe ich sie jetzt zum letzten Mal,* dachte er.

Melancholische Erinnerungen stiegen plötzlich in ihm hoch. Alte Bilder. Thuy, die am Fenster seiner Wohnung an der Ham Nghi stand und ihm nachblickte, als er wieder in den Krieg zog.

Der buddhistische Tempel lag etwas ausserhalb von Sepon. *Anne hat Angst,* dachte er, als er im Dunkeln den Weg suchte. *Und ich kann sie verstehen. Sie hat sich gelangweilt in Saigon mit ihrem drögen Routinejob. Sie wollte Abenteuer erleben. Risiken eingehen. Gefährliche Dinge tun. Ihre Kamikaze-Fahrten mit ihrem russischen Motorrad haben ihr nicht genügt. Sie war auf der Suche nach mehr. Und jetzt stellt sie fest, dass man dafür immer einen Preis bezahlen muss.*

Schon von Weitem hörte er die monotonen Gesänge der Mönche im Tempel. Er hielt inne. Stand lange still. Lauschte. Einige der Mantras, diese jahrtausendealten magischen Sanskritworte, die die Mönche rezitierten, waren ihm noch vertraut. Er summte leise mit. „*Lokah Samastah Sukhino Bhavantu …*"

Er liess sich willig von den friedlichen Schwingungen der Gesänge treiben. Und für einen Augenblick war er versucht, diese ganze Mission abzublasen und zu Anne zurückzukehren.

„Mr. Antoine?"

Der Hmong hatte am Eingangsportal des Klosters im Dunkeln gewartet und ging nun auf ihn zu.

„Kham?", fragte Antoine.

Der Mann nickte.

Er war vielleicht so alt wie Antoine. Untersetzt. Muskulös. Er hatte eine tiefe Narbe im Gesicht, die sich vom rechten Auge bis zum Kinn zog und seinem Gesicht einen gefährlichen und verschlagenen Ausdruck verlieh.

„Ban La Hap. Zwei Tage. Wir gehen jetzt los", sagte er. Sein Englisch war zumindest verständlich.

Sie marschierten erst auf der asphaltierten Route Nr. 9 in Richtung Osten. Die vietnamesische Grenze war jetzt nicht mehr weit. Die ersten Lkw-Konvois waren bereits unterwegs, mit Waren beladene Motorräder ohne Schalldämpfer knatterten durch die Dörfer, am Strassenrand gingen Bauern in schmutzigen Pyjamas, die Körbe aus Stroh auf dem Kopf balancierten. Sogar einige Ochsenkarren bahnten sich einen Weg durch das Verkehrsgewühl. Die Abgase vermischten sich mit dem Gestank von überreifem Obst, faulig riechendem Abwasser und brennenden Müllbergen.

Am Strassenrand hantierten bereits Frauen in Garküchen und an Getränkeständen, entzündeten Feuer, hängten mit Reis und Wasser gefüllte Töpfe über die Flammen.

Nach etwa vier Kilometern bog Kham auf eine Dschungelpiste ab, die in der Dunkelheit kaum zu erkennen war.

Sie kamen gut vorwärts. Die Piste war zwar eng und teilweise sehr steil, aber ziemlich ausgetreten. Sie führte an Bombentrichtern vorbei, die inzwischen fast vollständig überwuchert waren. Einige der Trichter waren mit grünlichem, stehendem Wasser gefüllt, über dem es von Mücken wimmelte.

Immer wieder kreuzten sie andere Trails. Offensichtlich war die Gegend von einem ganzen Netz von Verkehrswegen durchzogen.

Über dem dichten Unterholz ragten riesige Bäume auf, die das Licht abhielten und die Gegend in ein gespenstisches Halbdunkel tauchten. Nur ab und zu drang die Sonne in goldenen Strahlen durch die Baumwipfel. Verrottende Vegetation bedeckte den Dschungelboden. Die Luft war schwer und feucht. Schon nach kurzer Zeit war Antoines T-Shirt völlig durchnässt.

Kham bewegte sich lautlos durch den Dschungel. Wie ein Raubtier auf der Jagd nach Beute. Langsam und mit fliessender Anmut glitt er über die vielen Lianen, die sich über die Piste schlängelten und in denen sich die Stiefel leicht verfangen konnten. Die manchmal so dünn wie Drähte waren und oft so dick wie das Handgelenk eines Mannes. Sie ragten aus dem Boden wie die verwesenden Finger vergrabener Leichen.

Der Dschungel ist seine Welt, dachte Antoine. *Er ist im Dschungel aufgewachsen. Wahrscheinlich hat er schon als Kind seinen Vater auf der Jagd begleitet. Wie die meisten Hmong.*

Um die Mittagszeit machten sie eine Pause. Kham hielt an einem versteckten Wasserfall an, der in einen grösseren Bach mündete. Sie füllten ihre Feldflaschen auf. Das Wasser war klar und kühl.

Antoine setzte sich, lehnte sich gegen seinen Rucksack und schloss die Augen. Er war bereits ziemlich erschöpft. Der Schweiss lief ihm übers Gesicht. Sein Schädel brummte noch immer. Und er rang nach Atem. *Scheisse,* dachte er, *verdammter Bürojob! In Baan Saw hätte ich gar nicht überleben können in so einer Verfassung ...*

Kham wühlte in seinem Rucksack und entnahm ihm einen dicken Ballen aus Reis, Gemüse und Fisch, der in ein grosses Blatt gewickelt war, und begann zu essen. Er hatte die ganze Zeit über kein einziges Wort mit Antoine gewechselt. Ein schwarzer Käfer, fast so gross wie die Faust eines Mannes, kroch wie ein Panzer auf die Reiskrümel zu, die von Khams Essen auf den Boden gefallen waren. Kham zertrat ihn mit seinen Buschstiefeln.

Antoine begnügte sich mit einem abgepackten Salami-Sandwich, das er am Vortag in dem kleinen Supermarkt in Sepon gekauft hatte. Eigentlich hatte er keinen Hunger.

Der Dschungel war voller Geräusche. Er hörte ein Rascheln in den Ästen und blickte nach oben. Fledermäuse hingen in den Ästen über ihm. Bunte Vögel und Papageien flatterten durch das

Dickicht, und hoch oben in den Bäumen konnte Antoine eine Gruppe Affen, die sich von Ast zu Ast schwangen, aufgeregt schnattern hören.

Antoine versuchte, Kham in ein Gespräch über Ban La Hap und Hamilton zu verwickeln. Aber der hatte offenbar keine Lust, seine Fragen zu beantworten. „Hamilton manchmal da. Manchmal nicht da" – mehr war nicht aus dem Hmong herauszuholen.

Weiter. Eine Stunde später durchquerten sie eine kleine Lichtung. Im weichen Schlamm fanden sie mehrere frische Stiefelabdrücke. Offenbar war kurz vorher eine Patrouille hier durchmarschiert.

Kham kniete nieder und untersuchte die Abdrücke. „Vietcong", sagte er. „Vietnamesische Stiefel."

Für ihn waren, siebzehn Jahre nach Kriegsende, die Soldaten der vietnamesischen Armee noch immer die verhassten Vietcong.

Der Nachmittag verlief ohne Zwischenfälle. Aber die Atmosphäre hatte sich verändert. Kham hielt jetzt öfters an. Lauschte auf verräterische Geräusche. Beobachtete intensiv die Pisten, die sie kreuzten. Die meisten waren alt und wohl seit längerer Zeit unbenutzt. Aber einige wiesen frische Fussabdrücke auf.

Sie waren an mehreren Bunkern vorbeimarschiert. Meist waren die Sandsäcke verrottet und die Schützengräben schon halb vom Dschungel überwuchert. Aber die Zeichen des Krieges – und der Präsenz von Feinden – waren jetzt nicht mehr zu übersehen.

Bei Einbruch der Dunkelheit suchte Kham abseits der Piste einen sicheren Platz für die Nacht. Er fand einen kleinen, graswachsenen Hügel, der von verkrüppelten Büschen und Palmen umgeben war. Er war von einem System von Bunkern und Schützengräben durchzogen, halb zerfallen, aber gut getarnt. Offenbar eine ehemalige Verteidigungsstellung der Vietnamesen.

Antoine hängte seine Hängematte zwischen den Stämmen zweier Palmen auf und spannte seinen grünen Armeeponcho als

Regenschutz darüber. Und Kham richtete sich in einem der Bunker ein.

Sie setzten sich zum Essen auf den Rand eines Schützengrabens und liessen ihre dreckigen Stiefel baumeln. Eine summende Wolke umfing sie, die Moskitos griffen jetzt in grosser Stärke an. Antoine schmierte ein Insektenschutzmittel auf seine Hände und sein Gesicht und bot Kham die Flasche an. Der schüttelte den Kopf, öffnete stattdessen einen Plastikbeutel mit gekochtem Reis und fügte ein paar Tropfen Fischöl aus einer Flasche hinzu. Er gab Antoine, der eine Sardinenbüchse aus dem Supermarkt von Sepon geöffnet hatte, einen Teil des Reises ab. Dafür schob ihm Antoine die Hälfte seines Biskuits rüber. Sie taten das, ohne ein Wort zu wechseln. Es war wieder wie damals in Vietnam. Man verständigte sich mit ein paar Gesten oder Blicken. Worte waren überflüssig.

Nach dem Essen blieben sie noch eine Weile sitzen. Antoine sah, wie Kham den obersten Knopf seiner Dschungeljacke öffnete, nach einem silbernen Kreuz griff, das an einer feinen Kette um den Hals hing, und es mehrfach küsste.

„Bist du Christ?", fragte Antoine.

„Ja. Viele Hmong sind Christen. Aber wir glauben auch an Geister."

Sie schwiegen eine Weile. Hörten dem Geschnatter einer Horde von Affen in den Bäumen über ihnen zu.

„Glaubst du an Gott?", fragte Kham.

Die Frage überraschte Antoine. Er erinnerte sich an den Spruch des Feldgeistlichen der Marines in dem umkämpften Stützpunkt Con Thien oben an der Demilitarisierten Zone. „In den Schützenlöchern gibt es keine Atheisten", hatte der Gottesmann behauptet. Antoine hatte den Spruch zwar in einer seiner Storys aus Vietnam verwendet, weil er sich gut las. Aber eigentlich wusste er, dass das Bullshit war. Er hatte zu viele sterbende GIs gesehen. Und ihre Gesichter wirkten nicht, als wären sie gerade auf dem Weg zu einem besseren Ort. Gott und Jesus waren überdies in den Schützengräben wohl die am meisten verfluchten Wesen, zusammen mit Präsident Johnson, der die GIs nach Vietnam geschickt hatte, und General Westmoreland, dem Oberkommandierenden.

„Ob ich an Gott glaube? Manchmal ja. Manchmal nein", sagte Antoine schliesslich zu Kham.

Die kreischenden Affen waren inzwischen weitergezogen.

„Morgen wir treffen vielleicht auf Vietcong", sagte Kham nach einer weiteren Pause. „Viele Vietcong hier. Wir müssen vorsichtig sein."

„Woher weisst du das?"

„Ich kann sie spüren. Kann sie riechen. Sie immer essen Reis mit Nuoc-mam-Sauce. Gibt ganz speziellen Körpergeruch. Ich sehe auch Zeichen auf den Pisten. Geknickte Lianen sagen Gefahr. Steine auf den Pisten, wo nicht hingehören, sagen, hier Minen oder Fallen vergraben."

„Wie kommt es, dass du so viel über die vietnamesischen Soldaten weisst?"

„War selber beim Vietcong."

Jetzt wurde Antoine hellhörig.

„Warst du ein Kit Carson Scout?", fragte er beinahe ungläubig. So nannte man die ehemaligen Vietcong, die sich ergeben hatten und von den amerikanischen Infanterieeinheiten als Aufklärer eingesetzt wurden. Auch die CIA und die Special Forces rekrutierten solche Scouts für ihre geheimen Einsätze in Laos und Kambodscha.

Kham erzählte ihm, dass er im Hochland, in einem Dorf ausserhalb von Ban Me Thuot, aufgewachsen war. Ein Vietcong-Kommando war eines Tages in dem Dorf erschienen, hatte erst seinen Vater und seine Mutter erschossen und Kham und seine junge Frau dann in eines ihrer Camps verschleppt. Sie hatten ihn gezwungen, die Hmong, die in den Dschungel geflohen waren, aufzuspüren.

„Meine Frau musste kochen für Vietcong. Wurde vergewaltigt. Immer wieder. Musste zuschauen. Sie hat sich umgebracht. Mit spitzem Bambus ins Herz gestochen. Bin dann geflohen. Mein Leben nachher ... Vietcong töten. Viele Vietcong. Nur so ich kann in den Himmel kommen. Dort wieder mit meiner Frau zusammen sein."

Antoine war jetzt hellwach. Er argwöhnte, dass Kham nach seiner Flucht als Auftragskiller für die CIA und für die Special Forces gearbeitet hatte. Und dass er möglicherweise auch noch heute für den amerikanischen Geheimdienst Jobs erledigte. Schmutzige Jobs, die es ihm ermöglichten, Vietnamesen zu töten.

Seine ganze Mission erschien ihm plötzlich voller Rätsel. Und voller unerwarteter Gefahren. Ihm fiel ein, was er tagsüber beobachtet, aber gleich wieder verdrängt hatte: dass Kham auffallend häufig seinen Kompass benutzte, und einmal war es Antoine sogar so vorgekommen, als hätte Kham einen Irrweg eingeschlagen und etwas später die Richtung wieder korrigiert. War der Marsch nach Ban La Hap womöglich nur ein Vorwand? Sollte er überhaupt zu dem Hmong-Dorf geführt werden? Oder wurde er von Kham nur benutzt, damit dieser in der abgelegenen Dschungelregion Vietnamesen aufspüren und umlegen konnte?

Lauter Fragen, die ihn bedrängten.

Er hatte die Ahnung, dass ihn vielleicht eine böse Überraschung erwartete. Und zum ersten Mal verspürte er ein Gefühl von Angst.

Die kühle Nachtluft roch nach Verwesung. Und nach Tod. Er würde sich nie an diese lebensfeindliche grüne Hölle gewöhnen können. Hier gab es Spinnen, deren Biss einen Arm innerhalb von Minuten auf die doppelte Grösse anschwellen liess und zu Erstickung führte. Oder die schwarz-weiss gestreifte Krait – die GIs in

Vietnam nannten sie die „Eineinhalb-Schritte-Schlange", weil ihr Biss dem Opfer vor seinem Tod nicht mehr als eineinhalb Schritte erlaubte. Sie war viel tödlicher als die Kobra und jagte vor allem nachts, verkroch sich gerne in Schlafsäcken, Stiefeln und Zelten.

Der Dschungel zerstöre die Seele des Menschen, hatte Joseph Conrad in seinem Buch *Herz der Finsternis* geschrieben. Er bringe primitive Triebe zum Vorschein und unterdrücke alles, was im Menschen gut und anständig sei. Antoine hatte das Buch in seiner Vietnamzeit stets im Rucksack getragen.

Er zog den Dschungelhut über die Augen und versuchte zu schlafen. Er war völlig erschöpft. Aber der Schlaf wollte nicht kommen. Die Hängematte war unbequem, und der laute Lärm des Dschungels, diese Symphonie aus Vogelstimmen, den Schreien der Affen, dem Krächzen der Frösche und dem aggressiven Summen der Moskitos, hielt ihn wach.

In Gedanken liess er den vergangenen Tag Revue passieren. Er dachte an Anne, an ihre Umarmung. Wie sie sich lange an ihn geschmiegt hatte. Er hatte ihren warmen Körper durch das dünne Nachthemd gespürt, den Geruch ihres Haars wahrgenommen. Und plötzlich war das Verlangen wieder da.

Die Nacht wurde allmählich still, und er fiel in einen leichten Schlaf.

Er erwachte schon früh, weil der Regen gegen seinen Poncho trommelte. Er stand auf und schüttelte seine Stiefel aus, um alle Tiere zu entfernen, die hier vielleicht vor dem Regen Zuflucht gesucht hatten. Dann machte er ein paar Übungen, um seine verkrampften Rückenmuskeln zu dehnen.

Kham stand schon abmarschbereit da. Die Reste seines Bunkers waren nicht gross genug gewesen, um sich ausstrecken zu können. Er hatte die ganze Nacht mit angezogenen Knien dagesessen, mit dem Rücken zur Bunkerwand. *Er hat Wache gehalten. Ohne jeden Schlaf,* dachte Antoine.

Sie gingen weiter. Antoine konnte nicht sagen, ob es immer noch regnete. Die kleine Lücke im Dschungeldach zeigte einen grauen Himmel. Die über dreissig Meter hohen Bäume mit ihren wuchernden Ästen filterten den Regen – er sickerte langsam durch das dichte Blätterdach, auch Stunden nach dem Regen würde das Wasser noch von den Bäumen tropfen.

Der Boden war jetzt schwammig und nass. Alles war mit Moos oder Schimmel bedeckt, was dem Dschungel einen smaragdgrünen Glanz verlieh.

Wegen des Regens waren die Spuren auf den Pisten jetzt deutlicher sichtbar. Kham zeigte auf die Abdrücke von Hufen. Offenbar war eine Maultierkolonne, die wahrscheinlich Opium transportierte, ein paar Stunden vorher auf dem Trail unterwegs gewesen.

Kham bewegte sich nun ganz vorsichtig vorwärts. Sein Gesicht hatte die Intensität eines Soldaten, der weiss, dass Gefahr naht.

Je tiefer sie in das Grenzgebiet zu Vietnam vordrangen, desto dichter wurde der Dschungel. Durch die Bäume drang kaum noch Licht.

Am Rand der Piste, an einer Wegkreuzung, stiessen sie auf einen Bambusstamm, auf dessen Ende der abgetrennte Kopf eines Menschen steckte. Vögel hatten bereits die Augen herausgepickt.

„Eine Warnung der Hmong", sagte Kham. „Vietcong sollen Gebiet nicht betreten."

Kham mied jetzt den ausgetretenen Pfad und bewegte sich vorsichtig durch das dichte Unterholz parallel zur Piste vorwärts, durch dieses fast undurchdringliche Geflecht von Bäumen, wuchernden Pflanzen und Lianen. Sie kreuzten einen Wald von Palmen, die wie riesige Hai-Skelette aussahen.

In Antoine erwachten die alten Instinkte aus seiner Vietnamzeit wieder. Diese geschärfte Aufmerksamkeit, die alles ausblendete, was nicht mit dem Moment zu tun hatte. Der Krieg wurde wieder real.

Kham hielt plötzlich an. Hob eine geballte Faust und liess sich auf den Boden fallen. „Vietcong" flüsterte er. „Sie verfolgen uns."

Er zog eine Pistole aus seinem Rucksack und schraubte den Schalldämpfer vorn an den Lauf.

„Warte hier. Bin gleich zurück." Er schlich durch das Unterholz in Richtung Piste. Lautlos. Wie ein jagender Tiger. In der rechten Hand hielt er die Pistole, mit der linken drückte er sanft die Büsche beiseite, um sich einen Weg zu bahnen.

Es dauerte Minuten, die sich für Antoine wie Stunden anfühlten, bis Kham zurückkam. Er hielt drei abgetrennte Ohren in der Hand und fuhr triumphierend mit dem Finger über die Kehle. „Drei Vietcong. Alle tot." Die Ohren warf er achtlos in die Büsche.

Antoine hoffte, dass Kham zumindest die Leichen versteckt hatte. Die Patrouille würde sicher vermisst werden. Und die Vietnamesen würden eine Suchaktion starten. Womöglich mit einer grösseren Einheit.

„Warum hast du die Ohren abgeschnitten?", fragte Antoine.

„Wenn Körper bei Tod nicht ganz, dann nicht Himmel." Kham lachte. Er war offensichtlich höchst zufrieden, drei weitere Feinde getötet zu haben. Wieder ein Schritt näher ans Paradies. Näher zu seiner Frau.

Ob das jetzt so weitergeht?, fragte sich Antoine mit einem flauen Gefühl im Magen. *Vietnamesische Patrouillen aufspüren und umlegen?*

Doch da sagte Kham: „Komm, schnell weg."

Das Töten macht ihm Spass, stellte Antoine beklommen fest. *Er hat sich vom Soldaten zum Killer entwickelt.*

Später stiessen sie auf eine schmale Tierfährte, die anscheinend zu einer kleinen Anhöhe etwa dreihundert Meter vor ihnen führte. Kham hielt inne. Lauschte angestrengt. Liess sich dann zu Boden sinken und bedeutete Antoine, es ihm gleichzutun. Er zeigte erst auf den Hügel, dann mit dem Zeigefinger der rechten Hand auf seine Augen.

Antoine nickte. Er hatte verstanden. Offenbar wollte Kham von der Hügelspitze aus erst die Gegend erkunden.

Kham kroch langsam auf Händen und Knien durch das dichte Elefantengras vorwärts. Antoine folgte ihm. Vorbei an riesigen Bombentrichtern, die offenbar von B-52 stammten. Nach etwa fünfzehn Minuten musste er eine Pause einlegen. Sein Atem war ein kurzes, flaches Keuchen. Er war sicher, dass er das Herz in seiner Brust hämmern hören konnte.

Kham war fast auf der Hügelspitze angekommen. Er stand auf. Ging gebeugt vorwärts.

Und lief direkt in einen Hinterhalt der Vietnamesen.

Kapitel 20

Der Hinterhalt war gut getarnt gewesen: Die Hügelspitze war von einem Netz von Schützengräben durchzogen, die hinter dem brusthohen Elefantengras-Vorhang selbst aus nächster Nähe nicht sichtbar waren. Kham, der sich gebückt auf die Hügelspitze zubewegt hatte, brach im Feuer der Kalaschnikows zusammen.

Dass sich Antoine, völlig erschöpft und mit keuchendem Atem, vorher hinter einer mächtigen Liane neben einem Bombentrichter auf den Boden gelegt hatte, rettete ihm das Leben. Als die ersten Schüsse fielen, robbte er bis zum Rand des Trichters und liess sich in das halb mit Regenwasser gefüllte, faulig stinkende Loch fallen. Gleichzeitig zog er den Localizer aus seiner Tasche, drückte den roten Alarmknopf, vergewisserte sich, dass er zu blinken begann und warf das Gerät dann in hohem Bogen ins Dickicht neben dem Kraterrand.

Die Vietnamesen stellten das Feuer ein. Antoine hörte ein paar Kommandos. Hörte verhaltene Stimmen und das Geräusch von unter dem Druck von Stiefeln brechenden Ästen, das näher kam.

Er sah plötzlich das Gesicht eines Soldaten, der sich über den Kraterrand beugte, die Kalaschnikow im Anschlag. Mit letzter Kraft griff Antoine nach dem Uniformkragen des Soldaten und zog ihn hinunter in den Bombentrichter. Die Idee, sich zu ergeben, kam ihm gar nicht. Der überrumpelte Soldat liess sein Gewehr ins Wasser fallen, umklammerte dann verzweifelt Antoines Kehle, drückte mit aller Kraft zu und schrie ihn in schrillem Vietnamesisch an. Versuchte Antoine zu erwürgen.

Ein scharfes Kommando vom Kraterrand. Der Soldat liess sofort von Antoine ab, griff nach seinem Gewehr und kroch langsam aus dem Wasserloch hinaus.

Antoine schaute auf. Ein Vietnamese, der Uniform nach ein Offizier, gab ihm mit seiner gezogenen Pistole das unmissverständliche Zeichen, ebenfalls herauszuklettern.

„Sie sind jetzt ein Gefangener der Armee der Sozialistischen Republik Vietnam", sagte der Offizier in gut verständlichem Englisch.

Antoine schaute hinauf zur Hügelspitze, wo er Kham zuletzt gesehen hatte. Er sah seine Leiche, die die Soldaten offensichtlich bereits nach Wertsachen durchsucht hatten. *Ich hoffe, du bist jetzt im Himmel bei deiner Frau,* dachte er.

Um eine eventuelle Flucht zu erschweren, musste er seine Stiefel ausziehen und barfuss gehen. Die Hände wurden hinter seinem Rücken mit einem Strick zusammengebunden.

Die Soldaten trieben ihn mit Kolbenhieben vorwärts. Er schleppte sich über schmale, von Lianen überwachsene Pisten, stolperte, fiel immer wieder hin, musste sich ohne Hilfe wieder aufrappeln. Seine nackten Füsse wurden von Dornen aufgerissen und fingen an zu bluten.

„*Tien len*", vorwärts, schrien die Soldaten immer wieder. Wenn nötig, halfen sie mit Schlägen nach.

„Wohin bringt ihr mich?", wollte er von dem Englisch sprechenden Offizier wissen. Keine Antwort. Nur ein dünnes Lächeln, das nichts Gutes verhiess.

Nach etwa einer Stunde kamen sie in einem Camp der vietnamesischen Armee an. Die Wachposten schoben den Stacheldrahtverhau vor dem Eingang beiseite und salutierten den Offizier. Rund ein halbes Dutzend Bungalows aus einfachen Brettern und Bambuszweigen als Dächer gruppierten sich um einen grossen Platz. Riesige grün-braune Netze hingen als Tarnung über den Hütten; so konnte das Camp aus der Luft nur schwer ausgemacht werden.

Rund ein Dutzend Soldaten in grünen Uniformen sassen in einer offenen Baracke beim Essen. Das Klappern von Töpfen und Pfannen war zu hören, es roch nach gebratenem Fleisch und nach Fischöl. Die Vietnamesen, die gerade ihren Reis löffelten, machten sich lautstark über den Gefangenen lustig, der mit gesenktem Kopf an ihnen vorbeigeführt wurde.

Sie passierten ein eingezäuntes Gehege, wo gerade ein Maultierkonvoi beladen wurde – offensichtlich mit Opium, das in wasserdichte Planen verpackt war. Antoine musste an Baan Saw denken, sein Wehrdorf im burmesischen Dschungel. *Dort war ich der Chindit. Der Herr über Leben und Tod. Hier bin ich ein Gefangener, der wahrscheinlich bald hingerichtet wird.*

Einer der Soldaten sperrte Antoine in eine leere Bambushütte. Versetzte ihm noch einen Tritt in den Unterleib, bevor er ihm Arme und Beine mit dünnem Draht fesselte und ihm einen stinkenden Sack über den Kopf zog.

Antoine lag zusammengekrümmt auf dem nackten Lehmboden. Er hatte höllische Schmerzen in den Händen und Knöcheln, dort, wo die engen Fesseln sich ins Fleisch eingeschnitten hatten. Anfänglich schrie er noch. Schrie um Hilfe. Schrie, weil er dringend auf die Toilette musste. Schrie, weil er Hunger und Durst hatte. Schrie nach einem *bac sy*, nach einem Arzt.

Aber niemand kam. Und seine Stimme wurde immer leiser und krächzender.

Nachts kamen dafür die Ratten. Angelockt von den blutenden Wunden an Antoines Füssen. Er spürte ihr Fell. Versuchte, sie mit zuckenden Bewegungen seiner Beine zu verscheuchen.

Kein Licht drang durch den Sack über seinem Kopf. Langsam verlor er das Zeitgefühl. War es Nacht? War es Morgen?

Irgendwann hörte er das Quietschen der Hüttentür. Der Sack wurde von seinem Kopf gerissen. Antoine war geblendet vom Tageslicht, sah dann einen vietnamesischen Offizier und einen brutal aussehenden Soldaten, der zwei weisse Plastikstühle in der Hand hielt.

Der Offizier setzte sich, gab dem Soldaten einen Befehl auf Vietnamesisch. Dieser packte Antoine an den Haaren, zog ihn hoch und wies ihn mit einer Handbewegung an, sich auf den zweiten Stuhl zu setzen.

„Ich werde dir jetzt ein paar Fragen stellen", sagte der Offizier auf Englisch. „Sieh mich an. Wenn du mich anlügst, tue ich dir weh."

Der Offizier war schlank, fast zierlich. Sein khakifarbenes Hemd und seine Hose waren makellos, wie seine manikürten Fingernägel. Sein einziges unattraktives Merkmal war eine Warze an seinem Kinn, an der zwei lange Haare wuchsen. Eine asiatische Sitte: Die Warze wehre Unglück ab.

„Du bist ein Agent der CIA, nicht wahr?", sagte der Vietnamese. „Was ist dein Auftrag? Warum bist du hier?

„Ich bin ein Schweizer Tourist. Ich bin auf einer Honeymoon-Reise." Antoines Stimme war kaum mehr als ein Flüstern.

Ein knappes Kommando des Offiziers – der Soldat versetzte Antoine einen Faustschlag mitten ins Gesicht. Der Stuhl kippte nach hinten, Antoine fiel auf den Boden, auf seine gefesselten Hände, die unter dem Gewicht seines Körpers fast zerquetscht zu werden drohten. Antoine stöhnte. Blut floss aus der Nase und sammelte sich in einem kleinen Tümpel auf dem Lehmboden.

„Bloss ein Tourist auf Hochzeitsreise", sagte der Offizier spöttisch. Er ging neben Antoine, der noch immer am Boden lag, in die Hocke und beugte sich über ihn. „Das ist eine nette Legende. Ich gebe dir noch einen Tag Zeit, darüber nachzudenken. Ich habe hier im Camp ein paar Soldaten, die sich aufs Foltern verstehen und ein paar Überraschungen für dich hätten. Wie wär's denn, wenn wir dich in einen Käfig voller hungriger Affen sperren würden? Du kannst dir nicht vorstellen, was die innerhalb einer Stunde mit dir machen werden. Denk mal darüber nach."

Er zündete sich eine Zigarette an und verliess dann die Hütte.

Antoines Schmerzen wurden immer unerträglicher. Sein Gesicht war blutüberströmt, das Nasenbein wohl gebrochen.

Beide Augen begannen zuzuschwellen. *Wo bleibt das Special-Forces-Team, das mich rausholen soll?*, fragte er sich verzweifelt. *Ich habe ja den Localizer aktiviert, Anne muss Larson doch längst informiert haben. Wahrscheinlich kommen sie im Morgengrauen. Hoffentlich ist es dann nicht schon zu spät.*

Am Nachmittag kehrte der Kerl zurück, der ihm die Nase gebrochen hatte. Sein Folterknecht. Die zwei anderen Vietnamesen, die ihn begleiteten, hatten ein Tuch und einen grossen Eimer Wasser dabei. Antoine wusste, was auf ihn zukam ... Waterboarding! Sie zwangen Antoine auf den Boden. Hielten ihn fest. Legten das verdreckte Tuch über sein blutiges Gesicht und gossen Wasser darüber. Immer wieder. Antoine schrie wie ein Tier. Bekam keine Luft mehr. Glaubte zu ertrinken.

Sie wiederholten die Prozedur noch zweimal. Er weinte hemmungslos, als sie schliesslich von ihm abliessen. Er hatte keine Scham mehr. Keinen Stolz.

Die zweite Nacht in dem Foltergefängnis. Noch immer kein Essen. Nichts zu trinken. Kein Schlaf. Dafür wirre Wachträume und Halluzinationen.

Sein Leben zog nochmals an ihm vorüber. Bilder jagten sich in kurzer Abfolge. Fast wie Blitze. *Ich habe so viele Fehler gemacht*, dachte er bitter. Er trauerte um sein nicht gelebtes Leben. Dachte an Thuy und bat sie um Verzeihung für sein egoistisches Verhalten. Dachte an seine Tochter, der er nie ein Vater sein würde. Und er dachte an Anne. An diese schnellen, süssen und aufregenden Momente der Verführung. *Und ich habe sie nicht in mein Leben gelassen. Schade. Ich bin nicht begabt für das Glück.*

Tränen rannen ihm über die Wangen. Er war voller Reue. Aber auch voller Angst. Angst vor dem Tod. *Lieber Gott, mach, dass das Ende schnell kommt*, flüsterte er. Für einen Moment war er sogar versucht, zu beten. Zum ersten Mal seit vielen Jahren. Aber er wusste, dass die Vietnamesen ihn zu Tode foltern würden. Dass sein Ende brutal sein würde. Eine jähe Wut packte ihn. *Man hat mich verraten! Warum hat George mich nicht rausgeholt? Er hatte es mir doch versprochen!*

Am nächsten Morgen kam der Offizier wieder. Setzte sich auf den Plastikstuhl. Schaute angewidert auf den am Boden im eigenen Kot liegenden, nackten Antoine.

In der Hand hielt er eine Flasche mit Wasser.

„Du wirst wahrscheinlich etwas durstig sein", sagte er lächelnd. „Die Flasche gehört dir, wenn du mir sagst, was dein Auftrag war. Wenn du mir alles erzählst."

Antoine blickte wie hypnotisiert auf die Flasche. Sein Durst war unerträglich. Die Kehle war ausgetrocknet und brannte höllisch.

Aber er wollte diesen kärglichen Rest an Selbstachtung, den er noch bewahrt hatte, nicht aufgeben. Er wollte diesem Sadisten diesen Sieg nicht gönnen.

Er schüttelt nur den Kopf.

„Schade", sagte der Offizier.

Er nahm die Flasche und goss den Inhalt langsam auf den Boden.

Antoine stöhnte. Kroch mühsam vorwärts. Hin zu der Stelle, wo das Wasser langsam im Lehmboden versickerte und versuchte verzweifelt, noch die letzten Tropfen aufzulecken.

Der Offizier betrachtete amüsiert das Schauspiel. „Ich komme wieder", sagte er.

Antoine war noch nie so allein gewesen. Aber die Verzweiflung legte sich irgendwann. Er gab jede Hoffnung auf, nahm sein Schicksal an, dachte an seine Zeit in dem buddhistischen Kloster. „Wer einen Fluss überquert, muss die eine Seite verlassen", hatte ihm der Abt in einer seiner Unterweisungen gesagt. „Der Tod ist nur eine Tür, die uns in eine neue Welt führt."

Am Nachmittag kehrte der Offizier zurück. Begleitet von seinem Folterknecht, der einen Kanister trug, der offenbar mit Benzin gefüllt war.

Antoine war in einer schlimmen Verfassung. Beschmutzt von Kot, Blut und Erbrochenem. Er hatte nicht geschlafen, die Fesseln brannten, beide Augen waren zugeschwollen.

„Wir wollen mal sehen, wie gut zu brennst", sagte der Offizier zu Antoine und gab dem Soldaten ein Zeichen.

„Wir fangen erst mal unten an. Vielleicht änderst du ja noch deine Meinung und erzählst mir deine Geschichte." Der Folterknecht schraubte den Kanister auf und übergoss Antoines Füsse und Beine mit Benzin.

Gleichzeitig nahm der Offizier demonstrativ sein Zippo-Feuerzeug aus der Uniformtasche.

„Halt", krächzte Antoine. Er war bereit zu sterben. Aber nicht so. Nicht so grausam. Nicht als lebende Fackel.

Es war jetzt sowieso sinnlos, weiterhin zu schweigen. Niemand würde kommen, um ihn zu retten. Er hoffte nur noch auf einen schnellen, schmerzlosen Tod. Und so erzählte er alles über seine Mission. Gelegentlich unterbrochen von präzisen Fragen des Offiziers, der erstaunlicherweise gut informiert schien über Antoines Mission. Viel zu gut eigentlich. Ein furchtbarer Verdacht kam in ihm hoch: *Ich bin verraten worden. Aber von wem?*

„Du stinkst", sagte der Offizier angewidert. „Ich bin sicher, dass deine Begleiterin dich jetzt nicht in die Arme nehmen würde. Sie heisst Anne, nicht wahr? Wo ist sie geblieben?"

Antoine hatte Mühe zu sprechen. Blut quoll aus seinem Mund. „Wir haben uns gestritten. Sie hat mich verlassen", krächzte er.

Der Offizier lachte. „Hat diese Anne dich verlassen, so wie du damals Thuy verlassen hast?"

Es dauerte einen Moment, bis seine Worte in Antoines benebeltes Gehirn eingedrungen waren. Bis er begriffen hatte, was sie bedeuteten. Und er erkannte, wen er vor sich hatte: Nguyen Van Hung, Thuys Ehemann.

Und jetzt stand er da in seiner feinen Uniform. Mit einem triumphierenden Lächeln, das besagte: „Du bist nichts, ich bin alles. Thuy wird dir nie gehören."

Seltsam, dass wir uns ausgerechnet hier zum ersten Mal treffen. In diesem Drecksnest, dachte Antoine.

„Ich weiss alles über Thuy und dich", spottete der Oberst. „Ich habe überall meine Informanten. Sogar einen Spion in deiner Behörde an der Ton-Duc-Thang-Strasse. Thuy wird sehr traurig sein, wenn sie von deinem Tod erfährt. Und ich werde dafür sorgen, dass du keinen schönen Tod haben wirst."

Der Folterknecht nahm Antoine die Fesseln ab und führte ihn auf den Platz in der Mitte des Camps. Er konnte kaum gehen, brach mehrere Male zusammen.

„Eigentlich wollte ich dich gleich erschiessen lassen", sagte der Oberst zu Antoine. Ein gewisses Bedauern schwang in seiner Stimme mit. „Ich wollte dich an die grosse Palme dort auf dem Platz binden und meine Soldaten Zielübungen machen lassen. Die müssen ja schliesslich auch ein bisschen Spass haben. Aber ich warte noch auf einen Gast, der dich unbedingt sehen will. Das dauert leider noch, der Gast kommt von weit her. So lange wirst du am Leben bleiben. In der Zwischenzeit kannst du schon mal dein Grab schaufeln."

Ein Gast?, fragte sich Antoine. *Was will der von mir?* Aber eigentlich war es ihm egal. Er hatte bereits mit seinem Leben abgeschlossen.

Der Folterknecht führte ihn auf ein kleines gerodetes Feld neben dem grossen Platz und drückte ihm eine Schaufel in die Hand. Der Boden war hart. Und Antoine hatte keine Kraft mehr. Er brach zusammen, wurde in die Bambushütte zurückgeschleppt.

Der Tag war unerträglich heiss. Der Geruch von Müll und menschlichem Abfall hing in der stehenden Luft.

Am Nachmittag – es regnete leicht aus tief hängenden Wolken – wurde Antoine wieder auf den Platz geschleppt, wo bereits ein paar Dutzend Soldaten herumsassen und gespannt auf die Hinrichtung warteten. Er war nackt, der Folterknecht hatte auf Befehl des Obersten seine stinkenden Kleider verbrannt. Auch um ihn zu demütigen. Die Soldaten lachten, als sie den nackten Gefangenen sahen. Einige warfen Steine nach ihm.

Antoine war bewusst, dass dies sein letzter Gang sein würde.

Thuys Ehemann näherte sich, begleitet von einer maskierten Gestalt. Er sagte mit einem unverhohlenen Grinsen: „Das ist der Gast, der sich so sehr auf ein Wiedersehen mit dir freut."

Antoine musste niederknien. Der Maskierte, der einen Vorschlaghammer in der Hand trug, stellte sich vor Antoine hin, nahm langsam die Maske ab. Er hatte nur noch ein Auge, das Gesicht war eine grauenvolle Fratze. Es war Xu, der chinesische Warlord aus Chiang Rai.

„Schau mich genau an. So wirst du auch gleich aussehen. Ich habe extra meinen Hammer mitgebracht." Xu setzte seine weisse Maske wieder auf. „Ich war ein Ausgestossener. Ein Aussätziger. Aber ich habe mich wieder hochgekämpft. Weil ich mich an dir rächen wollte. Mein Hass auf dich hat mich gestählt und am Leben erhalten. Heute bin ich wieder reich und mächtig. Und du? Du bist ein Nichts, ein elender Wurm, den ich zertreten werde."

Er packte den Hammer. Schwang ihn hin und her. Das Lachen aus seinem zerstörten Mund klang wie Gebell.

Antoine kniete vor ihm im Dreck. Hatte den Blick gesenkt.

Plötzlich fiel ein Schuss. Antoine schaute auf. Sah, wie sich Xu an den Hals fasste und dann langsam, wie in Zeitlupe, stöhnend zusammenbrach. Blut quoll stossweise aus seinem Mund. Gleichzeitig ertönte Gefechtslärm. MG-Feuer. Handgranaten detonierten in der Menge der wartenden Soldaten. Alles rannte durcheinander. Hysterische Schreie der Verwundeten.

Antoine liess sich zu Boden fallen. Er sah noch, wie Soldaten den Platz stürmten. Wie sie die vietnamesischen Soldaten töteten. Es waren fremde Krieger in fremden Uniformen.

Er schloss die Augen. *Träume ich?* Er zwang sich, die geschwollenen Lider wieder zu öffnen. Neben ihm lagen Leichen und Verwundete. Er erkannte Xu, der noch immer laut stöhnte. Aber er misstraute den unscharfen Bildern, misstraute dem Film, der vor ihm ablief. Er glaubte Mallory zu erkennen. Und Loi. Und einen fremden weissen Mann in der Kleidung der Bergstämme. Jetzt erkannte er, dass die fremden Krieger Hmong waren.

Der Gefechtslärm ebbte langsam ab. Nur noch einzelne Schüsse waren zu hören. Plötzlich vernahm er eine Stimme. „Antoine!", rief die Stimme. Eine Frauenstimme. Sie schien von weit weg zu kommen. Aber sie war ihm irgendwie vertraut.

Anne, dachte er. *Aber was macht denn Anne hier? Sie ist doch in Sepon. Es ist nur ein Traum.*

Aber Anne war tatsächlich da. Beugte sich über ihn. Nahm ihn ganz vorsichtig in die Arme. Deckte seinen nackten Körper mit ihrer Jacke zu.

Antoine nahm ihr Parfum wahr. Chanel No. 5. Anne hatte es im Duty Free in Saigon gekauft.

Ein Traum kann doch nicht nach Chanel No. 5 duften … Antoine versuchte sich aufzurichten. Ein Hmong-Söldner, offenbar ein Sanitäter, schob Anne sanft zur Seite. Verabreichte ihm eine Infusion – Anne musste die Flasche hochhalten. Dann setzte er noch eine Spritze und reinigte Antoines Gesicht von dem verkrusteten Blut.

„Bitte", sagte Antoine. „Hat jemand Wasser?"

Anne reichte ihm ihre Feldflasche. „Kannst du überhaupt trinken? Dein Mund ist eine einzige Wunde. Öffne einfach die Lippen. Ich lasse das Wasser langsam reintröpfeln."

Mallory kam dazu. Setzte sich neben Antoine auf den Boden. „Das war knapp, mein Freund", sagte er. „Beinahe hätten wir es nicht mehr geschafft. Dass du noch lebst, verdankst du Larson. Und Anne. Aber vor allem Hamilton und seinen Kriegern."

Im Camp suchten die Hmong inzwischen die toten Vietnamesen nach Wertgegenständen ab, plünderten die Hütten. Die Verwundeten töteten sie wie in einem Blutrausch mit einem Schuss ins Gesicht oder erschlugen sie mit dem Gewehrkolben. Die Leichen liessen sie einfach liegen. Dann zündeten sie die Hütten an, die sofort Feuer fingen und lichterloh brannten. Eine dicke Rauchwolke lag bald über dem Camp.

„Wo ist Xu?", fragte Antoine. „Ich muss sicher sein, dass er tot ist. Er darf nicht entkommen. Nicht schon wieder."

Die Morphiumspritze des Sanitäters hatte schnell Wirkung gezeigt. Die Schmerzen waren weg, aber er fühlte sich schläfrig, und die euphorisierende Stimmung, die er bei seiner Befreiung empfunden hatte, liess bereits nach. Aber er bekam frische Kleidung, eine Uniform aus dem Vorrat, den die Hmong in einer Baracke entdeckt hatten. Mallory zog einem der toten Vietnamesen die Gummisandalen aus und streifte sie Antoine über die blutenden Füsse.

Der grosse Platz des Camps war übersät mit Leichen. Xu hatte offenbar trotz seiner Schussverletzung noch versucht zu fliehen. Er hatte eine deutliche Blutspur hinterlassen und es kriechend bis zu der grossen Palme am Rand des Platzes geschafft. Dort war er zusammengebrochen. Antoine humpelte hinüber, gestützt auf Mallory und Anne, die nicht von seiner Seite wich.

„Hier, das ist Xu", sagte Antoine. Neben ihm im Dreck lag seine Maske. Xu schien noch zu leben. Der Scharfschütze hatte ihn am Hals getroffen. Und später hatten die Splitter einer Handgranate seinen Bauch aufgerissen. Er versuchte noch immer verzweifelt, mit beiden Händen die herausquellenden Eingeweide zurückzuhalten.

Antoine beugte sich über ihn. Schaute lange in dieses zerschmetterte Gesicht. „Du hast so viele Leben zerstört. Ich hoffe, du wirst in der Hölle schmoren", flüsterte er.

Xus Lippen bewegten sich. Aber kein Ton drang mehr aus seinem blutigen Mund.

Anne wandte sich ab. Sie konnte den Anblick nicht mehr ertragen. „Lass ihn, Antoine. Er stirbt sowieso."

Loi war plötzlich da. Loi, der Söldnerführer, den Antoine so gut aus Burma kannte. Loi, der ihm damals bei seinem Kampf gegen Xu beigestanden hatte. Er blickte auf Xu. Blickte dann Antoine fragend an.

Antoine nickte nur. Er wusste ja, was Loi fragen wollte.

Loi reichte ihm seine Pistole. Antoine steckte den Lauf in dieses Loch, das einst Xus Mund gewesen war, und drückte ab.

Immer mehr Baracken gingen jetzt in Flammen auf. Im Nu legte sich eine dichte Rauchwolke über das Lager. *Wo ist Oberst Hung?*, fragte sich Antoine. *Ich will sicher sein, dass mein Folterer krepiert ist.* Aber er fühlte sich zu schwach, um die schwelenden Überreste des Camps nach der Leiche abzusuchen. So erkundigte er sich bei Loi, was aus dem Offizier geworden sei, der bei der Erstürmung des Camps neben Xu gestanden hatte.

Loi zuckte nur die Achseln. „Ich habe den Mann nicht gesehen. Aber keine Sorge, Antoine, das hier hat bestimmt kein Vietnamese überlebt."

Kapitel 21

Antoine setzte sich auf einen Plastikstuhl neben dem Wachthäuschen am Eingang des Camps. Offenbar war dieser Abschnitt besonders umkämpft gewesen – der Boden war übersät mit Patronenhülsen. Und im Stacheldrahtverhau hing noch die Leiche eines vietnamesischen Soldaten. Sein Mund war wie zu einem gefrorenen Schrei geöffnet.

Antoine schaute ungläubig auf die Szenen, die sich vor seinen Augen abspielten. Die Baracken brannten noch immer. Durch den beissenden Rauch sah er, wie die Hmong die verletzten Vietnamesen, die sie in den Trümmern am Rand des Dschungels fanden, mit gezielten Kopfschüssen hinrichteten. In der Küche des Camps hatten sie zwei junge Vietnamesinnen aufgespürt, die sich dort versteckt hielten. Offenbar waren es die Köchinnen. Die Hmong trieben sie johlend mit ihren Kalaschnikows vor sich her.

Antoine schloss die Augen. Er wollte nicht sehen, was mit den Frauen geschah.

Szenen aus der Hölle, dachte er. Sie erinnerten ihn an den Vietnamkrieg. Und an die apokalyptischen Bilder von Pieter Bruegel. *Und das Ganze allein wegen mir. Weil ich mich auf diese Mission eingelassen habe, die mir von Anfang an suspekt war. Aus einer falsch verstandenen Loyalität zu George Larson.*

Mallory stand plötzlich vor ihm. „Hier, ich habe dir eine C-Ration mitgebracht. Du hast wahrscheinlich Hunger. Ich vermute, dass das Catering hier im Camp deine Ansprüche nicht ganz erfüllte."

Antoine griff gierig nach der Dose.

Mallory schaute Antoine prüfend an. „Wie fühlst du dich? Du siehst ziemlich beschissen aus. Aber der Sanitäter sagt, dass du keine grösseren Verletzungen hast. Ein gebrochenes Nasen- und Jochbein. Wahrscheinlich gebrochene Rippen. Und eventuell innere Verletzungen. Wegen der Tritte mit den schweren Stiefeln in den Unterleib. Das müsse abgecheckt werden."

„Dann fliegt mich mal ins Krankenhaus", sagte Antoine sarkastisch.

Mallory grinste. „Erst mal müssen wir hier weg. So schnell wie möglich. Das Armeekommando der Vietnamesen hat mit Sicherheit mitgekriegt, dass das Camp angegriffen wurde. Sie werden reagieren müssen. Die Rauchsäulen sind auf mehrere Kilometer zu sehen. Und per Funk ist das Camp ja auch nicht mehr erreichbar."

Er erhob sich und griff nach seiner M16. „Ich werde mal ein paar Beobachtungsposten aufstellen. Nicht dass wir noch einen Gegenangriff riskieren."

„Einen Moment noch", hielt Antoine ihn auf. „Was sind das für Kämpfer? Etwa Hamiltons Hmong aus Ban La Hap? Und war das Hamilton, den ich vorhin gesehen habe?"

„Ja. Hamilton ist hier. Aber er wurde verwundet. Bauchschuss."

Antoine erhob sich etwas mühsam, ging auf Mallory zu und drückte ihm die Hand. „Ich bin dir unendlich dankbar, dass du mich gerettet hast. Eigentlich hatte ich schon mit meinem Leben abgeschlossen. Aber sag mir doch bitte, was nach meiner Gefangennahme passiert ist. Warum sind die Special Forces nicht gekommen?"

„Später, mein Freund. Oder … lass es dir von Anne erzählen. Ich schicke sie gleich zu dir. Sie kümmert sich noch um die Verletzten." Er stand auf, lud seine M16 durch, drehte sich nochmals um. „Eine tolle Frau übrigens, diese Anne. Sie hat wie eine Löwin für dich gekämpft. Seid ihr zwei zusammen?"

Antoine zuckte die Achseln. „Nein, wir sind nur gute Freunde."

„Schade", sagte Mallory.

Antoine machte sich über die C-Ration her, die amerikanische Army-Notration, die Mallory ihm gebracht hatte. Die Dose mit

Spaghetti und Fleischbällchen hätte eigentlich erst aufgewärmt werden müssen. Aber er war nach fast drei Tagen ohne Essen derart ausgehungert, dass er alles gleich kalt hinunterschlang.

Mallory hatte auf dem grossen Platz in der Mitte des Camps einen provisorischen Verbandsplatz einrichten lassen. Offenbar mussten die Hmong einen hohen Blutzoll für den Angriff bezahlen. Etwa zehn Verletzte lagen dort auf provisorischen Tragen aus Bambusstangen und Regenponchos. Und am Rand des Platzes, bei der grossen Palme, drei grünliche Leichensäcke aus Plastik.

Antoine sah, wie Anne mit dem Sanitäter diskutierte, einem der Verwundeten aus einer Feldflasche Wasser einflösste, sich dann umdrehte und zu ihm herüberblickte. Er winkte ihr zu.

Kurze Zeit später kam sie mit schnellen Schritten zum Wachthäuschen. Sie hatte eine Kalaschnikow umgehängt.

Es war eine andere Anne als die, die er in Erinnerung hatte. Sie trug eine schwarz-grün gefleckte, schmutzige Armeehose, ihr grünes T-Shirt war blutbesprenkelt und unter den Ärmeln nass von Schweiss. Das Haar fiel ungeordnet und in Strähnen in das von Strapazen und Erschöpfung gezeichnete Gesicht. Und unter ihren Fingernägeln hatten sich Blutreste angesammelt.

Nur ihre grünen Augen leuchteten.

Sie hat sich verändert. Sie hat ihre Mission gefunden. Das Abenteuer, das sie gesucht hatte. Wie hat sie das neulich formuliert bei unserem Abendessen in Saigon, als sie die Leere in ihrem Leben beklagte? ‚Irgendwo da draussen lauert das Leben. Etwas Erregendes. Etwas Überwältigendes. Etwas, was mich verführt.'

„Hallo Antoine", sagte sie. „Nicht wahr, wir sehen beide nicht sehr präsentabel aus." Ihr Lachen klang etwas müde. „Zumindest scheint es dir etwas besser zu gehen." Sie betastete vorsichtig sein geschwollenes Gesicht. „Deine Nase ist gebrochen. Steht dir gut. Du wirst aussehen wie Jean-Paul Belmondo. Die Damen werden deinen zerknautschten Charme lieben."

„Warum läufst du mit einer Kalaschnikow rum?", fragte er erstaunt.

„Warum nicht? Ich will mich verteidigen können. Das Leben im Dschungel ist gefährlich. Peter … ich meine Mallory … hat mir eine Einweisung gegeben. Er findet, ich sei eine sehr gute Schützin."

Antoine war verunsichert. Suchte nach den richtigen Worten. „Ich möchte mich bei dir bedanken, Anne. Ich stehe tief in deiner Schuld. Und gleichzeitig möchte ich mich bei dir entschuldigen. Mein Verhalten dir gegenüber in Vientiane war blödsinnig. Ich bedaure es zutiefst. Vielleicht gibst du mir die Chance, es wiedergutzumachen."

Mein Gott, wie larmoyant das klingt, dachte er. *Ich stehe wie ein Bittsteller vor ihr. Ich hatte meine Chance. Und ich habe sie nicht genutzt.*

Anne machte eine beschwichtigende Geste. „Lass uns irgendwann später darüber reden, Antoine. Wenn es dir wieder besser geht. Und natürlich möchte ich auch deine Geschichte hören. Du hast ja offensichtlich Furchtbares erlebt! Aber jetzt erzähle ich dir erst mal, was passiert ist, nachdem du den Localizer-Knopf gedrückt hast. Das Wichtigste zumindest. Ich muss nämlich gleich wieder zu meinen Verwundeten. "

Antoine hätte gern ihre Hand genommen. Aber er traute sich nicht.

„Ich habe nach dem Localizer-Alarm von Sepon aus Larson in Saigon angerufen und ihm die Koordinaten durchgegeben", begann Anne ihren Bericht. „Gleichzeitig habe ich Mallory in Bangkok informiert. Beide waren ziemlich besorgt. Larson wollte gleich das Special-Forces-Team losschicken. Rief Washington an. Doch die haben ihn hingehalten. Inzwischen war ich mit dem Taxi nach Savannakhet gefahren und suchte nach diesem mysteriösen Mr. White. Aber die Nummer, die er uns gegeben hat, existiert gar nicht. Und offenbar gibt es auch kein USAID-Büro in der Stadt. Also hattest du recht mit deiner Skepsis."

„Das ist ja unerhört!", empörte sich Antoine. „Ich hab's doch gewusst, dass dieser Kerl von der CIA ist!"

„Also, Washington zögerte das Go für die Rettungsaktion immer wieder hinaus", fuhr Anne fort. „Angeblich hatten sie plötzlich Bedenken wegen der Reaktion der vietnamesischen Regierung und der Opposition im amerikanischen Kongress. Larson vermutet jetzt, dass sie nie die Absicht hatten, dich mit den Special Forces rauszuholen. Wir beide haben dann mit Mallorys Hilfe eine private Rettungsaktion organisiert. Ein absoluter Affront gegenüber Washington. Aber wir konnten nicht mehr warten, uns war klar, dass die Zeit immer mehr drängte. Wir wussten zwar nicht, was dir zugestossen war, aber du warst in Not, sonst hättest du nicht das Localizer-Signal gegeben. Und allein im Dschungel würdest du nicht lange überleben."

„Und wie habt ihr dann rausgekriegt, dass ich hierher verschleppt worden war?"

Anne lächelte. „Hamilton hat uns draufgebracht. Oder besser gesagt, er hat vermutet, dass du von einer vietnamesischen Patrouille in dieses Camp hier gebracht wurdest, weil es den Localizer-Koordinaten am nächsten lag."

Gott schütze ihn, dankte Antoine seinem Retter im Stillen.

„Aber wie habt ihr Hamilton dann zu der Rettungsaktion überredet?"

„Das war …" Anne unterbrach sich, um einen Blick hinunter zum Verbandsplatz zu werfen, wo die Verwundeten für den Weitertransport fertig gemacht wurden. „Tut mir leid, Antoine, aber ich muss jetzt wieder an meine Arbeit." Sie stand auf und winkte Mallory zu, der quer über den Platz auf sie zukam.

„Wir marschieren in einer halben Stunde ab", sagte Mallory, als er sie erreicht hatte. „Hamilton geht es nicht gut. Und in Ban La Hap können sie ihn besser behandeln. Was ist mit dir, Antoine? Traust du dir zu, etwa zwei Stunden zu marschieren? Die wenigen Tragen, die hier verfügbar sind, brauchen wir für die Schwerverwundeten."

„Ich versuch's", sagte Antoine. „Es wird schon gehen."

Mallory erzählte ihm den Rest der Geschichte. Blickte dabei ständig hinüber zu dem grossen Platz, wo sich die Kompagnie der Hmong zum Abmarsch formierte.

„Uns war klar, dass wir schnellstmöglich handeln mussten. Die Zeit lief uns davon. Ich hatte in der Zwischenzeit Loi um Rat gefragt. Das Problem war vor allem, dass wir keine Ahnung hatten, was uns erwartete: ob du in einen Hinterhalt geraten warst, ob dein Führer dich im Stich gelassen hatte oder ob du schwer verletzt irgendwo in der Wildnis lagst. Wir rechneten eigentlich damit, dass wir dich suchen müssten. Aber wie? Es war schliesslich Anne, die die Idee hatte, Ban La Hap einzubinden. Sie hoffte, die Hmong, die sich – im Gegensatz zu uns – hier wirklich auskennen, zu einer Suchaktion überreden zu können. Und das Dorf liegt nur knapp zwei Stunden entfernt von der Stelle, an der du den Localizer betätigt hattest. Also flog ich von Bangkok aus nach Chiang Rai, wo Loi bereits einen Hubschrauber organisiert hatte." Mallory grinste. „Alte Kriegs-Connections. Der Pilot ist ein Kumpel von ihm, der mit dem Thai-Kontingent in Vietnam war. Er arbeitet jetzt bei einem privaten Unternehmen und hat den Hubschrauber praktisch gekapert, seine Bosse wussten nichts davon. Deshalb musste er auch von hier aus gleich wieder zurück nach Chiang Rai. Wir machten eine Zwischenlandung in Savannakhet, tankten auf und nahmen Anne an Bord, die unbedingt dabei sein wollte. Das war an dem Tag, nachdem sie dein Localizer-Signal empfangen hatte. Natürlich hatten wir Angst, dass du nicht mehr lebst. Aber wir wollten es einfach nicht wahrhaben. Vor allem George war ausser sich über das Zögern Washingtons. Schliesslich hatte er dich ja zu dieser Operation überredet."

Und mich ins offene Messer laufen lassen, dachte Antoine bitter.

„Es war eine Kamikaze-Mission", fuhr Mallory fort. „Schon allein die Landung in Ban La Hap, das wir erst mal finden mussten, war riskant. Wie würden die Hmong-Krieger reagieren, wenn plötzlich ein Hubschrauber mitten über ihrem Dorf auftauchte? Nach allem, was wir wussten, mussten wir ja davon ausgehen, dass sie bestens mit Waffen ausgestattet waren. Und du weisst selbst, schon ein präziser Schuss aus einer Kalaschnikow kann einen Hubschrauber zum Absturz bringen. Tatsächlich ist Ban La Hap eine hochgerüstete Festung. Du wirst es ja bald sehen. Übrigens …"

„Weiter!", drängte Antoine.

„Na ja, die Hmong stürmten sofort nach der Landung auf den Hubschrauber zu und wollten uns erschiessen. Anne rettete uns. Sie redete auf Lao auf die Stammeskrieger ein. Und wir kriegten zum ersten Mal den sagenumwobenen Hamilton zu Gesicht."

„Wie sah er aus? Nach zwanzig Jahren im Dschungel?"

„Schlecht. Eingefallene Wangen, hohle Augen, struppiger Bart. Er trug eine weit geschnittene schwarze Pluderhose, ein besticktes Hemd, ziemlich löchrig allerdings. Dazu Ho-Chi-Minh-Sandalen. Eigentlich sah er aus wie ein Hmong. Gar kein strahlender Held mehr."

„Und wie hat er reagiert?"

„Er lud uns in seinen Bunker ein. Viele Sandsäcke. Stahlmatten als Dach. Ein solider Bunker, der auch einen direkten Minenwerfer-Treffer aushält. Keine Stühle. Wir sassen auf Kissen auf dem Boden. Alles sehr spartanisch. Dabei muss Hamilton ja Millionen verdient haben mit seinen Drogengeschäften. Eine junge Hmong servierte uns Tee. Ich vermute, dass das seine Freundin ist."

„Und dann, wie habt ihr ihn überzeugt, mich zu befreien?"

„Anne hat ihm erst unsere Lage geschildert. Anfangs hat er überhaupt nicht reagiert. Sass nur ganz still da. Schlürfte seinen Tee. Mehrere Minuten lang. Ich beobachtete inzwischen das Innere des Bunkers. An der Wand hingen zwei verblichene Schwarz-Weiss-Fotos. Ein Mann in einer amerikanischen Offiziersuniform. Wahrscheinlich sein Vater. Und das Foto einer Frau. Offenbar eine Vietnamesin. Mit einem Baby in den Armen. Mit einem Mal sagte Hamilton: ‚Euer Mann ist gefangen genommen worden. Von Vietnamesen.' Und …"

„Ja, das hat Anne mir schon erzählt", fiel Antoine ihm ins Wort. „Hamiltons Mutmassung aufgrund der Localizer-Koordinaten. Und wie ging es weiter?"

„Dann sagte er völlig ungerührt: ‚Ihr kommt zu spät. Euer Mann ist längst tot. Ich kenne die Vietnamesen. Die haben ihn erst gefoltert und anschliessend erschossen.'"

„Und dann?"

„Wir waren ziemlich ratlos. Bis Anne aufgestanden ist. Du hättest sie sehen sollen. Sie stand wie ein Strafverteidiger vor den Geschworenen. Hielt ein leidenschaftliches Plädoyer. Die Rolle ihres Lebens. Grosses Kino."

„Was hat sie gesagt?"

„Sie beschwor Hamilton, dir eine Chance zu geben. Du hättest dein Leben riskiert, um mit ihm über eine Rückkehr nach Amerika zu reden. Und nun hätten Amerika und die CIA dich offenbar verraten. Genauso wie sie ihn damals verraten hätten. Es sei für ihn deshalb eine Frage der Ehre, zumindest den Versuch zu machen, dich zu retten. Denn dieser Code von Ehre und Treue, von Loyalität und Mut gelte ja nach wie vor für ihn. Auch hier im Dschungel."

„Das mit Amerikas Verrat an Hamilton, das war natürlich eine Spekulation", warf Antoine ein.

„Aber sie lag damit genau richtig. Warum, das kann Hamilton dir später noch persönlich erklären. Hoffe ich jedenfalls. Sein Zustand ist offenbar ziemlich kritisch."

„Und Annes flammende Rede hat Hamilton überzeugt, die Vietnamesen anzugreifen?"

„Nicht gleich. Er versank erst wieder in sein Schweigen. Dachte nach. Ewig. Wir wurden immer nervöser. Dann rief er der jungen Hmong-Frau, die uns den Tee serviert hatte, etwas zu. Sie verschwand und kam dann ein paar Minuten später mit einem Hmong in Uniform zurück. Hamilton und er redeten lange in einem Lao-Dialekt miteinander, den auch Anne nicht verstand, wie sie mir später sagte. Dann salutierte der Hmong und verliess den Bunker. ‚Das war der Kommandeur meiner Truppen. Er ist informiert. Wir marschieren in einer halben Stunde mit einer Kompagnie los', sagte Hamilton. ‚Ich komme mit.' Der Rest war easy. Der Hubschrauber setzte auf seinem Rückweg nach Chiang Rai Loi zwei Scharfschützen etwa zwei Kilometer vom Camp der Vietnamesen entfernt ab. Sie sollten schon mal eine getarnte Stellung beziehen. Es war übrigens Loi, der Xu mit dem ersten Schuss getroffen hat. Er wollte sich das nicht nehmen lassen."

Antoine sah Anne, mit umgehängter Kalaschnikow, auf sie zukommen. Doch sie wandte sich nicht an ihn, sondern an Mallory: „Wir sind so weit. Wir können abmarschieren. Hamilton geht es übrigens nicht gut. Er hat hohes Fieber."

Die beiden scheinen hier das Kommando übernommen zu haben, wunderte sich Antoine. *Und sie scheinen sich gut zu verstehen.* Er verspürte plötzlich einen Anflug von Eifersucht. *Hat Mallory mich deshalb gefragt, ob wir zusammen sein?*

Kapitel 22

Die Kolonne der Hmong-Krieger setzte sich langsam in Bewegung. Das Wetter hatte sich weiter verschlechtert. Zwar liess der Regen etwas nach, aber ein dichter Nebel legte sich jetzt über den Dschungel, die Sicht ging schnell zurück und die Temperatur kühlte stark ab. Die Soldaten waren oft nur noch schemenhaft im milchigen Nebel zu erkennen. Und später, auf der Piste nach Ban La Hap, tauchte die Kolonne in die gespenstische Dämmerung des Dschungels ein.

Antoine staunte, wie diszipliniert sich die Hmong verhielten. Eine Vorhut von etwa fünfzehn Mann sicherte die Kolonne ab. Und ein Flankenschutz bewegte sich etwa zehn Meter links und rechts der Piste durch das dichte Gestrüpp vorwärts, um einen eventuellen Hinterhalt rechtzeitig zu entdecken. Die Verwundeten, deren improvisierte Bahren von je vier Kriegern getragen wurden, folgten in der Mitte der Kolonne, und eine Nachhut sicherte die Truppe nach hinten ab.

Fast wie in einem militärischen Lehrbuch, dachte Antoine. Einzig die Tatsache, dass viele der Hmong mit irgendwelchem Beutegut aus dem vietnamesischen Camp beladen waren, störte ein wenig das martialische Bild. Sogar lebende Gänse und Hühner, auf den Rucksäcken festgezurrt, hatten die Hmong mitgehen lassen.

Mallory hatte Antoine einen Platz bei den Verwundeten zugewiesen. Er ging neben der Trage eines Hmong und hielt mit dem rechten Arm dessen Infusionsflasche in die Höhe. Ab und zu wurde er von einem leicht verletzten Soldaten abgelöst. Und Anne, noch immer mit der umgehängten Kalaschnikow, kontrollierte regelmässig die Verbände der Verwundeten und kümmerte sich besonders um Hamilton, der nach wie vor fieberte und ständig nach Wasser fragte.

„Sorry Captain, Sie dürfen nichts trinken", sagte ihm der Sanitäter. „Nicht bei einem Bauchschuss."

Antoine nahm ihn beiseite, um sich nach Hamiltons Chancen zu erkundigen. Der Sanitäter zuckte die Achseln. „Die Blutung konnten wir stoppen. Aber er muss sofort operiert werden, wenn wir in Ban La Hap ankommen. Sonst wird er es kaum schaffen."

„Sie sind Arzt?"

„Ich habe in Vientiane Medizin studiert. Aber ich wurde nach der Machtübernahme der Pathet Lao nicht zum Abschlussexamen zugelassen."

„Weil Sie ein Hmong sind?"

Der Sanitäter nickte nur.

Nach einer Stunde ordnete Mallory einen Marschhalt an. Die Piste war enger und steiler geworden, die Bahrenträger hatten grosse Mühe, den Soldaten zu folgen. Mehrfach waren sie über die dicken Lianen und die Felsbrocken auf dem Trail gestolpert, die Verwundeten mussten deshalb mit Armeegürteln auf den Tragen festgebunden werden.

Auch Antoine hatte zunehmend Mühe mit dem Tempo der Kolonne. Er hatte starke Schmerzen im Unterleib und konnte nur vornübergebeugt gehen. Der Sanitäter hatte ihm bereits zwei weitere Darvon-Schmerztabletten verabreicht und ihm versichert, bis Ban La Hap sei es nur noch gut eine Stunde. Aber es war offensichtlich, dass Antoines Zustand ihn beunruhigte.

Plötzlich kam Anne auf Antoine zu. Seit dem Aufbruch aus dem Camp hatte sie kein Wort mit ihm gewechselt und seine Versuche, mit ihr ein Gespräch zu beginnen, stets abgeblockt. Sie nahm ihm die Infusionsflasche ab und sagte: „Hamilton möchte dich sehen. Du findest ihn da vorn bei dem grossen Felsen."

Wir sind uns fremd geworden, dachte Antoine. Er hatte Anne vorhin beobachtet, als sie am Rand der Piste neben Mallory stand. Ihre Körpersprache signalisierte grosse Vertrautheit. Sie lachten beide. Und Anne legte dabei ihre Hand auf Mallorys Arm. Eine schon fast intime Geste, die Antoine wohlvertraut war. Nur galt sie diesmal einem anderen Mann.

Der Sanitäter wechselte gerade die blutigen Verbände über Hamiltons nacktem Oberkörper und bedeckte seine Stirn mit einem nassen Tuch. Er schaute Antoine eindringlich an und schüttelte unmerklich den Kopf. An Hamilton gewandt, sagte er: „Captain, Antoine Steiner ist hier."

Antoine setzt sich neben Hamilton auf den Boden. Seine Rippen taten ihm weh, und die Fleischwunde über dem gebrochenen Jochbein pochte schmerzhaft; vermutlich hatte sie sich entzündet.

„Captain, ich möchte mich bei Ihnen bedanken, dass Sie mich mit Ihren Hmong gerettet haben."

„Wir haben keine Zeit für Förmlichkeiten", erwiderte Hamilton knapp. „Mir läuft die Zeit davon. Ich werde bald sterben." Er lachte. „Aber ich wäre sowieso bald tot gewesen. Der Typ, den sie Ihnen da als Führer angedreht haben, war ein CIA-Killer. Die sind schon seit Jahren hinter mir her. Wussten bloss nicht, wo sie mich suchen sollten. Bis Sie daherkamen ... Kham hiess er, nicht wahr? Hat Anne mir gesagt." Er lachte wieder. Es klang eher wie ein Röcheln. „Wissen Sie was? Ich kenne überhaupt keinen Kham."

„Aber er ... Kham hat doch gesagt, dass er ..." Antoine verstummte. Nein, Kham hatte nicht gesagt, dass er Hamilton kenne. *Er hat ...* Er versuchte sich zu erinnern. *Kham hat nicht mal gesagt, dass er Ban La Hap kennt. Und er hat sich sogar verlaufen ...* Kham war gar keine Gefahr für ihn selbst gewesen, wie er befürchtet hatte, sondern für Hamilton!

„Sie meinen, die haben mich einfach benutzt, um Ihnen einen als Scout getarnten Auftragsmörder auf den Hals zu hetzen?"

„Exakt. Sobald klar war, wo ich bin, haben sie jemanden in Marsch gesetzt. *Sie* kamen ihnen da gerade recht ... Aber sie hätten mich so oder so irgendwann erwischt. Ich weiss so viel über die Schweinereien der CIA während des Krieges, die wollten mich nicht lebend zurück. Die wollten, dass ich für immer die Fresse halte."

Antoine war geschockt. Brauchte einen Moment, um all das zu verarbeiten. „Sind Sie ganz sicher? Ich hatte den Auftrag, Sie zu überreden, mich nach Saigon zu begleiten."

„Klar. Offiziell. Sonst hätten Sie's ja nicht gemacht, oder?" Er sah Antoine fragend an.

Antoine schüttelte den Kopf. „Nein, ganz sicher nicht."

„Habe ich mir gedacht. Stattdessen haben Sie Ihr eigenes Leben riskiert ... für mich. Und jetzt ist es wohl nur fair, Ihnen zu erklären, für wen Sie da beinahe in den Tod gegangen wären."

Antoine zwang sich, seine Schmerzen zu ignorieren. Ihm war klar, dass er jetzt Antworten auf seit Jahren von Spekulationen, Anschuldigungen und geheimnisvollen Verschwörungstheorien umrankte Fragen hören würde.

„Ich muss mit meinem Vater beginnen. Er war bei der Army. Hat in Korea gekämpft und ging schliesslich zur CIA. Er stand für altmodische Werte wie Ehre, Pflicht und Vaterland. Und er glaubte, als er schliesslich Mitte der Sechzigerjahre nach Vietnam versetzt wurde, an die wichtige Rolle der Geheimdienste im Kampf gegen den Kommunismus. Er war mein Vorbild. Und natürlich ging ich nach dem Studium ebenfalls zur Army. Offiziersschule in West Point. Dann Dienst bei den Special Forces, bei den Green Berets. Die CIA rekrutierte damals gerade Leute für die Operation Phoenix. Sie haben sicher davon gehört. Eine geheime Operation, mit der die Vietcong-Infrastruktur ausgelöscht werden sollte. Durch Infiltration, Entführung, Folter und Ermordung. Tausende von Vietcong – oder mutmasslichen Vietcong – wurden damals ohne ordentliches Verfahren und oft ohne Beweise hingerichtet oder ..."

Er unterbrach sich, weil der Sanitäter ihm abermals die Stirn abtupfte. Dessen fast unmerkliches Kopfschütteln entging Antoine nicht. Als der Beinahe-Arzt zum nächsten Verwundeten weitergeeilt war, fuhr Hamilton fort: „Also, Operation Phoenix. Ich bewarb mich. Obwohl mein Vater mir die Hölle heiss gemacht hat, absolut dagegen war. Aber mir war klar geworden, dass Amerika den Krieg nur mit halber Kraft führte. So, als ob wir ihn gar nicht gewinnen wollten: überall Verbote, Einschränkungen, Sonderregelungen." Er drehte den Kopf und schaute Antoine herausfordernd an.

Antoine kannte diese Sichtweise: Die Amerikaner hätten den Krieg verloren, weil sie auf die korrupten vietnamesischen Alliierten viel zu viel Rücksicht genommen und sich zu sehr von der Angst vor möglichen Interventionen Chinas oder Russlands hätten leiten lassen.

„Ja", räumte er ein, „heute sehen das viele so."

„Eben", stiess Hamilton hervor. „Aber ich wollte Action. Und bei Phoenix gab es keine Beschränkungen. Keine Verbote. *Nur* Action. Einzig die Ergebnisse zählten. Das war genau mein Ding. Und klar, auch der mythische Ruf der CIA hat mich gelockt. Ich wurde angenommen und gleich zum Captain befördert. Natürlich half es, dass mein Vater bei der CIA war." Er verstummte, um wieder zu Atem zu kommen. „Mein Job war anfänglich nicht besonders glorios. Ich musste Daten und Informationen der Geheimdienste über verdächtige Vietcong auswerten und Todeslisten erstellen. Ich habe damals eine Menge Scheisse gesehen … und ich sterbe mit dem Wissen, dass ich jeden Tag die Namen von Männern und Frauen auf Listen eingetragen und damit ihre Todesurteile unterschrieben habe. Wie ein Buchhalter."

Der Konvoi brach wieder auf. Mallory hatte jetzt Mühe, die Disziplin aufrechtzuerhalten. Antoine wusste aus Erfahrung, dass die Nähe des vertrauten Base Camps die Soldaten oft unvorsichtig macht. Man wähnt sich schon in Sicherheit. Und oft schlägt der Gegner genau dann zu.

Hamilton, der Mallorys Befehle ebenfalls genau verfolgt hatte, lächelte schwach. „Der Mann ist gut", sagte er anerkennend. „Meine Hmong können seine Anweisungen problemlos umsetzen."

Inzwischen hatte es wieder zu regnen begonnen. Die Piste wurde schlammig und glitschig. Antoine, der sich dicht neben Hamiltons Bahre hielt, packte trotz seiner protestierenden Rippen mit an, wenn die Träger ausglitten. Auch die anderen Träger verloren nur allzu oft den Halt unter ihren Füssen, worauf der Verwundete jeweils von Neuem auf der wenig soliden, behelfsmässigen Trage fixiert werden musste. Was dazu führte, dass der ganze Konvoi sich immer wieder staute.

„Irgendwann wurde mir klar, dass sich hinter der ‚Operation Phoenix' eine Mord-AG verbarg." Hamiltons Stimme war leiser und heiserer geworden. „Dass unschuldige Menschen von irgendwelchen korrupten südvietnamesischen Generälen und einflussreichen Politikern denunziert wurden. Dass Zivilisten umgebracht wurden, weil sie ein paar Piaster vom letzten Bestechungsgeld nicht rechtzeitig bezahlt hatten. Oder weil sie in einer Bar die falsche Frau angemacht hatten. In Hue wurde ein Friseur von Phoenix-Agenten hingerichtet, weil seine zitternden Hände die Kopfhaut eines Generals verletzt hatten." Er hielt inne, sog mühsam Luft ein. „Die meiste Drecksarbeit wurde von der südvietnamesischen Polizei und den von der CIA rekrutierten Special Forces erledigt. Die Phoenix-Teams hatten eine Kill-Quote von fünfzig Vietnamesen pro Monat. Das bedeutete nicht, dass die Opfer Vietcong waren. Sie mussten lediglich den richtigen ethnischen Hintergrund und die richtige Hautfarbe haben."

Antoine war sich nicht sicher, ob er Hamilton mit Fragen nach Details zusetzen könne, aber seine Neugier siegte: „Wie ging das vonstatten? Die Agenten haben die Leute ja wohl nicht einfach auf offener Strasse abgeknallt."

„Nein. Die Teams arbeiteten nur nachts", antwortete Hamilton ohne Zögern. „Waren oft tagelang weg. Irgendwann tauchten sie dann in den Morgenstunden im Camp auf. Aufgeputscht mit Dexedrin. Dann verschwanden sie in ihren Hütten in einem abgesperrten Teil des Camps und schliefen oft tagelang. Bis sie einen neuen Mordauftrag hatten. Ich ging selten raus mit ihnen. Höchstens dann, wenn es ein hoher Vietcong-Kader war, der auf meiner Todesliste stand. Einmal liess mich mein Chef kommen. Er tat sehr geheimnisvoll. Er habe Informationen über eine Frau, die in einer Villa in Dalat wohne und beim Vietcong eine wichtige Kaderfunktion innehabe. Sie habe in Paris studiert. An der Sorbonne. Ich war skeptisch, denn Frauen hatten beim Feind nur selten eine Führungsfunktion. Sie durften höchstens Verletzte versorgen oder Munition verpacken. Und ein Studium in Frankreich galt beim Vietcong sowieso als suspekt. Aber mein Chef beruhigte mich. Der belastende Hinweis stamme von einem hohen Politiker aus Saigon. Der Mann sei absolut verlässlich. Er befahl mir, den Tötungsauftrag sofort zu erledigen. Eigenhändig."

Mallory, der bisher mit der Vorhut an der Spitze der Kolonne marschiert war, wartete am Pistenrand auf Hamilton und Antoine. „Wir kriegen gleich Verstärkung aus Ban La Hap", sagte er. „Wir können dann die Krankenträger ablösen. Sie sind ziemlich erschöpft. Das Wetter sollte sich ebenfalls bald bessern. Sagen zumindest die Hmong. Ich gehe davon aus, dass der Hubschrauber morgen in Ban La Hap landen kann."

Schweigend setzten sie den Marsch fort. Hamilton hatte die Augen geschlossen, und Antoine bereitete sich innerlich darauf vor, auf den Rest der Geschichte verzichten zu müssen. Doch nach einer Weile fing Hamilton wieder an zu sprechen: „Also, mein Tötungsauftrag. Ein vietnamesischer Ranger-Leutnant begleitete mich damals. Der Rest meines Teams war draussen vor der Villa in Stellung gegangen. Kurz nach Mitternacht schlichen wir in die

Villa. Die Frau hiess Hanh. Sie schlief bereits. Eigentlich hätte ich sie mit meiner schallgedämpften Pistole einfach erschiessen sollen, Kopfschuss, und dann gleich wieder abhauen. Das war der Plan. Ich weiss nicht, warum ich zögerte. Vielleicht weil Hanh eine Schönheit war. Eine wirklich beeindruckende Schönheit. Als ich ihr die Pistole an die Schläfe hielt, schlug sie die Augen auf. Sie schrie nicht, sondern schaute mich bloss an.

,Du bist eine Vietcong', sagte ich auf Vietnamesisch zu ihr. Sie schüttelte nur lächelnd den Kopf und griff nach dem Buddha-Amulett um ihren Hals. Der Ranger-Leutnant, wegen meinem Zögern genervt, griff zur Pistole und erschoss sie.

Später erfuhr ich, dass Hanh, übrigens eine ehemalige Miss Vietnam, die Freundin eines einflussreichen Politikers aus Saigon gewesen war. Er hatte sie einem politischen Rivalen ausgespannt. Und dieser rächte sich, indem er die Schöne bei der CIA als Vietcong-Kader denunzierte." Er schwieg. Schloss wieder die Augen.

Antoine wartete geduldig, bis Hamilton neue Kraft gesammelt hatte. Er spürte nun, dass dies eine Art Beichte war, die er hier abnahm und dass Hamilton nicht abtreten würde, bevor er sie zu Ende gebracht hatte.

„Damals wurde mir klar, dass ich kein Soldat mehr war", fuhr Hamilton nach einigen Minuten fort, „kein Green Beret. Ich war ein Killer geworden. Der Krieg war jetzt der dunkle Engel auf meiner Schulter, der mir Übles einflüsterte. Ich kündigte bei der CIA. Ging zurück zur Armee. Zurück zu den Special Forces. Ich hatte meinen Stolz verloren. Nahm jeden riskanten Auftrag an. Machte bei jedem Selbstmordkommando mit. Man überhäufte mich mit Orden, ich hatte in der Army schon fast Heldenstatus. Aber das war mir alles egal. Ich riskierte mein Leben, weil ich büssen wollte für das, was ich bei der CIA getan hatte. Ich arbeitete gern mit den Hmong. Lernte sie schätzen. Sie sind meine Brüder. Sie sind Krieger, die noch an Loyalität glauben."

Die Kolonne hielt wieder an. Laute Rufe, Gelächter und Geschrei – die Verstärkung aus Ban La Hap war da. Ein bunter Haufen. Männer, einige im Lendenschurz. Barbusige Frauen auf nackten Füssen, nur mit einem bunten Tuch um die Hüften bekleidet. Sie alle scharten sich um Hamilton. Redeten in ihrem gutturalen Dialekt auf ihn ein. Einige Frauen brachen in Tränen aus, als sie ihren Anführer sahen. Er wirkte so verletzlich. Und die Verbände waren wieder blutig.

Hamilton war nach den Gesprächen mit seinen Hmong erschöpft. Seine Stimme wurde immer schwächer, und er hatte offensichtlich mit grossen Schmerzen zu kämpfen.

„Hier nun der Rest meiner Geschichte", flüsterte er. „Der Hubschrauber meines Vaters … abgeschossen westlich von Lang Vei. Von meinem Vater erfuhr ich damals, dass Washington entschieden hatte, der Krieg sei verloren. Und dass die Amerikaner bei ihrem Abzug die Bergstämme eiskalt verraten und im Stich lassen würden. Damit war klar, dass die Hmong, die Nung und alle anderen leer ausgehen und die Gewinne aus dem Opiumgeschäft wieder in die Taschen der korrupten Eliten fliessen würden, diesmal eben der kommunistischen Nomenklatura. Vor allem aber hatte mein Vater eine beschissene Nachricht für mich ganz persönlich: Ein Kriegsgerichtsverfahren war gegen mich in Vorbereitung. Der Politiker, dessen Geliebte Hanh unter meinem Kommando umgebracht wurde, galt als kommender Ministerpräsident. Und er machte einen Riesenskandal aus dem Mord. Verlangte, dass Amerika die Umstände ihres Todes untersuchen und die Täter aufs Härteste bestrafen müsse. Die CIA wollte sich aus politischen Gründen gut mit ihm stellen und bereitete die Eröffnung eines Verfahrens gegen mich vor."

Der Grund, warum er desertiert ist, dachte Antoine. *Miller hat richtig geraten.*

„Mein Vater starb ein paar Tage später an seinen Verletzungen. Und ich kehrte in den Dschungel zurück. Zu meinen Hmong.

Mir war klar, dass ich damit eine rote Linie überschritten hatte. Aber wohin sonst hätte ich zurückkehren sollen? In jenes Amerika, das Zehntausende Soldaten skrupellos geopfert hatte? Wo die CIA mich früher oder später erledigen würde?" Hamilton schwieg eine Zeit lang. Dann fuhr er fort: „1975, nach Kriegsende, half ich den Hmong bei der Vermarktung ihres Rohopiums. Die Geschäfte laufen jetzt gut. Wir liefern unser Opium an die Höchstbietenden. An die Chinesen. Oder sogar an die kommunistische Regierung in Hanoi. Hier im Grenzgebiet ist sowieso alles gesetzlos, hier ist Wilder Westen."

Die Kolonne erreichte Ban La Hap. Antoine staunte: Das Dorf sah aus wie ein grosses befestigtes Camp der Special Forces. Mit Minenfeldern, Stacheldrahtverhauen, Schützengräben und Bunkern. Antoine machte vier Minenwerferstellungen aus, sogar mehrere bemannte 20-mm-Flakgeschütze. Ihm fiel ein, was der Chief in Mouang Taoy gesagt hatte. *Kein Wunder, dass die Vietnamesen das Camp nie erobern konnten.*

„Ich bin wieder zu Hause …", flüsterte Hamilton.

Antoine sah, wie Erleichterung sich auf Hamiltons Gesicht ausbreitete. Und stellte jene Frage, die sie alle seit Wochen beschäftigt hatte: „Was ist eigentlich mit Ihren Dog Tags geschehen? Damit fing ja alles an, wie Anne Ihnen sicherlich erzählt hat. Warum wurden die plötzlich bei uns in Saigon abgegeben?"

„Ich habe keine Ahnung. Das müssen Sie mir glauben. Nachdem ich mich in Ban La Hap den Hmong angeschlossen hatte, wollte ich alles loswerden, was auf meine Angehörigkeit zur Army hinweisen konnte. Alles – bis auf meine M16 und die Pistole. Ich gab einem Hmong den Auftrag, den Rest zu verbrennen. Oder zu vergraben. Auch die Dog Tags." Hamilton lächelte resigniert. „Aber das ist jetzt nicht mehr wichtig. Mir bleiben höchstens noch ein paar Stunden. Einen Bauchschuss überlebt man nicht. Nicht hier im Dschungel."

Kapitel 23

Antoine lag auf einem grünen Armeefeldbett in der Sanitätsstation, umsorgt von einer Hmong-Krankenschwester, die seine entzündeten Wunden im Gesicht mit einer Salbe bestrich, seinen Blutdruck und seine Temperatur mass und eine Infusionsflasche an dem Metallgestell neben dem Feldbett befestigte. *„Blood pressure not good"*, sagte sie und sah ihn streng an. *„I call doctor."*

Antoine blickte sich um. Die etwa zweieinhalb Meter hohen Wände der Sanitätsstation bestanden aus Sandsäcken, die mit bunten Jutedecken abgedeckt waren. Gewellte Stahlbleche bildeten die Decke. Offenbar eine Kriegsbeute. Diese Stahlmatten hatten die Amerikaner im Vietnamkrieg für den Bau von Behelfspisten in ihren entlegenen Stützpunkten verwendet. Von der Decke hingen nackte Glühlampen, der Strom kam wohl von einem Notstromaggregat, dessen entferntes Brummen zu hören war.

Alle zehn Betten waren belegt mit den Kämpfern der Kompagnie, die das Camp der Vietnamesen angegriffen hatten. Die meisten hatten Schusswunden oder Splitterverletzungen von Handgranaten. Antoine kannte inzwischen die meisten von ihnen. Schliesslich hatte er anfänglich ihre Infusionsflaschen getragen.

Der Sanitäter, den sie hier „Doctor" nannten, trat an sein Bett. Die Krankenschwester erklärte ihm wohl die Messergebnisse, knöpfte kurzerhand Antoines Uniformjacke auf und zeigte auf die blutunterlaufenen Stellen, die die Stiefel des Folterknechts hinterlassen hatten.

„Ja, der Blutdruck ist zu hoch", sagte der „Doctor" zu Antoine. „Und Sie haben ein starkes Bauchtrauma wegen der Tritte mit den Stiefeln. Mich beunruhigt mehr, dass Sie gelegentlich Blut spucken. Ein Zeichen, dass eventuell der Verdauungstrakt verletzt ist. Auf jeden Fall müssen Sie so schnell wie möglich per Ultraschall untersucht werden. Auch ein Milzriss oder eine Verletzung der Leber ist möglich."

In der Sanitätsstation herrschte ein ständiges Kommen und Gehen. Familienangehörige der Verwundeten brachten Essen, uniformierte Soldaten besuchten ihre Kameraden und unterhielten sich lautstark, dazwischen wechselten die Krankenschwestern Verbände oder wiesen Kinder zurecht, die auf die Feldbetten ihrer Väter oder Verwandten klettern wollten.

Eine Krankenschwester brachte Antoine eine C-Ration, die in der Küche aufgewärmt worden war. Ein Teller Rindfleisch an einer scharfen Sauce. „*A present … Captain Mallory*", sagte sie.

Auf dem Feldbett neben Antoine lag Hamilton. Seine junge Freundin war bei ihm und hielt seine Hand. Sie war zweifellos eine Schönheit. Schwarze Haare bis fast zur Hüfte. Keine Hmong – die feinen Gesichtszüge verrieten eher laotisches oder vietnamesisches Blut. Sie unterhielten sich leise in einem Dialekt, den Antoine nicht einordnen konnte. Die Freundin versuchte tapfer, ihre Tränen zu unterdrücken.

Ab und zu kam ein Uniformierter vorbei. Salutierte. Offenbar ein Offizier von Hamiltons Stammeskriegern.

Hamilton sah nicht gut aus. Bleich. Eingefallene Wangen. Er seufzte tief, schaute dann zu Antoine hinüber. „Ich werde wohl nie mehr das Meer sehen. Schade. Ich bin in Florida aufgewachsen. In Daytona Beach. Wir hatten ein Haus am Strand …"

Anne besuchte ihn kurz. Sie war frisch geduscht, ihre Haare waren noch nass. Statt der Uniform hatte sie nun ein T-Shirt und eine schwarze Leinenhose an, die in dieser Umgebung geradezu elegant aussah. Anne wirkte cool, ihr Blick war selbstsicher.

„Komm mir nicht zu nah", sagte Antoine. „Ich stinke ganz furchtbar." Er trug noch immer seine verdreckte Uniform aus der Kleiderkammer des vietnamesischen Camps.

Anne setzte sich trotzdem auf den Bettrand. Antoine nahm ihr Parfum wahr. Chanel No. 5. Und da war ganz plötzlich wieder dieser Anflug von Eifersucht, der sich wie ein dunkler

Schatten über ihn legte und gegen den er sich nicht wehren konnte.

„Morgen kommt der Hubschrauber. Morgen bist du wieder in der Zivilisation. Dann ist der Albtraum vorbei." Ihre Stimme hatte einen warmen und beruhigenden Ton und war voller Mitgefühl. Sie betastete vorsichtig die dick geschwollene Wunde unter seinem rechten Auge. *Selbst eine vertraute Hand, die so zärtlich über das Gesicht streicht, kann einem plötzlich fremd erscheinen,* dachte er mit Bitterkeit. Aber da war plötzlich auch eine andere Stimme in ihm, die sagte: *Reiss dich endlich zusammen. Du mit deiner blöden Eifersucht. Anne ist jetzt bloss so interessant für dich, weil sie eine Beute ist, die sich entzieht.*

„Ich werde dich in Chiang Rai im Krankenhaus besuchen", sagte Anne schliesslich. Dann stand sie auf und ging zur Bunkertür, einem mannshohen Loch in der Sandsackmauer, das mit einer Wolldecke verhüllt war. Sie schien es eilig zu haben. Antoine sah ihr nach. Sah ihre langen Beine, ihren Körper, der sich unter dem leichten Stoff ihrer eng anliegenden Bekleidung abzeichnete. Und er spürte das plötzliche Auflodern eines erotischen Begehrens.

Hamilton hatte die ganze Szene mit angesehen.

„Sie liebt dich, nicht wahr?", sagte er.

Antoine schüttelt den Kopf. „Das war vielleicht mal so. Jetzt nicht mehr."

„Das glaube ich nicht. Ich habe euch vorhin beobachtet. Vielleicht solltest du ihr sagen, dass du sie auch liebst. Sag es ihr. Was riskierst du schon? Wahrscheinlich wartet sie drauf."

Seine Freundin schob ihm ein Kissen unter den Kopf und trocknete mit einem Tuch seine nasse Stirn. „Vergiss nicht, dass *sie* es war, die dich gerettet hat. Wenn sie sich nicht so leidenschaftlich für dich eingesetzt hätte, wäre ich nie mit meinen Hmong losmarschiert."

Zwei Sanitäter und zwei Krankenschwestern trugen das Feldbett mit Hamilton in den Nebenraum, der offenbar als Operationssaal diente.

„Viel Glück, Captain", sagte Antoine.

Ein müdes Winken als Antwort. „Wir sehen uns auf der andern Seite", meinte er mit einem leisen Lächeln. Den Spruch kannte Antoine aus Vietnam. So verabschiedeten sich die Patrouillen, wenn sie zu einem Einsatz losmarschierten, von dem sie möglicherweise nicht zurückkommen würden.

Die verwundeten Hmong in der Sanitätsstation hatten ebenfalls mitgekriegt, dass ihr Anführer in den OP-Raum geschoben wurde und dass ihm jetzt wahrscheinlich sein letzter Kampf bevorstand. Sie klatschten alle. Riefen irgendwelche Parolen. Und wer konnte, richtete sich auf und schaute auf diesen Mann, aus dem schon fast alles Leben entwichen war, dem sie so viel verdankten, den sie verehrten und der nun langsam hinter der Bunkertür aus ihrem Blickfeld verschwand.

Allmählich senkte sich die Nacht über Ban La Hap.

Es war schon spät, als Mallory Antoine besuchte. „Wir haben hier übrigens Alarmstufe Rot. Möglich, dass die Vietnamesen einen Vergeltungsangriff starten. Ich bringe dir morgen eine Hose und ein T-Shirt mit, die ich in meinem Rucksack gefunden habe. Sie sollten dir passen. Nimm aber vorher noch eine Dusche. Du riechst etwas streng. Leider habe ich keine Stiefel für dich. Aber die Ho-Chi-Minh-Sandalen stehen dir gut."

Er bestätigte Antoine, dass der Hubschrauber früh am nächsten Morgen in Chiang Rai starten werde. Die Wetterprognose sei gut. Es werde keine Passkontrolle in Chiang Rai geben – der Hubschrauber lande direkt beim Krankenhaus. Jeff Gordon, der Arzt, werde sich dort persönlich um ihn kümmern. „Glücklicherweise haben wir hier eine moderne Funkstation ‚made in USA', mit den Erlösen aus dem Opiumgeschäft gekauft, sodass Loi das alles in die

Wege leiten konnte. Und ich habe sogar Larson erreicht. Er lässt dir ausrichten, dass du nicht sofort nach Saigon zurückkehren sollst. Die Situation sei sehr unübersichtlich. Es gebe eine Menge Gerüchte. Details wollte er über Funk nicht verraten."

Langsam erloschen die Lichter. Nur im Nebenraum, wo Hamilton offenbar noch immer operiert wurde, dauerten die Aktivitäten an. Gelegentlich hörte man undeutliche Rufe.

Eine Krankenschwester gab Antoine zwei Darvon-Tabletten gegen die Schmerzen. Er war nach zwei Nächten ohne Schlaf total erschöpft. Doch der Schlaf wollte nicht kommen, nur eine Art Dämmerzustand stellte sich ein, mit quälenden und wirren Traumbildern, in denen er nochmals die Folterszenen durchlebte. Er sah sich allein in einem leeren Kino sitzen. Seine Hände waren auf dem Rücken gefesselt. Er trug eine schwarze Kapuze mit zwei Löchern für die Augen. Vor ihm lief ein Schwarz-Weiss-Film ab, dessen Hauptdarsteller ihm ähnlich war. Auf der Leinwand sah er tanzende und schwebende Figuren. Xu nur als grinsende Fratze ohne Körper. Wie Phi Krasue, der gefährliche Geist ohne Unterkörper, der sich von Leichen ernährt. Dann tanzten Xus Hammer und die Stiefel des Folterknechts ein seltsames Duett. Die Filmsequenzen gingen ineinander über, folgten irgendeiner verrückten Dramaturgie. Er sah Anne und Mallory in einer wilden, ungezügelten Umarmung. Schweissnass und fiebrig. Anne lachte lüstern in die Kamera, an ihrem Rücken hing eine Kalaschnikow. Im Hintergrund erschien plötzlich eine dunkle, verschleierte Frauengestalt, die allmählich die ganze Leinwand ausfüllte. Sie sagte: ,Du gehörst mir!' Für einen Moment lüftete sie den Schleier. Es war Thuy. In diesem Augenblick verschwanden Anne und Mallory. Lösten sich auf in einem grellen Licht, das auf seiner Netzhaut flimmerte wie nach einem direkten Blick in die Sonne. Dann sah er sich selbst auf der Leinwand. Eine Nahaufnahme. Er hatte keine Augen. Keine Zähne. Er versuchte zu schreien. Und er war plötzlich wieder in der Folterhütte. Konnte seine Pisse riechen, sein Erbrochenes, sein Blut und den widerlichen Gestank seiner eigenen Angst.

Der „Doctor" rüttelte ihn wach. „Sie haben laut geschrien", flüsterte er. „Haben Sie Schmerzen?" Antoine schaute auf die Uhr. Kurz nach fünf Uhr morgens. „Nein, ich hatte nur Albträume. Sorry, dass ich geschrien habe. Was ist mit Hamilton? Ist er über den Berg?" „Nein", sagte der „Doctor". Tränen standen in seinen Augen. Jetzt nahm Antoine auch das leise Weinen und Wehklagen von Hamiltons Freundin wahr, das aus dem Nebenraum drang.

Er konnte nicht mehr schlafen. Er stand auf, trat aus dem Sanitätsbunker ins Freie. Der Himmel war noch dunkel. Er wartete auf die Morgendämmerung, auf diesen roten Streifen am Horizont, der den Tag ankündigte.

Ein Knall. Und plötzlich flammte der Himmel über dem Camp milchig weiss auf. Eine Leuchtkugel verbrannte und fiel wie im Zeitlupentempo auf die Erde zurück. Einer der Minenwerfer hatte offenbar eine Beleuchtungsgranate abgefeuert. Wahrscheinlich hatten die Soldaten in den Schützengräben verdächtige Geräusche oder Bewegungen im Stacheldrahtverhau wahrgenommen. Und die Vietnamesen hatten die Gewohnheit, immer kurz vor Morgengrauen anzugreifen.

Antoine hatte das Spektakel angespannt verfolgt. Instinktiv wartete er auf das Gewehrfeuer, das einen Angriff signalisieren würde. Aber alles blieb still. Er musste an Hamilton denken, diesen gefallenen Kriegsgott, den Mann, der ihn gerettet hatte und der nun nie mehr das Meer sehen würde. *Was wird wohl aus Ban La Hap ohne Hamilton?*, fragte er sich. *Wer wird sich um seine Hmong kümmern?*

Das Dorf erwachte langsam. Erste Kochfeuer leuchteten auf, Soldaten, die abgelöst worden waren, kamen von ihren Stellungen in den Schützengräben und Bunkern zurück.

Mallory war auch schon wach. Er hatte die Nachricht von Hamiltons Tod bereits gehört. „Hier, ich bringe dir die Hose und das T-Shirt. Der Hubschrauber ist übrigens bereits unterwegs und dürfte in einer halben Stunde landen. Loi hat einen Kurier organisiert, der deinen Pass, das Geld und das Reisegepäck, das du im Hotel in Vientiane deponiert hattest, nach Chiang Rai bringt." Er sah Antoine prüfend an. „Wie geht es dir? Noch immer Schmerzen? Was sagt eigentlich der ‚Doc'?"

„Dass ich dringend in die Ultraschall-Untersuchung muss. Ich habe wohl ein Bauch-Trauma, wie er das nennt. Wegen der Stiefeltritte."

„Ich weiss, du bist ein harter Kerl. Aber dass du nach Ban La Hap marschiert bist, war ein Fehler. Sorry, mein Lieber. Wir hätten eine Trage organisieren müssen." Er schaute auf die Uhr. „Der Hubschrauber müsste gleich da sein. Eigentlich unvorstellbar, was du in dieser kurzen Zeit erlebt hast. Wird dir sicher erst nach einer gewissen Zeit klar werden. So erging es mir manchmal nach einem Einsatz. Die ganze Skala der Emotionen, komprimiert in ein paar Tagen oder sogar Stunden. Da war alles drin. Kampf, Todesangst, Mut, Feigheit, Verletzung, der Tod von Kameraden, der unbedingte Wille zu überleben."

„Ja. Wird noch eine Weile dauern, bis ich das alles verdaut habe …"

„Weisst du schon, was du machen willst nach deinem Krankenhausaufenthalt? Den Job in Saigon wirst du ja kaum behalten können. Dafür wird Washington schon sorgen."

„Keine Ahnung. Vielleicht kehre ich zurück nach Europa." Er sagte das einfach so dahin. Eigentlich hatte er noch gar nicht darüber nachgedacht.

Mallory lachte. „Du zurück nach Europa? *No way.* Nach so vielen Jahren in Asien. Wir passen nicht in ein enges Büro mit geregelten Arbeitszeiten."

„Und du? Was macht ihr jetzt … du und Anne?"
„Wir werden ein paar Tage hierbleiben, wollen an der Begräbnisfeier teilnehmen. Das schulden wir Hamilton, es wäre sonst ein Affront für die Hmong. Anne will danach zurück nach Saigon. Wahrscheinlich auf dem Landweg. Die Grenze ist ja gleich um die Ecke. Und ich werde bereits in Bangkok erwartet."

Antoine widerstand der Versuchung, ihn direkt zu fragen, ob er jetzt mit Anne zusammen sei. „Ich nehme noch eine schnelle Dusche", verabschiedete er sich hastig und raffte die Kleider zusammen, die ihm Mallory gebracht hatte. Gerade so, als ob er flüchten müsste, um Mallory nicht doch noch jene Frage zu stellen, die ihm auf der Zunge brannte.

Vor dem Sanitätsbunker traf er den „Doctor", der eine Zigarette rauchte. Er sah müde aus. „Wir haben die ganze Nacht versucht, Hamilton zu retten", sagte er. So, als ob er sich vor Antoine rechtfertigen müsste. „Die inneren Blutungen waren einfach zu stark."

Rotorengeräusch war plötzlich zu hören.

Der Hubschrauber landete auf dem Platz vor der Sanitätsstation. Antoine liess die Hmong zusammenrufen und bedankte sich für ihren Einsatz, mit dem sie ihm das Leben gerettet hatten. Dann verabschiedete er sich von Mallory und Anne. Eine kurze Umarmung.

„Wir sehen uns in Chiang Rai", sagte sie. Sie trug wieder die schwarze Leinenhose vom Vorabend. Winkte ihm zu, als der Hubschrauber abhob und dann nach Westen abdrehte.

Immer diese Abschiede, dachte Antoine. *Diese kalte, graue Leere, in die man nachher fällt.*

Kapitel 24

Der monotone Flug über den endlosen Dschungel hatte eine einschläfernde Wirkung auf Antoine. Kurz nach dem Start hatte ihm Loi seinen Feldstecher in die Hand gedrückt, als sie über das zerstörte Camp der Vietnamesen flogen. Die niedergebrannten Baracken und Lagerschuppen waren deutlich sichtbar. Antoine glaubte sein Gefängnis und den Platz zu erkennen, auf dem er hingerichtet werden sollte. Aber das Camp schien verlassen, und noch immer lagen Leichen herum. Offensichtlich hatten die Vietnamesen das Camp noch nicht wieder besetzt, denn sonst hätten sie mit Sicherheit als Erstes ihre Toten bestattet.

Dann war Antoine eingenickt. Der Pilot hatte ihm vorher einen Kopfhörer nach hinten gereicht, der den Lärm der Turbine etwas dämpfte. Erst kurz vor der Landung in Chiang Rai, einer kleinen thailändischen Provinzstadt an der Grenze zu Burma, wachte er auf, als der Pilot im Funk um Landefreigabe ersuchte. Er schaute aus dem Fenster, erkannte das imposante Krankenhausgebäude und den mit einem grossen H gekennzeichneten Hubschrauberlandeplatz auf dem Dach.

Dr. Jeff Gordon, der Chefarzt der Klinik, erwartete ihn bereits und schob einen Rollstuhl zum Hubschrauber. Jeff war ein Vietnamveteran, ein ehemaliger Fallschirmjäger der 101. US-Luftlandedivision. Antoine kannte ihn aus der Zeit, als er von Chiang Rai aus Hilfslieferungen für sein Shan-Dorf im Dschungel Burmas organisierte. Sein mit privaten amerikanischen Hilfsgeldern finanziertes Krankenhaus galt als das beste und modernste in der Provinz.

„Es ist alles für die Untersuchung vorbereitet", sagte Dr. Gordon, „Ultraschall und Blutabnahme. Komm mit. Loi hat mir am Funk erklärt, was du durchgemacht hast. Unglaubliche Geschichte!"

Nach der Untersuchung wurde Antoine von einer Krankenschwester zu seinem Zimmer im zweiten Stock geführt. Ein grosszügiges und ruhiges Eckzimmer. Alles blitzsauber. Alles geschmackvoll eingerichtet. Er warf sich mit einem wohligen Gefühl auf das breite Bett. Atmete ein paarmal tief durch. Schloss dann die Augen. Fast wäre er eingeschlafen, doch der Gedanke an sein ungepflegtes Äusseres trieb ihn schliesslich ins Bad.

Zum ersten Mal seit Tagen sah er sein Gesicht im Spiegel. Er erschrak. Die Folterspuren waren unter den Bartstoppeln noch immer deutlich sichtbar, die Augen blutunterlaufen, über dem gebrochenen Jochbein wölbte sich eine hässliche Entzündung. Das Haar war struppig und voller Dreck.

Er stellte sich unter die Dusche. Genoss den heissen Wasserstrahl. Rieb sich mehrfach mit dem wohlriechenden Duschgel ein. Wollte gar nicht mehr aufhören, sich genüsslich von dem Schmutz zu reinigen, der sich überall festgesetzt hatte.

Dann zog er den weissen Bademantel mit dem Logo des Krankenhauses an und legte sich wieder aufs Bett. Wartete auf den Arzt, der wohl demnächst mit den Untersuchungsergebnissen vorbeikommen würde.

Der Dschungel war plötzlich weit weg. Nur noch eine Erinnerung, die langsam verblasste.

Nach einer halben Stunde war Jeff Gordon immer noch nicht erschienen. Antoine hatte Mühe, die Augen offen zu halten, aber die Vorstellung, unvermittelt aus dem Schlaf gerissen zu werden, schreckte ihn. Er beschloss, über die abhörsichere Nummer Saigon anzurufen.

Larson schien sich zu freuen und war offensichtlich erleichtert, Antoine wieder „in der zivilisierten Welt" zu wissen, wie er es nannte. Er fluchte über das zynische, menschenverachtende Verhalten Washingtons, das Antoine beinahe das Leben gekostet hatte. „Und deshalb …", es entstand eine Pause, in der er sich offenbar eine Zigarette anzündete, „… habe ich gekündigt."

Antoine glaubte sich verhört zu haben. „Was?"

„Gekündigt", wiederholte Larson mit Nachdruck. „Ich habe endgültig die Schnauze voll. Meine Frau ist natürlich erleichtert – du weisst ja, wie sehr sie Saigon hasst. Im Übrigen bin ich damit ohnehin nur meiner Entlassung zuvorgekommen. Und dein Job, Antoine, wird möglicherweise ebenfalls hinfällig werden."

„Was heisst das – soll ich überhaupt nicht mehr nach Saigon zurückkommen?", sagte Antoine und fragte sich, ob das bedeutete, dass er Anne womöglich nie mehr wiedersehen würde.

„Nein, nein. Wir besprechen das im Detail, wenn du wieder hier bist", beruhigte ihn Larson. „Aber bleib zunächst mal in Chiang Rai. Hier geht alles drunter und drüber. Das State Department spricht von einem ‚diplomatischen Super-GAU', der unsere Beziehungen zu Vietnam massiv gefährde. Weisst du, was die mir an den Kopf geworfen haben? Unsere Operation sei das Werk von Dilettanten!"

„War doch klar", warf Antoine ein. „Sie lassen uns im Stich, und wenn dann was schiefgeht, sind natürlich wir schuld. Und die CIA hat vermutlich noch nie was von einem Typ namens Hamilton gehört …"

„So ist es." Wieder hörte Antoine Larsons Zippo klicken. „Natürlich haben die Nachforschungen schon begonnen. Wir versuchen hier in Saigon, vorerst alles unter dem Deckel zu halten. Aber es kursieren schon erste Gerüchte über eure Schiesserei da oben. Unser Kriegsheld aus dem Norden ist bereits bei mir vorstellig geworden: Die Existenzberechtigung unserer Koordinationsstelle werde von der Regierung in Hanoi in Frage gestellt, hat Van Dong mich gewarnt, da sie offenbar nur Deckmantel für illegale antivietnamesische Aktivitäten sei."

„A propos Van Dong", sagte Antoine. „Ich habe ihn schwer im Verdacht, dass er ein Spitzel ist. Ein Verräter. Der …. äh …..Vietnamese, der mich verhört hatte, war nämlich sehr gut informiert über unsere Koordinationsstelle und hat sogar damit geprahlt, dass er einen Spion bei uns an der Ton-Duc-Thang-Strasse habe. Eigentlich kommt da nur Van Dong in Frage." Rechtzeitig war ihm noch eingefallen, dass er Larson gegenüber Thuys Ehemann gar nie erwähnt hatte, um sich nicht den Vorwurf romantischer Phantastereien anhören zu müssen. Er verschob dieses Gespräch erst mal auf später.

„Das würde mich nicht wundern", meinte Larson. „Er ist nach unserem Gespräch auch nicht mehr zur Arbeit erschienen. Aber erinnere dich, ich hatte dich schon immer vor ihm gewarnt."

Antoine beschloss, das Thema zu wechseln. „Hast du was von Anne gehört? Wann kommt sie wieder zurück?"

Sie und Mallory wollten noch zwei, drei Tage in Ban Lap Hap bleiben, um den Begräbnisfeierlichkeiten der Hmong für Hamilton beizuwohnen, wurde Antoine von seinem Freund aufgeklärt. Dann schien George es plötzlich eilig zu haben und beendete ziemlich unvermittelt das Gespräch.

Anne und Mallory … Antoine war erleichtert, als Jeff Gordon endlich ins Zimmer trat und die Bilder in seinem Kopf verscheuchte. Der Arzt hielt einen Stapel von Ausdrucken in der Hand. Offenbar die Ergebnisse der Sonographie.

„Du hast Glück gehabt. Keine inneren Verletzungen. Nur die Blutwerte sind noch nicht okay. Was du jetzt dringend brauchst, sind ein paar Tage Ruhe."

Das Ausruhen war schwieriger als gedacht. Insgeheim wartete Antoine ständig auf einen Anruf von Anne. Er ertappte sich dabei, dass er zögerte, sein Zimmer zu verlassen, aus Angst, ihren Anruf zu verpassen.

Aber sie meldete sich nicht.

Es gab nicht viel zu tun in Chiang Rai. Er liess sich jeden Tag massieren. Ging ohne grossen Enthusiasmus in den Boutiquen einkaufen. Versuchte ein Buch zu lesen. Und abends schlenderte er über den Markt, wo Dutzende kleiner Stände und Garküchen irgendeine Spezialität anboten. Meist Meeresfrüchte, Fleisch, Gemüse und eine grosse Vielfalt an frischen Fischen. Antoine liebte die exotischen Gerüche, die aus den Woks und Kesseln dieser Open-Air-Restaurants strömten.

Zufällig kam er am Haus des halbblinden Wahrsagers vorbei, das in einer Seitenstrasse hinter dem Markt lag. Er hatte ihn konsultiert, bevor er nach Burma gegangen war, und die Prophezeiungen waren alle in Erfüllung gegangen. Ein Bauzaun trennte jetzt das bereits halb zerfallene und leer stehende Haus von der Strasse. *Wahrscheinlich wird es abgerissen und muss einem Bürogebäude Platz machen. Oder einem McDonald's,* dachte Antoine. *Wie fast überall in der Stadt.* Vom Wahrsager keine Spur mehr.

Loi, der Söldnerführer, besuchte ihn in der Klinik.

„Langweilst du dich hier?", fragte er Antoine. „Vermisst du bereits Saigon? Oder den Dschungel?"

Antoine seufzte. „Es ist nicht nur die Langeweile. Ich weiss nicht, wie es mit mir weitergehen soll. Mein Job in Saigon ist wohl beendet. Larson hat mich schon vorgewarnt. Aber was dann? Zurück nach Europa? Nichts ist klar in meinem Leben. Und dann sind da auch noch die Frauen …"

„Anne?", tippte Loi mit einem leisen Lächeln.

„Ja", gestand Antoine. „Und eine andere Frau. In Vietnam."

Loi zog die Augenbrauen hoch. „O Mann, das sind ja ganz schön viele Fragezeichen … Du solltest einen Wahrsager konsultieren."

Antoine starrte ihn erstaunt an.

„Warum nicht?", sagte Loi ungerührt. „Das Übersinnliche ist hier Teil des Lebens."

„Du schlägst mir einen Wahrsager vor? Ausgerechnet du, der harte Krieger?"

„Weisst du, es ist ganz normal, wenn die Menschen einen Schlüssel zur Zukunft suchen. Alle tun es. Auch ich. Soll ich für morgen einen Termin ausmachen? Ich kenne einen buddhistischen Mönch hier in Chiang Rai, der auch ein berühmter Wahrsager ist. Ich komme mit und übersetze für dich."

Antoine nickte.

Am nächsten Morgen holte ihn Loi mit seinem Auto im Krankenhaus ab. Sie fuhren in einen ruhigen Teil der Stadt. Dort lag der Tempelkomplex, ganz aus Holz gebaut. Der Wahrsager sass auf dem Boden einer breiten, schattigen Terrasse vor dem Schlafsaal, an dessen grossen Fenstern die orangefarbenen Gewänder der Mönche zum Trocknen hingen. Der Mann war vielleicht fünfzig Jahre alt, hatte Tätowierungen auf Brust und Armen. Er begrüsste Loi und Antoine mit einem breiten Lächeln und bat sie, auf zwei Sitzkissen Platz zu nehmen.

Als Erstes notierte er auf einem Blatt Papier den Tag und die Stunde von Antoines Geburt, machte komplizierte Berechnungen, zeichnete mit einem Kugelschreiber auf dem Papier einige Kreise in ein Quadrat, konsultierte ab und zu ein dickes Buch, das neben ihm, eingehüllt in ein rotes Tuch, auf dem Boden lag. Dann sah er Antoine in die Augen und begann mit seinen Deutungen.

„Sie haben ein Leben mit Höhen und Tiefen gelebt. Aber dieses Jahr wird gut für Sie. Ihre Glückszahl ist die Fünf. Dies ist eine ganz wichtige Zahl in Ihrem Leben. Stellen Sie sicher, dass Ihre Hausnummer, Ihre Telefonnummer und das Nummernschild Ihres Autos immer eine Fünf enthält. Wenn Sie im Lotto spielen, werden Sie gewinnen. Und Ihr Glücksstein ist der Smaragd."

Dann trank er einen Schluck aus der Teetasse, rülpste und zündete sich eine Zigarette an. „Vor Ihnen liegen sieben spannende Jahre. Und Sie werden schon bald etwas tun, was Sie noch nie zuvor getan haben. Sie werden dabei zu einem Ort reisen, wo Sie noch nie waren."

Antoine konnte eine leichte Enttäuschung nicht verbergen. Was ihm der Mönch bisher prophezeit hatte, waren die üblichen Banalitäten. Er entschloss sich, ihm eine direkte Frage zu stellen. „Ehrwürdiger Mönch, sehen Sie Gefahren in meinem Leben?"

Der Wahrsager schien in sich zu gehen. „In der Vergangenheit war Ihr Leben mehrfach in Gefahr", sagte er dann bedächtig. „Und die Gefahr ist nicht vorbei. Sie haben einen starken Schutz gegen Ihre Feinde, aber seien Sie trotzdem auf der Hut. Vor allem in den kommenden Wochen."

Wieder so eine Wischiwaschi-Antwort, dachte Antoine. Aber er mochte noch nicht aufgeben. „Soll ich in Asien oder in Europa leben?"

Der Mönch zog abermals sein dickes Buch zurate. „Weder noch. Bleiben Sie in Bewegung. Eigentlich sind Sie ein Flüchtling. Früher oder später verlassen Sie immer den Ort, wo Sie gerade gelebt haben."

Stimmt, erkannte Antoine überrascht. So hatte er sein Leben noch nie betrachtet.

„Sie haben noch eine dritte Frage", sagte der Mönch.

Antoine stellte ihm die Frage, die ihn am meisten beschäftigte: „Ich stehe im Moment zwischen zwei Frauen. Eine, die ich seit fast zwanzig Jahren kenne, und eine, mit der ich noch nicht wirklich zusammen bin. Für welche soll ich mich entscheiden?"

Der Mönch lächelte. „Vergangene Liebe ist bloss Erinnerung. Zukünftige Liebe ist ein Traum und ein Wunsch. Nur in der Gegenwart, im Hier und Jetzt, können Sie wirklich lieben. Folgen Sie Ihrem Herzen." Er konsultierte wieder die Kreise, die er auf das Papier gekritzelt hatte und nahm einen tiefen Schluck aus seiner Teetasse. „Aber falls Sie sich entscheiden, eine Frau zu nehmen, dann sollte es auf keinen Fall eine Witwe sein."

Der Mönch erhob sich, Antoine schob diskret ein Bündel mit Geldscheinen unter das Kissen, verbeugte sich und bedankte sich für die Ratschläge.

„Vielleicht wird dir erst später klar werden, was der Mönch wirklich gesagt hat", sagte Loi, als sie den Tempel verliessen. Bei mir ist es jedenfalls oft so. Aber offenbar bleibt dein Leben weiterhin spannend. Und gefährlich."

In den folgenden Tagen kehrte Antoine allmählich wieder ins Leben zurück. Er mietete in einem Motorradladen eine rote Royal Enfield. Jeff Gordon hatte ihm zwar augenzwinkernd davon abgeraten, „aus medizinischen Gründen", aber er verstand, dass Antoine Lust hatte, jede Vorsicht über Bord zu werfen und sich danach sehnte, sein Selbstbewusstsein wiederzufinden, das er in dem vietnamesischen Foltergefängnis verloren hatte. *Hey du*, sagte Antoine zu dem Gesicht, das ihm abends aus dem Spiegel entgegenschaute. *Du warst doch der Chindit. Du warst ein Krieger. Reiss dich zusammen. Kein Selbstmitleid mehr!*

Vier Tage später rief Anne an. „Hallo Antoine. Wie geht's? Ich bin wieder zurück in Saigon. Komisches Gefühl übrigens. Muss mich erst wieder daran gewöhnen, dass hier nicht jeder mit einer Kalaschnikow herumläuft. Wir sind erst spät aus Ban La Hap zurückgekehrt. Die Trauerfeier war wirklich unglaublich bewegend. Werde ich dir im Detail erzählen. Ich würde gerne übermorgen nach Chiang Rai kommen. Nachmittagsmaschine aus Bangkok, Rückflug am nächsten Morgen. Wäre das okay?"

„Ja. Natürlich. Willst du …"

Sie lachte. „Nein, nein, ich werde mir ein Hotelzimmer reservieren. Die ‚Operation Honeymoon' ist ja offiziell beendet."

Das kurze und recht einseitige Gespräch hinterliess bei Antoine ein zwiespältiges Gefühl. Er freute sich darauf, Anne wiederzusehen. Er hatte sich so danach gesehnt. Zugleich wusste er, dass von diesem Treffen so viel abhängen würde. Schon möglich, dass es ihr letztes wäre. Es würde um Gefühle gehen. Um Hoffnungen. Um Worte, die vielleicht zum ersten Mal ausgesprochen würden. Um eine gemeinsame Zukunft. Oder um die endgültige Trennung.

Bin ich wirklich bereit dazu?, fragte er sich. Und irgendwo, tief drinnen, lauerte noch immer die quälende Frage: *Was ist mit Thuy?* Er erinnerte sich an seinen Albtraum in Ban La Hap. An die dunkle Gestalt auf der Leinwand, die ihm zugeflüstert hatte: „Du gehörst mir."

Er hatte plötzlich Angst, Anne zu verlieren. Ihr nicht mehr zu genügen, jetzt, da sie sich verändert hatte. Da sie nicht mehr die Frau war, die er in Saigon gekannt hatte. Da sie vielleicht eine Affäre mit einem anderen Mann begonnen hatte. Er wollte nicht, dass alles, was ihn mit Anne verband, einmal nur noch Episode sein würde und nostalgisches Bedauern. Dass es nur noch das Gewicht der Erinnerung haben würde.

Da war aber auch eine andere Stimme in ihm, die immer mehr Raum forderte: *Du bist doch kein verliebter Teenager mehr. Bring endlich deine Emotionen unter Kontrolle!*

Er ging hinunter zum grossen Parkplatz vor der Klinik und startete seine Enfield. Es tat gut, den Sprit zu riechen, das Dröhnen des Motors zu hören, das sich auf den Körper übertrug, und den Wind in den Haaren zu spüren. Er fuhr in hohem Tempo auf der Küstenstrasse am Fluss entlang, verlor sich im Gefühl der Geschwindigkeit. Es war wie ein Rausch, der die Anspannung löste.

Er hielt bei einer der Kneipen am Fluss an, ein beliebter Treffpunkt der Backpacker aus Amerika und Europa, und setzte sich an die Bar. Neben ihm flirtete ein junges Paar. Das Mädchen rieb seine Wangen am Dreitagebart ihres Freundes. Ihr Mund war halb geöffnet und die Zunge tastete nach seinen Lippen, ihr Körper drängte sich zu ihm. Sie küssten sich so lange, bis sie zu einem einzigen Gesicht zu verschmelzen schienen. Antoine konnte den Anblick des jungen Paars nicht mehr ertragen. Er spürte wieder diese Leere, von der er wusste, dass sie nur von einer Frau ausgefüllt werden konnte.

Kapitel 25

Antoine holte Anne am Flughafen ab. Die Boeing der Thai Airways aus Bangkok hatte fast eine Stunde Verspätung. Sie stieg mit kurzen Schritten die Treppe zum Ausgang hinauf. Entspannt und in lässiger Haltung. Ihr rotes Kleid wirkte einfach, betonte aber raffiniert ihre Figur. Ein Goldkettchen lag um ihren Hals. Sie begrüsste Antoine mit in die Luft gehauchten Küsschen neben seine Wangen.

„Du wirst vermutlich erst mal ins Hotel wollen. Später hole ich dich zum Abendessen ab. Lass dich überraschen."

Während der Fahrt im Taxi erzählte sie ihm von den Begräbnisfeierlichkeiten für Hamilton in Ban La Hap. Drei Tage habe die Trauerzeremonie gedauert. Viele Hmong seien gekommen. Zum Teil von weit her. Wasserbüffel seien geopfert worden. Und alle hätten grosse Mengen Reiswein getrunken. „Die Rituale sind über tausend Jahre alt. Die Hmong sind Animisten, sie glauben, dass die Seele nach dem Tod als eine von vielen Formen wie Menschen, Pflanzen, Felsen und Geister wiedergeboren wird. Sie sangen heilige Lieder, um Hamiltons Seele auf dem Weg ins Jenseits beizustehen. Ich habe sogar ein bisschen mitgesungen. Es war wirklich sehr, sehr berührend. Schade, dass du nicht dabei sein konntest."

Antoine zuckte die Achseln. „Und was passiert jetzt mit Ban La Hap?"

„Hamilton hat wohl ein detailliertes Testament hinterlassen", sagte Anne. „Und einen Nachfolger bestimmt. Einen Hmong. Mehr weiss ich nicht."

Sie hielten vor dem Hilton Hotel im Zentrum der Stadt. „Ich hol dich in einer halben Stunde hier am Eingang ab. Reicht das?"

Anne nickte. „Ich freue mich. Und ich bin gespannt auf deine Überraschung."

Antoine wartete auf seiner Royal Enfield im Halteverbot vor dem Hoteleingang. Anne blieb für einen Moment ungläubig stehen, als sie ihn sah. Sie konnte ein Lachen nicht unterdrücken. „Aha, das ist also deine Überraschung … Rache für meine Kamikazefahrt auf der Minsk."

Er stieg ab und half ihr auf den Soziussitz des Motorrads. Dabei rutschte ihr Kleid – ein hauchdünnes Etwas aus geblümter Seide – fast bis zur Hüfte hoch und entblösste ihre Schenkel bis zu dem kleinen blasslila Slip. Er erschrak vor dem Gefühl der jähen Lust.

Sie fuhren dem Maenam-Kok-Fluss entlang. Über enge, oft nicht asphaltierte Strassen. Vorbei an hupenden Autos, Rikschas, Ochsenkarren, Kleinlastern mit Waren vom Markt. Anne klammerte sich an Antoine fest, drückte ihr Gesicht gegen seine Wange. Antoine hätte endlos so weiterfahren können.

Das Restaurant lag direkt am Fluss. In Ufernähe, umspült vom träge dahinfliessenden Wasser, befand sich ein fest verankertes kleines Floss, das über einen breiten Holzsteg mit dem Restaurant am Ufer verbunden war. Auf dem Floss ein elegant gedeckter Tisch für zwei Personen. Beleuchtet von zwei Kerzen. Eine Kellnerin wartete bereits mit einer Flasche Champagner.

Anne schien beeindruckt. „Mein Gott, Antoine, was für ein wunderschöner Ort. So romantisch." Sie zwinkerte ihm zu. „Ich vermute, dass du nicht zum ersten Mal hier bist."

Sie orderten Fisch und eine Flasche Sancerre.

Die Luft duftete nach Blüten. Langsam verschwand die Sonne hinter der Dschungelwand am anderen Flussufer. Und im sterbenden Licht des Tages hob sich die Silhouette der hohen Bäume und Palmen gegen den dunkelblauen Himmel ab. Auch das Wasser des Flusses war dunkler geworden und glitzerte nicht mehr. Fischerboote zogen tuckernd ihren Weg durch die Dämmerung.

Sie blickten auf das Wasser, genossen die Stimmung. Doch beiden war bewusst, dass dies der Moment war, jene Fragen zu stellen, um die es wirklich ging.

„Anne, du bist ja nicht gekommen, um mir vom Begräbnis in Ban La Hap zu erzählen." Antoine machte eine Pause und suchte Annes Blick. Die Flammen der Kerzen spiegelten sich in ihren Augen. „Es gibt Dinge zwischen uns, die geklärt werden müssen."

Anne blieb still. Schien die Fortsetzung abwarten zu wollen.

„Du warst so distanziert in Ban La Hap. Ich hatte das Gefühl, dass du dich verändert hast. Dass sich zwischen uns etwas verändert hat. Und ich frage mich, warum."

Anne griff zum Weinglas. So als ob sie für eine Antwort noch etwas Zeit brauche. „Ich habe gespürt, dass du enttäuscht warst", sagte sie schliesslich. „Wahrscheinlich hat dich mein Interesse für Mallory irritiert, vielleicht sogar eifersüchtig gemacht. Meinst du das?"

Er beschloss, aufs Ganze zu gehen. „Kurz bevor er starb, hat Hamilton mir geraten, ich solle dir sagen, dass ich dich liebe. Dass du das von mir erwarten würdest. Ich hatte Zeit, darüber nachzudenken. Mir ist klar geworden, dass ich dich nicht verlieren will."

Die Masken waren weg. Das Rollenspiel war zu Ende.

„Lass uns ehrlich miteinander sein, Antoine", bat Anne. „Ich möchte nicht, dass wir einander etwas vormachen. Wir müssen uns nicht rechtfertigen oder uns bemühen, gegenseitige Erwartungen zu erfüllen." Sie strich sich die Haare aus dem Gesicht und sah ihn mit ernstem Blick an. „Ban La Hap. Das war das grösste Abenteuer meines Lebens. Der totale Bruch mit meiner bisherigen Welt. Das war etwas Erregendes. Etwas Überwältigendes. Etwas, was mich verführte. Mir hatte mein Leben längst nicht mehr genügt. Diese Welt der Ausfuhrlizenzen und Verpackungsvorschriften. Da sass ich also plötzlich in dieser neuen Erfahrungswelt. Musste einen Warlord und ehemaligen Kriegshelden überzeugen, einen vietnamesischen Stützpunkt anzugreifen. Im Bewusstsein, dass ich damit den Tod von vielen Menschen verursachen würde. Ich trug eine Kalaschnikow und hatte die Verantwortung für einen Konvoi von Verletzten. So was war mir noch nie passiert. Doch es bewies mir, dass ich dazu fähig war. Ich entdeckte, dass ich mutig, leichtsinnig, rücksichtslos oder neugierig genug war, es zu tun."

Antoine konnte ein wehmütiges Lächeln nicht unterdrücken. Genau dasselbe hatte auch er erlebt, als er – zwei Jahre war es erst her – in Baan Saw an Joachims Stelle getreten war: diese Erfahrung, über sich selbst hinauszuwachsen und Dinge zu tun, die er sich nie zugetraut, derer er sich gar nicht für fähig gehalten hätte.

„Der Marsch durch den Dschungel. Der Kampf gegen die Vietnamesen. Die Toten. Die Verletzten", fuhr Anne fort. „Die Gefahr war dieses Mal real. Nicht wie bei diesen banalen Abenteuern, die ich bisher erlebt hatte. Etwa mein transatlantisches Yachtrennen. Ich bin zwar eine leidenschaftliche Seglerin und musste, als der Skipper krank wurde, seinen Job an Bord übernehmen. Aber da ging es im Grunde doch bloss um den glamourösen Nervenkitzel. Um Dinge, die man nachher blasiert an der Bar erzählen konnte, um andere zu beeindrucken. Ban La Hap – das war eine völlig neue Erfahrung für mich. Du hast mir ja dieses Gefühl geschildert, damals auf dem Marsch durch den Dschungel. Nämlich: Es gibt nur das Heute. Das Morgen ist weit weg." Sie nahm einen Schluck Sancerre.

„Und nun zu dir, Antoine. Ja, ich war in dich verliebt. Und ich bin es offenbar immer noch. Obwohl dieses Gefühl etwas brüchig geworden ist. Du bist in Saigon einfach so in mein Leben geknallt und hast mich mitgerissen. Das wenige, was ich von dir wusste, hat gereicht, dich zu beneiden. Und ich habe dich natürlich romantisch verklärt. Ich kenne inzwischen deine Geschichte über Baan Saw und über deinen Freund Joachim. Mallory hat mir alles erzählt. Auch du hast dort in diesem armseligen Shan-Dorf eine Kalaschnikow genommen und für etwas gekämpft, was du für richtig gehalten hast. Du folgtest einem Ehrenkodex, der sich um Werte wie Loyalität, Treue und bedingungslose Kampfbereitschaft dreht."

So wie du in Ban La Hap, dachte Antoine.

„Mit der ‚Operation Honeymoon' hast du dein höchstes Opfer gebracht. Du hast dein Leben riskiert. Aus Freundschaft zu George Larson. Obwohl du nicht an diese Operation geglaubt hast. Das ist das Heroische an dir. Deshalb habe ich bei Hamilton so für dich gekämpft. Ich wollte nicht, dass du stirbst. Nicht so erbärmlich. Nicht so würdelos. Das war auch eine Form von Liebeserklärung, Antoine. Ich sehe noch, wie du vor diesem Xu im Dreck kniest. Nackt. Auf den tödlichen Hammerschlag wartest. Und ich träume noch fast jede Nacht davon."

Antoine gefiel die Vorstellung gar nicht, dass er ausgerechnet in jenem Zustand äusserster Hilflosigkeit und Ohnmacht in Annes Träumen auftauchte. Er wollte etwas erwidern, doch Anne sprach schon weiter: „Damals in Vientiane, in diesem Hotel, hatte ich die Hoffnung aufgegeben, dass wir zusammen eine Chance hätten. Thuy stand immer zwischen uns. Du warst ehrlich und hast das auch nicht abgestritten. Ich ahnte, dass du insgeheim auf ein spätes Happy End mit Thuy hofftest."

Antoine wollte ihren Redefluss nicht unterbrechen.

„Ich habe diese Narbe auf meinem Herzen. Du erinnerst dich, ich habe dir von diesem jungen Politiker erzählt, den ich heiraten wollte. Der sich in eine andere verliebte und mich verlassen hat. Der mir beim Sex noch Liebe vorgaukelte, als er sich längst heimlich mit der anderen traf. ‚Nie mehr', habe ich mir damals geschworen."

Vom Restaurant her ertönte plötzlich leise Musik. Der Beatles-Song „Yesterday".

„Hast du die Musik auch bestellt?", fragte Anne. „Der Moment wäre jedenfalls gut gewählt." Ihre Stimme hatte einen resignierten

Unterton. „Du bist kein Mann für eine schnelle Affäre, Antoine. Sonst hättest du damals in Vientiane mit mir geschlafen, als ich zu dir ins Bett kam. Ja, ich hatte solche Affären nach meiner Trennung. Diese Jagd nach der flüchtigen Euphorie. Aber sie hinterliessen bei mir meist einen schalen Nachgeschmack. Eigentlich wollte ich doch *the one and only* finden. Mit dem ich den Alltag teilen konnte. Ein Mann wie dich, glaubte ich."

Der Wind hatte inzwischen aufgefrischt. Über dem Fluss hing jetzt ein dünner Mond.

Antoine zögerte einen Moment. „Hast du Hamilton gesagt, dass du mich liebst?"

„Ich teile meine Gefühle nicht mit anderen Menschen."

„Okay. Teilst du sie mit mir?"

Sie beugte sich zu ihm hin. Und nahm zum ersten Mal seit Langem wieder seine Hand.

„Die Antwort solltest du kennen. Nach alldem, was ich dir heute gesagt habe. Aber du musst dich entscheiden, Antoine. Wenn du wirklich mit mir zusammen sein willst, und ich bin nicht sicher, ob du das wirklich willst, dann musst du mit Thuy Schluss machen. Und dich wirklich zu mir bekennen. Ohne Hintertür. Ohne Bedingungen. Ohne Reiserücktrittsversicherung. Ich möchte nicht nochmals diese Verwundung meines Herzens erleben."

Er dachte eine Weile nach. „Du hast wohl beschlossen, es mir heute nicht leicht zu machen."

„Es geht doch auch um *dein* Leben, Antoine. Ich habe dir klar gesagt, was ich will. Aber was willst *du*?"

Sie nahm ihm das Problem ab, ehe er die richtigen Worte hätte finden können. „Du musst dich nicht gleich hier entscheiden. Sag mir Bescheid, wenn du wieder zurück in Saigon bist. Vielleicht lade ich dich dann nochmals zu einem Essen bei mir zu Hause ein. Die Adresse kennst du ja. Dong Khoi 118."

Alles war gesagt.

Sie fuhren zurück nach Chiang Rai. Vor dem Hotel stieg sie ab. Umarmte ihn lange. So wie früher.

Sie löste sich schliesslich von ihm. „Ich küsse dich jetzt nicht, sonst werde ich womöglich noch schwach."

Die Tage in Chiang Rai zogen vorüber wie die Wasser eines trägen Flusses. Antoine hatte den Eindruck, auf etwas zu warten, was ihm nicht wirklich deutlich war, etwas, was sich, noch konturlos, lähmend über seine Tage legte. Viele Fragen bedrängten ihn, liessen ihn nachts schlecht schlafen.

Oft lag er grübelnd wach und vertrödelte tagsüber die Zeit. Sein Job in Saigon schien beendet zu sein. Aber was würde nachher kommen? Zurück nach Europa, in die Schweiz vielleicht – vertraut, aber zugleich fremd nach all den Jahren in Fernost? In Asien bleiben, in Bangkok etwa, und Teil der Expat-Gemeinde mit ihrem kolonialen Lifestyle werden? Oder doch zurück nach Goa, ein hedonistisches Intermezzo an den Traumstränden Indiens?

Und was ist, wenn ich mich für Anne entscheide? Würde sie mitkommen?, fragte er sich.

Ein Anruf von George Larson am frühen Morgen erlöste ihn schliesslich. Sein Freund teilte ihm mit, dass Washington eine interne Untersuchung über die „Operation Honeymoon" und die daraus resultierenden Spannungen mit der Regierung in Hanoi eingeleitet habe. Washington schicke deshalb einen Oberst Bill McBride vom Nachrichtendienst der Army und einen Major der Militärjustiz nach Vietnam. McBride wolle natürlich mit ihm reden. Er sei schliesslich der Hauptdarsteller in diesem Drama gewesen. Es wäre also ratsam, wenn er so schnell wie möglich nach Saigon zurückkehrte.

„Wer ist das, dieser Oberst McBride?", fragte Antoine.

„Er war hier im Krieg. Ich kenne ihn nicht persönlich. Leutnant in der 1. Kavalleriedivision. Wohl nachher auch kurzzeitig bei den Special Forces. ‚Wild Bill' nannten sie ihn damals. Meine Quellen sagen, dass er eigentlich ganz okay sei. Aber ehrgeizig. Er steht angeblich kurz vor der Beförderung zum General. Der Major von der Militärjustiz ist wohl eher der Typ Bürokrat in Uniform. Stell dich drauf ein, dass sie dich morgen oder übermorgen befragen möchten."

Antoine landete mit der Mittagsmaschine in Saigon. Larson holte ihn am Flughafen ab. Winkte ihm zu, als er im Gewühl der Ankunftshalle seinen Weg suchte. Larson wirkte verändert. Entspannt. Befreit. Als ob eine grosse Last von ihm abgefallen wäre.

So habe ich ihn damals gekannt, dachte Antoine. *Damals in Khe Sanh, als er jedem das Gefühl gab, dass er diesen Krieg eigentlich ganz allein gewinnen könnte.* Er verspürte einen Anflug von Neid. *Larson hat das richtig gemacht. Jetzt, nach seiner Kündigung, hat er seine Freiheit und sein Selbstbewusstsein zurückgewonnen.* Er hielt einen Moment inne, lachte leise. *Worauf warte ich eigentlich noch?*

Larson trug Jeans und ein T-Shirt anstelle des üblichen Anzugs. Er musterte Antoine kritisch. Betrachtete erst schweigend die Folterspuren, die auf dem Gesicht seines Freundes noch immer zu sehen waren. Er wirkte betroffen. „Ich ahne, was du durchgemacht hast. Und ich weiss, dass dies alles meine Schuld ist. Wie soll ich das je wieder …"

„Hör auf mit dem Schwachsinn, George. ‚Honeymoon' … Es war auch meine Entscheidung."

Er fing Larsons zweifelnden Blick auf. „Du schuldest mir eine Kiste Dom Pérignon. Mindestens."

George musste lachen. „Wenn's weiter nichts ist …"

Sie umarmten einander.

„Wie war die Befragung?", wollte Antoine wissen, als sie schliesslich im Taxi sassen. „Übrigens … sagen wir diesem Oberst die Wahrheit?"

„Warum nicht? Wir haben beide nichts mehr zu verlieren. Ich habe mich überhaupt nicht zurückgehalten. Nach dem ganzen Bullshit und dem Zynismus aus Washington."

„Wie haben die eigentlich auf deine Kündigung reagiert?"

„Was glaubst du denn? Die waren natürlich erleichtert. Der Major von der Militärjustiz hat mir gleich ein Bündel Formulare in die Hand gedrückt, die ich unterschreiben muss. Etwa, dass ich zwanzig Jahre lang nicht über das reden darf, was während der ‚Operation Honeymoon' passiert ist. Aber der Oberst war in der Einvernahme eigentlich ziemlich fair. Als ehemaliger Special-Forces-Offizier weiss er natürlich, wer Hamilton war, was vieles leichter gemacht hat."

„Und wie geht es jetzt weiter nach Hamiltons Tod?"

„Gar nicht. Die Untersuchungsakte wird meiner Erfahrung nach in irgendeinem Geheimarchiv landen und dort vermodern. Wahrscheinlich haben sie in Washington erst mal die Champagnerkorken knallen lassen, als sie erfuhren, dass sie Hamilton endgültig los sind. Genauso wie die Genossen in Hanoi. Kein Mensch ist an der Wahrheit interessiert. Weder hier noch in Washington. Und ganz besonders nicht bei der CIA."

Er zündete sich eine Zigarette an. „Meine erste heute", verkündete er stolz. „Ich habe es geschafft, nur noch ein halbes Päckchen am Tag zu rauchen. Meine Frau ist ganz begeistert."

Antoine hob den Daumen. Dann fiel ihm etwas anderes ein. „Was ist mit Anne? Soll sie etwa auch alles haarklein erzählen?" Diese Frage hatte ihn bereits während des Fluges beschäftigt. Würde Anne in die Untersuchung einbezogen und müsste schildern, welche Rolle sie bei dem Überfall auf das vietnamesische Camp gespielt hatte, hätte das wohl das Ende ihrer

Karriere zur Folge. Ganz abgesehen von diversen juristischen Konsequenzen.

„Sie ist gerade für ein paar Tage in Cam Ranh Bay. Eine Wirtschaftskonferenz. Ich habe vorhin mit ihr telefoniert. Sie wird McBride nichts verheimlichen. Aber er wird sie wohl auch nicht allzu sehr piesacken. Annes Vater ist in New York politisch ziemlich einflussreich, und so wie ich das State Department kenne, werden die angesichts der anstehenden Wahlen sicher nicht riskieren, dass Anne auspackt und für einen handfesten Skandal sorgt. Ausserdem sieht sie in Saigon sowieso keine Chancen mehr für sich. Und sie ist, wie wir alle, stinksauer auf Washington." Er sah Antoine neugierig an. „Was ist übrigens mit deinem Privatleben? Mallory, mit dem ich gestern telefoniert habe, hat ein paar Anspielungen von wegen Anne gemacht. Laut Mallory bist du jetzt der Mann ihres Lebens." Er lachte. „Also doch Honeymoon? Und was ist mit deiner Thuy?"

„Die Sache ist kompliziert, George. Frag mich in ein paar Tagen."

Kapitel 26

Die Stimmung in der alten Kolonialvilla an der Ton-Duc-Thang-Strasse hatte sich verändert. Antoine spürte es sofort. Mehrere Leute standen in Gruppen herum und diskutierten. Sie verstummten betreten, als George und Antoine hereinkamen. Einige starrten verstohlen auf Antoines lädiertes Gesicht.

Nur Kim Son, der „Pate der Rikscha-Mafia", wie Larson ihn inzwischen nannte, schien bester Laune zu sein. Er fasste Antoine gleich am Arm, zog ihn in eine stille Ecke und raunte ihm zu: „Wie ich höre, haben wir endlich wieder mal eine Schlacht gegen den Norden gewonnen. Sie müssen mir das alles erzählen. Wollen wir vielleicht heute essen gehen? Da die Kommunisten diesmal verloren haben, lade ich ein."

Wir haben alle verloren, dachte Antoine bitter. Er konnte das, was in Ban La Hap geschehen war, nicht als eine Art sportlicher Auseinandersetzung zweier Kriegsgegner sehen. Aber er hatte Verständnis für Kim Son, der nach Kriegsende im Todeslager so viele Jahre unter den neuen Herren aus dem Norden gelitten hatte.

„Ja, lassen Sie uns essen gehen", sagte Antoine. „Vielleicht heute Abend. Nachdem ich mit unseren Gästen aus Washington gesprochen habe."

Oberst McBride und der Major von der Militärjustiz hatten sich im Konferenzzimmer im ersten Stock eingerichtet. Die üblichen Kaffeebecher aus Styropor standen auf dem grossen Holztisch. Ebenso zwei Teller mit Sandwiches, die die Sekretärinnen offenbar aus dem „Givral" geholt hatten.

„Bedienen Sie sich", sagte der Oberst zu Antoine. „Die Sandwiches sind ganz frisch. Und sie schmecken wirklich hervorragend. Wie damals. Als ich in Saigon im Hauptquartier Dienst tat, das war 1970, war ich oft im ‚Givral'. Ich könnte fast nostalgisch werden."

McBride war gross gewachsen, schlank, ein paar Jahre älter als Antoine, das schwarze Haar in der Mitte gescheitelt. Statt einer Uniform trug er khakifarbige Chinos und ein schwarzes Lacoste-Polohemd. Er rauchte eine elfenbeinfarbene Meerschaumpfeife, die ihm einen fast gemütlichen Touch verlieh. Nur die hässliche Narbe am linken Unterarm, offensichtlich eine Schussverletzung, und der wache, fast durchdringende Blick kontrastierten mit diesem ersten Eindruck.

„Ich kenne Ihre Vita. Zumindest in groben Zügen", sagte er zu Antoine. „George Larson hat mich ins Bild gesetzt. Über Ihre Zeit in Vietnam. Und über die Allianz der Shan-Stämme in Burma, die Sie organisiert haben. Wirklich bemerkenswert. Ich war richtig gespannt auf Sie. Ich kannte übrigens ‚Mad Max' Wilkinson, mit dem Sie ja in Chiang Rai zusammengearbeitet haben. Ich war einer seiner Leutnants im Special-Forces-Camp Ben Het."

Er zündete etwas umständlich mit einem Zippo-Feuerzeug seine Pfeife an, die wohl in der Zwischenzeit erloschen war.

„Nun zu dieser ‚Operation Honeymoon'. Als Schweizer sind Sie nicht verpflichtet, uns irgendwelche Fragen zu beantworten. Aber da Sie nun einmal eine zentrale Rolle bei dieser Mission gespielt haben, wären wir dankbar, wenn Sie mit uns kooperieren würden. Für diesen Fall hat Major Franklin allerdings ein paar Dokumente vorbereitet, die Sie unterschreiben müssten. Es geht um Geheimhaltung. Um allfällige Schadensersatzansprüche. Um den Gerichtsstand. Das übliche administrative Trara halt."

Während der nächsten rund fünf Stunden erzählte Antoine die Geschichte der „Operation Honeymoon". Er liess nichts aus, wurde gelegentlich unterbrochen vom Obersten, der nachhakte, der immer wieder ungläubig den Kopf schüttelte, unentwegt Notizen auf einem grossen gelben Schreibblock machte und gelegentlich die Befragung unterbrach, um bei der Sekretärin im Vorzimmer frischen Kaffee zu bestellen.

Als Antoine geendet hatte, sah ihn der Oberst lange an. „Hat sich eigentlich irgendjemand bedankt für das, was Sie für uns getan haben? Irgendjemand in Washington?"

„Nein. Aber ich brauche keinen Dank. Ich habe das freiwillig getan", sagte Antoine. *Und vor allem für George,* setzte er in Gedanken hinzu.

McBride packte die Notizen in seine Aktentasche. „So, der offizielle Teil ist hiermit erst mal beendet. Bitte halten Sie sich morgen noch zu unserer Verfügung. Wir haben noch ein paar allgemeine Fragen – zur Rolle der CIA, zur Rolle der Vietnamesen im Opiumgeschäft und so weiter."

Er wandte sich an den Major, der die meiste Zeit schweigend zugehört hatte. „Jetzt wäre eigentlich der Moment gekommen, jene Flasche Whisky zu öffnen, die Sie im Duty-Free in Bangkok gekauft haben." Er sah Antoine fragend an: „Trinken Sie ein Glas mit?"

Major Franklin organisierte bei der Sekretärin im Vorzimmer drei Gläser und schenkte grosszügig ein.

„Stossen wir an", sagte der Oberst. „Auf Vietnam. Auf das Land, in dem wir unsere Jugend verloren haben und zu Männern wurden."

Antoine kannte den Toast. Er hatte ihn oft gehört, wenn Veteranen sich Jahre nach Kriegsende in Vietnam wiedertrafen und sich ihren nostalgischen Erinnerungen hingaben.

Die Kristallgläser, angeblich ebenfalls aus dem Fundus der ehemaligen US-Botschaft, klirrten laut. Selbst der Major von der Militärjustiz, der den Vietnamkrieg wohl nur aus dem Fernsehen kannte, stiess bereitwillig an.

„Das Militär hat ja damals die Dienstzeit in Vietnam auf ein Jahr beschränkt", sagte McBride zum Major. So als ob der damals, noch im Kindergarten, Soldat gespielt hätte. „Wer dieses Jahr überlebte, den hat der Krieg tatsächlich zum Mann gemacht. Wer freiwillig verlängerte, den hat dieses zweite Jahr zu etwas anderem gemacht. Einige wurden verrückt. Wurden zu Killern. Schnitten den Feinden die Ohren ab. Und noch Schlimmeres. Man musste sie regelrecht zur Heimkehr zwingen."

Der Major füllte die Gläser nach, und McBride stopfte sich ein weiteres Pfeifchen. „Bevor ich zu den Special Forces ging", fuhr er dann fort, „kommandierte ich eine Infanteriekompanie. Das waren zweihundertzwanzig Mann. Zweihundertzwanzig der härtesten Fighter in diesem gottverdammten Krieg. Wir kämpften im A Shau Valley. Und in Hue. Meine Kompanie verlor ein Drittel der Leute. Ich wurde zweimal verwundet." Der Oberst machte eine Pause. „Und wissen Sie was? Ich war damals kaum alt genug, um zu Hause in einer Bar ein Bier bestellen zu können, ohne meinen Ausweis zeigen zu müssen."

Er wandte sich wieder an Antoine. „Erlauben Sie mir noch eine Frage. *Off the record* natürlich. Sie sind doch ein erfahrener Buschkrieger. Wer hatte wirklich die Idee zu dieser verrückten ‚Operation Honeymoon'? Wieso haben Sie das nicht verhindert?"

„Sir, Sie wissen doch, wie das ist im Krieg", antwortete Antoine. „Diese Operation würde sich entweder als völliger Schwachsinn entpuppen – oder aber als brillante taktische Meisterleistung. Alles hängt vom Ergebnis ab. Und das Ergebnis von ‚Honeymoon' sollte aus Ihrer Sicht doch recht erfreulich sein. Hamilton, dieser sentimentale Narr und Querulant, wurde in den Heldenhimmel entsorgt, Washington und Hanoi atmen erleichtert auf, gehen zur Tagesordnung über und schauen weg, wenn korrupte Politiker oder Offiziere mit dem Opiumhandel wieder ein Vermögen machen. Und wen kümmern schon die paar Dutzend Toten dort oben im Dschungel. Oder dass ein Schweizer Tourist zufällig zur falschen Zeit am falschen Ort war. Oder dass den Hmong wieder mal ganz beschissene Karten ausgeteilt werden."

Der Oberst sah Antoine lange und nachdenklich an. „Sie erwarten jetzt keine Antwort von mir, oder? Die Beurteilung der Operation und die Konsequenzen daraus, falls es solche geben sollte, gehören nicht zu meinen Aufgaben. Ich berichte dem State Department in Washington bloss, was tatsächlich passiert ist." Er zündete wieder seine erkaltete Pfeife mit dem Zippo an. Dann leerte er sein Whiskyglas in einem Zug.

„Werden Sie auch berichten, dass Washington diese Operation, die aus einer zufälligen Idee in einem Brainstorming entstand, unbedingt durchsetzen wollte und selbst vor einer Erpressung nicht zurückschreckte?", fragte Antoine.

„Wie meinen Sie das?"

„Washington hat George Larson mit sofortiger Ablösung gedroht, falls er mit ‚Honeymoon' nicht endlich loslege. Obwohl er nicht an einen Erfolg geglaubt hat. Hat er Ihnen das nicht gesagt?"

„Er hat es angedeutet. Auch, dass er deswegen gekündigt hat."

„Und? Finden Sie es okay, dass diese Bürokraten die Karriere eines Mannes zerstören, der Amerika sein Leben lang treu gedient hat? Als Offizier im Krieg, als CIA-Chef in Bangkok und jetzt als Chef eines sensiblen diplomatischen Aussenpostens?"

„Für wie dumm halten Sie mich eigentlich? Glauben Sie wirklich, dass ich Washingtons Spiel nicht durchschaue? Es geht hier nicht darum, was ich wirklich denke oder was ich okay finde oder nicht. Was ich hier tue, ist sowieso nur ein Feigenblatt. Was daraus wird, wie das Narrativ schliesslich lautet, wird nur dazu dienen, Washington gut aussehen zu lassen." McBride kam jetzt richtig in Fahrt. Mit einer ungeduldigen Handbewegung forderte er den Major auf, nachzuschenken. „Offiziell wird die Operation als Erfolg gefeiert", fuhr er fort. „Es ging ja in erster Linie um Hamilton. Die Schuld für die unangenehmen und ungeplanten Nebenerscheinungen wie den Angriff auf das Camp der Vietnamesen mit den vielen Toten wird offiziell George Larson in die Schuhe geschoben. Seine Karriere war ja bereits zu Ende, als er Bangkok als CIA-Chef verlassen musste."

McBride macht das alles willfährig mit, um seine Beförderung zum General nicht zu gefährden, dachte Antoine. *Aber was habe ich denn anderes erwartet …* Laut sagt er: „Und was ist mit Hamilton? Welche Rolle spielt er in Ihrer offiziellen Geschichtsschreibung?" Der sarkastische Unterton in seiner Stimme fiel ihm selbst auf.

„Sie haben sicher *Apocalypse Now* gesehen. Nun ja, Hamilton ist verrückt geworden. Genau wie dieser Colonel Kurtz im Film. Er lebte mit seinen Hmong-Kriegern zusammen. Ein Stamm, der Opium anbaut und angeblich noch Menschenopfer kennt. Er kleidete sich wie ein Hmong. Nahm eine Angehörige des Stammes zur Frau. Rauchte Opium."

„Das ist also das Narrativ?", fragte Antoine spöttisch. „Ich hoffe, Sir, Sie selbst glauben nicht daran."

Der Oberst wirkte plötzlich nachdenklich. Starrte lange auf sein Whiskyglas. Der Major der Militärjustiz wurde sichtlich unruhig.

„Was ich glaube, ist völlig unerheblich", sagte McBride schliesslich. „Es könnte aber zumindest so gewesen sein. Wir alle bei den Special Forces lebten damals mit dieser dunklen Versuchung, den Krieg, der ja schon verloren schien, endlich nach unseren eigenen Regeln zu führen." Er kramte in seiner Aktentasche. „Ich weiss nicht, welche Pläne Sie jetzt haben. Ihr Status hier scheint ein bisschen ungewiss zu sein. Möglich, dass Sie bald Hilfe brauchen werden. Hier ist meine Visitenkarte. Für Männer mit Ihrer Erfahrung haben wir immer Verwendung."

Es klang wie eine hübsch verpackte Drohung. Antoine wusste, dass er die Visitenkarte nachher in den Müll schmeissen würde.

Es war schon früher Abend, dunkel und regnerisch, als Antoine das Büro verliess. Kim Son hatte auf ihn gewartet. „Gehen wir essen? Sie wollen sicher noch ins Hotel. Ich hole Sie in einer halben Stunde im ‚Caravelle' ab. Okay?"

Antoine stand bereits vor der Eingangstür des Hotels, als Kim Son mit seinem Motorrad vorfuhr. Er hatte sich die schwere Yamaha von seinem ersten Gehalt gekauft.

„Wollen wir nicht lieber im Hotel essen?", fragte Antoine und zeigte auf die schwärzlich-regenprallen Wolken am Horizont, die sich rasch näherten.

„Es ist nicht weit zu dem Restaurant. Zwei Kilometer vielleicht. Ein französisches Bistro. Es wird Ihnen gefallen. Und wir schaffen das noch vor dem grossen Regen", sagte Kim Son und drehte am Gasgriff. „Los, steigen Sie auf."

Sie fuhren los. Ein leichter Nieselregen setzte ein, die Strassen glänzten nass und spiegelten die pulsierenden Neonreklamen der wenigen Geschäfte. Es herrschte kaum Verkehr an diesem frühen Abend.

Ein schwarzer Peugeot, der ebenfalls vor dem Hoteleingang geparkt hatte, folgte ihnen auf der Zufahrtsstrasse zur Dong Khoi und fuhr dann langsam an ihnen vorbei. Antoine hatte den Wagen bereits bemerkt, als dieser mit laufendem Motor im Halteverbot vor dem Hotel stand. Ihm war aufgefallen, dass der Fahrer trotz der Düsternis eine Sonnenbrille trug und eine tief in die Stirn gezogene schwarze Kappe.

Auf der Dong Khoi fuhr der Peugeot erst an dem Motorrad vorbei, gab dann plötzlich Gas, stellte sich quer und blockierte die Fahrbahn. Die ersten Autos hinter dem Peugeot hupten bereits. Auch Kim Son war genervt und drückte ohne Unterbrechung auf die Hupe.

Antoine schaute irritiert hinüber zu dem Peugeot, der überhaupt keine Anstalten machte, wieder loszufahren. Die Fensterscheiben waren trotz des leichten Nieselregens heruntergekurbelt. Der Fahrer trug noch immer seine Sonnenbrille, und hinten im

Fond war, wenn auch undeutlich, ein Passagier zu erkennen, der durch das offene Fenster gebannt zu Antoine herüberstarrte.

Antoine hatte plötzlich ein höchst mulmiges Gefühl. „Fahr los", schrie er Kim Son zu. Bückte sich dabei reflexartig, als ob er sich in Deckung werfen wollte, und hörte in diesem Moment einen Knall, der allerdings im Strassenlärm fast unterging: Der Passagier im Fond hatte sich aus dem Fenster gebeugt, eine Pistole auf Antoine gerichtet und blitzschnell geschossen.

Antoine erkannte das Gesicht des Mannes, das von den Scheinwerfern eines Autos auf der Gegenfahrbahn für einen kurzen Moment beleuchtet worden war. Und er wollte nicht glauben, was er sah: Der Schütze war Oberst Hung, Thuys Ehemann. Der Folterer, den er für tot gehalten hatte.

Der erste Schuss hatte Antoine verfehlt, weil er sich instinktiv geduckt hatte. Kim Son hatte die Situation blitzschnell erkannt, und bevor der Oberst einen zweiten gezielten Schuss abgeben konnte, gab Kim Son Gas, wich in einem gewagten Manöver auf die Gegenfahrbahn aus, wendete und verfolgte dann den Peugeot, der plötzlich mit quietschenden Reifen losgefahren war.

Antoine klammert sich an Kim Son fest. „Es ist Hung!", schrie er.

Mit überhöhtem Tempo rasten sie, zum Teil auf der Gegenfahrbahn, hinunter in Richtung Hafen. Kim Son holte den Peugeot ein, zog auf einer kurzen Geraden der Hafenstrasse plötzlich eine Pistole aus seiner Jacke, fuhr einhändig weiter und visierte mit der Waffe den Peugeot an. Der Fahrer hatte dies offensichtlich im Rückspiegel bemerkt und wollte brüsk ausweichen, um kein Ziel zu bieten.

Bei diesem Ausweichmanöver auf der regennassen Strasse geriet der Peugeot ins Schleudern und stiess frontal und mit hoher Geschwindigkeit mit einem Lastwagen zusammen, der gerade aus dem Tor eines Lagerhauses rückwärts auf die Strasse rollte.

Unter der verknautschten Schnauze des Peugeot begann es sofort zu qualmen. Antoine stieg vom Motorrad und näherte sich vorsichtig dem jetzt brennenden Auto. Er sah, wie Hung verzweifelt von innen gegen den Türöffner hämmerte. Er kam aus dem Wrack nicht heraus, weil sich die Tür bei dem Zusammenprall stark verbogen hatte.

Ein paar Schaulustige drängten sich um das brennende Auto und versuchten zu helfen. Aber es gab nichts mehr zu helfen.

Der Fahrer war bereits bei dem Crash getötet worden. Antoine schaute teilnahmslos zu, wie Hungs Gesten immer langsamer wurden. Schliesslich verstummten auch die Schreie. Hung war in den Flammen erstickt.

Kim Son und Antoine fuhren gleich weiter zum nur wenige hundert Meter entfernten Treffpunkt der Rikschafahrer am Hafen.

„Hier sind wir erst mal in Sicherheit", sagte Kim Son. Er wirkte ganz cool. „Meine Freunde werden schwören, dass wir bereits seit einer Stunde hier beim Abendessen sitzen." Er bat zudem einen Kumpel, das Motorrad gleich verschwinden zu lassen, weil es bei einer allfälligen Untersuchung als Beweisstück gegen ihn dienen könnte. „Er wird es irgendwo abstellen, wo es mit Sicherheit sofort gestohlen wird. Eigentlich schade, ich mochte die Yamaha."

Antoine stand noch immer unter Schock. „Ich war überzeugt, dass er tot ist. Und wie konnte Hung so schnell wissen, dass ich wieder in Saigon bin?"

„Das überrascht mich nicht", antwortete Kim Son. „Der Mann hatte seine Spione überall. Seine Leute werden ihm gemeldet haben, dass Sie wieder da sind und dass eine Untersuchungskommission aus Washington Sie befragen will. Er wollte wohl verhindern, dass Sie auspacken. Über ihn und seine Opiumdeals."

Und er hatte noch eine Rechnung mit mir offen, dachte Antoine. *Wegen Thuy.*

Kapitel 27

Antoine ging zu Fuss zum Hotel zurück. Dort rief er sofort Larson an, der noch wach war.

„George, ich sitze unten an der Bar. Ich muss dich sehen. Jetzt. Es ist wichtig."

Die Bar war gut gefüllt. Überall lautes Stimmengewirr. Viele Amerikaner, offenbar Veteranen in Begleitung ihrer Ehefrauen, die sich angeregt unterhielten. Männer, bereits gezeichnet vom Alter, die noch einmal irgendwelche Schlachten durchlebten und ihrer Jugend nachtrauerten.

Antoine hatte einen ruhigen Zweiertisch am Fenster gefunden. Er schaute hinaus auf den weitläufigen Platz vor der Oper. Der grosse Regen hatte eingesetzt, prasselte gegen die breite Fensterfront. Er orderte bei der jungen Kellnerin einen doppelten Whisky.

Seine Hände zitterten. Der Schock sass tief, und seine Nerven spielten noch immer verrückt. *Ich bin umgeben von Tod und Tragödien. Erst oben im Dschungel. Und jetzt sogar in den Strassen Saigons,* dachte er. *Ich muss hier weg. Schleunigst.*

Larson trat durch die gläserne Eingangstür, suchte in der Menge nach Antoine.

„Hör mal, ich hab mir gerade einen spannenden Film angesehen und verpasse jetzt das Ende", beschwerte er sich, als er sich am Tisch niederliess. „Ich hoffe, es ist wirklich wichtig." Er warf einen Blick auf den doppelten Whisky. „Oder suchst du bloss einen Saufkumpan?"

Antoine schilderte seinem Freund den versuchten Mordanschlag und Hungs Tod in dem brennenden Auto.

George starrte ihn ungläubig an. „Wieso solltest du umgebracht werden?", fragte er. „Und wer war das überhaupt, dieser Hung?"

Antoine runzelte die Stirn. Dann fiel ihm ein, dass er Larson gegenüber Thuys Ehemann nie erwähnt hatte, um sich nicht den

Vorwurf romantischer Phantastereien anhören zu müssen. Er holte tief Luft und setzte seinen Freund ausführlich ins Bild. Die Treffen mit Thuy im Gebäude der Saigon Trading Corporation, Kim Sons Recherchen zu der Firma, Hungs Beteiligung am Opiumgeschäft und schliesslich die Begegnung mit dem Oberst im vietnamesischen Dschungel.

Larson schwieg eine ganze Weile. „Das ist nicht gut, Antoine", sagte er schliesslich bedrückt. „Hanoi wird das nicht einfach so hinnehmen. Hung war offenbar ein wichtiger Player im Opiumgeschäft, zudem Ex-Oberst der Nordvietnamesen. Die Genossen werden wissen wollen, was hinter seinem Tod steckt. Und vor allem wer. Die und ihre Paranoia … Ich kenne sie, sie werden garantiert eine Verschwörung vermuten."

„Der Kerl hätte mir auch ein Killerkommando schicken können", sagte Antoine mit einem sarkastischen Lächeln. „Dann würde ich jetzt nicht hier sitzen."

„Bringen Sie mir auch einen doppelten Whisky", wies Larson die Bedienung an. Er spielte nervös mit der Marlboro-Schachtel, die er vor sich auf den Tisch gelegt hatte, widerstand aber der Versuchung, sich eine Zigarette anzuzünden.

„So langsam wird's verdammt brenzlig für dich. Du musst deine Abreise vorbereiten." Er überlegte. „Eigentlich kann man euch nichts anlasten, ihr wart einfach nur Verkehrsteilnehmer … ein Motorrad, zum Zeitpunkt des Crashs zufällig hinter dem Unfallauto. Vorausgesetzt, es hat niemand gesehen, wie Kim Son die Pistole zückte. Aber man kann nie wissen. Womöglich wurde Hung bereits von der Geheimpolizei überwacht. Ein Wagen, der euch verfolgte …"

„Das Motorrad hat Kim Son bereits verschwinden lassen", erklärte Antoine.

„Sehr gut. Trotzdem … ich muss mir dringend etwas einfallen lassen, wie wir Kim Son in Sicherheit bringen." Er verstummte.

Nahm ein paar grosse Schlucke aus dem Glas, das mittlerweile vor ihm stand. Dachte nach. Plötzlich fragte er: „Ändert sich jetzt etwas für dich? Privat, meine ich. Thuy wäre ja nun frei …"

Antoine, von dem Themenwechsel überrascht, antwortete erst nach einer Pause. „Ich glaube nicht. Aber ich möchte sie gerne noch mal sehen. Ich weiss bloss nicht, wie ich sie kontaktieren kann."

„Ich habe da eine Idee", sagte Larson. „Aber jetzt muss ich los. Wenn ich Glück habe, sehe ich noch das Ende des Films!"

Antoine war klar, dass ihm höchstens noch ein paar Tage in Saigon bleiben würden. Ihm schien, dass ihn die beiden Wachen am Tor zur Villa an der Ton Duc Thang bereits weniger beflissen grüssten. Die Sekretärin hatte vergessen, ihm den Morgentee und die *Vietnam News* zu bringen. Und Van Dong war seit Tagen nicht zur Arbeit erschienen. Dass überraschend zwei hochrangige Offiziere aus Washington eingetroffen waren und sich stundenlang im Konferenzzimmer eingeschlossen hatten, ohne dass jemand ihre Anwesenheit erklärt hätte, trug ebenfalls zur allgemeinen Verunsicherung bei. Die Gerüchteküche brodelte, wilde Spekulationen machten die Runde.

Antoines immer noch sichtbare Folterspuren im Gesicht wurden abwechselnd als Folgen einer häuslichen Auseinandersetzung mit seiner angeblichen vietnamesischen Freundin oder als Racheakt eines eifersüchtigen Ehemannes interpretiert. Kim Son hatte diese Märchen in die Welt gesetzt, wie er Antoine schmunzelnd gestand. „Die Vietnamesen lieben solchen Klatsch", erklärte er. „Sie haben ja sonst nicht viel zu lachen."

Anne hatte ihn am Morgen angerufen und ihm gesagt, dass sie noch etwas länger in Cam Ranh Bay bleiben müsse. Sie war kurz angebunden. Kein Wort über ihr ungelöstes Beziehungsproblem. Und offenbar wusste sie noch nichts von dem Attentat und davon, dass Thuys Ehemann in dem brennenden Auto umgekommen war. Immerhin sagte sie ihm, bevor sie aufhängte: „Ich freue mich auf dich. Du fehlst mir."

Antoine holte sich in der Küche eine Tasse Kaffee und ging dann die Treppe hinauf in George Larsons Büro.

„Was tun wir hier eigentlich noch?", sagte er und setzte sich in einen der schwarzen Ledersessel am kleinen Konferenztisch. „Ich habe das Gefühl, dass hier alles in Auflösung begriffen ist. Die Leute arbeiten ja kaum noch. Meine Sekretärin hat mir übrigens heute ihre Kündigung auf den Tisch gelegt und ist dann gleich verschwunden."

„Pass auf, ich habe zwei wichtige Nachrichten für dich." George bat Antoine in das abhörsichere Konferenzzimmer.

„Kim Son hat mir vorhin berichtet, dass die Polizei die Rikschafahrer und ausserdem Unfallzeugen befragt hat. Die haben das Motorrad mit euch beiden drauf natürlich gesehen. Ihr hattet nicht zufällig Helme auf?"

Antoine schüttelte den Kopf.

„Shit!", fluchte Larson. „Die Cyclo-Gang hat zwar dichtgehalten, aber Kim Son kann nicht ausschliessen, dass es unter den Rikschafahrern auch einen Polizeispitzel gibt."

„Das klingt nicht gut."

„Nein. Du musst hier weg sein, bevor sie deine Identität herausgefunden haben.

„Ich werde umgehend meinen Rückflug buchen. Aber du hast was von einer zweiten Nachricht gesagt. Ich hoffe, die ist erfreulicher."

„O ja, du wirst dich wundern. Du hast heute um 19 Uhr einen Termin in der ‚Roof Top Bar' im ‚Caravelle'."

„Schön. Und mit wem, wenn ich fragen darf?"

„Mit Thuy."

Antoine war sprachlos. Schaute seinen Freund ungläubig an.

Stolz berichtete Larson, wie er das Treffen arrangiert hatte. „Gestern ging ich mit Kim Son die Namen unserer wichtigsten vietnamesischen Kooperationspartner durch. Ich will meinem Nachfolger eine detaillierte Liste übergeben. Und Kim Son machte mich darauf aufmerksam, dass ein Ex-General, den wir auf unserer Liste haben, Thuys Onkel sein müsse. Er ist in seiner zweiten Karriere als Wirtschaftsberater für ausländische Investoren tätig. Hat Thuy dir das erzählt? Also habe ich den Ex-General heute Morgen angerufen und ihn gebeten, das Treffen mit Thuy zu arrangieren. Er schuldet mir nämlich noch was, schliesslich habe ich ihm ein paar lukrative Kontakte zu amerikanischen Unternehmen verschafft. Übrigens kennt er eure Lovestory und weiss, dass du Huongs Vater bist. Dass Thuys Ehemann tot war, hatte er bereits gehört. Er schien nicht sonderlich betrübt zu sein."

Antoine war bereits lange vor 19 Uhr in der „Roof Top Bar". Er hatte einen der begehrten Tische direkt am Fenster reserviert, die einen spektakulären Blick auf die Skyline von Saigon erlaubten. Er trank schon seinen dritten Aperitif, war nervös, sah immer wieder auf seine Uhr. Die Bar war bereits gut gefüllt.

Endlich, 19 Uhr!

Plötzlich bemerkte er, dass praktisch jeder Mann in der Bar verstummt war und in seine Richtung schaute. Aber sie starrten nicht ihn an, sondern an ihm vorbei zur Tür. Antoine drehte sich um. Thuy stand am Eingang zur Bar und blickte sich um. Sie trug einen weissen Hosenanzug aus Seide und eine schwarz gemusterte Gucci-Tasche. Sie sah umwerfend aus. Sogar die Frauen in der Bar musterten sie voller Bewunderung oder Neid.

„Hallo Antoine", sagte sie und gab ihm einen raschen Kuss auf die Wange. „Ich hätte nicht gedacht, dass ich dich nochmals sehe. Aber ich freue mich."

Sie setzte sich, strich sich das Haar aus der Stirn und suchte in der Tasche nach ihren Zigaretten. „Was trinkst du denn? Einen Campari? Für mich bitte auch", sagte sie zu der Kellnerin.

„Es wird das letzte Mal sein, Thuy. Ich kann dir nicht sagen, warum. Es hat was mit meinem Job hier zu tun. Ich werde übermorgen zurückfliegen. Ich bin deinem Onkel dankbar, dass er mir die Möglichkeit gegeben hat, mich von dir zu verabschieden. Es war mir wichtig." Er zögerte einen Moment. „Ich habe gehört, dass dein Mann bei einem Unfall gestorben ist. Mein Beileid. Was wirst du jetzt tun?"

Thuy nippte an ihrem Campari und lächelte. „Ach Antoine, du weisst doch, wie es um unsere Ehe stand. Was ich jetzt tun werde? Ich werde endlich *mein* Leben führen, ein Leben ohne Überwachung. Meine Eltern sind nicht mehr die Jüngsten, ich möchte ihnen mehr Zeit widmen. Und mein Onkel, dem ich so viel verdanke, ist alleinstehend und braucht jemanden, der sich um ihn kümmert. Du weisst ja, dass in Vietnam die Familie das Wichtigste überhaupt ist. Finanziell bin ich abgesichert und versorgt. Mein Mann hat Huong und mir ausreichend Geld auf Auslandskonten hinterlassen."

„Vielleicht solltest du nochmals heiraten …"

Sie griff nach einer Zigarette, zündete sie mit ihrem goldenen Cartier-Feuerzeug an. Antoine bemerkte, dass ihre Fingernägel dunkelrot lackiert waren. „O nein, *mon cher*. Huong ist fast erwachsen. Sie braucht keinen Vater mehr. Schon gar nicht einen völlig fremden. Warum fragst du?"

„Na ja, ich hatte lange Zeit Hoffnungen gehegt. Du erinnerst dich, bei unserem letzten Treffen habe ich dir sogar einen Heiratsantrag gemacht."

Thuy lächelte, schüttelte fast unmerklich den Kopf. „Leider annähernd zwanzig Jahre zu spät. Und da ist noch etwas, Antoine. Es tut mir leid, aber das ist ein neues Vietnam. Ein selbstbewussteres Land. Du wirst vieles nicht verstehen. Und die Tatsache, dass du aus dem Westen kommst, verleiht dir nicht mehr automatisch eine Sonderstellung."

Sie nahm seine Hand. „Komm, lass uns austrinken. Das Wetter ist so schön, gehen wir doch raus. Ich habe eine Idee. Da wir uns jetzt zum letzten Mal sehen, sollten wir Abschied nehmen von den Orten, wo wir damals glücklich waren."

Sie gingen zu Fuss die Dong-Khoi-Strasse entlang Richtung Fluss und hielten kurz vor dem neu erbauten Hotel „Catinat" an. „Hier war damals die katholische Schule, wo die Flüchtlinge untergebracht waren. Erinnerst du dich? Hier haben wir uns kennengelernt. Du hattest ganz kurze Haare und trugst eine grüne Uniformjacke. Ich hielt dich erst für einen Amerikaner. Du hattest echtes Mitgefühl mit diesen Flüchtlingen. Das gefiel mir. Und du sprachst ein so schönes Französisch."

Antoine musste lachen. Trotz seiner tristen Stimmung. „Du trugst einen lachsfarbenen Ao Dai. Und du hattest ein Lächeln, das Gletscher zum Schmelzen gebracht hätte."

„Ach Antoine, du mit deinen Komplimenten. Du hast dich nicht verändert. Du hast mich dann ins ‚Brodard' eingeladen. Komm, lass uns dahin gehen. Es sind ja nur ein paar Meter."

Antoine spann die Erinnerung fort. „Im ‚Brodard' tranken wir Cappuccino und haben erst über Camus diskutiert, weil du am nächsten Tag an der Uni ein Referat über sein Buch *Der Fremde* halten musstest. Wir haben uns fast gestritten. Ich sagte, Camus sei ein Einzelgänger, der sich den Konventionen nicht beuge. Und du hast behauptet, dieser Fremde stehe symbolhaft für den nihilistischen, modernen Menschen."

„Dann bist du aufgestanden und hast in der Jukebox ‚California Dreaming' gedrückt."

„Mein Gott, daran erinnerst du dich noch?"

„Ich erinnere mich auch, dass du mir im ‚Brodard' gestanden hast, dass du dich in mich verliebt hättest."

„Und du hast mir dann einen Vortrag über *yeu* und *thuong* gehalten. Mein Liebesgeständnis schien dich nicht zu überzeugen."

„Doch. Ich war überwältigt. Ich wollte es bloss nicht zeigen. Es war wie im Film. Ich hatte ein paar Tage zuvor mit meinen Freundinnen im Kino *Die Liebenden* mit Jeanne Moreau gesehen. Von einer solchen Liebe träumten wir doch alle. Schwärmerisch und romantisch. Und du warst mein Alain Delon." Sie hielt inne. „Ich war noch so jung …" Ihr Gesicht hatte plötzlich einen melancholischen Ausdruck.

„Jetzt müssen wir eine Rikscha nehmen", meinte sie dann. „Bis zur Ham Nghi ist es für meine High Heels zu weit."

An der Ham Nghi schauten sie lange hinauf zu dem grauen, vierstöckigen Gebäude, das sie einst ihr Heim nannten. „Hier war ich glücklich mit dir", sagte Thuy. Sie schien nach Worten zu suchen. „Du warst mein erster Mann. Nie wieder habe ich diese Intensität der Gefühle erlebt. Und ich hatte diese Sehnsucht, von dir geliebt zu werden. Du hast mir eine neue Welt gezeigt, in der meine romantischen Fantasien Wirklichkeit wurden."

„Mir ging es doch auch so", sagte Antoine. „Ich sehe dich noch immer am Fenster im zweiten Stock stehen und mir zuwinken."

„Hier haben wir uns verloren, Antoine. Du warst so in diesen Krieg verliebt. Warst so stolz, diese Uniform zu tragen, die doch nur eine Verkleidung war. Schliesslich warst du ja kein Soldat. Und ich, ich spielte immer mehr eine Nebenrolle in deinem Leben."

Sie machte eine Pause. Nahm seine Hand. „Du hast mich vielleicht nicht genug geliebt, Antoine. Vielleicht war es doch nicht *yeu*. Mein Traum hat sich damals mit jedem Tag ein bisschen mehr entzaubert."

„Auf der langen Liste meiner Fehler war dies vielleicht der grösste", gab Antoine niedergeschlagen zu.

An der Hai-Ba-Trung-Strasse liess Thuy die Rikscha anhalten. „Du kennst dieses Haus nicht, Antoine. Hier war die Praxis meines Frauenarztes. Ein Freund meines Vaters. Er fragte mich damals, ob ich das Kind behalten wolle. Ich bejahte, denn du hattest mir gesagt, dass du bald zurückkehren und mich heiraten würdest. Du hattest es mir am Flughafen versprochen. Und ich hatte immer daran geglaubt."

Beide schwiegen, als die Rikscha sie zum „Caravelle" zurückfuhr. Alles war gesagt.

Und dann standen sie wieder an der Eingangstür zum Hotel. Beide waren unsicher, wie sie mit diesem Moment des endgültigen Abschieds umgehen sollten.

Lange standen sie schweigend vor der Tür. Wie zwei Menschen, die zusammen etwas verloren hatten.

Antoine suchte nach irgendetwas, was den Abschied hinauszögern würde, denn jeder Satz konnte der letzte sein.

„Wohin wirst du jetzt gehen, Antoine?"

„Ich weiss es nicht. Weiss man je, wohin man geht?"

„Wir haben in Vietnam ein Sprichwort. ‚Die Erinnerung ist das einzige Paradies, aus dem wir nicht vertrieben werden können.' Halte unsere Erinnerung gut fest, Antoine. Mit beiden Händen, und lass sie nie wieder los. Ich werde das auch tun." Sie seufzte tief. „Machen wir uns den Abschied nicht so schwer. Ich gehe jetzt einfach. *Adieu, mon amour.*"

Sie drehte sich um, strebte mit schnellen Schritten dem Parkplatz zu, wo ihr Fahrer wartete.

Antoine stand da, an den Rahmen der Eingangstür gelehnt. Menschen eilten an ihm vorbei.

Die Erinnerung, dachte er. *Solange ich lebe, wird mich diese Erinnerung begleiten.*

Der schwarze Mercedes fuhr langsam an ihm vorüber. Thuy hatte das Fenster im Fond heruntergekurbelt und winkte ihm zu. Sie hatte Tränen in den Augen.

Er sah ihr noch lange nach. *Vielleicht wirst du dich später manchmal fragen, auch wenn du glücklich bist, wie denn dein anderes Leben ausgesehen hätte, wenn du mit mir gegangen wärst,* dachte er.

Kapitel 28

Antoine sass bereits kurz nach sechs Uhr im Frühstücksraum des „Caravelle" und notierte auf einem Notizblock all die Tätigkeiten, die er vor seiner Abreise noch zu erledigen hatte. Die Melancholie des Abschieds überlagerte bereits alles. Selbst vertraute Bilder und flüchtige Szenen des Alltags hatten plötzlich den bittersüssen Zauber des endgültig Unwiederbringlichen. Die junge Kellnerin etwa, die ihm gerade den Cappuccino brachte, würde er nie mehr sehen. Der Zauber der Erinnerungen würde verblassen, die Vergänglichkeit sich der Gefühle bemächtigen.

Er schaute sich nochmals um, als er den Frühstücksraum verliess. Ein letzter Blick. Sämtliche Gäste und Angestellte des Lokals wirkten plötzlich wie die Nebendarsteller eines tristen Films auf der Leinwand seiner Fantasie. *Es fehlt nur noch eine Melodie in Moll als Begleitmusik*, dachte er kopfschüttelnd. *Brahms vielleicht. Oder ein Violinkonzert von Mendelssohn.*

Er ging in sein Zimmer, packte seinen Koffer mit den paar Sachen, die man braucht, um aus dem gewohnten Leben zu desertieren. Spürte einen Stich im Herzen, als er daran dachte, dass er Anne nun doch nicht mehr wiedersehen würde. Sie wusste nichts von seiner überstürzten Abreise. Aber selbst wenn er sie telefonisch informieren würde, könnte sie deshalb nicht einfach ihre Konferenz abbrechen.

Antoine ging zu Fuss ins Büro der Thai Airlines am Le Duan Boulevard, buchte für den nächsten Tag einen Flug in der Business-Class nach Bangkok und einen Weiterflug am gleichen Tag mit der Swissair nach Zürich. *Will ich das wirklich?*, fragte er sich fast ungläubig, als ihm die freundliche Thailänderin mit einer angedeuteten Verbeugung schliesslich das Ticket überreichte. Die Endgültigkeit dieses Schritts überraschte und verunsicherte ihn. Er war plötzlich voller Selbstzweifel. *Zürich?*

Was soll ich dort?, fragte er sich. *Das ist doch nicht mehr meine Welt …*

Er trat hinaus auf den Bürgersteig vor dem Büro der Airline. Trotz der frühen Stunde war es schon schwül und heiss. Er war unsicher, wohin er jetzt gehen sollte. Für eine Weile stand er da wie eine Insel in der Brandung der Menschen, die an ihm vorbeihasteten. In einem Anflug von Sentimentalität war er versucht, noch schnell ins „Brodard" zu gehen. Ein letztes Mal. Noch schnell auf einen Cappuccino. Dann fiel ihm plötzlich das Büro ein: Hatte er dort noch private Sachen liegen? Nein. Er war ohnehin zu kurz und zu selten da gewesen, um sich wirklich heimisch zu fühlen. Aber … Moment! Sein Montblanc-Kugelschreiber, mit dem er all seine Vietnam-Reportagen skizziert hatte und den er sonst immer bei sich trug – er hatte ihn gestern Abend vor lauter Aufregung über das bevorstehende Treffen mit Thuy auf seinem Schreibtisch vergessen. Also schlenderte er gemächlich zur Ton-Duc-Thang-Strasse.

Dort erwartete ihn eine gewaltige Überraschung: Anne war da. Anscheinend soeben aus Cam Ranh Bay zurückgekehrt.

„Die Konferenz ging gestern Abend zu Ende", erklärte sie fröhlich. „Früher als geplant. Und ich habe die erstbeste Gelegenheit zum Rückflug genutzt."

Antoine hätte sie am liebsten in die Arme genommen, begnügte sich aber mit der knappen Erklärung, dass er Saigon morgen Vormittag verlassen und nach Zürich heimkehren werde.

Anne reagierte mit einem langen Schweigen. „Dann haben wir nicht mehr viel Zeit zusammen", sagte sie schliesslich. Sie wirkte verunsichert. *Wahrscheinlich denkt sie das Gleiche wie ich,* vermutete Antoine. *Nämlich dass wir nur noch eine Nacht haben.*

„Wollen wir heute Abend bei mir essen?", fragte sie unvermittelt.

„Unbedingt", sagte Antoine. „Ich bringe den Champagner mit."

„Champagner? Oh, haben wir was zu feiern?"

„Sei nicht so neugierig. Du wirst ja sehen", sagte Antoine. Aber dann fügte er, überwältigt von einem plötzlichen und erregenden Gefühl der Vorfreude, doch noch an: „Alles wird gut, Anne."

Antoine hatte sich mit George Larson und seiner Frau Barbara im Restaurant des „Caravelle" zum Mittagessen verabredet. Er hatte sich mit Georges Gattin nie so recht anfreunden können, doch nun war er vollkommen überrascht: Barbara hatte ihr mürrisches Aussehen gänzlich verloren. Sie wirkte, genau wie ihr Mann, auf einmal fröhlich und gelöst. Sie orderten Frühlingsrollen als Vorspeise und Lau Thap Cam als Hauptgericht, einen scharfen Feuertopf aus Meeresfrüchten, Rind- und Hühnerfleisch, Tofu, frischen Pilzen, Zitronengras, Chili und Ingwer.

„Wir werden uns wohl eine ganze Weile nicht wiedersehen", sagte Larson. „Lasst uns anstossen." Sein Blick wurde melancholisch. „Wir sind ein grosses Stück unseres Lebens zusammen gegangen, Antoine. Und mein Gott, was hatten wir für ein spannendes Leben hier in Südostasien. Darauf wollen wir trinken."

„Was wirst du jetzt eigentlich machen, Antoine?", fragte Barbara Larson, während der Kellner die Frühlingsrollen servierte. „George sagte mir, dass du wohl nach Zürich zurückkehrst."

„Ausgerechnet Zürich", mokierte sich Larson. „Ich dachte, du findest die Schweiz so langweilig."

„Na ja, in meinem Alter fangen die Menschen an, sich an ein besseres Gestern zu erinnern", gab Antoine zurück. „Ausserdem will ich ja noch nicht in Rente gehen. Ich werde mich schon nicht langweilen."

„Ich erinnere mich, dass du mir mal sagtest, du hättest immer davon geträumt, ein Boot zu kaufen und damit zu den Inseln in der Südsee zu segeln. Allerdings hatten wir damals schon ein paar Biere getrunken. Das war, glaub ich, am China Beach in Danang.

Du kamst damals, während du nebenbei sehnsüchtig die Bikini-Schönen bewundert hast, richtig ins Schwärmen. Ich höre dich noch: ‚Allein über den Ozean, dieses Gefühl der Freiheit spüren, angetrieben vom Passatwind und geleitet von den Sternen, keine Zeitpläne …'"

„Ich finde das sehr romantisch", erwiderte Barbara. „Wann brichst du auf, Antoine?"

Er zuckte mit den Achseln. „Ich weiss es noch nicht. Irgendwann."

Ein Lächeln huschte über ihr Gesicht. „Irgendwann? Du bist wie George. Mach deine Träume wahr, Antoine. Die Zeit ist ein Mörder. Tue es jetzt. Das Leben geht sonst durch dich hindurch. Nimm die Chancen wahr, die dir dieses neue Leben bietet."

George Larson zerteilte entspannt seine Frühlingsrollen. „Jetzt siehst du mal, Antoine, welchen Druck ich an der Heimatfront ständig auszuhalten hatte. Zumindest haben wir jetzt bereits Bali gebucht. Du bist ja kürzlich dort gewesen. Wie hat's dir gefallen?"

Antoine war froh über den Themenwechsel. „Ah, Bali. Das Meer kristallblau, barfuss auf dem weissen Sand gehen und den Wellen zusehen. Ich war kurz nach dem Vietnamkrieg zum ersten Mal dort. Paradiesisch. Jedes Dorf ein Gesamtkunstwerk. Herrliche Reisterrassen. Kein Grün auf der Welt ist so intensiv wie das Grün junger Reisschösslinge auf Bali. Die Frauen sind ewig lächelnde Göttinnen. Überall Magie, Hausaltäre, religiöse Rituale, Prozessionen, faszinierende Tänze."

Er wusste, dass die Wirklichkeit anders aussah. So war Bali vor zwanzig Jahren gewesen. Inzwischen hatte sich die Insel enorm verändert, erlebte einen wahren Touristenansturm. Viele Australier, meist betrunken. Und viele Japaner, die selbst noch die hinterletzte Statue fotografieren. Überall Müll. An jeder Ecke ein McDonald's, und die Traumstrände wurden systematisch zugebaut. Aber er wollte George und Barbara die Vorfreude nicht verderben. Vielleicht würden sie es ja trotzdem schaffen, ihre Ehe wieder hinzukriegen. Er erhob sein Glas und prostete ihnen zu: „Auf euren Urlaub!"

„Und du, machst du einen Stopover in Bangkok?", wollte George wissen. „Triffst du dich mit Mallory?"

„Ich hatte ursprünglich die Absicht", sagte Antoine. „Weisst du, eigentlich konnte oder wollte ich es gar nicht glauben, dass dies nun ein endgültiger Abschied sein würde." Er spürte, wie leise Melancholie Besitz von ihm ergriff.

„Ich hätte gedacht, du würdest Südostasien niemals verlassen können ohne einen letzten Besuch im ‚Hangover'", meinte George grinsend.

„Mein Gott, Patricks Bar an der Patpong Road … Erinnerst du dich, dort hat alles begonnen. Dort begegnete ich auch Mallory zum ersten Mal. Und Patrick, deinem Ex-Sergeant." Für einen Moment tauchten wieder Erinnerungsfetzen auf. An Mai, die schöne Barmaid. Oder an Claire, von der er geglaubt hatte, dass sie die neue Liebe seines Lebens werden könnte. Er verscheuchte diese Bilder. „Nein, ich habe gleich einen Anschlussflug nach Zürich. Wahrscheinlich hatte ich Angst, in Bangkok hängen zu bleiben und den Schweiz-Flug zu stornieren. Ich wäre ja nicht der Erste, der nicht loskommt von Südostasien."

George lächelte. „So wie ich dich kenne, wirst du eh in ein paar Monaten wieder zurück sein. Saigon wird dich nicht loslassen. Und bald ist Gras über die ganze Hung-Affäre gewachsen. Das ist immer so. Wenn sie keinen Schuldigen finden, lassen sie die Angelegenheit sang- und klanglos fallen. Dann kommst du wieder zurück. Übrigens habe ich Kim Son einen Job in Chiang Rai als Sicherheitsberater in Jeff Gordons Klinik besorgt. Ich gehe davon aus, dass sie ihn dort unbehelligt lassen."

Die nachdenkliche Stille wurde durch den Kellner unterbrochen, der den Hauptgang servierte.

„Es scheint, dass wir alle ein bisschen Mühe haben, uns ein Leben nach Vietnam vorzustellen", sagte Antoine schliesslich. „Vielleicht haben wir ja auch das ‚gelbe Fieber', wie es die Franzosen nannten. Vielleicht werden wir uns in ein paar Jahren sehnsüchtig zurücksehnen und zugeben, dass Vietnam immer ein wichtiger Teil unseres Lebens sein wird, vielleicht sogar der wichtigste."

Sie verabschiedeten sich in der Lobby des „Caravelle".

„Wir schicken dir eine Ansichtskarte aus Bali", versprach Barbara.

„Ja, unbedingt, ich würde mich sehr freuen", erwiderte Antoine. Dabei wusste er sehr wohl, dass sie nicht einmal seine Adresse kannte. Wie auch. Er wusste ja selbst nicht, wo er schliesslich landen würde.

„*Tam biet*, Marine!", sagte Larson zu Antoine und nahm ihn in die Arme. Auf Wiedersehen. Aber beiden war klar, dass es wohl ein endgültiger Abschied sein würde.

Antoine fragte an der Rezeption nach dem Food & Beverage Manager des Hotels. Er wollte ihn bitten, ihm noch zwei Flaschen Champagner zu verkaufen, als Gastgeschenk für das Abendessen bei Anne. Er werde an der Bar warten, sagte er.

Antoine bestellte beim Barmann einen doppelten Whisky. *Ich brauche das jetzt ganz dringend,* entschuldigte er sich vor sich selbst. *Das sind ein bisschen viele Abschiede. Gestern Thuy. Heute George. Und morgen Vietnam …*

„Grüezi", sagte der schwergewichtige Mann, der sich plötzlich neben ihm auf den Barhocker hievte. Es war der Food & Beverage Manager, ein Schweizer wie Antoine. Er übergab ihm die zwei Flaschen Dom Pérignon, die er diskret als Geschenkpackung getarnt hatte. „Ist es dieselbe Dame wie kürzlich?", fragte er augenzwinkernd. „Wie hat der Chablis übrigens geschmeckt?"

„Alles war picobello", antwortete Antoine. „Und ja, es ist dieselbe Dame." Er musste, während der Manager von seiner letzten

Urlaubsreise in die Schweiz erzählte, an Anne denken. Und in seinem Kopf begannen sich bereits Bilder zu formen. Aufreizende Bilder, die ihn bedrängten und umschmeichelten und mit Versprechungen lockten.

Um 18.00 Uhr klingelte er bei Anne an der Dong Khoi 118.

Anne wirkte gestresst. Sie trug noch ihr Business-Outfit, eine beigefarbene Seidenbluse und einen schwarzen Rock. Das Haar hatte sie zu einem Pferdeschwanz gebunden. „Sorry, Antoine, ich bin erst vor einer halben Stunde aus dem Büro zurückgekehrt", sagte sie etwas atemlos. „Ich hatte noch nicht mal die Zeit, mich umzuziehen. Und eigentlich wollte ich uns ein vietnamesisches Fischgericht kochen. Aber mein Fischhändler hatte geschlossen. So habe ich aus Verzweiflung ein paar Sandwiches gekauft. Wir können aber auch ins Restaurant gehen. Du darfst entscheiden, Antoine. Es ist schliesslich dein Abschiedsessen."

„Entspann dich, Anne. Sandwiches sind völlig okay", beruhigte er sie. Aber eigentlich hatte er sich das Wiedersehen anders vorgestellt. Romantischer. Mit Kerzenlicht. Und Anne in ihrem verführerischen, tief ausgeschnittenen roten Kleid, das Haar offen. „Lass uns erst mal ein Glas Champagner trinken", sagte er. Er entkorkte die Flasche, während Anne in der Küche zwei Champagnergläser holte.

Sie setzten sich auf das kleine Sofa. Anne betrachtete neugierig das Champagneretikett. „Dom Pérignon", sagte sie anerkennend. „Offenbar haben wir tatsächlich etwas zu feiern." Sie schien sich langsam zu entspannen.

„Ja, lass uns auf uns trinken", sagte Antoine und schaute sie lächelnd an. „Auf unsere Zukunft."

Anne lehnte sich auf der Couch zurück, blickte auf den sich träge drehenden Ventilator an der Decke. Sie schien nachzudenken. „George Larson hat mir vorhin im Büro die Geschichte des

Attentats erzählt", sagte sie schliesslich. „Du erlebst ja schreckliche Dinge in letzter Zeit. Erst die Folter, dann wärst du beinahe hingerichtet worden, und zuletzt der Mordanschlag. Jetzt musst du auch noch Vietnam überstürzt verlassen, weil die Polizei dich womöglich verfolgt. Wie hältst du das bloss aus?"

Sie nahm Antoines Hand, schmiegte ihren Kopf an seine Schulter.

Antoine sprach schliesslich das Thema an, das längst unausgesprochen im Raum stand: „Ich habe mich gestern mit Thuy getroffen. Ein letztes Mal. Es wird endgültig kein Wiedersehen mehr geben."

„Heisst das, du hast dich für mich entschieden?"

Antoine nahm sie in die Arme. Küsste sie. Sie spürte sein aufgestautes Verlangen, diese brennende Sehnsucht, küsste ihn zurück, lange und zärtlich, wollte nicht mehr von seinem Mund lassen.

„Komm", sagte sie. Sie griff nach seiner Hand und zog ihn ins Schlafzimmer. Mit wenigen fiebrigen Handgriffen befreite Antoine sie von Rock und Bluse, hakte den Büstenhalter auf und blickte fasziniert auf ihren Busen, der eine Üppigkeit besass, die man durch die Bluse kaum erahnte.

Sie liebten sich, als ob sie zusammen auf einer gewaltigen Welle ritten. Ganz oben, wo das Gefühl rauschhaft ist, und sie hielten lange ihre Lust, bevor sie sich schliesslich zusammen in das Wellental fallen liessen.

Über allem lag die Ahnung, dass diese Nacht alles verändern würde. Aber auch, dass es vielleicht ihre letzte gemeinsame Nacht sein könnte.

Sie lagen lange schweigend da. Umarmten sich ab und zu. Er spürte die Weichheit Annes auf seiner Haut. Die Wärme einer Frau, in die er im Begriffe war, sich zu verlieben. Sinnlos, sich einzureden, dass es nicht so wäre.

Später betrachte er Annes nackten Körper, auf dem das Leben nur wenige Spuren hinterlassen hatte. „Du bist wirklich schön", sagte er. „Ich hätte so gerne mehr Zeit mit dir verbracht. Du weisst schon, um uns aneinander zu gewöhnen. Wir hätten angefangen, uns wirklich kennenzulernen, uns zu verstehen und zu lieben. Eigentlich kennen wir uns ja kaum."

„Sei still, Antoine. Noch haben wir uns ja." Sie umarmte ihn, hielt ihn lange fest. So, als ob sie sich der verrinnenden Stunden nicht bewusst werden wollte. Das genügte, um das Begehren wieder anzufachen. So liessen sie sich beide erneut mitreissen von der Brandung ihrer Leidenschaft.

Und so vereint, wie es nur Liebende sein können, sanken sie schliesslich in ihren ersten gemeinsamen Schlaf.

Anne stand zuerst auf, duschte und hantierte dann in der Küche. Antoine hörte das Klappern von Töpfen und Tellern. „Sorry, Antoine, wir haben noch die Sandwiches von gestern. Und als Alternative ein Rührei. Wie gesagt, ich hatte gestern Abend keine Möglichkeit, noch gross einzukaufen." Sie stand in einem weissen Bademantel am Bett und gab Antoine einen flüchtigen Kuss auf den Mund. „Geh doch schon mal unter die Dusche. Ich decke in der Zwischenzeit den Tisch."

Antoine genoss das heisse Wasser, rieb sich genüsslich mit einem Duschgel ein, das er im Bad gefunden hatte. Anne erschien plötzlich in der Tür, liess den Bademantel fallen und stellte sich lachend unter den Wasserstrahl, um sich von Antoine umarmen zu lassen.

„Was war das eigentlich für eine Konferenz in Cam Ranh Bay?", fragte Antoine, als sie am Frühstückstisch sassen.

„Es ging um die Gründung eines amerikanisch-vietnamesischen Joint Ventures im Kaffeeanbau. Konkret um die Highlands-Coffee-Kette, die teilweise von der Weltbank finanziert würde. Vergleichbar mit der Starbucks-Kette, die letztes Jahr in Amerika gegründet wurde. Eine enorm spannende und vielversprechende

Sache. Der Sitz der Firma ist übrigens in Ban Me Thuot. Mitten im Hochland. Eine Gegend, die du ja gut kennst. Und ich inzwischen auch."

„Kalaschnikow-Country", mokierte sich Antoine. „Du würdest dich dort sehr heimisch fühlen."

Anne lachte. *Sie hat sich verändert,* stellte Antoine überrascht fest. Ihre grünen Augen leuchteten, er verlor sich willig in ihrem verliebten Blick, genoss die Sinnlichkeit ihrer Nähe, dieses Bedürfnis, sie ständig in die Arme zu nehmen. Selbst ihre Stimme klang anders, sie konnte von einer Sekunde auf die andere kokett, ausgelassen, warm oder ernst sein.

„Ich vergesse völig, dass du ja heute abfliegst. Ich muss gleich ins Büro. Aber ich komme rechtzeitig zum Flughafen, um dich zu verabschieden."

Und dann stellte sie die Frage, die seit ihrem gestrigen Wiedersehen unausgesprochen in der Luft hing: „Was machst du jetzt eigentlich? Was hast du für Pläne?"

„Ich gehe erst mal in die Schweiz. Ins Engadin. Es gibt da ein sehr schönes, abgelegenes Hotel, ein richtiges Grandhotel im altmodischen Stil. Es trägt den Namen ‚Waldhaus' – was eine absolute Untertreibung ist. Ich lasse mich dort nochmals durchchecken. Gehe ein bisschen wandern. Wahrscheinlich bleibe ich etwa vier oder fünf Wochen. Was ich nachher mache, ist völlig offen. Es gibt noch so viele spannende Dinge auf meiner Wunschliste." Er nahm ihre Hand. „Ich möchte dich nicht wieder verlieren, Anne. Komm mit, begleite mich in die Schweiz."

Sie dachte lange nach. Rang offensichtlich um eine Antwort. „Das berührt mich, dass du mir das vorschlägst. Du zeigst mir damit, dass du es ernst meinst mit mir. Aber … das kommt sehr plötzlich. Und eigentlich möchte ich ja in Vietnam bleiben. Mir gefällt es hier. Ich sehe jetzt auch viele Jobmöglichkeiten für mich.

Andererseits …" Sie zögerte. „Lass mir ein bisschen Zeit. Und bedräng mich nicht. Okay?"

„Wie weiss ich, wie du dich entschieden hast?", fragte Antoine.

„Ich werde dich finden. Gib mir einfach deine Adresse. Und wenn ich dann plötzlich vor deiner Tür stehe, weisst du Bescheid."

Kapitel 29

Antoine wartete bereits eine halbe Stunde vor dem Boarding im Bistro des Abflugterminals, schaute durch die breite Glasfront auf die Landebahn und die dunklen Regenwolken am Horizont. Auf dem Vorfeld sah er die geparkte DC-9 der Thai Airways, die gerade mit dem Gepäck der Passagiere beladen wurde.

In der Hand hielt er, auf einen Notizblock des „Caravelle" gekritzelt, die Adresse und Telefonnummer des Hotels „Waldhaus" in Sils und seiner Investmentfirma in Zürich.

Anne ging mit schnellen Schritten durch die Abflughalle.

„Sorry, dass ich mich verspätet habe", sagte sie ausser Atem. „Aber es war wichtig." Sie schien wieder um Worte zu ringen. „Was ich dir jetzt sage, wird dich wahrscheinlich masslos enttäuschen. Ich habe dir doch vorhin von diesem amerikanisch-vietnamesischen Joint Venture in Ban Me Thuot erzählt. Der amerikanische Investor rief mich eben an. Er hat mir den Job einer Geschäftsführerin angeboten. Und ... sorry, Antoine ... ich werde den Job annehmen."

„Das heisst, du wirst nicht in die Schweiz kommen."

Sie schien seinem Blick auszuweichen. „Ich weiss es nicht, aber ich möchte diesem Job eine Chance geben. Ich habe so lange auf eine solche Gelegenheit gewartet. Für mich wäre es ein Traumjob."

Noch ein Abschied also, dachte Antoine bitter. *Wann kommt endlich ein Anfang, nach all diesen Abschieden?*

Er blickte auf die grosse Uhr, die über dem Gate hing. „Wir haben noch etwa zehn Minuten, dann muss ich boarden."

Sie schauten einander an. Wussten nicht, was sie sagen sollten.

„Es war eine wundervolle Nacht", flüsterte Anne schliesslich.

„Ja", murmelte Antoine. Und er dachte: *Es war die richtige Liebe zur falschen Zeit.* Die Abschiedsszene aus *Casablanca* kam ihm in den Sinn. Und er versuchte seine Enttäuschung und Traurigkeit mit einem flotten Spruch zu überspielen: *„We'll always have Saigon ..."*

„Ich versuche jetzt nicht zu weinen", sagte sie tapfer.

Die Passagiere des Flugs nach Bangkok wurden aufgerufen.

„Okay, Anne, ich muss gehen."

„Hab einen guten Flug. Und pass auf dich auf und …"

Tränen liefen ihr übers Gesicht.

Er nahm sie in die Arme und küsste sie. Dann folgte er der uniformierten Airline-Angestellten, die ihn zum Gate begleitete.

Bevor er die Gangway zu der DC-9 hochstieg, drehte er sich nochmals um und schaute hinüber zu der breiten Fensterfront des Abflugterminals. Anne stand am Fenster und winkte ihm zu.

Er winkte zurück.

„Darf ich noch Ihre Bordkarte sehen?", fragte ihn die Stewardess, als er oben an der Treppe angekommen war. Er wühlte in der Innentasche seines Sakkos, fand die Karte, und als er sie der Stewardess übergeben wollte, flatterte gleichzeitig ein Notizzettel auf den Kabinenboden. Es war der Zettel, den er eigentlich Anne geben wollte, auf dem er seine Adressen in der Schweiz notiert hatte.

Die Stewardess servierte Champagner. Champagner … Er musste an die vergangene Nacht denken. Er sah, während die Maschine zum Start rollte, durch das Kabinenfenster hinüber zum Abflugterminal. Anne stand noch immer am Fenster.

Plötzlich überkam ihn unendliche Traurigkeit. *Manche Menschen müssen wir gehen lassen, selbst wenn wir sie noch so sehr lieben,* dachte er. Und er gestand sich ein, dass er Erwartungen und Hoffnungen an diese Nacht geknüpft hatte. Dass Anne ihm in die Schweiz folgen würde. Doch er war, wie ihm mit einem Mal bewusst wurde, ziemlich egoistisch gewesen mit seinem Wunschtraum. Was sollte sie denn in der Schweiz? Ein fremdes Land mit einer fremden Sprache? Mit völlig ungewissen Zukunftsaussichten? Er hätte an ihrer Stelle genauso entschieden.

Er begann ihr bereits nachzutrauern. Und da war auch schon, wie schwarze Vögel am Horizont, eine düstere Ahnung, dass Anne für ihn irgendwann nicht mehr sein würde als ein Name und das seltene Aufblitzen einer wehmütigen Erinnerung.

Unter ihm zog Vietnam vorbei. Reisfelder. Dschungel. Die Strände des südchinesischen Meers. Alles so vertraut. Er nahm in Gedanken endgültig Abschied von diesem Land, in dem er in seiner Jugend sich selbst gesucht hatte, das ihn in seine kriegerischen Tragödien gelockt und ihm einen Sitz in vorderster Reihe angeboten hatte, damit er zusehen konnte, wie Geschichte geschrieben wurde. Und nach all den Jahren hatte Vietnam ihn wieder willkommen geheissen – nur um sein kurzes Glück zu zerstören und ihn zu vertreiben. Er erinnerte sich an die Frauen. Die eine grosse Liebe, die er schliesslich wieder verloren hatte – und die, von der er glaubte, sie könnte eine grosse Liebe werden.

Vietnam ..., dachte er, während er bereits sein zweites Champagnerglas leer trank. *So verführerisch. So faszinierend schön. Dein Geheimnis hat mich angelockt und süchtig gemacht. Aber nie hast du mir ganz gehört. Immer wieder hast du mich betrogen wie eine untreue Geliebte ...*

Seine Gedanken drifteten weg. Zu Thuy. Und zu Huong, seiner Tochter. Er nahm ihr Foto, das er jetzt immer in seiner Brieftasche trug, und betrachtete es lange. Zärtliche Gefühle kamen plötzlich hoch. *Ich habe dich gefunden und gleich wieder verloren. Ich habe dich nie in meinen Armen gehalten. Dich nie in den Schlaf gewiegt oder dir eine Gutenacht-Geschichte vorgelesen.* Aber er wusste auch, dass Thuy recht hatte. Huong sei schon bald erwachsen, sie brauche jetzt keinen Vater mehr, hatte sie gesagt. Vor allem keinen Fremden aus dem Westen, der nicht mal ihre Sprache spreche. Sie sei das Kind einer neuen Zeit, eines Landes, das radikal mit seiner kolonialen Vergangenheit gebrochen habe. *Aber Thuy hat mir ja versprochen, dass sie Huong irgendwann mal sagen wird, wer ihr wahrer Vater ist. Vielleicht möchte sie mich dann ja kennenlernen.*

Ein drittes Glas Champagner.

Er liess sich von seinen Bildern im Kopf treiben, stellte sich vor, wie er mit Huong die Welt bereisen und all die exotischen Orte besuchen würde, die ihn als jungen Mann fasziniert hatten. Die Tänze der Eingeborenen auf Bali. Die Oasen der Sahara. Oder die Küste zwischen San Francisco und Los Angeles, wo der Pazifik die Klippen der zerklüfteten Küste mit grellem Weiss peitscht. Eine nächtliche Abfahrt auf Skiern über den Gletscher von Saas Fee. „Aida" an der Mailänder Scala und den Karneval von Venedig. Die Route 66 auf einer Harley-Davidson.

Vielleicht wären es aufregende Jahre geworden.

Aber er wusste auch, dass die Liebe einer Tochter nicht etwas ist, das man fordern kann.

Irgendwann döste er ein.

Sein Anschlussflug nach Zürich war verspätet. Antoine ging deshalb noch nach oben auf die Zuschauerterrasse des Don Mueang Airport. Hier hatte er vor über zwanzig Jahren gestanden, bevor er zum ersten Mal nach Vietnam flog. Hatte die Flugzeuge der asiatischen Airlines mit ihren exotisch klingenden Namen beobachtet. Namen wie Cathay Pacific, Royal Air Lao oder China Southern Airlines, die ihm damals wie ein Code für ein anderes, spannenderes Leben erschienen waren.

Bangkok. Immer wieder Bangkok, dachte er mit leiser Wehmut. Wie oft war diese Stadt der Ausgangspunkt für seine Abenteuer gewesen, das Tor zu neuen Erfahrungen, die sein Leben in Frage stellten und veränderten. Allein der Name löste in ihm, nach all den Jahren, immer noch Gefühle aus. Ungestilltes Fernweh etwa. Aber da war auch der Schatten der Erinnerung an Dramen. An Liebe, Tod und Verlust. Doch die Magie und der fernöstliche Zauber waren noch immer da, und er gab sich ihnen wohlig hin. Auch weil er wusste, dass es vielleicht das letzte Mal war.

Als er die landende MD-11 der Swissair mit dem weithin leuchtenden grossen Schweizerkreuz am Seitenleitwerk sah, machte er sich auf den Weg zum Gate. Eine adrette blonde Stewardess in einer dunkelblauen Uniform wies ihm seinen Fensterplatz in der Business-Class zu und fragte nach seinen Getränkewünschen. *Sie hat mich gleich auf Schweizerdeutsch angesprochen*, stellte Antoine amüsiert fest. *Offenbar sehe ich noch immer wie ein Eidgenosse aus.*

Überhaupt war er an Bord gleich mit einer geballten Ladung „Swissness" konfrontiert worden. Die Speisekarte bot hauptsächlich Schweizer Spezialitäten an, „präsentiert von" irgendeinem Starkoch. Antoine entschied sich für Bündnerfleisch und vier einheimische Käsesorten als Vorspeise. Dazu wählte er einen St. Saphorin von den Weinbergen am Genfersee und zum Hauptgericht, einem Rindersteak aus dem Bernischen Simmental, einen Dôle aus dem Wallis.

Er hatte nun über zehn Stunden Flugzeit vor sich. Die Stewardess erklärte ihm das bordeigene Unterhaltungsprogramm, gab ihm sogar einen Filmtipp, *Der Duft der Frauen*, versorgte ihn mit den Schweizer Tageszeitungen vom Vortag und informierte ihn über das Wetter in Zürich. Er versuchte die Titelgeschichte eines amerikanischen Nachrichtenmagazins über den Krieg im ehemaligen Jugoslawien zu lesen, gab aber nach ein paar Minuten wieder auf.

Ab und zu blickte er hinaus auf die vorüberziehende Landschaft. Sah, wie über Indien der Tag in die Nacht hinüberglitt. Aber seine Gedanken drifteten immer wieder weg zu Anne. Dunkle, melancholische Gedanken, von denen wohl jeder Mann heimgesucht wird, der sich von einer Frau verlassen fühlt.

Habe ich mich in ihr getäuscht?, fragte er sich zum wiederholten Mal. *Sie sagte: Entscheide dich für mich, und ich gehöre dir. Und dann, nach der ersten gemeinsamen Nacht: Sorry, es war nett mit dir, aber meine Karriere ist mir eigentlich doch wichtiger.*

Die Stewardess kam mit dem Getränkewagen vorbei. Ein fragender Blick. „Darf ich Ihnen noch einen Dôle einschenken?" Antoine, in Gedanken vertieft, nickte nur.

Anne ist wie ein Mensch, der immer auf der Durchreise ist. Sie ist noch gierig nach Leben, dachte er. *Sie wartet immer auf etwas, was sie verführt. Erst Washington und der ehrgeizige Politiker, dann Laos und der gut aussehende Schwede, zuletzt Ban La Hap und vielleicht sogar Mallory. Und ich? War ich nur eine Episode? Immerhin hat sie mir das Leben gerettet, sie hat Hamilton überzeugt, dass er mit seinen Hmong-Kriegern das Camp der Vietnamesen angreift und mich befreit.*

Er löschte schliesslich die Leselampe und hüllte sich in eine kuschelige Wolldecke. Seine letzten Gedanken, bevor er irgendwo über dem Iran einschlief: *Ich bin wie ein trotziger kleiner Junge, der sich dafür rächen will, dass sie sich nicht für mich entschieden hat. Ich muss endlich aufhören mit dieser banalen Eifersuchtsnummer und Anne ziehen lassen. Reisende soll man bekanntlich nicht aufhalten.*

Zürich. Zwanzig Grad und sonnig, ganz wie der Kapitän bei seiner Durchsage angekündigt hatte. Ein Taxi brachte Antoine zu dem an der Bahnhofstrasse gelegenen Paradeplatz, dem Herzstück Zürichs und finanziellen Nervenzentrum der Schweiz. Er suchte sein Bankhaus auf und hob genügend Bargeld ab, um in den nächsten Wochen und Monaten über die Runden zu kommen. Er merkte, dass er die Scheine mit Vergnügen betrachtete. Schweizer Franken … so lange nicht mehr verwendet und doch irgendwie so vertraut.

Er hatte sich, telefonisch von Saigon aus, zum Brunch mit Frank Dubois verabredet, seinem Kumpel aus jenen fernen Tagen, als er an der Börse gezockt und die Fieberkurve der täglichen Kursschwankungen sein Leben bestimmt hatte. Mit seinen beträchtlichen Börsengewinnen hatte er sich, bevor er nach Asien ging, als Teilhaber an der kleinen, feinen Investmentboutique von Dubois beteiligt. Seither erhielt er jedes Jahr von seinem Kumpel eine Aufstellung über die Anlagestrategie und die finanziellen Ergebnisse. Meist sah er das dicke Paket erst mit monatelanger Verspätung, weil er als Postadresse eine kleine Privatbank in Bangkok angegeben hatte, über die er seine Geschäfte abwickelte und die er selten besuchte. Aber die Zahlen waren immer hervorragend.

Antoine traf Frank Dubois in einem Sushi-Restaurant an der Bahnhofstrasse. Der reichte ihm, kaum hatten sie einander begrüsst, einen Ordner mit den aktuellen Geschäftsergebnissen über den Tisch.

„Falls du mal einen Blick hineinwerfen solltest, wirst du sehen, dass wir jetzt verstärkt in Schwellenländer investieren. Auch in Vietnam. Das Land hat hohe Wachstumsraten. Die Bevölkerung ist jung und konsumfreudig, das Lohnniveau niedrig und der Investitionsbedarf gross. Vietnam wird der neue Tigerstaat, der Markt wird gerade erst erschlossen, und viel ausländisches Kapital fliesst jetzt in das Land." Er sah Antoine fragend an: „Ich könnte jetzt deine Expertise brauchen, du kennst ja das Land auswendig. Hast du vor, nach Vietnam zurückzugehen?"

Anne hätte ihm mit Sicherheit auf Anhieb zehn lukrative Investmentideen aufgezählt, fiel Antoine dazu ein. Da war sie wieder, die Erinnerung an Anne.

Er erklärte Dubois, dass er vorläufig in der Schweiz bleiben und jetzt erst mal im Engadin Urlaub machen werde. Vietnam sei für ihn ein abgeschlossenes Kapitel.

„Bist du eigentlich noch immer Single?", wollte sein Kumpel wissen, als Antoine sich verabschiedete.

„Ja. Ich habe offenbar mehr Glück im Spiel", antwortete Antoine lächelnd. Er hatte keine Lust, Dubois seine amourösen Leidensgeschichten zu erzählen.

Dubois schmunzelte. „Um in unserem Investorenjargon zu bleiben: Die Liebe ist halt keine konservative Wertanlage, sondern ein Risikogeschäft."

Zürich erschien Antoine vertraut und fremd zugleich. Er flanierte über die Bahnhofstrasse, eine der nobelsten Shoppingmeilen weltweit, die sich, nach dem Vorbild französischer Boulevards angelegt, bis hinunter zum See erstreckte. Er war überwältigt vom Luxus und dem Reichtum dieser Stadt. Aber war das nicht auch einmal, vor langer Zeit allerdings, seine Welt gewesen? Diese Welt des aufwendigen Lebensstils und der Herzinfarkte? Alles war prächtig, teuer und glamourös, ungläubig starrte er auf die Schaufenster der Flagship-Stores, in denen exklusive Mode und prestigeträchtige Uhren zu fast schon astronomischen Preisen angeboten wurden. *Für den Preis dieser Rolex hätte ich in Vietnam oder Burma mehrere Jahre leben können,* überschlug er im Stillen.

Er suchte einen Autovermieter im nahe gelegenen Seefeldquartier auf, den ihm Dubois empfohlen hatte. Er brauchte einen Wagen für seine Fahrt ins Engadin. Etwas ratlos blickte er auf die grosse Flotte von blitzsauber geputzten Autos im Ausstellungsraum, während der Chef ihm wortreich die Vorzüge der einzelnen Marken erklärte. Eigentlich interessierten ihn die Verbrauchswerte oder die Höchstgeschwindigkeiten nicht. Und für ihn sahen all diese Karossen sowieso gleich aus. Da fiel sein Blick auf einen eleganten Sportwagen in Racing Green, der etwas erhöht auf einem Podest an der Fensterfront stand. „Ein Aston Martin Virage", sagte der Chef fast andächtig. „Äh … nicht gerade billig. Macht aber unglaublich Spass."

Antoine überlegte. Sah sich im Sportwagen auf alpinen Serpentinen herumdüsen. *Teuer. Ja. Aber ich habe jetzt so lange bescheiden gelebt, warum nicht zur Abwechslung ein bisschen Luxus? Ein Aston Martin … wann, wenn nicht jetzt? Vielleicht lenkt er mich ja von den ewigen Gedanken an Anne ab.* Er gab sich einen Ruck: „Den nehme ich", sagte er. „Ich bringe ihn etwa in einem Monat zurück."

Die Fahrt ins Engadin führte vorbei an einer grandiosen Alpenkulisse. Am Julierpass wand sich die Strasse in Serpentinen steil bergauf bis auf über 2200 Meter Höhe, bevor sie dann förmlich ins Engadin hinabtauchte und den Blick freigab auf die Seenlandschaft bei Silvaplana. Antoine genoss die aggressive Power seines Sportwagens, am Julier flog der Aston Martin geradezu die engen Kehren hoch.

Schon von Weitem sah Antoine das Hotel „Waldhaus", wo er die nächsten Wochen verbringen wollte. Majestätisch thronte es, wie ein Märchenschloss, auf einer bewaldeten Anhöhe über dem Bergdorf Sils Maria. Altes Gemäuer, ein zinnenbewehrter Eckturm. Irgendwie weltentrückt. Wie eine Trutzburg wider die Stürme der Zeit. Und wider die Moderne.

Das „Waldhaus" galt seit über hundert Jahren als berühmtestes Künstlerhotel Europas. Im Gästebuch hatten sich Prominente wie Thomas Mann, Erich Kästner, Marc Chagall, Friedrich Dürrenmatt, Luchino Visconti, Richard Strauss, Claude Chabrol, Max Reinhardt oder Otto Klemperer eingetragen. Hermann Hesse verbrachte hier sogar dreihundertsiebzig Nächte.

Diese illustren Gäste schätzten das bürgerlich-behäbige Ambiente des Hotels, im Gegensatz zum nur zehn Kilometer entfernten mondänen St. Moritz mit seinen glänzenden Fassaden. Im „Waldhaus" konnten sie ungestört lesen, denken, schreiben oder lange Wanderungen und Spaziergänge in die fast noch unberührte hochalpine Natur des Engadins unternehmen.

Antoine kam am späteren Nachmittag im „Waldhaus" an. Er stellte seinen Wagen auf dem offenen Parkplatz ab, der röhrende und blubbernde 6,3-Liter-Motor des Aston Martin provozierte unter den meist älteren Gästen auf der nahen Terrasse ein missbilligendes Kopfschütteln.

Jeder ankommende Gast, ob prominent oder nicht, wurde im „Waldhaus" nicht bloss eingecheckt, sondern persönlich begrüsst. So auch Antoine. Er durchquerte die grosse Halle, wo täglich um vier Uhr die Hauskapelle zum „Afternoon Tea" aufspielte. Uniformierte Kellner schritten über dicke Teppiche, die jedes Geräusch schluckten, und servierten den Gästen, die in tiefen Samtsesseln sassen, englischen Tee oder ein Glas Portwein. Alles war so herrlich *old-fashioned*. Ein Bonmot besagte, wenn der Weltuntergang stattfände, würde man im „Waldhaus" erst eine Woche später durch eine diskrete Mitteilung des Portiers davon erfahren.

Antoine stand am Fenster seines Zimmers im fünften Stock und schaute auf die Gipfel der Dreitausender, die sich bereits im Alpenglühen röteten. Welch ein Kontrast zum wuseligen „Caravelle" in Saigon! Und er fragte sich ernsthaft, ob er dieses Land, das ihm so fremd geworden war, wieder würde lieben können. Das „Waldhaus", so gewollt altmodisch und bieder, stand irgendwie symbolhaft für diese Schweiz.

Ich habe bereits Entzugserscheinungen, stellte Antoine erstaunt fest. *Der Adrenalinkick scheint mir zu fehlen. Genauso wie diesen Special-Forces-Typen, die nach ihrer Zeit in Vietnam nicht mehr zurückfanden in die heile, saubere Welt Amerikas, zu ihren Vorstadthäusern mit Rasen und Doppelgarage, zu ihren netten, blonden Frauen. Wird es mir auch so gehen?*, fragte er sich nachdenklich.

Die Erinnerung an Anne liess ihn nicht los. Nachts träumte er von dem vietnamesischen Camp. Durchlitt nochmals die Folterszenen. Und wie Anne seinen nackten, blutenden Leib mit ihrer Jacke zugedeckt hatte. Tagsüber ertappte er sich dabei, wie er den Formen ihres Körpers nachträumte.

Warum hatte er sich überhaupt für das „Waldhaus" entschieden? Und für das Engadin? Ja, er hatte ein Faible für diese geschichtsträchtigen, alten Grandhotels, in denen man noch den Hauch vergangener Zeiten spürte. Wie das „Oriental" in Bangkok, das „Raffles" in Singapur, das „Algonquin" in New York, das „New Oriental" in Galle oder das „Ritz" in Paris. Aber eigentlich war es Friedrich Nietzsche gewesen, der sein Interesse für das Engadin geweckt hatte. Im Gymnasium hatte er eine Seminararbeit über den deutschen Philosophen geschrieben, der sieben Sommer im Engadin verbracht und dort sein wichtigstes Werk, den „Zarathustra", geschrieben hatte. Nietzsche hatte ihn damals fasziniert. Er konnte sich noch an die Überschrift seiner Arbeit erinnern, auf die er damals besonders stolz gewesen war: „Nietzsche kam als Tourist ins Engadin – und ging als Philosoph". Nietzsche war damals oft schon morgens vor sechs Uhr zu ausgedehnten Exkursionen aufgebrochen. Wandernd sann er den höchsten und tiefsten Dingen nach. Und das unterwegs Erdachte kritzelte er kaum leserlich auf lose Zettel oder in Notizhefte, die er stets bei sich trug, um Flüchtiges festzuhalten. Unter einem offenen Himmel, in freier Natur, fand er Raum für grosse Ideen. Er wollte, wie er damals schrieb, „gehend, springend, steigend, tanzend, am liebsten auf einsamen Bergen" philosophieren.

Einmal würde er sich auch ins Engadin zurückziehen, hatte Antoine sich damals in seiner jugendlichen Begeisterung geschworen. Er würde auf den Spuren Nietzsches das Fextal durchwandern und den Corvatsch besteigen.

Kapitel 30

Die ersten Tage im Engadin waren schwierig. Erste Anzeichen von Langeweile. Gelegentlich fuhr er mit dem Aston Martin nach St. Moritz, steckte eine erkleckliche Summe in eine Wanderausrüstung, sass auf der einen oder anderen Caféterrasse, las und beobachtete das mondäne Publikum, das lässig-entspannt an ihm vorbeidefilierte.

Noch immer keine Nachricht von Anne.

Nach einer Woche beschloss er, ihr einen Brief zu schreiben. Es war bereits kurz vor Mitternacht, er sass an der in dunklem Holz gehaltenen Bar, trank seinen vierten einheimischen Pflaumenschnaps, bat den Barpianisten bereits zum zweiten Mal, für ihn „Yesterday" zu spielen. Er verfiel in tiefe Melancholie. Die Bar war fast leer, die meist älteren Gäste hatten sich längst auf ihre Zimmer zurückgezogen.

Antoine holte an der Rezeption Briefpapier, nahm seinen Montblanc-Kugelschreiber, den er wie immer bei sich trug, und fing an zu schreiben.

„Liebe Anne,
wenn ich zurückschaue, dann sehe ich, dass die Zeit mir Dir, so schmerzhaft sie auch für mich endete, noch immer mit dem Glanz eines grossen Ereignisses aus dem Grau meiner Erinnerungen strahlt. Aber meine Zeit ist kälter geworden ohne Dich. Deine Haut deckt meine Sehnsucht nicht mehr zu. Dein Herz blüht nicht mehr zärtlich in mein Leben. Und was bleibt, ist der Fluch, meine Welt mit nichts anderem zu füllen als mit mir selbst ..."

O Gott, das klingt viel zu kitschig und schwülstig, dachte er. *Viel zu selbstmitleidig. Ich stehe da wie ein Bettler und kultiviere doch bloss mein Leiden. Wie soll Anne mich da überhaupt noch respektieren?*

Angewidert zerknüllte er das Briefpapier und begann von vorn.

„Liebe Anne,
alle Veränderungen haben ihre Melancholie. Denn was wir hinter uns lassen, ist ein Teil unserer selbst. Wir müssen einem Leben Lebewohl sagen, bevor wir in ein anderes eintreten können. An diesem Punkt bin ich jetzt. Ich muss Dich loslassen, obwohl ich Dich noch immer liebe. Aber Du bist ein Kind des Augenblicks. Keine Frau für langfristige Perspektiven. Und das macht Dich wahrscheinlich für die Männer so unwiderstehlich ..."

Er schrieb über Entscheidungen, die er in seinem Leben getroffen, über Türen, die er nicht geöffnet hatte, was ihn jetzt nachts voller Reue nicht schlafen liess. Er schrieb über seine Gefühle für sie, über Hoffnungen, die immer wieder aufkeimten, und er schloss mit den Worten:

„Ich fühle mich hier im Engadin wie in einem Wartezimmer ins Ungewisse. Aber ich muss weiter. Ich werde mich auf meinem Weg wohl noch oft nach Dir umdrehen. Auch wenn ich weiss, dass die Erinnerung an vergangene Momente des Glücks die Seele nicht wärmt.
Adieu, Anne."

Er klebte den Briefumschlag zu, der den Aufdruck des Hotels trug. Zumindest würde sie dann wissen, wo er sich aufhielt. Er wollte gerade die Adresse auf das Kuvert schreiben, als ihm einfiel, dass Anne vielleicht gar nicht mehr dort wohnte. Gut möglich, dass sie ihren neuen Job bereits angetreten hatte, und dann lebte sie jetzt ... irgendwo im Hochland. Er beschloss, das Büro in Saigon anzurufen. Dort hatte Anne sicherlich hinterlassen, wo sie nun zu erreichen war. In Vietnam war es jetzt Mittag, das Büro würde auf jeden Fall besetzt sein. Die Verbindung nach Saigon klappte auf Anhieb.

„Antoine, sind Sie es?", sagte die Dame am Empfang. Sie schien freudig überrascht zu sein. „Wir vermissen Sie. Wann kommen Sie zurück?"

Antoine, zu ungeduldig für Small Talk, fragte ziemlich ohne Umschweife, ob sie die aktuelle Adresse von Anne kenne.

„Miss Wilson ist nicht mehr bei uns", erwiderte sie höflich. „Sie ist vorgestern abgereist. Sorry, ihre Adresse oder Telefonnummer haben wir nicht."

Antoine bedankte sich und legte auf.

Bestürzt stellte er fest, wie wichtig es ihm gewesen wäre, dass Anne seine Worte las. Und dass sie seine Adresse hatte … Dann nahm er den Brief, zerriss ihn und warf die Fetzen in den Papierkorb.

Am nächsten Tag brach er noch vor Tagesanbruch ins Fextal auf. Er hoffte, bei dieser Wanderung auf den Spuren Nietzsches endlich Klarheit über sein weiteres Leben zu finden. Hatte Nietzsche hier nicht über die wichtigen Dinge im Leben nachgedacht und Ideen für seine bedeutendsten philosophischen Werke entwickelt?

Antoine wanderte auf schmalen und steinigen Wegen, meist alten Schmugglerpfaden. Die Zeit schien stillzustehen in diesem Hochtal. Keine Autos, keine Bergbahnen, keine Hoteltürme. Dafür die alpine Welt in ihrer ganzen Pracht: Gletscher, Wasserfälle, Bergseen, Lärchenwälder, blühende Alpweiden, mit atemberaubenden Ausblicken auf einen Kranz von Dreitausendern, dominiert vom 3441 Meter hohen Piz Tremoggia.

Gelegentlich machte er Rast auf den grossen Holzbänken und verzehrte den Inhalt des Lunchpakets, das ihm das Hotel mitgegeben hatte. Eine grosse Stille lag über dem Tal. Das helle und klare Licht verströmte eine ganz besondere Magie.

Eigentlich hatte er nur einen einzigen Ausflug ins Fextal geplant. Aber schliesslich wurde eine ganze Woche daraus. Jeden Morgen zog er vom Hotel aus los, entdeckte in dem Hochtal immer neue Wege. Er ahnte jetzt, was Nietzsche hier gesucht und gefunden hatte. „Wandernd sann ich den höchsten und tiefsten Dingen nach", hatte der Philosoph geschrieben. In dieser lichtumfluteten Natur fand er den Raum für grosse Ideen: „Hier wohnen meine Musen."

An seinem letzten Tag im Fextal kehrte Antoine in dem kleinen, auf zweitausend Meter Höhe gelegenen Hotel „Fex" ein. Für den Abstieg nach Sils stärkte er sich mit einem Bier und Bündnerfleisch. Entspannt sass er auf der Terrasse vor dem Hotel und blickte auf das Gipfelpanorama.

Ich will mein Leben wieder in den Griff kriegen, dachte er. *Ich will nicht länger in diesem Wartesaal sitzen und darauf hoffen, dass irgendwann eine Tür aufgeht.* Unvermittelt fiel ihm das letzte Gespräch mit George und Barbara im „Caravelle" ein. Sie sprachen über ihre Pläne, und George hatte ihn an seinen Traum erinnert, ein Boot zu kaufen und zu den Inseln in der Südsee zu segeln.

Geheimnisvoll und paradiesisch, dachte Antoine, *mystische Orte.* Schon als kleiner Junge, als er *Kon-Tiki* las, das Buch des norwegischen Forschers Thor Heyerdahl, der mit einem Floss aus Balsaholz von Peru nach Polynesien gesegelt war, hatte er von diesen Inseln geträumt. Viel später, als er in Goa lebte, hatte er einem indischen Kaufmann ein Boot abgekauft, das in dem kleinen Hafen von Fort Aguada dümpelte. Kashmiri, ein einheimischer Fischer, brachte ihm damals die Kunst des Segelns bei, und obwohl das Boot eine Satellitennavigationsanlage hatte, lernte Antoine das Navigieren nach den Sternen. Wie die alten Seefahrer. Eine faszinierende Erfahrung. Und er wäre gern weitergesegelt, nach Kerala und der Küste entlang bis nach Sri Lanka. Doch dann hatte

Joachims Tochter ihn um Hilfe gebeten, und er war nach Burma aufgebrochen, statt das Arabische Meer zu erkunden.

Er erinnerte sich an das, was Barbara ihm im „Caravelle" gesagt hatte: „Mach deine Träume wahr, Antoine. Die Zeit ist ein Mörder. Tue es jetzt. Nimm die Chancen wahr, die dir dieses neue Leben bietet."

In die Südsee segeln? Zu den Îsles sous le Vent in Polynesien? Will ich das wirklich?, überlegte er. *Aber warum eigentlich nicht?* Die vage Idee nahm in seiner Vorstellung plötzlich konkrete Formen an, erfüllte ihn zunehmend mit Begeisterung. Er sah sich allein am Steuer einer Yacht, sah weisse Segel, die sich im Passatwind blähten, Exotik pur, Palmenstrände, Bilder voller süsser Verführung. Ihm war, als ob sich die Tür im Wartesaal nun endlich doch geöffnet hätte, ganz weit, und den Blick freigäbe auf eine bunte und aufregende Welt, deren magische Anziehungskraft mit jedem Augenblick stärker wurde.

Eine Last schien von ihm abzufallen. Er schmunzelte erst still vor sich hin, lachte dann plötzlich laut los. Die junge Kellnerin drehte sich irritiert zu ihm um. Erkundigte sich in ihrem schweren Bündner Dialekt, ob alles okay sei.

„Sie haben nicht zufällig eine Flasche Champagner in Ihrem Kühlschrank?", fragte er. „Es gibt nämlich etwas zu feiern."

Sie lachte. „Ich bin jetzt seit sechs Monaten hier, aber Sie sind der erste Gast, der Champagner verlangt. Ich schaue mal nach."

Sie brachte ihm eine Flasche Veuve Clicquot. „Wäre der recht?"

Die junge Bedienung liess sich zum Anstossen überreden, aber den Rest der Flasche musste Antoine allein bewältigen. Er merkte, wie ihm der Champagner allmählich zu Kopf stieg. Doch seine Euphorie, der neu erwachte Elan, die wieder entflammte Abenteuerlust liessen den vor ihm liegenden Abstieg wie ein Kinkerlitzchen erscheinen.

Nachdem er bezahlt hatte, blieb die Kellnerin an seinem Tisch stehen. Sie wirkte besorgt. „Möchten Sie vielleicht mit unserer

Kutsche ins Tal zurückfahren?", fragte sie vorsichtig. „Ich könnte unseren Kutscher Anton fragen, ob er Zeit hätte."

Antoine erhob sich rasch, um seine Gehtüchtigkeit zu beweisen, musste sich aber unauffällig an der Stuhllehne festhalten, weil er sonst auf seinen Sitz zurückgesunken wäre. „Ja bitte", gestand er mit einem selbstironischen Lächeln, „fragen Sie Ihren Herrn Anton."

Abends kaufte Antoine im Kiosk des „Waldhaus" eine Ausgabe des Seglermagazins *Yacht*. Er überblätterte die redaktionellen Seiten und stürzte sich gleich auf die Bootsbörse im hinteren Teil. Etwa dreissig Segelyachten wurden zum Kauf angeboten, reich bebildert, mit allen technischen Details. Zwei Boote gefielen ihm besonders. Eins lag in Beaulieu-sur-Mer an der Côte d'Azur, das andere auf der griechischen Insel Mykonos. Ohne langes Zögern schrieb Antoine die beiden Agenturen, die die Boote verkauften, per Fax an und bat um zusätzliche Informationen, insbesondere über die finanziellen Vorstellungen. Hunderttausend Franken würde ein solches Boot wohl kosten, kalkulierte er. Dafür reichte seine Liquidität auf dem Konto in Zürich vermutlich nicht. Er würde rechtzeitig Dubois anrufen und der würde ein paar Aktien verkaufen müssen.

Morgen besteige ich noch den Corvatsch, nahm er sich vor. *Und übermorgen fahre ich mit dem Aston Martin nach Beaulieu-sur-Mer und sehe mir das Boot an.* Der Wagen hatte ein Vergaserproblem, aber der Mechaniker aus St. Moritz wollte gleich morgen vorbeischauen und sich um das Problem kümmern.

Zum ersten Mal seit Wochen konnte Antoine in dieser Nacht schlafen, ohne aus Folterträumen hochzuschrecken.

Noch vor Sonnenaufgang zog er los. Es war eine klare Nacht mit einem imposanten Sternenhimmel. Die Luft war kühl. Er war froh über die teure Goretex-Jacke und den Fleece-Pulli, die er in einer Boutique in St. Moritz gekauft hatte.

Der Rucksack wog schwer. Er hatte vier Flaschen Wasser eingepackt, Regenzeug, reichlich Sandwiches aus der Hotelküche, eine Notfallapotheke und Steigeisen – eine Vorsichtsmassnahme für die Gletschertraverse unterhalb des Gipfels.

Langsam zog der Tag herauf und gab den Blick frei auf den Gipfel des Corvatsch, 3451 Meter hoch, der majestätisch über dem Engadin thronte. Die Sonne, die sich als grosser Feuerball aus dem Dunst gelöst hatte, tauchte den Gipfel in goldenes Licht.

Von der Talstation der Corvatsch-Luftseilbahn aus stieg er erst auf einem Wanderweg in Richtung auf die „Fuorcla Surlej", eine urige Berghütte. Antoine setzte sich auf die Terrasse, liess sich von der Sonne wärmen und packte das erste Sandwich aus. Von hier aus hatte er, wie von einem Logenplatz aus, einen spektakulären Blick auf die berühmten Eisriesen Piz Bernina und Piz Roseg.

Von der Hütte aus führte der Weg nun steil bergauf zum Gipfel des Corvatsch. Die Spur war spärlich mit Holzstangen und Steinmännchen markiert. Zum Teil ging es über Geröll und Schneefelder und schliesslich über den Gletscher, dessen blankes Eis Antoine zwang, die Steigeisen zu montieren.

Der Weg schien jetzt endlos. Die Beine wurden schwer, jeder Schritt kostete Überwindung.

Endlich, der Gipfel! Er war unspektakulär. Eher flach. Blanker Fels und Geröll. Kein mythischer Ort, der dazu verlockt, ihn zu fotografieren oder zu filmen, wie etwa das Dreieck des Matterhorngipfels. Antoine setzte sich auf einen grossen Felsbrocken und liess den Blick über die grandiose Landschaft schweifen. Die Sicht war an diesem Tag ungewöhnlich klar. Noch vor ein paar Wochen war der Dschungel Vietnams seine Welt gewesen. Und jetzt sass er hier, im Herzen der Schweiz, allein auf einem über dreitausend Meter hohen Gipfel, einem Ort, wo die Luft bereits dünn wurde und die Gedanken ins Hier und Jetzt zurückgeworfen wurden.

Überrascht stellte er fest, dass er sich wohlfühlte. Vielleicht war er in seinem Herzen doch Schweizer geblieben.

Hier hat Nietzsche im Sommer 1881 gesessen, dachte Antoine. Und er erinnerte sich, was der Philosoph über das Leben in den Bergen geschrieben hatte. Dass es einfach sei, in den Tälern zu bleiben und sich mit der Mittelmässigkeit zu bescheiden. „Geben Sie sich nicht mit einem Leben zufrieden, das radikal hinter den Erwartungen und Möglichkeiten zurückbleibt, die man hatte oder noch hat", schrieb er. Und er äusserte sich begeistert über das Leben in den Bergen, wo die Luft dünn und rein und der Boden kalt und scharf sei.

Antoine ass die restlichen Sandwiches auf und begann dann den Abstieg. Er wanderte bis zur Mittelstation der Corvatsch-Bahn und fuhr von dort mit der Gondel hinunter zur Talstation.

Es war bereits Nachmittag, als er im Hotel ankam. Er hörte, als er an der Rezeption seinen Zimmerschlüssel abholte, gedämpft die Musik des Hausorchesters, das zum Afternoon Tea aufspielte. Zwei längere Faxe waren für ihn angekommen: Fotos und Informationen zu den beiden Segelyachten, die er bei den Agenturen angefordert hatte. Er würde sie später ansehen, jetzt hatte er nur noch den einen Wunsch, eine Dusche zu nehmen und sich umzuziehen. Sein verschwitztes T-Shirt klebte ihm am Körper, die schweren Bergschuhe waren dreckig, und die beiden Steigeisen baumelten noch immer von dem prallen Rucksack.

Auf dem Weg zum Aufzug holte ihn der Portier ein. „Herr Steiner, jemand wartet auf Sie an der Bar. Jemand, der Sie kennt."

Das wird wohl der Mann von der Autowerkstatt sein, der sich um das Vergaserproblem des Aston Martin kümmern will, dachte Antoine. Er zögerte einen Moment, ob er sich erst duschen und umziehen und den Mechaniker warten lassen sollte. Schliesslich drängte er sich durch die eben angekommenen Mitglieder einer Reisegruppe und sah sich in der fast noch leeren Bar um.

Anne stand am Tresen.

Kapitel 31

Anne stand in lässiger Haltung an den Tresen gelehnt. Sie trug einen schwarzen Rock und einen leichten, rosafarbenen Pulli.

Antoine starrte sie ungläubig an. Für einen Moment war er unfähig, etwas zu sagen. Eine Welle von Emotionen überflutete ihn.

Anne begrüsste ihn mit einem spitzbübischen Lächeln. „Hallo Antoine. Magst du mir einen Drink offerieren?"

Antoine legte den schweren Rucksack mit den Steigeisen ab, schob die Faxe auf den Bartresen. Dann umfasste er mit seinen beiden Händen ihr Gesicht und zog es an sich. Ihre grünen Augen strahlten ihn an.

Sie schlang die Arme um seinen Hals.

Er küsste sie.

Und bestellte Champagner. „Den Dom Pérignon bitte." Die französische Barmaid schaute leicht amüsiert auf dieses ungleiche, aber sehr verliebt wirkende Paar. Der braun gebrannte Bergsteiger in seinem verschwitzten, hochalpinen Outfit – und die elegante junge Frau, die bereits längere Zeit an der Bar gewartet und mit der sie sich auf Französisch unterhalten hatte. Über das Engadin, die Schweizer im Allgemeinen und die Schweizer Männer im Speziellen.

„Wie hast du mich gefunden?", fragte Antoine. Er konnte noch immer nicht glauben, dass es Anne war, die er in den Armen hielt.

„Intuition", sagte sie bedeutungsvoll. Dann musste sie lachen, als sie seinen verwirrten Gesichtsausdruck sah. „Du hast mir doch am Morgen vor deinem Abflug gesagt, dass du als Erstes zur Erholung in dieses Schweizer Tal, in dieses Engadin, gehen würdest. Und dann hast du mir noch von diesem Hotel ‚Waldhaus' vorgeschwärmt. Da habe einfach eins und eins zusammengezählt.

Aber bevor ich meinen Abflug gebucht habe, habe ich natürlich im ‚Waldhaus' angerufen und gefragt, ob du noch da bist."

Sie setzten sich an einen Tisch am Fenster. Die Barmaid brachte zwei Gläser Champagner. Antoine konnte seinen Blick nicht von Anne wenden. *Sie sieht verführerisch aus. Noch schöner als in Saigon,* dachte er.

„Erzähl doch mal, was in Vietnam passiert ist", sagte er schliesslich.

„Na ja, passiert ist eigentlich nichts. Kein grosses, alles umwälzendes Ereignis. Der Job in Ban Me Thuot war interessant. Tolle Leute, sehr sympathisch, sehr engagiert. Und ich habe versucht, dieselbe Begeisterung aufzubringen. Aber schon nach ein paar Tagen stellte ich fest, dass ich das nicht konnte. Ich habe mir immer wieder gesagt, dass das Kaffeeprojekt eine gute Sache ist, aber trotzdem … es berührte mich nicht in der Tiefe. In meinem Innern spürte ich eine Leere." Sie schwieg. Sah ihn fragend an. Er beantwortete ihre Frage mit seinem Blick. Sie lächelte und seufzte erleichtert auf. „Und dann", fuhr sie leise fort, „dann … wurde mir klar, dass du es bist, der mir fehlt. Ich begann mich nach dir zu sehnen."

Er beugte sich vor und nahm ihren Kopf zwischen seine Hände.

„Das Leben bietet uns so wenige Gelegenheiten, glücklich zu sein", flüsterte sie. „Und ich wollte diese Gelegenheit nicht verpassen."

Sie küssten sich bereits im Aufzug, und Antoine spürte, wie erregend die ersten Berührungen ihrer Haut waren. Spürte seine fiebrige Erwartung.

Im Zimmer nahm in Anne in ihre Arme. „Halte mich einfach, Antoine. Ich habe so lange von diesem Moment geträumt. Von unserem Wiedersehen." Sie wollte ihn nicht mehr loslassen. Legte Antoines Hand auf ihre Brust. „Spürst du mein Herzklopfen?"

Als sie ihn losliess, zog er Anne aus. Behutsam, als ob er eine Rose entblättern würde. Um lustvoll diesen Moment noch hinauszuzögern, bis sie sich leidenschaftlich lieben würden.

All die Fragen, die noch immer im Raum standen, waren wie weggefegt. Sie liebten sich in einer Art schweigendem Gleichklang.

Sie blieben noch eine Weile ineinander verschlungen liegen, liebten sich dann wieder, diesmal hemmungslos, und manchmal stöhnte Anne so laut auf, dass Antoine ihr eine Hand über den Mund legte.

„Ich bleibe hier, wenn du mich noch immer willst", hatte sie ihm ins Ohr geflüstert, bevor sie einschlief. Irgendwann stand die Nacht still. Als gälte es, diesen Zauber zu bewahren.

Im Frühstücksraum bewunderte Anne den unglaublichen Ausblick, den man von Antoines Tisch am Fenster hatte, und wollte ihre Begeisterung gerade in Worte fassen, als die Bedienung mit einem Lächeln Antoine die Faxe überreichte, die er am Abend in der Bar vergessen hatte. Obenauf lag das Foto von einer schnittigen Yacht mit schlankem Bug und Holzkajüte.

Anne sah es und griff spontan nach dem Stapel. „Darf ich?" Interessiert studierte sie die Angebote. Sah auf, schaute Antoine forschend an. Eine Spur Ungläubigkeit lag in ihrem Blick. „Willst du etwa ein Boot kaufen?"

Antoine nickte nur, brachte vor Anspannung kein Wort heraus. Was, wenn sie ihn jetzt für total bescheuert erklärte?

Ihre Augen strahlten noch intensiver, als sie ihn fragte: „Brauchst du einen Skipper?"

Antoine ergriff ihre beiden Hände. „Ja!"

„Und wohin willst du segeln?"

„Mit dir, Liebste, bis ans Ende der Welt."

Einige Gäste warfen verstohlene, aber neugierige Blicke auf das Paar. Seit Wochen hatten sie Antoine jeden Tag an dem Tisch beim Fenster sitzen sehen. Meist früh am Morgen, meist bereits in Wanderkleidung, immer wortkarg und immer allein. Nun war plötzlich diese attraktive Dunkelhaarige aufgetaucht. Doch sie unterhielten sich nicht, sahen einander nur an. Die beiden schienen völlig ineinander versunken, in weite Fernen entrückt.

Epilog

Ein paar Tage später fuhren Antoine und Anne an die Côte d'Azur. Nach Beaulieu-sur-Mer, einer kleinen Hafenstadt, wo sie eine Nautors Swan 41 besichtigten, eine zwölfeinhalb Meter lange weisse Segelyacht.

Sie mochten das Boot. Es hiess „Étoile du Sud". Und auch der Name gefiel ihnen auf Anhieb.

An einem Morgen im Frühherbst, im ersten Licht des Tages, segelten sie los. Sie begaben sich auf eine lange Reise, und sie waren sich der Ungewissheit bewusst. Denn alles würde Risiko sein. Leben im Hier und Jetzt.

Antoine spürte den Wind und die Sonne auf seinem Gesicht. Er blickte hinüber zu Anne, die am Steuerruder stand und das Boot aus dem Hafenbecken navigierte. Ihr kastanienbraunes Haar flatterte im Wind.

In ihm war plötzlich eine Ahnung, dass das Leben mit Anne spannend sein würde, aufregend und bunt. Sie würden die Segel hissen und hinausfahren auf das Meer des Lebens und zu dem Land segeln, das auf keiner Karte verzeichnet ist. Nur im eigenen Herzen.